© Ernest Hauer

*Über die Autorin:*

Eva Rossmann, geboren in Graz, lebt heute im niederösterreichischen Weinviertel. Zuerst war sie Verfassungsjuristin, dann arbeitete sie als Journalistin u. a. beim ORF und bei der NZZ. Seit 1994 ist sie Autorin und freie Journalistin.

Von Eva Rossmann sind bisher außerdem als Bastei Lübbe Taschenbücher erschienen:
Ausgejodelt (14815),
Freudsche Verbrechen (15049),
Kaltes Fleisch (15227)
Ausgekocht (15447) und
Mörderisches Idyll (15621).

»Die Mira-Valensky-Romane von Eva Rossmann gehören zur Subspezies der Unbefugten-Krimis. Darin pfuscht eine Frau, eben Mira Valensky, der Polizei ins Ermittlungshandwerk, sehr zu deren Groll …«
*Sigrid Löffler, Literaturen*

*Gewidmet »meinem« Weinviertel und
allen leidenschaftlichen Winzerinnen dieser Welt*

# [ März ]

Auf der Treppe liegt tatsächlich Schnee. Ich habe es so satt. Ich wohne im fünften Stock eines Altbauhauses mitten in Wien und habe Schneeverwehungen auf der Treppe. Über mir toben eine Mischmaschine und irgendetwas, das ich für einen Presslufthammer halte. Das Stiegenhaus vibriert. Anstelle des Daches gibt es jetzt eine angeblich vollkommen wetterdichte Plane. Wohnungsspekulationen. Der Hauseigentümer baut den Dachboden aus und wollte nicht länger warten, bis es Frühling wird. Jeden Tag um Punkt sieben Uhr geht es los. Kein Wunder, dass Gismo die meiste Zeit auf dem Kasten sitzt und faucht. Bleibt abzuwarten, wer früher durchdreht. Meine Katze oder ich. Mein Vorteil: Ich kann fliehen.

Ich würde zu gerne wissen, was die neue Chefredakteurin vom »Blatt« mit mir zu besprechen hat. »Das Blatt« ist die größte Zeitung des Landes, wenn auch nicht gerade die beste. Dagegen ist selbst das »Magazin«, für das ich arbeite, ein qualitativ hoch stehendes Medium. Na ja, jedenfalls hin und wieder. Zum »Blatt« habe ich nicht gerade besonders gute Beziehungen. Könnte meine Reportage, die vor zwei Wochen erschienen ist, mit dem Termin zu tun haben? An sich ein harmloser Lifestyle-Bericht, aber ich habe mich darüber lustig gemacht, dass die Chefredakteurin ständig im Schlepptau der beiden Bankmanager auftaucht, denen das »Blatt« inzwischen gehört. Ist doch die Wahrheit und nichts als die reine Wahrheit.

An sich lehne ich Termine vor zehn Uhr am Vormittag ab, aber da ich momentan sowieso um sieben aus dem Bett geworfen werde, stehe ich gähnend um fünf vor acht am Empfangsschalter der Zeitung. Die Empfangsdame trägt eine komplizierte Frisur mit Zickzackscheitel, sie mustert mich skeptisch, ruft dann aber doch in der Chefredaktion an, ihre Miene wird um nichts freundlicher, als sie mich bittet, den linken

Lift hinauf in den sechsten Stock zu nehmen. Bürohaus, modern, Glas und Beton, transparenter Bunker.

»Sekretariat Chefredakteur Dr. Daniela Messerschmidt«, steht auf dem Türschild. Die Sekretärin lächelt verbindlich, bittet mich weiter. Die Chefredakteurin trägt einen schmal geschnittenen dunklen Hosenanzug, der sie älter aussehen lässt, lächelt ebenfalls, gibt mir die Hand, bittet mich Platz zu nehmen. Lass das Getue und sag, worum es geht. Aber ich lächle natürlich auch und nehme Platz.

Eine halbe Stunde später bin ich ordentlich verblüfft. Man hat mir einen Job angeboten, einen – objektiv gesehen – sogar sehr guten. Die Zeitung wird umstrukturiert. Und ich soll das neu geschaffene Ressort »Aufdeckung und Kriminalberichterstattung« übernehmen, viertausendfünfhundert Euro Gage pro Monat plus alle Spesen.

»Brutto?«, habe ich misstrauisch gefragt.

»Netto«, hat Frau Chefredakteurin Messerschmidt lächelnd geantwortet. Man könne es sich nicht leisten, dass ich dem »Blatt« die besten Kriminalstorys wegschnappe, also versuche man mich einzukaufen. Ich habe mir Bedenkzeit ausgebeten. Ich weiß genau, welche Art von Aufdeckung und Kriminalberichterstattung das Sudelblatt von mir möchte. Aber: Momentan verdiene ich weniger als halb so viel, und nicht einmal das bekomme ich fest. Ich bin freie Mitarbeiterin beim »Magazin«, wenn auch regelmäßig beschäftigt.

Sie wolle »Frauen fördern«, hat die Messerschmidt außerdem noch gesagt, ich hätte sie fragen sollen, warum dann auf ihrem Türschild »Chefredakteur« steht, vielleicht ein Versehen. Ich habe nichts dagegen, wenn Frauen vorankommen, aber … ich möchte mir doch gern aussuchen, von wem ich gefördert werde. Kann man ein solches Angebot ausschlagen? Ich habe nur bis morgen Bedenkzeit. Ich bin einfach noch nicht wach genug, um klar überlegen zu können. So viel Geld. Und so unglaublich edel sind die beim »Magazin« auch nicht. Ich muss ja nicht … Mira, lüg dich nicht an, du wirst müssen. Das »Blatt« hat eine ganz klare Linie. Und die ist nicht die deine. Ohne allzu moralisch werden zu wollen, sie ist ein bisschen menschenverachtend. So in die Richtung: ordentliche und anständige Kleinbürger gegen den Rest der Welt, vor allem, wenn es um irgendwelche verdächtig anderen Gruppen geht wie Ausländer, Arbeitslose, Künstler, Feministinnen, Sozialisten oder Kommunisten. Und das »Magazin«? Quotenorientierter Unsinn. Nicht nur. Manchmal auch Information, öfter harmlose Unterhaltung. Ich arbeite für gewöhnlich im Ressort »Lifestyle«, und das geht mir zunehmend auf die Nerven. Quatsch, es ist der Dachbodenausbau, der meine Nerven blank gelegt hat.

Ich fahre zum »Magazin«. Ob man sich überall, wo man ist, nach einer gewissen Zeit zu Hause fühlt? Hier kennt mich die Empfangsdame, ich nicke ihr zu. Ich weiß, welchen Lift ich nehmen muss, und unser Bürogebäude aus Glas und Beton und Stahl wirkt irgendwie … freundlicher. Zumindest heute.

Die Chefredakteurin vom »Blatt« ist mir nicht sehr sympathisch, über Jahre hat sie im Fernsehen ein politisches Magazin moderiert, ohne allzu viel anzuecken, versteht sich, so macht man Karriere. Nicht dass ich darauf aus wäre. Ich wäre schon zufrieden, wenn sie mich in Ruhe ließen und sich über meiner Wohnung wieder ein festes Dach befände. Was soll ich tun? Den Chefredakteur vom »Magazin« mag ich auch nicht besonders. Droch meint, ich hätte eben ein Problem mit Hierarchien, das sei alles, deswegen würde ich Vorgesetzte nie leiden können. Heute ist Donnerstag, er wird an seinem Leitartikel schreiben. Immerhin, es gibt im »Magazin« auch ernst zu nehmende und ernst genommene Journalisten. Droch und … Momentan fällt mir niemand ein, gut, ab und zu hat man sogar mich schon ernst genommen. Ich muss mit ihm reden. Er kennt die Branche. Wenn es eng wird, ist er mir immer ein guter Freund.

Im Gegensatz zu mir hat er das Glück, nicht im Großraumbüro arbeiten zu müssen. Ich klopfe an seine Zimmertür. Ob ich als Ressortleiterin beim »Blatt« auch ein eigenes Zimmer bekommen würde?

»Ja?«

Ich atme erleichtert auf, trete ein. Droch sitzt wie vermutet am Computer. Als er mich sieht, hellt sich seine Miene etwas auf.

»Kannst du dir vorstellen, dass es irgendeinen Vollidioten in Österreich gibt, dem man das als Gesundheitsreform verkaufen kann?«, sagt er anstelle einer Begrüßung.

Ich weiß zwar nicht genau, wovon er spricht, aber ich schüttle brav den Kopf und sage: »Wir sollen mehr zahlen und dafür weniger bekommen, wenn ich richtig liege. Fragt sich nur, wo das Geld hingeht.«

Droch nickt zufrieden wie ein Lehrer, der seiner minderbegabten Schülerin doch etwas beigebracht hat. »Was willst du? Sicher nicht über die Gesundheitsreform reden, oder? Ich muss den Kommentar in einer Stunde fertig haben.«

»Das ›Blatt‹ will mich abwerben«, platze ich heraus.

Droch sieht mich spöttisch an. »Sieh mal an, die Messerschmidt. Ich war gemeinsam mit ihr bei der ›Lift‹, einer legendären Zeitung in den Siebzigern, ist leider bald wieder eingegangen, hat wohl auch mit uns zu tun gehabt.«

Als Droch die ganze Geschichte kennt, rollt er näher zu mir. Zur Fortbewegung in einem Büro ist ein Rollstuhl gar nicht so übel. »Du musst selber wissen, was du willst. Und setz dich endlich, ich hasse es, zu dir aufzuschauen.«

Ich grinse und setze mich. »So ein Angebot kommt nicht wieder.«

»Und das ›Blatt‹ ist einzigartig«, fügt Droch trocken hinzu.

»Ich weiß. Es ist nicht gerade ...«

»Du willst also gehen.«

»Ich weiß nicht ... eigentlich ...«

»Wie lange hast du Bedenkzeit?«

»Bis morgen Nachmittag.«

»Sieh an, sie will dich wirklich haben. Kann ich ja verstehen. Erwarte keinen Tipp von mir, ich mag das ›Blatt‹ nicht.«

»Und mich?« Das ist mir so herausgerutscht, ein Zeichen, dass ich wirklich verunsichert bin. Drochs Blick wird weich. »Dich mag ich, das weißt du. Und deswegen darf ich dir auch nicht raten, es könnte egoistisch sein.«

»Du willst, dass ich bleibe.«

»Du bist zweiundvierzig, freie Mitarbeiterin beim Lifestyle und hast nicht viele Chancen, etwas anderes zu machen. Du wirst nicht jünger.«

Herzlichen Dank auch. Das weiß ich selbst.

»Ich muss schreiben«, fährt er fort. »Was willst du? Was wolltest du, bevor du das Angebot bekommen hast?«

Nicht viel, ein festes Dach über dem Kopf, ein paar interessante Reportagen, endlich wieder ein paar Tage Urlaub im Veneto, weniger von dem ewig gleichen Society-Gequatsche.

Droch lächelt. »Dann denk darüber nach, und triff deine Entscheidung. Ich muss heute Abend zu einer Familienfeier«, er verzieht angewidert das Gesicht, »sonst wäre ich mit dir essen gegangen. Aber wie wäre es mit morgen Mittag? Vielleicht siehst du bis dahin klarer. Oder wir überlegen gemeinsam ...«

»Danke«, ich küsse ihn auf die Wange, fühle mich nicht mehr ganz so ausgeliefert und gehe zu meinem PC, um die Reportage unserer Mode-Mitarbeiterin zu redigieren. Sie ist schaurig schlecht wie immer.

Am Abend führe ich ein langes Telefonat mit Oskar. Vor mir ein Glas Jameson Whiskey, auf meinem Schoß Gismo, über mir nur eine dünne Zimmerdecke und darüber eine Plane. Wenigstens schneit es heute nicht. Es sollte längst Frühling sein. Ob so eine Zimmerdecke bei falscher statischer Berechnung einstürzen kann?

Ähnlich wie schon Droch fragt auch Oskar: »Was willst du?«

Das Geld, aber nicht den Job. Beim »Magazin« etwas anderes machen. Oder anderswo. Aber beim »Blatt« ...

»Dann nimm nicht an. Finanziell bist du immer über die Runden gekommen. Und: Auch wenn du das nicht so gern hörst ... da gibt es in Notfällen immer noch mich.«

»Zum Glück nicht nur in Notfällen«, antworte ich. Trotzdem möchte ich auf eigenen Beinen stehen, aber das weiß er ohnehin. »Ich werde versuchen, beim ›Magazin‹ einen besseren Vertrag auszuhandeln. Wir haben keine Reise-Redaktion, aber etwas in diese Richtung ... Und«, ich rede mich in Fahrt, »sollte er kein Interesse haben, mich zu halten, dann kann ich ja immer noch zum ›Blatt‹ gehen.«

»Oder sonst wohin.«

Wohin? Die österreichische Zeitungslandschaft ist nicht gerade vielfältig. Oskar verspricht, am Wochenende nach Wien zu kommen. Liebeserklärungen am Telefon sind nicht meine Sache, über die Leitung klingt alles anders, hohl, virtuell. »Hab dich lieb«, flüstere ich zum Schluss rasch und lege auf. In zwei, drei Monaten ist Oskars großer Wirtschaftsprozess in Frankfurt abgeschlossen. Sieht so aus, als würden er und seine Partner auf ganzer Linie siegen. Seit ich hinter seine Affäre mit einer Kollegin gekommen bin, bemüht er sich, jedes Wochenende mit mir zu verbringen. Immerhin war ich es, die in Wien bleiben wollte. Gedankenloses Vertrauen, so wie früher, hab ich nicht mehr. Aber vielleicht ist es ohnehin besser, trotz allem zu vertrauen, als Treue rundum und in jeder Hinsicht wie naturgegeben anzunehmen. Außerdem: Von meinem Seitensprung in der Karibik weiß er nichts, ich glaube, ich werde ihm auch nie davon erzählen. Eine Liebesnacht am Meer, die mir heute schon wie ein Traum vorkommt. Ein schöner Traum allerdings, aber auch nicht mehr als das. Es hat nichts mit Offenheit zu tun, alles herauszuquatschen, nur weil man es loswerden will. Kann er mir vertrauen? Ich denke schon.

Ich schenke mir noch einen Whiskey ein, und Gismo und ich tun, als würde es so ruhig bleiben.

»Es ist ein sehr gutes Angebot, da können wir natürlich nicht mit«, sagt der Chefredakteur und versucht ein Pokerface zu ziehen. »Frauen fördern will die Messerschmidt also«, ergänzt er. »Nehme ich ihr nicht ab. Sie will die Kriminalstorys.«

Von der Frauenförderungssache habe ich ihm gar nicht erzählt. Mein Eindruck der letzten zehn Minuten verdichtet sich zur Gewissheit: Droch muss mit dem Chefredakteur geredet haben. Verdammt noch mal, das war ein vertrauliches Gespräch, er hat sich nicht einzumischen ... jedenfalls nicht so.

»ICH fördere Frauen schon lange«, fährt der Chefredakteur fort und sieht mich selbstgefällig an.

Was immer das heißen mag. Ich weiß vor allem von seinen zahlreichen Affären, aber auch die haben den wenigsten etwas genützt.

»Sie wollen uns also verlassen ...«

Ein Stich. Lässt er mich gehen? Zurückpokern. So viel wie der hab ich allemal noch drauf: »Das Angebot ist, wie Sie selbst gesagt haben, sehr gut. Ich hänge am ›Magazin‹, aber …«

»Ich kann Sie nicht zur Ressortleiterin machen.«

Das habe ich auch nicht angenommen. Ich sehe ihm so fest wie möglich in die Augen. Das ist bei einem Visavis, das seinen ledernen Schreibtischsessel ganz nach hinten gekippt hat und, lässig, lässig, in dem schweren Möbel beinahe liegt, gar nicht so einfach. »Ich dachte an Reisereportagen. Sie wissen, dass ich das kann. Lebendige Reportagen, Lesestoff, im Mittelpunkt Menschen. Vielleicht auch Interviews. Erinnern Sie sich an das letzte große Interview mit dem Salzburger Jedermann? Mit mir reden die Promis.«

»Der redet mit jedem.« Der Chefredakteur kratzt sich am Kinn. »Aber wir sind vielleicht gar nicht so weit voneinander entfernt. Ich weiß ja nicht, welchen Narren Droch an Ihnen gefressen hat, aber … um ehrlich zu sein, hatte er einen ganz guten Vorschlag: Sie werden so etwas wie Chefreporterin. Das heißt: keine Anstellung, aber ein monatliches Fixum. Sie machen uns große Reportagen, zwölf pro Jahr garantiert.«

Fast vergesse ich nach den finanziellen Bedingungen zu fragen: Chefreporterin vom »Magazin« – ich weiß, das sagt nicht viel, aber es … klingt gut. Verdammt gut. »Wie hoch ist das Fixum?«

»Tausendfünfhundert Euro im Monat, Sozialabgaben und Steuern bleiben bei Ihnen.«

Verhandle, Mira! »Zweitausend.«

»Also gut.«

Mist, da dürfte ich zu tief angesetzt haben. »Steuern und Sozialabgaben beim ›Magazin‹.«

»Mehr als zweitausend auf Honorarbasis kann ich nicht bieten.«

»Und das Honorar pro Reportage?«

»Wie bisher.«

Also so irgendwo zwischen fünfhundert und tausendfünfhundert Euro für eine mehrseitige Story, gar nicht schlecht, wenn man es mit den Hungerhonoraren vergleicht, für die viele in unserer Branche inzwischen arbeiten.

»Sie können mehr verdienen als beim ›Blatt‹: Zwei große Reportagen im Monat plus Fixum macht fünftausend Euro.«

»Nur dass ich dort das Gehalt vierzehnmal im Jahr bekäme und die viertausendfünfhundert netto wären.« Er soll nicht glauben ... Dabei kann ich mein Glück kaum fassen, endlich einmal die Stufen nach oben, mehr Geld, ein interessanterer Job.

»Wollen Sie oder wollen Sie nicht?«

»Ich will!« Das war des Jubels etwas zu viel, zu viel Hochzeitston und Liebe für immer in der Stimme, aber für Nuancen ist unser Chefredakteur zum Glück nicht besonders empfänglich. Das muss gefeiert werden!

»Den ersten Auftrag habe ich übrigens schon für Sie«, holt mich der Chefredakteur auf den Boden der »Magazin«-Realität zurück: »Es gibt einen neuen Star unter den Weinbauern, ich kenne ihn übrigens auch persönlich sehr gut, seine Weine sind etwas ganz Besonderes, er hat in Melbourne bei der internationalen Weinbewertung abgeräumt, beim ›Wine Spectator‹ hat er tolle Bewertungen und in Österreich immerhin gleich zwei Salon-Sieger, diverse Medaillen, bla, bla. Ist doch Ihre Liga, oder? Hans Berthold, Treberndorf, Weinviertel, fast vor unserer Haustür. Netter Typ, wir haben eine ganze Nacht ...«

Ich soll einen Kumpel des Chefredakteurs promoten? Womöglich damit er seinen Jahresbedarf an Wein gratis geliefert bekommt? Andererseits: Von Berthold habe auch ich schon gehört, und die Reportage liegt tatsächlich auf meiner Linie. Sie ist so etwas wie eine Zusatzbelohnung. Hinaus aufs Land, wo über dem Kopf keine Presslufthämmer wüten, Natur, Weine verkosten. Ich sehe saftig grüne Rebzeilen vor mir, tiefe Keller, hausgeräucherte Speckseiten, Weinlese, Holzfässer ... Mira, brems dich ein, es ist März und es ist saukalt. Keine Klischeegeschichte. Zumindest nicht mehr Klischee, als für das »Magazin« sein muss. Ich werde gute Reportagen liefern, solche, die man sich merkt. Hm. Was merkt man sich schon von dem, was in der Zeitung steht?

Treberndorf ist nicht gerade groß, ich werde diesen Berthold schon finden. Aneinandergeduckte Bauernhäuser entlang der Hauptstraße, ein Weinviertler Straßendorf, wenig Grün, oder macht es bloß der kalte

März, dass alles so verwaschen grau erscheint? Ich suche nach einem Hinweisschild, einer Tafel an einem der Häuser. Bertholds Betrieb soll am Ende von Treberndorf liegen, zumindest wenn der Chefredakteur Recht hat. Genaueres wollte er nicht sagen, allzu gut scheint er den neuen Starwinzer doch nicht zu kennen. Treberndorf hat erstaunlich viele Enden, zwei an der Hauptstraße, und von der zweigen mehrere Seitenstraßen ab. Niemand zu sehen. Der Wind pfeift eisig. Kleine Barockkirche, gegenüber ein Lebensmittelgeschäft der Kauf-Gruppe, Krämer gibt es fast keine mehr, alle Läden gehören zu irgendeinem Konzern oder gehen unter. Zwei Frauen mit Einkaufskorb. Ich bremse, kurble das Fenster herunter, frage nach dem Weg.

Neugierige Blicke, aber nicht unfreundlich. Die nächste Gasse nach rechts also, hier gibt es kleine Vorgärten, radikal gestutzte Rosen, das letzte Gebäude soll es sein. Ja, die breite Einfahrt stimmt: Ein Bauernhaus mit brauner Fassade und grünen Fensterumrahmungen, etwas dumpf in den Farben, aber Berthold wird wohl keine Zeit für solche Dinge haben. Das Tor ist zu. Kein Namensschild. Keine Klingel. Aber: das letzte Haus, also muss es passen. Ich erinnere mich daran, dass es im Weinviertel üblich ist, einfach durchs Tor in den Hof zu gehen. Mir ist es immer etwas unangenehm, so einzudringen. Die schwere gusseiserne Klinke gibt nach, ich stehe im Hof. Beton, wohin das Auge reicht. Was soll's: Hier ist wenigstens Platz genug zum Arbeiten. Schmink dir deine romantischen Vorstellungen ab, Mira. Man muss das hier ja nicht fotografieren. Ich klopfe an die Tür des Wohnhauses.

Ein zirka fünfzigjähriger Mann in Jeans öffnet. »Ja?«

Das ist nicht Berthold, ich habe etwas im Internet gesurft, er sieht ganz anders aus. »Ich suche Herrn Berthold, Hans Berthold.«

»Und da kommen Sie ausgerechnet zu mir? Das nächste Haus. Wenn Sie Wein kaufen wollen, bleiben Sie allerdings lieber hier. Besser und billiger.«

Seltsamer Empfang. »Nein danke, ich habe mit ihm … geschäftlich zu tun.«

Der Mann mustert mich. »Da kann man auch nichts machen.« Die Tür geht wieder zu.

Ich gehe, so schnell ich kann, ohne lächerlich zu wirken, über den Hof, bin mir sicher, durch das Fenster beobachtet zu werden. Nächstes Haus, zurück in Richtung Ortszentrum. Aber da steht »Mayer« am Türschild. Denk weiter, Mira, vielleicht wohnt Berthold woanders. Die Straße macht eine Kurve, ich fahre zehn Meter weiter. Von hier aus sehe ich links oben in den Hügeln die Kellergasse: Keller an Keller, die einen weiß, die anderen verwittert braun, die meisten mit einem kleinen Vorhäuschen, darin wird der Wein gepresst, noch weiter zurückversetzt steht ein Haus, nein, es handelt sich, nach dem gewaltigen Tor zu schließen, wohl eher um ein Wirtschaftsgebäude, es scheint in den Hügel hineingebaut zu sein, von hier aus fast verdeckt durch die Keller und Bäume. Bäume und Büsche auch am Straßenrand. Vor lauter Schauen hätte ich das allerletzte Haus in der Gasse fast übersehen, aber es ist durch einen geparkten Traktor und einige große Bäume gut verborgen: eine Mischung aus traditionellem Bauernhaus und modernem Designergebäude, perfekte Verbindung von Alt und Neu, viel Glas, viel Licht auf der einen Seite, das alte Gebäude integriert, alles in sonnigem Gelb und Wiesengrün. Und über der tatsächlich großen Einfahrt das Schild: »Weinbau Berthold«.

Hier gibt es eine Klingel, ich läute und bin kaum mehr überrascht, als mir ein junger Mann im Designeranzug öffnet. So habe ich mir die neuen Erfolgswinzer trotz allem nicht vorgestellt, und ich gebe zu: Die Weinbauern, bei denen ich früher Wein gekauft habe, waren mir lieber.

Der junge Mann lächelt. »Meine Eltern sind im Weingarten.«

»Und Sie … kümmern sich um das Geschäftliche?«

»Ach so«, er sieht auf seinen Anzug, »nein, ich habe Biologie studiert. Und heute geht es um ein Forschungsstipendium. Der Professor, der das entscheidet, steht auf gepflegte Kleidung. Ich sehe nicht immer so aus.«

Er beschreibt mir den Weg.

Es hört sich alles ganz einfach an: zurück auf die Brünner Bundesstraße, in die zweite Straße rechts einbiegen, geradeaus, bis sie in einen Feldweg übergeht, weiter, bei der ersten Kreuzung rechts. Dass jemand so etwas als Kreuzung bezeichnen kann: Aufeinandertreffen zweier Karrenwege, beide gerade breit genug für meinen kleinen Fiat. Die Sonne strahlt, die kahlen Rebstöcke scheinen ihr entgegenzuwachsen, gemeinsame Hoffnung auf wärmere Tage. Ich halte an, steige aus, werde auf der Hügelkuppe von einem eisigen Wind überrascht. Aber der Ausblick lässt mich die Kälte vergessen. Wie durch einen Weichzeichner sehe ich die Konturen von Wien: seine neu gewachsenen Hochhäuser, die Türme, die UNO-City, Wohnhäuser, miteinander verschmolzen, Kirchturmspitzen. Eine Großstadt breitet sich vor mir aus, Metropole in Pastelltönen, nur wirklich durch diesen Hügel mit seinen Reben, dazwischen, schon näher, Windräder. Und davor, wie zufällig hier gelandet, die Kleinstadt Wolkersdorf. Die Sonne blendet, ich blinzle, um zu überprüfen, ob es sich um eine Fata Morgana handelt, versuche, mich auf die Hügel zu konzentrieren und auf die Bertholds, die da irgendwo sein müssen. Ob sie die atemberaubende Aussicht überhaupt noch wahrnehmen? Ich kann mich nicht erinnern, dass jemals mit dem grandiosen Blick geworben worden wäre, den man von diesen Hügeln aus auf die Stadt hat. Aber allzu viel Marketing scheint hier im Weinviertel nicht betrieben zu werden. Irgendwie ganz sympathisch.

Ich höre einen Hund bellen, dann, leise, Stimmen. Ich steige wieder ein, fahre in Richtung Gebell, mein Wagen balanciert zwischen tiefen Spurrillen, und da sind sie, viel näher als gedacht. Ein Schäferhund rennt auf mich zu. Ich mag Tiere, aber bei so großen Bestien bin ich vorsichtig. Schweifgewedel, er scheint mir nichts Böses zu wollen, Befehl vom Herrchen: »Reblaus, bei Fuß.« Der Hund namens Reblaus zeigt keine Reaktion, umtanzt mich weiter. Scharfes Kommando vom Frauchen: »Reblaus, bei Fuß!« Reblaus, bei Fuß, kein übles Kommando für einen Winzer. Jetzt sieht sich der Hund immerhin um. Aber noch bevor er sich entscheiden kann, ob er folgen soll, sind die beiden bei mir: Schimützen auf dem Kopf, windgerötete Wangen, in voluminöse Daunenjacken verpackt, sie einen seltsamen großen Akku am Gürtel, ähnlich jenen von Kameraleuten, er mit den blauesten Augen, die ich je gesehen habe.

»Christian hat uns angerufen«, sagt Berthold, nachdem ich mich vorgestellt habe. »Sie hätten sich den Weg in die Kälte sparen können, wir machen gleich Mittagspause.« Er sieht die Rebzeile nach unten, dort sind noch drei vermummte Gestalten. »Wir müssen nur noch diese paar Stöcke schneiden, normalerweise sind wir nicht so spät im Jahr dran. Mit unseren eigenen Weingärten sind wir schon vor zwei Wochen fertig geworden, aber den da konnten wir erst vor ein paar Tagen dazupachten. Etwas verwildert, höchste Zeit, dass man ihn anständig erzieht.«

Unter Erziehung habe ich bisher etwas anderes verstanden. Eher schon das, was Frau Berthold mit dem Hund versucht. »Wir haben ihn Reblaus genannt, weil wir ihn so dringend gebraucht haben wie eine Reblaus, unser Sohn hat ihn uns letztes Jahr zu Weihnachten geschenkt. Eigentlich heißt er Herkules. Er ist komplett harmlos«, erklärt sie.

Ich nicke. Das sagen die Hundebesitzer immer. Aber man muss zugeben, Reblaus hat entzückende, eindeutig übergroße Ohren wie aus Plüsch. Das macht ihn wahrscheinlich nicht gerade zu einem Vorzeige-Rasse-Exemplar, aber dafür irgendwie weniger bedrohlich.

»Sie finden den Weg zurück?«, fragt Berthold.

Ich schüttle den Kopf.

»Unser Wagen steht unten, am Beginn der Rebzeilen. Am besten, ich fahre mit Ihnen.«

Wir steigen ein, die Märzsonne hat das Auto wohlig angewärmt. Wir nehmen den Weg zurück, die Hügelkuppe hinauf.

»Die Aussicht ist unglaublich«, sage ich zu Berthold und deute hinunter auf Wien.

Er nickt. »Wissen Sie, viele der Einheimischen haben diesen Blick längst verloren, sie wollen nichts wie weg, in die Stadt oder zumindest nicht mehr in die Weingärten bei jedem Wetter, auf die Felder. Ich habe Glück, ich war von Kind an fasziniert von dieser Landschaft und dankbar dafür, es ist mir geblieben.«

Den Rest des Weges reden wir nicht mehr, als notwendig ist, damit ich zum Haus zurückfinde.

Berthold öffnet das große Tor mit der Fernbedienung am Schlüsselbund, es teilt sich, scheint in den Wänden zu verschwinden, wir fahren in den Hof. Der Schäferhund tobt schon herum, offenbar hatten die anderen einen kürzeren Heimweg. Der weiträumige Hof ist mit Ziegeln gepflastert, der alte Teil des Hauses schließt mit einem Laubengang ab, vor dem modernen Teil auf der anderen Seite stehen neben schlanken Stahlstangen mächtige verwitterte Holzpfeiler, um die sich junge Rebstöcke winden. Weiter hinten Nebengebäude, teils gemauert und sorgfältig renoviert, teils aus grau verwittertem Holz.

Ich folge Berthold in den großen Vorraum, an der Garderobe zähle ich fünf dick gepolsterte Jacken, an den Wänden hängen Urkunden für prämierte Weine, über der einen Tür ein ausgestopfter Raubvogel, er wirkt wach und hungrig. Ich mag ausgestopfte Tiere nicht besonders. Der Teppich scheint echt zu sein. Berthold hängt seine Jacke zu den anderen, nimmt die Mütze ab, fährt sich durch die dichten schwarzen Haare, an den Schläfen zeigen sich erste graue Strähnen, er sieht viel zu gut aus für einen Weinbauern. Aber es ist nicht nur das: Er strahlt Kraft aus und gleichzeitig Wärme, eine gewisse Verletzlichkeit, beinahe etwas Künstlerhaftes. Ich rufe mich zur Ordnung, offenbar hat der viele Sauerstoff meinen Gehirnzellen nicht gut getan, ich kenne den Typen doch gar nicht. Berthold hilft mir aus meiner für Wind und Kälte im Weingarten viel zu dünnen Stadtjacke, geht voraus.

Die Küche ist riesig. Solche Dimensionen müssen früher Herrschaftsküchen gehabt haben. In der Mitte ein Tisch, an dem sicher zwölf, vierzehn Personen Platz haben. Rundum Regale, aber nichts Nostalgisches, alles aus Edelstahl, funktionell wie die Küche im Gasthaus Apfelbaum, in dem ich vor geraumer Zeit so einiges erlebt habe. Der Apfelbaum liegt übrigens gar nicht weit von hier, fällt mir ein, eine gute Gelegenheit, Manninger zu besuchen. Die Gastronomiekritiker jubeln über sein Konzept der regionalen, aufs Wesentliche reduzierten Küche.

Um den Tisch sitzen zwei Männer um die vierzig, ein deutlich älterer Mann und Frau Berthold. Jetzt, da sie sich aus ihrer schützenden Jacke geschält hat, sehe ich, dass sie sehr schlank ist. Sie wirkt fast elegant. Sie hat dunkle Augen und volles, braun gelocktes Haar. Am Herd steht eine rundliche Frau Mitte dreißig, zwei große Pfannen vor sich.

Frau Berthold weist mir einen Platz zu, ich werde gebeten mitzuessen. »Das ist unser Großvater«, sagt sie und deutet auf den Alten, »er ist mit draußen, auch wenn die Beine nicht mehr so recht mitmachen. Kein Wunder, er wird demnächst zweiundachtzig.«

Der Großvater hat ein verwittertes, von Wind und Wetter wohl dauerhaft gerötetes Gesicht – oder hat der Alkohol dazu beigetragen? Er widerspricht umgehend: »Mit meinen Beinen ist alles in Ordnung, Eva.«

Die beiden anderen, so erfahre ich, sind Arbeiter des Betriebes: Vaclav und Tomek aus der Slowakei. Die Frau am Herd, Ana, ist mit Vaclav verheiratet und kümmert sich um den Haushalt.

»Im Sommer und im Herbst sitzen mehr Leute um den Tisch, manchmal bringen wir gar nicht alle unter, da werden im Hof Tische aufgestellt«, erzählt Frau Berthold.

Es gibt eine dicke Gemüsesuppe, die hauptsächlich aus Kartoffeln besteht, und danach – Fischstäbchen.

»Täglich Schweinsbraten ist nicht so gesund, und wenn Panier drauf ist, essen unsere Männer auch hin und wieder Fisch«, erfahre ich von der Hausherrin. »Außerdem ist heute Freitag.«

Ein Krug mit Wasser steht auf dem Tisch, kein Wein. Berthold deutet meinen Blick falsch: »Darf ich Ihnen etwas zum Kosten bringen? Wir trinken beim Mittagessen keinen Wein, aber ...«

Der Großvater kaut und nickt. »Früher hätt es das nicht gegeben, da ist der Haustrunk immer am Tisch gestanden, aber ... die modernen Methoden ...«

»Danke«, antworte ich, »tagsüber tut mir Alkohol nicht besonders gut.«

»Also«, fährt Berthold fort – er hat wirklich einzigartige blaue Augen, die beiden sind ein schönes Paar, beinahe zu schön –, »Sie wollen eine Reportage über unseren Betrieb machen. Wir haben nicht gerade viel Zeit, aber wenn Sie Lust haben, können Sie uns begleiten, mit jedem von uns reden, einfach dabei sein.«

»Werbung gehört dazu«, ergänzt der Großvater, »sonst können wir uns auch den Umbau nicht leisten.«

Das ist dem Ehepaar Berthold nun doch etwas zu offen, ich lächle rasch und sage: »Das klingt wunderbar, wie sieht es mit Fotos aus?« Zehn Minuten später habe ich Peter, einen unserer besten Fotografen, angeheuert; er wird in knapp zwei Stunden da sein, um die Nachmittagssonne über den Weingärten einzufangen. Er soll seine wärmste Daunenjacke anziehen, empfehle ich ihm.

»Wer ist eigentlich Ihr Nachbar?«, frage ich, als wir nach dem Essen dann zu viert doch noch bei einem Glas Wein sitzen. Berthold schnuppert am Wein, schwenkt das Glas, als ob er etwas völlig Neues probieren würde. »Er hat ein schönes Pfefferl, einen leicht pfeffrigen Ton. Weinviertel DAC, herkunftsgeschützt, nur die besten Veltliner des Weinviertels bekommen diese Bezeichnung, man kann alles Mögliche über unseren Weinbaupräsidenten sagen, aber da ist ihm etwas gelungen. Wer kennt schon die Weinviertler Weine? Schon gar im Ausland? Also braucht es ein gemeinsames Gütesiegel, unter dem jeder dann das seine machen kann. Und unsere Leitsorte ist immer noch der Veltliner.«

Ich koste auch. Duftig, spritzig, und jetzt, wo er es sagt, habe ich das Gefühl, tatsächlich einen leicht pfeffrigen, würzigen Ton zu spüren. Wenn er es allerdings nicht gesagt hätte ... Aber ich bin eben keine Expertin, sondern nur eine, die gerne guten Wein trinkt. Wollte Berthold mir ausweichen, oder hat da einfach, ganz ohne Hintergedanken, der Winzer durchgeschlagen? Ich probiere es noch einmal: »Ich bin zuerst beim falschen Haus gelandet. Ihr Nachbar hat gemeint, falls ich Wein kaufen will, solle ich lieber gleich bei ihm bleiben. Ist so etwas hier üblich?«

Berthold sieht von seinem Glas auf, seufzt, überlegt. Bevor er etwas sagen kann, fährt der Großvater dazwischen: »Das wär schlimm, wenn das üblich wär'. Neidisch sind sie, die Aichingers, das ist alles. Schon der Großvater, ich meine den, der gleich alt war wie mein Vater, war so. In der Nacht haben sie Grenzsteine versetzt und danach uns angeschwärzt. Dabei waren immer sie die größeren Bauern. Das hat sich erst in den letzten zehn, zwanzig Jahren geändert. Zum Glück. Wenn du nicht tüchtig bist ...«

Eva Berthold schüttelt den Kopf: »Lass gut sein, Großvater, das interessiert Frau Valensky sicher nicht besonders. Die Aichingers sind eben etwas ... mühsam.«

»Unverträglich sind sie«, fährt der Großvater fort. »Wer, glaubst du, sticht uns die Autoreifen auf? Und dass sie auf einer Saumrinne bestanden haben, nur damit unser Anbau nicht in ihre Lufthoheit eindringt!

Nicht einmal die Dachrinne darf drüberstehen, sie muss ins Dach hineingebaut werden, was viel mehr kostet ...«

»Das mit dem Autoreifen kann auch ein spitzer Stein gewesen sein, Großvater.«

»Aber geh, schon als ich Bürgermeister gewesen bin, war mit dem alten Aichinger nicht auszukommen. Was ich mit dem auszuhalten gehabt hab: Hab ich das eine gesagt, hat er das andere gesagt.«

»Sie waren ... von unterschiedlichen Parteien?«, frage ich weiter. Viele Möglichkeiten hat es hier am Land wohl nicht gegeben. Volkspartei oder Sozialdemokraten.

»Wo denken Sie hin? Wir waren natürlich beide von der Volkspartei, ich Bürgermeister und Parteiobmann über dreißig Jahre, er Vizebürgermeister. Bis er auf die Idee gekommen ist, dass man nicht Bürgermeister und zugleich Parteiobmann sein soll. Ausgehebelt hat er mich, selbst wollte er Parteiobmann werden, aber da hab ich mich hinter die vom Wirtschaftsbund gesteckt, und es hat ja auch genug Leute vom Bauernbund gegeben, die ihn nicht gewollt haben, ganz abgesehen von der Frauenbewegung, die waren auch eher für mich, fesch war ich damals noch, also hat er es nicht geschafft mit dem Obmann.«

Ich lächle. »Wie lange ist das her?« Ich denke an die Fünfziger-, Sechzigerjahre.

»Na das war so 1990. Vor zehn Jahren hab ich dann meine Funktion abgegeben, freiwillig, an einen Lehrer. Jetzt sind fast alle Bürgermeister Lehrer. Die haben Zeit genug. Ich nicht. Wir haben ja groß ausgebaut. Man braucht mich.«

Eva Berthold ist aufgestanden und lächelt. »Wir brauchen dich wirklich, Großvater.« Zu mir gewandt: »Ich muss an den Computer, Mails checken und Daten nachtragen. Die Verwaltung wird seit der EU immer aufwändiger.«

Ich stehe auch auf. »Ich will Sie nicht aufhalten ...«

Berthold will zu seinen Arbeitern in den Keller gehen. Wenn der Fotograf da ist, fahren sie noch einmal hinaus in den Weingarten schneiden und anbinden. »Ist fast ehrenrührig, jetzt noch Reben zu schneiden, so als ob wir im Winter nicht fleißig genug gewesen wären«, meint er.

»Warum? Schadet ihnen das jetzt?«

»Wenn sie noch nicht ausgetrieben haben, nicht. Aber man macht es eben früher. Doch wie gesagt, der Weingarten hat vor einer Woche noch gar nicht uns gehört.«

»Sie expandieren ziemlich, nicht wahr?«

Hans Berthold sieht mich ernst an: »Wir müssen. Wir hatten zwei Möglichkeiten: Wir bleiben der kleine Familienbetrieb und wurschteln uns mit möglichst guten Weinen durch, oder wir professionalisieren das Unternehmen. Mein Sohn hat mit Weinbau nichts am Hut, das hat, so seltsam es klingt, wahrscheinlich den Ausschlag gegeben. Evas Eltern können nicht immer mithelfen, es geht ihnen nicht mehr so gut, außerdem hat ihr Bruder auch eine Landwirtschaft. Vater ist noch sehr rüstig, aber wer weiß, wie lange noch. Unsere Jüngste, Martina, ist ganz besessen vom Weinbau, sie besucht die Weinbaufachschule, aber sie ist erst sechzehn. Wir hätten einen Teil unserer Eigenflächen verpachten müssen, wenn wir nur zu zweit oder dritt arbeiten würden. Also haben wir uns für den anderen Weg entschieden: Zukauf, Zupacht, Arbeiter anstellen, Werbung machen, Schritt für Schritt. Was Sie heute sehen, ist das Ergebnis von sechs Jahren harter Arbeit in diese Richtung.«

»Und Ihr Nachbar Aichinger?«

»Baut auf die Arbeitskraft seiner Verwandtschaft. Er kommt kaum zurecht, aber trotzdem versucht er uns die besten Lagen vor der Nase wegzuschnappen, nur um mich zu ärgern. Es gibt ja viele, die gerne verpachten.«

»Und sein Wein?«

»Probieren Sie ihn.«

»Der Umbau hier …«

»Wir sind im letzten November fertig geworden, wenn schon, denn schon. Sie müssen sich einmal den Keller ansehen, darauf bin ich besonders stolz.«

»Auf Urlaub waren wir schon drei Jahre nicht«, seufzt Frau Berthold, »aber heuer. Sicher.«

Er scheint sich da nicht so sicher zu sein. »Wir werden sehen.« Ich sitze mit Frau Berthold im Büro, warte auf den Fotografen und versuche sie nicht zu stören. Das Büro ist weniger repräsentativ als das, was ich bisher vom Haus gesehen habe: ein kleines Zimmer mit Blick auf den Hof, Ikea-Regale, Aktenordner, Boxen mit gestapelten Zeitschriften und Prospekten, ein Billigschreibtisch mit Computer, daneben Drucker, Fax.

Eva Berthold schreibt erstaunlich schnell. Als sie eine Pause macht und fragt, ob sie irgendetwas für mich tun könne – aber es seien ein paar Bestellungen hereingekommen, eine Viertelstunde brauche sie leider noch –, sage ich: »Sie machen das, als ob Sie es gelernt hätten.«

Sie lächelt. »Hab ich nicht. Ich bin gelernte Volksschullehrerin, aber damals gab's das noch nicht mit den Computern. Was man braucht, kann man sich beibringen. Mit zwanzig hab ich meinen Mann kennen gelernt, mit einundzwanzig hab ich Christian bekommen, danach war ich noch drei Jahre arbeiten. Hans war Landmaschinenmechaniker beim Polterer zwei Orte weiter, die Landwirtschaft seiner Eltern hat nicht genug hergegeben, die Trauben sind an die Genossenschaft gegangen und zu Sektgrundwein verarbeitet worden. Meine Eltern«, lächelt sie, »waren von meiner Heirat nicht gerade begeistert. Sie haben auch eine kleine Landwirtschaft und waren stolz, dass es ihre Tochter bis zur Lehrerin gebracht hat – und dann heiratet sie einen Bauern und Mechaniker. Aber Hans hat immer schon eine Liebe zum Wein gehabt. Als Christian ein paar Jahre alt war, haben wir uns entschieden: Ich gebe den Beruf auf, und wir steigen voll auf Weinbau um, die anderen Äcker sind verpachtet worden, dafür haben wir Weinflächen dazugepachtet, den Weinkeller ausgebaut. Wir waren jung und hatten eine Menge Schulden. Es ist bergauf gegangen, mit Schulungen und Marketing und allem, was man heute so braucht. Und dann kam die zweite Entscheidung, die, von der mein Mann gesprochen hat: Sind wir damit zufrieden, reduzieren wir sogar wieder, weil die Familie, die mithelfen kann, kleiner wird, oder bauen wir noch einmal aus? Jetzt sind wir nicht mehr so jung, sitzen wieder auf einem Berg Schulden, aber ...« Sie lächelt wieder: »Wir schaffen es, er hat sehr viel Kraft.«

Und sie wohl auch, denke ich mir. Kein Wunder, dass der Nachbar neidisch ist. Wenngleich es sich bei dem schlechten Verhältnis um eine über Generationen hinweg gehegte Feindschaft handeln dürfte.

Sogar Peter, der Fotograf, lässt sich von der Stimmung in den klirrend kalten nackten Weingärten anstecken. Mit knallroten Fingern wechselt er immer wieder das Objektiv, kniet auf dem gefrorenen Boden, um die beste Perspektive zu finden. Die Bertholds haben auf ihre Mützen verzichtet, Haare wehen im Wind, dürre Rebäste werden weggeschnitten, bis bloß rechts und links vom Stock jeweils ein Ast mit sechs Knospen – ein Strecker mit sechs Augen, sagt Berthold – stehen bleibt. Dazu zwei kleine Aststummel in der Mitte mit je einer Knospe, »Zapfen«. Die biegsamen rauschaligen Äste werden mit einer Maschine an den unteren Draht gebunden. Blitzblauer Himmel, klare Farben, »Mach keine Idylle draus«, rufe ich gegen den Wind zu Peter hinüber.

»Glühwein, das wär was«, ruft Peter gut gelaunt zurück.

Eine Stunde, dann zurück ins Warme. Ich fühle mich wie nach einem Tag Schifahren: ausgekühlt und erhitzt zugleich, vollgesogen mit Sauerstoff, angenehm müde. Wenn ich mir allerdings vorstelle, das täglich sechs, acht Stunden lang zu machen ...

Ana serviert uns tatsächlich Glühwein, Hans Berthold ist nach Wien Wein liefern gefahren, gute Kunden versucht er weiterhin selbst zu betreuen. Eva Berthold bereitet die Präsentation für den Abend vor: Eine japanische Delegation hat sich angesagt, sie besuchen ein paar Betriebe in Österreich; wo sie danach einkaufen, wird sich herausstellen. Japan gilt als Zukunftsmarkt. Prospekte und Unterlagen auf Englisch müssen ausgedruckt werden. Man hat eine Erklärung zu den verfügbaren Weinen und eine Betriebsbeschreibung samt Verkaufskonditionen auf Japanisch in Auftrag gegeben. Sie soll den englischsprachigen Mappen beigelegt werden, aber noch ist der Text nicht da. Eva Berthold schaut immer wieder in die Mailbox. Können wirklich in einem Word-Dokument japanische Schriftzeichen erscheinen? Kann man das ausdrucken? Die japanische Studentin, die den Auftrag erhalten hat, sagt ja. Ich habe keine Ahnung. Wird wohl so sein.

Ich sitze am Küchentisch und nicke ein, schrecke wieder hoch, als mich eine kalte Hundeschnauze anstupst. Reblaus hat es geschafft, sich im allgemeinen Trubel ins Haus zu schleichen. Was für ein Name für einen Hund. Ich bewege mich sicherheitshalber nicht, das gefällt Reblaus, er beginnt mich hingebungsvoll abzuschlecken. Säubert er mich nur, bevor er mich frisst? Unsinn, Mira, der ist tatsächlich harmlos. Ich kraule seinen Kopf, und er stößt Laute aus, die mich mehr an Gismo als an einen Hund erinnern, so eine Art wohliges Grunzen. Wo wird die Weinpräsentation stattfinden? Hier?

Bekommen die Japaner auch etwas zu essen?

»Wir lassen das Essen liefern«, erklärt Eva Berthold. »Es gibt eine sehr gute Fleischhauerei bei uns, der Sohn hat sie übernommen, fünfundzwanzig oder so sind er und seine Frau erst, und sie legen sich richtig ins Zeug, Winzerjause ohne Schrecken für Japaner. Die mögen diese riesigen überhäuften Platten nicht so gern, also wird alles leichter und auf kleinen Tellern angerichtet mit viel dünn geschnittenem Obst und Gemüse dazwischen, die machen das besser, als wir das je könnten. Und sie sind nicht einmal teuer. Zumindest noch nicht.«

Ein schlankes Mädchen in Jeans und Norwegerpullover stürmt in die Küche, stutzt kurz, als sie fremde Gesichter sieht, sagt anstelle einer Begrüßung: »Heut kommen die Japaner, oder?«

Eva Berthold seufzt. »Wie wär's mit Grüßen?« Sie stellt uns vor, Martina gibt uns die Hand, sie hat die dichten braunen Locken ihrer Mutter und die blitzblauen Augen ihres Vaters. »Papa hat gesagt, ich darf zwei Weine präsentieren.«

»Wie war es in der Schule?«

»Na ja. Der Lercher, der Mathelehrer, hasst mich.«

»Unsinn, du wirst nicht gelernt haben.«

Martina besucht ein Halbinternat, erfahre ich, am Wochenende kommt sie heim. In allen Fächern, die mit praktischem Weinbau zu tun haben, stehe sie auf »sehr gut«. Das interessiere sie eben, in den Lernfächern seien ihre Noten nicht ganz so gut.

»Ich will eben Weinbau lernen und basta«, sagt sie, »ich seh eh nicht ein, wozu ich die Matura machen muss.«

Eva Berthold lächelt, man merkt, diese Diskussion hat sie schon oft geführt. »Ihr erstes Wort, das sie gesprochen hat, war nicht Papa oder Mama. Sie war spät dran mit dem Reden, wir sind im Auto gefahren, und Hans hat unseren Sohn Christian gefragt, was das für ein Fahrzeug sei, das wir gerade überholen. Martina hat hinausgesehen und laut und deutlich ›Lesewagen‹ gesagt.«

Martina ist stolz auf diese Geschichte, das merkt man. »Ich kann Traktor fahren, seit ich acht bin.«

Die Weinbäuerin seufzt. »Manchmal wär es mir lieber, sie wär nicht ganz so burschikos.«

Es beginnt zu dämmern. Peter ist zurück nach Wien gefahren, er muss noch für eine andere Reportage Fotos einrichten und versenden, am Abend soll er wieder da sein. Japanische Weineinkäufer machen sich in unserer Story gut, da bin ich mir sicher. Ich lasse mich überreden, im Gästezimmer ein Nickerchen zu machen. Warum ich nur so müde bin? Wahrscheinlich dieses Frühaufstehen wegen des dämlichen Presslufthammers. Und dann die vielen Eindrücke, der neue Job, der zwar so neu nicht ist, aber Chefreporterin …

Ich wache auf, als es an die Tür klopft. Im ersten Moment erkenne ich die Frau nicht, die da hereinschaut: eine schlanke Gestalt im Dirndlkleid, ein rotes Halstuch, beinahe neckisch gebunden, Ausschnitt, aber nicht zu tief. Ich versuche es noch einmal mit dem Aufwachen, das Bild bleibt.

»Meine Tochter bringt Sie nach drüben, wenn's recht ist. Haben Sie gut geschlafen?«, fragt Eva Berthold.

Schwarze Jeans, Samtjacke, das muss reichen, ich kann nichts Trächtiges bieten, und ich gebe zu, dass mir Derartiges ohnehin schon immer verdächtig war. Selbst Martina trägt etwas, das an bäuerliche Tradition erinnern soll; roter Leibkittel aus Leinen, dazu ein rotes Band in ihren Locken. Sie bemerkt meinen Blick. »Für die Japaner«, erklärt sie, »die stehen auf so was, und wir wollen unseren Wein verkaufen.«

Wir gehen durch den Hof nach hinten zum rückwärtigen Tor, das jenem zur Straße hin gleicht. Martina lässt es auf- und wieder zugleiten. »Wir können mit den Traktoren und den meisten Anhängern durchfahren«, erklärt sie. Hinter dem Haus führt ein mit alten Ziegeln begrenzter asphaltierter Weg zur Kellergasse hinauf. Ruhig und verschlafen liegt sie da, Kopfsteinpflaster, zwei hohe Weiden. Das kleine Kellerhaus, bei dem der Weg in die Kellergasse mündet, ist grün und gelb bemalt – dieselben Farben wie am Wohnhaus, derselbe Schriftzug über dem Eingang. Dahinter, aus der Nähe mächtig, aber dennoch in die Hügellinie eingefügt, zum Teil sogar in den Hügel hineingebaut, das neue Kellergebäude, das ich schon von der Straße aus gesehen habe.

»Zum neuen Keller kann man von der Straße aus mit Traktoren und LKWs zufahren, der hintere Eingang liegt eine Etage höher, da steht unsere Presse. Und dort haben wir auch die Stellplätze für unsere Traktoren und Anhänger. Am vorderen Eingang liefern wir den Wein aus«, sagt Martina, »und das Tollste: Vom neuen Keller kommt man unterirdisch in diesen Keller hier, unseren alten Keller.« Man merkt, sie ist von dem Umbau begeistert.

Auch der alte Keller, Teil der Kellergasse, ist ein Schmuckstück. Das ehemalige Presshaus, der Vorkeller, ist weiß ausgemalt, eine große Baumpresse dominiert den Raum, man sieht ihr an, dass sie schon lange bloß Ausstellungsstück ist. An den Wänden Urkunden, Fotos mit prominenten Weinkäufern und von Siegerehrungen bei internationalen Verkostungen. Eine Theke, die aus einem Baumstamm gehauen wurde, dahinter im Regal Weinflaschen aus zwanzig Jahren. Nicht nur der Weinbaubetrieb, auch die Etiketten haben sich verändert: Zuerst war darauf eine Traube abgebildet, umgeben von viel Gold, dann hat man sich für ein Aquarell entschieden, das offenbar den Weinkeller darstellt, danach für den Schriftzug »Berthold«, und seit einigen Jahren steht bloß ein großes schlichtes »B« auf grünem oder weinrotem Grund. Die Treppe führt steil nach unten, Ausnehmungen sind elektrisch beleuchtet, erzeugen die Atmosphäre einer anheimelnden, aber auch geheimnisvollen Höhle. Hoher gewölbter Keller mit alten Holzfässern, manche reichen beinahe bis an die Decke, feucht und kühl ist es hier, so ein Weinkeller muss das ganze Jahr über die gleiche Temperatur halten, das weiß sogar ich. Eine Glaswand, mitten im Keller. Stünde die eingelassene Glastür nicht offen, man könnte die Abgrenzung glatt übersehen. Dahinter der Verkostungsraum, Teil des Kellers, aber geheizt, klimatisiert. Lange sorgfältig gearbeitete Holztische in einem hohen Quergang, in der Mitte ein großer Tisch für das Büffet, an beiden Enden des Querganges Türen, sie sind geschlossen.

Eva Berthold fegt in ihrem Dirndl hin und her, drapiert Blumen, legt Prospektmaterial auf. Das Büffet sieht tatsächlich einladend aus: japanergerechte Winzerjause, daran könnte ich mich gewöhnen. Selbst beim Brot hat man sich etwas einfallen lassen: Neben in exakte Streifen geschnittenem Bauernbrot gibt es Minisalzstangen.

»Kosten Sie«, fordert mich Eva Berthold auf, »wir machen sie selbst, Ana hat heute mindestens zweihundert Stück davon gebacken.«

Sie schmecken großartig, im Backen bin ich zwar eine Niete, aber ich muss Ana nach dem Rezept fragen.

Hans Berthold kommt. Er wirkt angespannt, anders als heute im Weingarten. Seine Verbeugung vor dem Klischee ist ein Trachtenanzug, er ist für mich der erste Mensch, der in so etwas gut aussieht. Lässig, als sei es ihm nicht wichtig, was er trägt, und dabei beinahe etwas melancholisch. Mira, deine Phantasie geht mit dir durch. Der schöne Winzer schimpft mit lauter Stimme in den Raum hinein: »Ich hab euch gesagt, ihr sollt die anderen Gläser nehmen. Verdammt, muss man alles dreimal sagen!«

Seine Frau sieht ihn an, dann gibt sie Vaclav Anweisung, die Gläser auszutauschen.

Weg ist der Winzer wieder. Mir ist der Vorfall peinlich, aber niemand sonst scheint ihn wichtig zu nehmen.

Dicke Kerzen werden angezündet, auf dem einen Tisch liegen Prospekte, der andere ist rustikal gedeckt. Als Appetithappen sind winzige Schwarz- und Weißbrotecken mit traditionellen Aufstrichen auf Platten angerichtet, schlicht, appetitlich.

»Wir müssen darauf achten, dass sie nicht zu schnell betrunken sind«, erklärt mir Eva Berthold.

Pünktlich auf die Minute treffen die Japaner ein, angeführt von Hans Berthold, dem Weinbaupräsidenten sowie zwei Fotografen von lokalen Medien. Bloß Peter, mein Fotograf, fehlt noch. Hoffentlich schafft er es rechtzeitig. Es ist ein exotisches Bild: Zwölf sich verbeugende Japaner im Anzug stehen einer einigermaßen kostümierten Winzerfamilie gegenüber, bloß der Weinbaupräsident trägt keine Tracht, dafür aber wenigstens eine Krawatte, auf der Reben zu sehen sind. Wo man so etwas wohl bekommt?

Faszinierenderweise ziehen tatsächlich einige der Japaner Fotoapparate aus ihren Sakkotaschen, sie knipsen und sind hingerissen, ein Gruppenfoto wird verlangt. Jetzt schon?

»Ist gut so«, zischt mir Eva Berthold zu, »jetzt stehen sie noch alle gerade.«

Sie scheint Japaner nicht besonders zu mögen.

»Man weiß nie, wie wichtig sie wirklich sind, ob und wie viel sie kaufen. Was soll's. Wir müssen jedenfalls vorbereitet sein«, erklärt sie mir leise, offenbar hat sie meinen Blick bemerkt.

Hans Berthold spricht ein liebenwert weinviertlerisches Englisch, aber man merkt, er hat mit Präsentationen in dieser Sprache Erfahrung. Die Japaner haben einen Dolmetscher mit. Wo bleibt nur mein Fotograf?

Die ersten beiden Weine werden im Stehen verkostet, ein ganz leichter Winzersekt, bloß 10,5 Promille Alkohol, fruchtig, aber angenehm trocken. Martina reicht Minisalzstangerln herum. Als nächster Wein steht der köstliche Weinviertel DAC auf dem Programm; zu diesem besonderen Veltliner und seiner Vermarktungsschiene sagt auch der Weinbaupräsident etwas. An seinen Händen sieht man: Er ist nicht nur Funktionär, sondern nach wie vor selber Weinbauer. Er scheint mir deutlich sympathischer, als ich ihn bisher im Radio oder Fernsehen empfunden habe, aber vielleicht liegt das daran, dass ich Politiker jeglicher Art lange nicht so mag wie Winzer. Außerdem: dass er da den Wein eines Konkurrenten bewirbt, spricht für ihn. Das würde Bertholds Nachbar wohl nie machen.

Die Japaner setzen sich, es geht schnell, beinahe lautlos, wie beim Ballett. Den nächsten Wein, kündigt Berthold an, werde seine Tochter Martina präsentieren, er habe die Reben in ihrem Geburtsjahr, also vor sechzehn Jahren, ausgepflanzt. Ein Riesling. Martina wird etwas rot im Gesicht, ist aber sichtlich angetan von der Aufgabe. Ihr Englisch ist gar nicht übel, sie nimmt das Glas, schwenkt es, riecht, beschreibt den Duft nach Weingartenpfirsichen – ob sich die Japaner etwas darunter vorstellen können? – und exotischen Früchten, alle schnüffeln. Sie nimmt einen Schluck, behält ihn lange im Mund, schildert dann Aroma und Abgang, beschreibt die Lage des Weingartens im Ried Hüttn, spricht über die internationale Prämierung des Weines in Melbourne, den Wert eines Salonsiegers in Österreich. Die Japaner kosten wie auf Kommando zur gleichen Zeit, mit der gleichen Bewegung, nicken, besprechen sich leise.

Jetzt endlich taucht Peter auf. Die anderen beiden Fotografen sitzen schon an einem kleinen Tisch abseits, trinken und scheinen ihre Arbeit abgeschlossen zu haben. »Scheiß Stau«, erklärt Peter seine Verspätung. Um diese Zeit? Wie auch immer, er ist da. Und noch mehr Fotos werden freundlich genehmigt. Vor der Rotweinverkostung bittet man in den Barriquekeller. Jetzt weiß ich, was hinter einer der Türen im Quergang liegt: ein sorgfältig temperiertes, trockenes Gewölbe mit einer eindrucksvollen Anzahl an Barriquefässern. Der Kellerraum steigt etwas an, an seiner Stirnseite sind die Fässer in vier Lagen übereinander geschichtet. Eva Berthold kommt mit frischen Gläsern, der Winzer nimmt einen Weinheber, geht zu einem der Fässer, zieht Wein, verteilt ihn, erzählt, wie lange dieser Cabernet noch im Fass liegen bleibe und mit welchem Wein er wahrscheinlich zum Cuvée Lissen verschnitten werde. Lissen sei eine ihrer besten Rotweinlagen, steinig, steil, aber ein wahrer Sonnenspeicher. Wenn das alles die Japaner nicht beeindruckt, dann weiß ich nicht. Ich jedenfalls bin hingerissen, und der Wein schmeckt mir schon jetzt – quasi unfertig – ausgezeichnet. Berthold beschreibt, wie er mit verschiedenen Barriquefässern experimentiert. Ich wusste gar nicht, dass es da Unterschiede gibt. Von französischer Eiche und amerikanischer Eiche, sogar von slawonischer ist die Rede und von den Unterschieden, je nach Erzeuger, von verschiedener Toastung. Ob die Japaner Experten sind, ist ihnen nicht anzusehen. Jedenfalls nicken sie immer wieder, wenn übersetzt wird. Ich lerne: Je intensiver die Toastung, desto mehr vom Barriquegeschmack wird abgegeben. Bei allzu leichter Toastung überwiegen die grünen Holztöne. Berthold bevorzugt mittlere Toastung, das entspreche dem Charakter der Weinviertler Weine.

Ich spüre den Alkohol auf fast nüchternem Magen, einige der Japaner lockern die Krawatte, man bittet zum Büffet. Ab jetzt stehen alle Weine zur Nachverkostung am Tisch, jeder trinkt nach Belieben. Peter wird gebeten, nicht mehr zu fotografieren.

Hans Berthold lächelt mir zu: »Sie sind uns ein willkommener Gast, aber nun eben Gast – keine Journalistin, das ist jetzt der informelle Teil des Abends, nichts zum Schreiben. Sie bleiben noch? Ich würde mich freuen.« Ein tiefer Blick, klar bleibe ich, mir geht es blendend. Und immerhin habe ich meine Beförderung zur Chefreporterin zu feiern.

Das Winzerehepaar und die Tochter schenken aus, der Großvater kommt, erzählt, seine Kartenrunde beim Herbst, im Dorfwirtshaus, würde er wegen so ein paar Japanern auch nicht auslassen.

Bald weiß ich, dass Eva Bertholds Prophezeiung stimmt: Die Japaner werden immer lustiger, ziehen die Sakkos aus, essen, trinken, trinken, es wird immer später. Der Weinbaupräsident hat etwas gerötete Augen, zeigt ein milde-entrücktes Lächeln und intoniert ein altes Volkslied, zwei Japaner schlagen musikalisch zurück. Ob japanische Musik wirklich so schaurig klingt, oder ob die beiden bloß nicht singen können?

Als ich das nächste Mal auf die Uhr sehe, ist es halb drei. Die Japaner ziehen sich etwas derangiert in ihren Bus zurück, sie werden in ihr Wiener Luxushotel gekarrt. Der Weinbaupräsident umarmt uns alle innig und verabschiedet sich. Ob er noch fahren kann? Eva Berthold lächelt und gähnt. Bei ihm gehörten Abende wie dieser quasi mit zum Job, und obwohl er gleich unten im Nachbarort wohne, habe er wie immer seinen Chauffeur mit. Es sei besser, jetzt gleich zusammenzuräumen, morgen früh gehe es wieder los und Ana habe auch nicht für alles Zeit. »Wollen Sie wirklich noch nach Wien?«, fragt sie mich und sieht besorgt drein. Sollte ich eigentlich nicht. Ich bin glücklich, als sie mir das Gästezimmer anbietet. »Dafür helfe ich beim Wegräumen.«

Jetzt stellt sich heraus, was hinter der anderen Tür des Verkostungsraums ist: eine kleine, aber voll ausgestattete Küche, eine Spülmaschine für Gläser, eine für Geschirr, ein riesiger Gastronomiekühlschrank. Die Büffetreste werden verstaut, viel ist nicht übrig geblieben. Hans Berthold versorgt die angebrochenen Weinflaschen, wir räumen Teller und Gläser in die Maschine, sammeln die benutzten Servietten ein.

»Den Rest kann Ana machen«, befindet die Weinbäuerin. Inzwischen ist es halb vier geworden.

»Da hab ich noch einen besonders guten Tropfen«, sagt Berthold und schwenkt eine halb volle Flasche, »1993, Cuvée Lissen, einer unserer ersten großen Erfolge. Ich hoffe, die Japaner haben kapiert, was sie da getrunken haben, ich kann sie nie einschätzen.« Er seufzt.

»Ich gehe vor ins Haus«, sagt seine Frau.

Ich sitze mit Hans Berthold im Keller, drei Kerzen brennen noch. Der Wein ist voll und schwer, aber wahrscheinlich ist es besser, ich wundere mich nicht laut darüber, dass so etwas Großartiges im Weinviertel wächst. Das könnte so wirken, als würde ich der Gegend und seinen Winzern wenig zutrauen.

Die Schatten unter seinen Wangenknochen, er stößt mit mir an, lächelt mir zu, als gäbe es sonst niemanden auf der Welt, nicht einmal Japaner. »Manchmal bin ich müde«, sagt er, und sofort möchte ich ihn in die Arme nehmen und ihn trösten, den starken, erdigen, erfolgreichen Mann, der jetzt weich wird.

Ich trinke noch einen Schluck. »Kein Wunder«, sage ich so trocken wie möglich.

Er lächelt sein hinreißendes Lächeln. »Halten Sie mich bitte nicht für schwach«, sagt er, »es ist die Stimmung – und … Ich bin keiner, der gelernt hat zu reden, ich lass den Wein sprechen. Dieser da ist, als hätt ich ihn für Sie gemacht.«

Wir stoßen noch einmal an. Mira, bleib vernünftig.

»Ich bin Hans.«

Ich sehe ihm in die Augen, jetzt sind sie nicht mehr hellblau, sondern dunkel wie der Himmel an einem strahlenden Märztag. Ich muss betrunken sein, dass mir so etwas einfällt. »Mira.«

Sein Gesicht kommt näher. »Was für ein Name.«

»Ihr sitzt ja immer noch da!«, ruft Eva vom Eingang her.

Nicht er, sondern sie geleitet mich zum Gästezimmer. Besser so. Was ich aber träume, geht niemanden etwas an.

Ich erwache von einem ohrenbetäubenden Getöse, verfluche den Dachbodenausbau, begreife erst dann, dass ich gar nicht in meiner Wohnung, sondern bei den Bertholds in Treberndorf bin. Was ist das? Klingt, als würde jemand einen alten Truthahn erwürgen. Ich versuche die Augen aufzukriegen und blinzle auf mein Mobiltelefon. Sieben Uhr. Wann sind wir gestern schlafen gegangen? Nicht gestern, heute. Es fällt mir nicht ein, aber lang habe ich nicht geschlafen, so viel ist mir klar. Ich ziehe mir die Decke über den Kopf. Das Gekreische geht weiter. Jetzt bellt auch noch der Hund dazu. Reblaus. Sie haben Sinn für Humor. Weinbauern sind Frühaufsteher. Mira, du hast eine Reportage zu schreiben, sie muss gut werden, stehe mit den Weinbauern auf. Irgendwie komme ich aus dem Bett. Das Gästezimmer hat ein kleines Bad, sogar eine frische Zahnbürste ist da, um halb acht fühle ich mich ferngesteuert, aber sauber. Ich gehe Richtung Küche, niemand da, gehe in den Hof und weiß, was den Lärm verursacht hat: Der Hof lässt sich bei Bedarf überdachen, aber der Mechanismus scheint nicht zu funktionieren. Martina steht auf einer Leiter und weist Tomek an, es noch einmal zu versuchen. Markerschütterndes Gequietsche, die Stahl- und Glasteile rucken, bewegen sich aber nicht weiter.

»Lass«, schlägt Tomek vor.

»Das muss gehen.«

»Du machst kaputt.«

»Wenn die Eltern kommen, sagen sie sowieso, ich hab es kaputt gemacht, weil ich es probiert hab.«

»Guten Morgen«, sage ich gähnend.

»Guten Morgen. Ich soll Ihnen Kaffee machen, hat meine Mutter gesagt, sie ist nach Wien zu einer Sitzung gefahren, und mein Vater ist irgendwo bei Mistelbach und schleppt Großvater ab. Der liefert nämlich den Wein in der Umgebung aus, nur dass er eigentlich nicht mehr Auto fahren sollte, weil er nicht mehr besonders gut sieht. Passiert ist ihm aber nichts.«

»Kaputt?«, frage ich und deute aufs Dach.

»Pfusch, die haben einfach schlampig gearbeitet«, sagt Martina, »aber wir haben noch Garantie.«

»Wann steht ihr eigentlich auf?«

»Na ja, so zwischen sechs und sieben.«

Liebe Güte, das Landleben ist wirklich nichts für mich.

»Hab ich Sie aufgeweckt?«, fragt Martina interessiert und ohne jedes Schuldgefühl.

Hans Berthold und der Großvater kommen debattierend durchs Tor. Ob er sich erinnert, dass wir per du sind? Erstaunlicherweise habe ich kein bisschen Kopfweh.

»Da war ein Fleck auf der Straße, eine Ölspur, deswegen bin ich weggerutscht«, erklärt der Großvater. Es wirkt, als hätte er es schon ein paarmal erzählt.

»Quatsch, Vater, du hast einfach nicht aufgepasst.«

»Das kann einem jeden passieren – und außerdem, was willst du? Das Auto ist ganz, ich bin ganz, nur ein kleiner Ausritt ins Feld.«

»Und was, wenn du einmal unter einen LKW reitest?«

»Dann bin ich tot, ich bin alt genug. Außerdem hab ich ganz anderes überlebt.«

Hans seufzt, sieht mich.

»Mira«, ruft er und scheint tatsächlich froh, mich zu sehen. »Ich muss in den Keller, hast du Zeit? Kommst du mit?«

Nichts lieber als das. Heute ist der Himmel wolkenverhangen, dafür geht kein eisiger Wind. Der Weg durch den Hof, hinauf zur Kellergasse ist nicht weit. Hans scheint sein Pullover zu reichen, ich beschließe, auf wetter- und kältefest zu machen und wickle mich enger in meinen Blazer.

Er läuft ins Vorzimmer, kommt mit zwei Daunenjacken wieder. »Niemand hat etwas davon, wenn wir uns verkühlen.«

Dankbar schlüpfe ich hinein. Wenn ich gedacht habe, wir kehren zurück in den romantischen Keller von gestern Nacht, so habe ich mich getäuscht. Wir durchqueren ihn rasch. »Ana soll bloß nicht wieder vergessen, hier zu kehren«, murmelt Hans geschäftig, als wir durch den Verkostungsraum eilen. Dann folge ich ihm durch den Barriquekeller, durch eine Tür in der Seitenwand und schließlich einen leicht ansteigenden Gang mit Betonboden und Betondecke entlang. Der Winzer öffnet eine Metalltüre, wir stehen im neuen Keller, in einer Halle von beachtlicher Größe: Stahltanks, manche sechs, acht Meter hoch, eine Stahltreppe, die in eine Stahlplattform mündet. Sie verbindet die Tanks miteinander, führt zum zweiten Stock.

»So schaut das moderne Weinmachen aus«, sagt er und lächelt endlich wieder sein unwiderstehliches Lächeln. »Im oberen Stock steht die Presse, wir können von hinten direkt zufahren, herunten die Tanks, die Abfüllanlage und am Ende das Flaschenlager, dort bleibt es auch im Sommer recht kühl, wir haben die Halle tief in den Hügel hineingebaut.«

Wir gehen weiter, auch Tomek ist gekommen und kontrolliert gemeinsam mit Vaclav Flaschen in Zwölferkartons, sie stellen sie auf Paletten. Hans sieht auf die Uhr. »Ist das die Lieferung für die Gala? Seid ihr noch nicht fertig?«

»Gleich, Chef.«

In einem Eck des Lagerraumes ist ein kleines Büro, durch Rigipswände abgetrennt, drinnen ein Schreibtisch und ein Laptop.

»Unsere Steuerungsanlage. Die Vergärung und die Temperatur in jedem Tank sind computergesteuert.«

Er gibt ein paar Befehle ein, flucht leise, probiert es noch einmal. Arbeitshände hat er, aber schmale Finger.

»Vielleicht ist der Computer abgestürzt«, sage ich leise. Jetzt erst scheint er mich wieder wahrzunehmen.

»Glaub ich nicht, ich glaube, der Steuerungskasten hat etwas.« Er hetzt nach draußen, ich hinterher, zum Steuerungskasten, der nicht viel anders aussieht als diese Elektrosicherungskästen. »Ich weiß nicht ... Verdammte Technik, manchmal wünsche ich mir, es wäre alles wie ...«

»Früher?«

Er lächelt. »Nein, Sie haben ... du hast Recht.«

Vom Steuerungskasten führt ein Kabel weg, ich schaue genauer hin, gehe ein paar Meter auf die Stelle zu. Habe ich richtig gesehen? Nicht nur der Großvater sieht schlecht, ich sollte längst eine Brille tragen. Aber ich finde, irgendwie passt das nicht zu mir. Trotzdem: Ich hab mich nicht geirrt. »Komm her«, rufe ich, »da ist das Kabel durchtrennt!«

Er rennt her, flucht. Ein glatter Schnitt.

»Wie kann das passieren?«

Er zuckt mit den Schultern. »Muss jemand durchgeschnitten haben.«

»Wer? Hast du Feinde?«

Er lächelt schmallippig. »Keine wirklichen.«

»Und was ist mit dem Nachbarn?«

»Wenn der es war, dann … Sinnlos, ich muss unseren Computertechniker anrufen, besser, er tauscht das Kabel aus und schaut, dass alles wieder funktioniert. Verdammter Mist, wo so viel zu tun ist! Ich muss zurück zum Haus.«

Auf dem Weg stoppt er bei seinen beiden Arbeitern. »Habt ihr irgendjemand in der Halle gesehen?«

»Niemand, Chef, sicher nicht.«

»Wie kommt man in die Halle?«, frage ich.

»Es gibt vorne beim Eingang zum Keller und hinten bei der Presse ein großes Tor, sie sind versperrt, wenn niemand da ist. Man muss sich vor diversen Streichen schützen, man sollte nichts herausfordern, aber …«

»Aber?«

»Wenn wir weiter hinten arbeiten, kommt jeder ungesehen herein. Und: Wer sich auskennt und weiß, dass unsere Keller unterirdisch verbunden sind, kann durch den alten Keller in den neuen. Vorausgesetzt, die Verbindungstür, durch die wir gekommen sind, ist offen. Ist sie leider meistens, aber das wird sich ändern. Wenn ich den erwische …«

»Warum könnte …«

»Komm, ich muss mich beeilen, zu Mittag soll ich in Baden bei einer Gala meine Weine kommentieren.«

Und ich sollte zurück nach Wien. Ich sehe auf die Uhr. Oskar kommt in einer Stunde am Flughafen an, beinahe hätte ich ihn vergessen. Hastiger Aufbruch, ich hänge die warme Daunenjacke zurück an die Garderobe, hole mein eigenes Übergewand, Hans scheint mich kaum noch wahrzunehmen, er hängt am Telefon, offenbar nimmt niemand ab, er wippt ungeduldig mit dem Fuß. »Typisch Computerleute, sagen, sie haben Service rund um die Uhr, und schon am Samstagvormittag sind sie verschollen.«

»Also dann …«, sage ich. »Danke für alles, wenn ich darf, komme ich, wie ausgemacht, Mitte kommender Woche wieder.«

Jetzt endlich reißt er sich von seinem Ärger los, sieht mir tief in die Augen, seine sind heute ganz hell, fast metallisch blau: »Wir sehen uns, es ist sehr schön, dich kennen gelernt zu haben – und da rede ich nicht von der Reportage.«

Ich nicke, mehr fällt mir nicht ein. Mira, Abgang, bevor du Blödsinniges faselst. »Bis dann also.«

Ich hetze gerade in die Ankunftshalle des Wiener Flughafens, als die Maschine aus Frankfurt angesagt wird, atme durch. Dauert wohl noch gut eine Viertelstunde, bis Oskar kommt. Im Café sind alle Plätze besetzt, ich lehne mich an eine Säule und mache mir Notizen. Was soll ich über die Bertholds schreiben? Eine sympathische Winzerfamilie auf dem steilen Weg nach oben? Zu anbiedernd. Big Business Wein. Zu desillusionierend. Ein Hund namens Reblaus. Ist ja keine Tierzeitschrift. Was vor den Toren Wiens wächst. Schon besser. Etwas über die harte Arbeit, über Expansion und Risiko, über Qualität, über die Nähe zu Wien, über Hans … Ob er Eva schon betrogen hat? Mira, darüber wirst du weder schreiben noch nachdenken.

Oskar taucht früher auf, als ich gedacht habe. Ich freue mich, ihn zu sehen, er ist ein Stück Normalität, aber nicht im langweiligen Sinn, nicht einschläfernd, sondern beruhigend, ein zentraler Punkt in meinem Leben. Ich umarme und küsse ihn, sein Aftershave riecht gut, man könnte die Nase auf Dauer in seiner Halsbeuge vergraben, bei ihm daheim sein.

Das Wochenende verläuft entspannt. Einen Tag verbringen wir in meiner Wohnung – immerhin hat auch Gismo Recht auf Gesellschaft –, einen in seiner schicken Dachwohnung in der Wiener Innenstadt. Die Bertholds haben drei Flaschen Wein auf die Rückbank meines Autos gelegt, den Winzersekt, den DAC und einen Cuvée Lissen. Ich erzähle. Wir feiern meine Beförderung. Oskar findet vor allem den Rotwein phantastisch.

Wir schlafen viel, lesen, gehen am Abend in das kleine italienische Restaurant, dessen Küche beinahe an die von Armando im Veneto erinnert. Zwei Menschen, die einander mögen.

Der Montagmorgen kommt schneller als gedacht, ich bringe Oskar zum Flughafen, Stress, der übliche Stau auf der Tangente, ich küsse ihn, er hetzt ins Abfluggebäude.

Ich gähne, staue zurück in die Innenstadt, suche lange vergeblich einen Parkplatz in der Nähe vom »Magazin«. Dicke graue Wolken am Himmel. Es ist immer noch winterlich kalt.

In der Redaktion hat man von meinem Aufstieg schon gehört, es war wohl die Ressortleiterin vom Lifestyle, die ihren Mund nicht halten konnte. Auch kein Problem. Man fragt mich, wo das denn gefeiert werde. Ich hätte bei den Bertholds Wein kaufen sollen – dass ich nie an das Nächstliegende denke! So hole ich im Supermarkt ums Eck vier Flaschen Prosecco, und wir stoßen an. Gabi sieht mich mit großen, dankbaren Augen an. Sie hat die besten Chancen, meinen bisherigen Platz einzunehmen. Beförderung von der gelegentlich beschäftigten freien Mitarbeiterin zur ständigen freien Mitarbeiterin. Sie wird ihre Sache gut machen, vielleicht ist sie ein bisschen naiv, aber mit fünfundzwanzig ... Heute bin ich großzügig und vergesse, wie oft mich ihre Art genervt hat. Wie war ich mit fünfundzwanzig? Vielleicht besser, dass ich mich nicht mehr so genau daran erinnern kann. Richtig, mit fünfundzwanzig war ich in New York, verknallt in einen Restaurantbesitzer. Und sicher, nicht nur was dieses Muttersöhnchen angegangen ist, reichlich blauäugig. Ich nehme einen Schluck, und für einen Moment tut es mir leid um meine bisherige Arbeit. Ist doch auch viel Schönes und Spannendes mit dabei gewesen. Chefreporterin. Hört sich großartig an. In der nächsten Ausgabe soll eine Notiz erscheinen, in der es quasi offiziell bekannt gegeben wird. Ich sollte meine Eltern anrufen. Vesna kommt morgen Früh, sie wird Augen machen. Mit ihr sollte ich feiern. Und natürlich mit Droch.

»Mira«, holt mich die Ressortleiterin vom Lifestyle wieder in die Realität zurück, »bis wann kannst du den Schreibtisch räumen? Geht es noch heute Vormittag? Gabi kann dann gleich ...«

Meinen Schreibtisch räumen? He, wo soll ich hin? Darüber habe ich mit dem Chefredakteur noch gar nicht gesprochen. Mein Computer. Ich habe mich an ihn gewöhnt. Jetzt nur nicht sentimental werden.

»Ich hab noch keinen anderen Platz«, antworte ich und mache mich auf den Weg zum Chefredakteur.

»Stimmt, der Schreibtisch gehört dem Lifestyle«, sagt er wenig später. »Haben Sie keinen Laptop? Privat, meine ich?«

»Habe ich, aber der ist tatsächlich privat.«

Nach einer halben Stunde haben wir uns darauf geeinigt, dass ich in der Ecke des Großraumbüros, in dem ich schon bisher gesessen bin, einen neuen Schreibtisch bekomme. Auch zwei Grünpflanzen, um meinen Arbeitsbereich von dem der anderen abzugrenzen, werden genehmigt – vorausgesetzt, ich kaufe und pflege sie selbst. Immerhin besser als die bisherige Doppelschreibtischhälfte. Ein Computer wird bestellt, sogar ein leistungsstarkes Modell. Bis er da ist, muss ich mit meinem Laptop arbeiten. Die Verhandlungen waren deutlich zäher als jene über meine neue Funktion und die Bezahlung.

»Und«, setzt der Chefredakteur noch eins drauf, »ab jetzt möchte ich Sie in jeder Redaktionskonferenz sehen. Das ist klar für eine Chefreporterin. Ich werde Ihre Ernennung in der heutigen Sitzung offiziell bekannt geben.«

Na ja. Ich werde die Selbstdarstellungstrips meines Chefredakteurs schon überleben. Und dass ich jeden Montag verlässlich um elf in der Redaktion sein muss, auch. Außer ich bin auf Reportage ... Mira, du hast es wunderbar erwischt!

Am selben Nachmittag noch bringe ich den Haustechniker dazu, die Stellagen, die bisher in meiner neuen Büroecke gestanden sind, auf andere Plätze zu verteilen, gerate deswegen kurz mit Kurt aneinander, der seinen Schreibtisch weder nach vorne rücken noch das Regal mit den aktuellen Zeitungen hinter sich haben möchte, fahre zu Ikea, erstehe in der Pflanzenabteilung zwei Palmen, die größer sind als ich, bugsiere sie irgendwie in meinen kleinen Fiat, überrede Gernot, mir zu helfen sie nach oben zu tragen, treibe im Haus einen zwar alten, aber geräumigen Schreibtisch auf, richte mich ein, bin erschöpft, feiere mit Droch und Vesna beim Türken um die Ecke, schmiede Zukunftspläne, die irgendwann beim Pulitzerpreis enden, beschließe, mir eine gute Kamera zu kaufen, um für den Fall der Fälle unabhängig zu sein.

Gegen Mitternacht schleppt sich Mira, die Chefreporterin, die Stiegen zu ihrer Wohnung hinauf, stolpert beinahe über einige Zementsäcke, tritt sich einen Nagel in die zum Glück dicke Gummisohle, belohnt Gismo, Chefreporterinkatze, mit hundert Gramm ohnehin nicht mehr ganz frischem Schinken, schläft zufrieden und tief und traumlos ein.

# [ April ]

Ich bin auf, bevor Vesna kommt. Das ist selten, es liegt am Getöse, das vom Dachboden dringt, von wegen, dass alles Gute von oben kommt. Man soll mir bloß nicht mehr mit Sprichwörtern kommen. Bei der Weinverkostung mit den Japanern habe ich sicher mehr getrunken, aber heute habe ich Kopfweh. Prosecco aus dem Supermarkt am Vormittag, türkischen Rotwein am Abend, kein Wunder. Ich mache mir einen extrastarken Kaffee und für Vesna auch gleich einen. Es ist drei Minuten vor acht, und sie kommt immer pünktlich. Der Schlüssel dreht sich im Schloss, ich schöpfe Milchschaum in unsere Kaffeetassen, stelle den Zucker auf den Küchentisch.

Vesna ist nach fünf Stockwerken kaum außer Atem. Putzen ist eindeutig gut für die Fitness.

»Guten Morgen, Mira Valensky«, brüllt sie gegen den Lärm von oben an, offenbar zersägen sie heute Beton oder so, »ahh, Kaffee, habe dir Mitteilung zu machen: Leider ich muss den Job bei dir aufgeben, ich eröffne Detektivbüro, bin jetzt Chefdetektivin.«

Ich mache den Mund auf, versuche meine Gehirnzellen zum Denken zu zwingen, mache den Mund wieder zu und sehe Vesna lachen. »Erster April«, ruft sie, »macht Narr, was er will!«

Ich grinse etwas bemüht. »Was ist das?«, frage ich, »bosnischer Sinn für Humor?«

»Ist Wiener Humor. Aber was weiß man, vielleicht gibt es wirklich einmal ein Detektivbüro Krajner. Ich habe um Staatsbürgerschaft angesucht, bin jetzt mehr als zehn Jahre in Österreich. Außerdem, wenn du bist Chefreporterin, muss ich auch was werden, oder?«

Die Staatsbürgerschaft vergönne ich ihr von Herzen, aber sie als Putzfrau zu verlieren ... Sie muss Gedanken lesen können: »Was ist dir wichtiger, Mira Valensky? Putzfrau oder Freundin?«

»Ich steh auf beides zusammen«, murmle ich und weiß, dass es unfair ist. Vesna wäre eine gute Detektivin, hat sie ja schon bewiesen. Jedenfalls ist sie unerschrocken mit einem Hang zum Abenteurertum und dabei sehr akkurat: Das habe sie beim Putzen gelernt, genau zu schauen, nichts zu übersehen, sagt sie.

Jetzt lässt Vesna ihren prüfenden Blick über meine Küchenschränke schweifen. »Heute sind sie an der Reihe. Und danach Wohnzimmer.«

»Ich kaufe mir eine Kamera, dann fahre ich zu den Weinbauern.«

»Kein Wetter für Landpartie«, sagt Vesna, »es wird regnen.«

Ich kann mich zwischen den beiden Kameramodellen einfach nicht entscheiden. Soll ich die mit dem Neunfachzoom nehmen, die dafür nur drei Millionen Bildpunkte hat, oder soll ich die mit dem Sechsfachzoom mit fünf Millionen Bildpunkten nehmen, die um hundert Euro mehr kostet? »Wenn Sie ein Profigerät wollen, würde ich Ihnen zu etwas anderem raten«, stürzt mich der Verkäufer restlos in Verzweiflung. »Ich hätte da etwas.« Wie ein Taschenspieler führt er mir eine Olympus mit Wechselobjektiven vor, nur eben dass sie, anders als die alten Spiegelreflexkameras, digital funktioniert. »Ich kann Sie Ihnen gemeinsam mit den drei Objektiven billiger geben, sie ist zurückgekommen.«

»Hat sie einen Fehler?«

»Nein, der Käufer hat erfahren, dass das Geburtstagskind daheim einen ganzen Satz Nikon-Autofocus-Objektive hat, also hat er sie umgetauscht. Der Akku ist sogar noch geladen.«

Es ist idiotisch, aber das gibt den Ausschlag. Ich zahle doppelt so viel wie für das teurere Modell der beiden, die ursprünglich zur Wahl gestanden sind, überschlage das Minus auf meinem Konto, freue mich, dass schon in den nächsten Tagen zweitausend Euro Fixum eintrudeln werden. Eine Fototasche kaufe ich auch noch. Chefreporterin-Ausrüstung komplett. Ich renne zu meinem Auto, es hat zu schütten begonnen. Ein Branchenmagazin will ein Interview mit mir machen, Aufsteigerin des Monats oder so, nicht dass ich mir sonst viel aus dem Blatt mache, ich kann mir auch nicht vorstellen, dass es irgendjemand liest, aber meiner

Eitelkeit tut es trotzdem gut. In einer Viertelstunde soll ich im Café Bräunerhof sein, kaum noch zu schaffen.

Bei Regen fahren in Wien alle wie die Vollidioten, ich fluche, als das Auto vor mir scharf abbremst, nur weil die Ampel grün zu blinken begonnen hat. Mein Mobiltelefon läutet. Auch das noch. Ich fummle in meiner Tasche herum, drücke die Empfangstaste, halte das Gerät ans Ohr. »Valensky.«

»Frau Valensky?«, die Stimme klingt wie sehr weit weg.

»Ja«, fauche ich ungehalten.

»Berthold. Eva Berthold. Mein Mann ist erschossen worden.«

Es schüttet immer noch. Ich stehe am Waldrand und starre auf den Trupp der Spurensicherung. Sie pflügen das Gelände beim Hochstand um, ich weiß nicht, ob sie mehr Spuren sichern oder vernichten. Aber der Regen wäscht sowieso alles weg. Ich kann mir Hans Berthold nicht tot vorstellen, will nicht an seine Augen denken, und welche Farbe sie gehabt haben, als ihm klar war, dass er stirbt. Nachtblau. Einige Reporter haben sich eingefunden, der Tatort ist nur kleinräumig abgesperrt, dort, wo der Winzer gelegen ist, hat man seltsame Fähnchen in den Boden gesteckt, ähnlich wie beim Golfspielen. Ich höre, wie ein Polizeibeamter immer wieder dasselbe sagt: »Wir wissen noch nichts, wir können es nicht wissen.«

»Unfall?«, fragen meine Kollegen. »Mord?«

Ich bin klatschnass. Bringe es nicht über mich, die neue Fototasche zu öffnen, die ersten Fotos von der Spurensicherung, den Fähnchen im Regen, dem Hochstand, von dem aus Hans Berthold wohl erschossen worden ist, zu machen. Als ob es noch mehr Unglück bringen würde.

Eva hat mich bleich, aber nach außen hin gefasst umarmt, Tomek hat mich mit dem Traktor hergebracht, mit dem Auto wäre bei diesem Wetter kein Durchkommen gewesen. Er hockt immer noch auf dem Traktor, schaut nicht durch die Scheibe nach draußen, sondern zu Boden, so als ob er nichts sehen, nichts wissen möchte.

Eva holt Martina aus der Schule, der Großvater hat gegen seinen Willen eine Beruhigungsspritze bekommen. Das Herz. Christian war in Zürich, er sitzt jetzt wohl schon im Flugzeug. Reblaus ist verschwunden. Der Hund hat den Winzer regelmäßig beim Joggen begleitet. Ein Weinbauer, der joggt. Und dabei umkommt. Ich versuche meinen Blick auf den Waldrand gerichtet zu halten. Vielleicht ist Reblaus da irgendwo, was könnte er uns erzählen? War der Hund bei ihm, als er gestorben ist? Vielleicht hat man auch den jungen Schäferhund erschossen, angeschossen. Ich muss fragen, wer diesen Hochstand üblicherweise benutzt. Hans Berthold. Er kann nicht tot sein, nicht mit diesen Augen. Seine Kraft, sein Talent. Ich merke, dass das Nasse, das mir über das Gesicht rinnt, vom Kinn auf den schweren Boden tropft, nicht nur Regen ist.

Es ist so viel zu tun, dass Eva Berthold gar nicht zum Nachdenken kommt. Die Polizei ist im Haus, stellt Fragen. Sie muss entscheiden, ob der Weißburgunder, so wie geplant, heute abgefüllt wird. Sie muss die Reporter bitten, endlich den Hof zu verlassen. Sie muss sich um Martina kümmern. Sie muss den Großvater daran hindern, hinaus in den Wald zu fahren, um nach Reblaus zu suchen. Sie muss organisieren, dass Christian vom Flughafen abgeholt wird, sie muss die laut heulende Ana beruhigen, sie muss, sie muss ... Zwei Freundinnen aus dem Ort sind gekommen, kümmern sich um die vielen Kleinigkeiten, die bei einem Sterbefall zu erledigen sind. Warum hat sie ausgerechnet mich angerufen?

Ich versuche meine Kollegen von der Presse zum Abrücken zu überreden. Die seriösen unter ihnen sind längst verschwunden, den anderen drohe ich letztlich mit einer Klage wegen Hausfriedensbruchs.

»Sind Sie nicht vom ›Magazin‹?«, fragt mich ein junger Reporter vom »Blatt«. »Ist ja ganz toll, Sie vertreiben uns und haben die Story exklusiv.«

Meine Reportage ... Ich war hinter einer anderen Story her, du Idiot Ich werde wütender, als ich sollte, schreie: »Raus, aber sofort!«

Tomek, bleich im Gesicht, hilft mir die Typen zum Tor hinauszudrängen.

»Man muss Wahrheit finden«, sagt er.

»Wie oft ist Berthold joggen gegangen? Hatte er immer dieselbe Strecke?«

»Oft. Mein Deutsch ... zu schlecht.«

»Sie wissen etwas? Ist Ihnen etwas aufgefallen?«

Tomek schüttelt traurig den Kopf. »Weißburgunder, Chef wollte füllen.«

»Morgen, Tomek. Der Wein soll nicht an seinem ... Morgen.«

Ich finde Eva am Telefon im Vorzimmer. Ihre Freundinnen haben dafür gesorgt, dass sie sich umgezogen hat. Einfacher schwarzer Rock, schwarzer Pullover.

»Ich muss absagen. Persönliche Gründe. Was? Nein, glauben Sie mir, es geht nicht.« Sie hört zu, was die Stimme am anderen Ende sagt, holt Luft, zögert: »Mein Mann ... ist umgekommen.«

Wir sehen uns an, und ich habe das Gefühl, gleich wird sie zu weinen beginnen, aber sie legt bloß auf und schluckt und sagt: »Wie sollte ich morgen Abend zur Weinstraßensitzung gehen?«

»Wie oft ist ... Ihr Mann joggen gegangen? War es immer dieselbe Strecke?«

Der Hauch eines Lächelns, die Augen bleiben traurig. »Drei-, viermal die Woche, immer dieselbe Strecke, immer sehr zeitig in der Früh, damit niemand sagen kann, der joggt, statt zu arbeiten. Es hat sowieso welche gegeben, die sich den Mund über ihn zerrissen haben.«

»Der Hund hat ihn begleitet?«

»Ja, immer. Auf Hans hört er zumindest einigermaßen. Und dort draußen beim Wald ist um die Zeit niemand unterwegs, außerdem tut Reblaus dem Wild nichts. Das wissen wir inzwischen.«

»Das durchgeschnittene Computerkabel zum Steuerungssystem, haben Sie eine Ahnung, wer das gewesen sein könnte? Hat Hans etwas herausgefunden?«

»Sie meinen ...« Eva Berthold verstummt.

»Keine Ahnung.« Ich weiß nur, ich muss etwas sagen, sonst ersticke ich an dem Kloß im Hals.

»Er hat sich sehr darüber geärgert, hat an den Aichinger, den Nachbarn, gedacht, aber der kann doch nicht ...«

»Hat es in den letzten Tagen irgendeinen Konflikt gegeben? Einen heftigen Streit? Seine Arbeiter ...«

Die Winzerin schüttelt heftig den Kopf. »Sie mögen ... sie haben ihn sehr gemocht, beinahe verehrt. Vaclav hat daheim auch ein paar Weingärten, er hat viel von Hans gelernt. Dass Hans manchmal etwas laut geworden ist, hat mit seinem Temperament zu tun. Das wissen alle, man nimmt es ihm nicht übel. Nahm ...« Sie sieht mich an. »Ich kann's nicht glauben. Sie müssen herausfinden, was geschehen ist, Sie haben ihn kennen gelernt. Sie können das.«

Ich muss sie fragen. »Sie halten es ... für Mord?«

Aussprechen kann Eva Berthold es nicht, aber sie nickt.

Die beiden uniformierten Polizeibeamten versuchen aus Ana irgendetwas herauszubekommen, aber sie schluchzt nur: »Weiß nix, weiß nix, ist in Früh weg, der Chef.« Dann folgt ein slowakischer Schwall von Klagen.

Der Ältere der beiden fixiert mich: »Wer sind eigentlich Sie?«

»Eine Freundin des Hauses. Und Sie?«

Er bläst sich auf. »Hach, Gendarmerie Mistelbach.«

»Wissen Sie, dass letzten Freitag das Computerkabel im Weinkeller gekappt wurde?«

Jetzt habe ich die volle Aufmerksamkeit der beiden. Martina bringt sie zum Keller, sagt, sie wolle auch etwas tun, sie sei kein Kind mehr. Um Eva kümmern sich ihre Freundinnen, ich möchte vor der Polizei mit den Nachbarn reden. Weitertun. Ich öffne die kleine Tür im Tor, zwei Fotografen liegen auf der Lauer, wollen herein. Ich gehe wieder in den Hof, bitte Vaclav, hinter mir abzuschließen. Versuch Nummer zwei. Ich reagiere nicht auf das Blitzlicht, gehe die Straße entlang. Was wollen sie auch mit Fotos von mir? Ich öffne das Tor zum Hof der Nachbarn.

»Lassen Sie uns in Ruh!«, kommt es aggressiv aus der halb geöffneten Haustüre, dann wird sie heftig zugezogen. Aichinger persönlich, er, der mir letzte Woche noch nahegelegt hat, den Wein lieber bei ihm zu kaufen. Er denkt, ich bin eine Reporterin, geht es mir durch den Kopf. Mira, du bist eine Reporterin. Aber keine, die so wie die anderen hinter dieser Story her ist. Bin ich nicht? »Der Tod des Starwinzers.« Nein. Ich will nicht die Sensation, ich will ... die Wahrheit. Warum? Sie macht ihn nicht mehr lebendig. Wütend gehe ich auf die Tür zu, klopfe laut, schreie zurück: »Glauben Sie, man weiß nicht von Ihrem Neid auf Berthold?«

Die Türe öffnet sich langsam, ein rotes Gesicht. »Neid? Dass ich nicht lache. Ich verklag den, der so was …« Jetzt erst dämmert ihm, dass er mein Gesicht kennt.

»Ihr Winzerkollege war eben besser als Sie.« Vielleicht hilft es, den Choleriker zu provozieren.

»Ein Kollege war das?« Er spuckt mir tatsächlich vor die Füße. »Das war kein Weinbauer mehr, das war ein Geschäftemacher. Von uns wär keiner beim Joggen …«

»Woher wissen Sie, dass er joggen war?«

»Glauben Sie, das spricht sich nicht herum? Aber ich sag nichts mehr.«

»Das Computerkabel im Keller ist durchgeschnitten worden.«

»Wer braucht im Keller schon einen Computer? Wein schmeckt man, den computerisiert man nicht. Kein Wunder …«

»Sie meinen, es war die Strafe Gottes?«

»Der hat Feinde genug gehabt, da braucht sich Gott nicht einzumischen.«

»Wen?«

»Fragen Sie im Dorf. Fragen Sie seine so genannten Geschäftspartner. Fragen Sie seine Frau. Aber wehe, sie versucht, mich anzuschwärzen. Fragen Sie den Bürgermeister. Und jetzt raus!« Er treibt mich vor sich her, meine Wut ist verraucht, ich bekomme es mit der Angst zu tun.

In der Toreinfahrt rufe ich: »Sie sind Jäger, oder?«

»Er auch.« Er drängt mich hinaus, das Tor fällt zu, ein schwerer Schlüssel dreht sich im Schloss.

Ich gehe hinüber zu den Bertholds, lasse mich von den Fotoreportern nicht irritieren, klingle, keine Reaktion. Ich hätte am Tatort fotografieren sollen, ich war unprofessionell. Was nützt es Hans Berthold, wenn ich weinend am Waldrand stehe? Was nützt es seiner Familie? Vielleicht hätte es Spuren gegeben, die die beiden Polizeibeamten nicht entdeckt haben. Gut, es war ein Team von der Spurensicherung da. Das sind Profis, aber es hängt eben auch davon ab, wie Spuren bewertet werden. Ich komme mit meinem Fiat wahrscheinlich nicht bis zum Wald, der Boden ist zu nass. Ich kann mich auch nicht mit dem Traktor fahren lassen, wer weiß, zu welchen Ideen das bei meinen Kollegen führt.

Ich steige in mein Auto, rufe den lauernden Fotografen zu: »Ich fahre, hier gibt's nichts mehr zu sehen«, hoffe, dass ich sie überzeuge, fahre tatsächlich Richtung Hauptstraße, drehe dann allerdings wieder um, nehme eine Seitenstraße, glaube, dass sie in die richtige Richtung geht, versuche mich zu erinnern, wo, von den Weingärten aus gesehen, in denen wir am Freitag fotografiert haben, der Hochstand liegt. Hans Berthold mit windgerötetem Gesicht vor blitzblauem Himmel. Der Hochleithenwald ist groß. Und für eine Städterin wie mich sieht ein Waldstück aus wie das andere. Der Hochstand aber ist unverwechselbar: grau verwittertes Holz, überdurchschnittlich hohe Stelzen, das Häuschen mit einem schmalen Schießschlitz, der mich an die früheren Wachtürme im Osten erinnert. Ich kurve herum, biege in einen Feldweg ein, der Boden ist tief geworden, ich muss aufpassen, dass ich nicht stecken bleibe, kenne mich nicht mehr aus, kann auch die Rebzeilen, in denen wir vor ein paar Tagen waren, nicht finden, weiß nicht, was ich dort überhaupt will, fahre dennoch weiter, sehe den Wald näher kommen, ich muss vernünftig sein, ab hier ist der Weg unbefahrbar. Ich merke erst jetzt, dass ich durchnässt bin und friere. Ich stelle den Motor ab, nehme meine Fototasche, mache mich auf den Weg, so lange es noch hell ist. Das Mobiltelefon, nur für den Fall ... Vor kurzem noch ist mir die Gegend freundlich erschienen, heute droht der Wald, überall lauert Gefahr. Ich kann mir nicht vorstellen, dass es ein Unfall war. Andererseits: Wäre es nicht möglich, dass jemand auf der Pirsch liegt, falsch reagiert, abdrückt, sieht, dass er jemand erschossen hat, flieht? Wie komme ich an die Ergebnisse der Spurensicherung? Ich sehe mich um, glaube um diese eine Biegung des Waldes zu müssen, dahinter könnte der Platz sein. Ich keuche, stapfe durch einen Acker, Erde klebt an meinen Schuhen, zentimeterdick, ich komme zur Biegung, entdecke dahinter nichts, was dem Tatort ähnlich sieht, versuche mich am Himmel zu orientieren, gehe weiter, steil bergauf, je höher, desto größer ist meine Chance, bin auf einem Hügelrücken angelangt, irgendwo im Nirgendwo, wolkenverhangen, jetzt schwitze ich, dort unten mein Auto, Gott sei Dank, noch hab ich mich nicht restlos verirrt. Und auf der anderen Seite – Waldrand, Hochstand. Ich nehme den neuen Apparat und fotografiere, das Teleobjektiv funktioniert ausgezeichnet, trotzdem, näher. Der Tatort ist noch abgesperrt, aber kein Mensch zu sehen. Den Hügel nach unten. Nahaufnahmen. Mehrere Reifenspuren. Aber die können auch vom Geländewagen der Polizei sein. Was weiß ich, wo sie herumgefahren sind, die tiefere stammt vom Traktor, da bin ich mir sicher. Ich will nicht an den lebenden Hans Berthold denken, suche mir die beste Perspektive, du bist Reporterin, Mira. Ich knie mich nieder, will Hochstand und Waldrand und einen Teil der Rebzeile ins Bild bekommen, dicke Wolken über allem, ein dramatisches Bild, ich halte die Luft an, drücke ab, noch einmal. Ich schreie auf, mein Herz bleibt beinahe stehen. Ich habe niemanden kommen hören. Hinter mir ... im Rücken ... Die Kamera fest umklammert, hebe ich die Hände. Versuch klar zu denken, Mira, atme, du musst dich im richtigen Moment wehren. Ich fahre herum – und sehe den Schäferhund. Er stupst mich erneut an, seine Augen scheinen traurig, keine Spur von der ungezügelten Lebhaftigkeit. Oder rede ich mir das nur ein? »Reblaus«, sage ich leise und lockend, »was hast du gesehen?«

Er bleibt bei mir, ist dankbar, nicht mehr allein zu sein, begleitet mich zum Auto, steigt mit mir ein, ich finde auf Anhieb den Weg zurück, rufe über das Mobiltelefon die Bertholds an.

Martina umarmt den Hund, als sei jetzt alles in Ordnung, der Großvater beginnt zu weinen und stößt gleichzeitig Verwünschungen aus: »Ich erschieß dich, ich erschieß dich«, und beutelt die Faust in Richtung Nachbarhaus.

Ich erzähle Frau Berthold, wo ich den Hund gefunden habe, sie ist bleich. Noch immer keine geröteten Augen, wo nimmt sie bloß ihre Fassung her? Wir sitzen am Küchentisch, wie oft ist sie da wohl mit ihm gesessen? »Wollen Sie einen Schluck Wein?«, fragt sie.

Das Leben geht weiter, ich will sie nicht daran hindern, daran zu glauben, ich nicke.

Wir trinken Zweigelt, voll und dunkel, grasig, wir prosten einander nicht zu.

»Wenn ich die beiden großen Aufträge verliere, ist alles vorbei«, sagt sie nach einiger Zeit.

»Sie machen weiter?«

»Ich kann gar nicht anders. Ich muss es versuchen.«

»Welche Aufträge?«

»Weingroßhandel Gerold, der größte Händler Deutschlands. Ein Dreijahresvertrag samt Werbung, nur Qualitätswein, sie vermarkten in fast ganz Europa und in Amerika. Der Vertrag steht kurz vor dem Abschluss. Zweihunderttausend Bouteillen pro Jahr. Mit ein Grund, warum wir weitere Rebflächen gepachtet haben.«

»Und der andere?«

»Kauf-Gruppe, die Supermarktkette, Sie wissen schon. Sie wollen eine neue schicke Weinlinie entwickeln: Wir sollen für sie unter ihrem Namen produzieren, unser Name findet sich am rückwärtigen Etikett, einen Wein zu Fisch, einen zu Fleisch, einen zu Käse, einen zu Dessert, einen zu Vorspeisen – etwas für Einsteiger, immer mehr Leute trinken Wein, auch Junge. Es ist schick geworden. Und dazu: Abnahmegarantie für ein größeres Quantum unserer drei Topweine, sie sollen jedes Jahr ausgekostet, von ihnen verkauft und beworben werden. Man kommt um die Supermärkte nicht herum, wenn man eine gewisse Größe erreicht hat.«

»Und wenn aus den Aufträgen nichts wird?«

Sie sieht mich ruhig an. »Dann kann ich unseren Kredit nicht zurückzahlen.«

»Ihr Wein verkauft sich auch ohne Großaufträge.«

»Wir haben sieben Hektar mehr als im vergangenen Jahr. So viel Wein muss man erst einmal um einen annehmbaren Preis anbringen. Zum Glück hab ich mich immer schon ums Wirtschaftliche gekümmert. Hans ... Ich kenn mich zwar auch im Weinbau aus, aber – die kellertechnischen Entscheidungen hat er getroffen.« Sie reckt das Kinn nach oben. »Wir werden den Weißburgunder morgen abfüllen.«

Ich frage mich, wann sie zusammenbricht und ob es gesund ist, wenn sie so auf Touren bleibt.

»Ich muss es durchstehen«, sagt sie, »da geht es um mehr als um mich. Ich tu es auch für ihn.«

Ihre Kinder müssen auf sie Acht geben.

Ich finde Christian im Büro, ich sehe, dass er geweint hat. »Es ist vorbei«, sagt er.

»Ihre Mutter sieht das anders.«

»Sie kann nicht … Der Macher war mein Vater.«

»Unterschätzen Sie sie nicht.«

»Mein Vater … er war keiner, der anderen Entscheidungen überlassen hat. Sie hat es nicht gelernt.«

Er starrt in den Computer, sieht nichts, auch nicht, dass ich gehe.

Martina ist immer noch im Hof und streichelt den Hund. »Er will nicht fressen«, sagt sie.

»Das ist normal«, antworte ich, als ob ich mich mit Hunden auskennen würde.

»Was hat er gesehen?«

Ich zucke mit den Schultern. »Wo ist dein Großvater?«

»Der Arzt hat ihm noch ein Beruhigungsmittel verpasst. Und Tomek hat den Schlüssel zum Schrank mit den Gewehren versteckt.«

»Ihr habt Gewehre?«

»Jagdgewehre. Papa war Jäger.«

»Weiß das die Polizei?«

»Sie meinen … die …« Sie schüttelt den Kopf.

Vorsicht Mira, sie ist erst sechzehn.

Martina bekommt einen Zug um den Mund, den ich vor kurzem erst bei ihrer Mutter gesehen habe. »Sie müssen mich nicht schonen. Ich versuche, logisch zu denken, natürlich muss man das der Polizei sagen. Und ich muss schauen, dass Großvater nicht durchdreht. Außerdem müssen wir morgen Wein abfüllen und überlegen, wer Papas Termine übernimmt. Tante Milli, die Dicke, die da war, sie wird das Begräbnis organisieren.«

Ich nicke, streichle ihr über die Locken. »Komm rein, es ist zu kalt hier draußen.«

Plötzlich beginnt ihr Rücken zu beben, sie umklammert den Schäferhund, schluchzt auf: »Er war so super! Er war so super! Egal, was die anderen sagen!«

Ich streichle sie weiter, lasse sie weinen, starre auf mein schlammverkrustetes Auto, das im gepflegten Hof steht. Zeit, zu fahren. Oder soll ich bleiben?

Eva Berthold schüttelt den Kopf. »Ich hab ein starkes Schlafmittel bekommen, das nehme ich, ich brauche Kraft für morgen.«

»Wenn ich Ihnen helfen kann ... rufen Sie mich an. Und: Ich muss eine Reportage über seinen Tod schreiben, sonst macht es jemand anderes. Ich schicke Ihnen den Text, ich will nicht, dass irgendetwas drin steht, das Sie nicht wollen.«

»Machen Sie ruhig, es werden eine Menge Berichte erscheinen, Ihnen vertraue ich.«

Ich fahre aus dem Hof, der Hund sieht mir nach, als wäre er uralt. Aber noch kann ich mich nicht in meine Wohnung verkriechen, wahrscheinlich ohnehin besser, nicht zu viel nachzudenken. Was ist, wenn Oskar heute in Frankfurt erschossen wird? Oder an einem Herzinfarkt stirbt? Er wirkt so robust, aber ... Noch nie war mir bewusst, wie allgegenwärtig der Tod ist. Ich habe mich um solche Fragen immer herumgedrückt. Ich rufe Oskar an, meine Hand zittert. Vier Klingeltöne, fünf, bitte geh dran.

»Oskar Kellerfreund.«

Ich atme auf. »Oskar?« Ich erzähle ihm, was geschehen ist.

»Sei vorsichtig«, sagt er zu mir, wie er es schon einige Male im Lauf der Jahre getan hat. Es beruhigt mich, Signal, dass ich schon so einiges durchgestanden, überlebt, manches sogar geklärt habe.

»Sowieso«, antworte ich mit schon viel festerer Stimme, »ich hab dich lieb. Sei auch vorsichtig, pass auf, dass dir kein Stein auf den Kopf fällt und du an keinem Frankfurter erstickst.«

»Die heißen hier Wiener.«

»Ja dann … kann dir ja nichts passieren.« Beschwörend leichter Ton: »Ich melde mich.«

Ich parke meinen Wagen vor dem Dorfwirtshaus, trete ein, sehe mich vorsichtig nach dem Nachbarn Aichinger um, er ist der Einzige, der weiß, wer ich bin.

Rauchschwaden, an der Theke einige Männer, davon zwei im traditionellen dunkelblauen Arbeitsgewand. Keine einzige Frau im Raum. Neugierige Blicke.

Ich setze mich an den freien Tisch. »Einen Gespritzten hätte ich gerne.«

Der Kellner kommt, bringt ihn mir mit einem interessierten Lächeln. »Sie sind wohl auch von der Presse?«, fragt er. So viel zur Idee, unauffällig zuhören, vielleicht sogar fragen zu können. Ich seufze und nicke.

»Ihre Kollegen sind vor einer Viertelstunde gegangen.« Er spricht sehr gut Deutsch, sein Akzent aber ist slowakisch, vielleicht auch tschechisch, wer kann das schon unterscheiden.

»Woher kommen Sie?«

Er sieht mich misstrauisch an. »Mikulov, gleich nach der Grenze.«

Also ein Tscheche, aber das hilft mir auch nicht weiter.

Ich trinke meinen Gespritzten und versuche die Stimmung zu erkunden, Gesprächsfetzen aufzuschnappen. Die Männer reden leise, sie werfen mir weiter verstohlene Blicke zu. Ich stehe auf, gehe zur Theke, zahle. »Berthold hatte viele Feinde im Ort – meint Aichinger.« Ich sage es in den Raum hinein. Mit einem Mal wird es still.

»Der soll lieber Ruh' geben«, antwortet ein kleines Männchen mit einer Lodenjoppe.

»Eh«, fügt einer im Arbeitsgewand hinzu, »aber eines muss man schon sagen: Beim Joggen wäre von uns keiner erschossen worden. Und wer so groß werden will, der hat halt auch Feinde.«

Der Wirt poliert weiterhin ein Bierglas, er poliert so heftig, dass es springt, ein helles Klirren, ein unterdrückter Fluch, plötzlich reden viele auf einmal, und das Männchen zischt mir zu: »Egal, was die sagen, der Hans, das war ein toller Bursch. Und joggen gehen bei uns schon viele.

Die können froh sein, dass er bei uns im Ort war. Wer sonst hätte den Weinladen zustande gebracht? Wer hat Treberndorf früher gekannt?«

»Stimmt«, sagt der Wirt.

Aber ein paar sehen drein, als würden sie bloß nicht widersprechen, weil ich eine Journalistin bin. Oder weil man bekanntlich über Tote nichts Schlechtes sagt. Außer im Wirtshaus. Zu Freunden. Wenn es später geworden ist und man schon einiges getrunken hat. »In vino veritas« steht auf einer Tafel über der Schank. Aber die Wahrheit werde ich heute wohl nicht mehr erfahren.

Die nächsten Tage verbringe ich damit, meine neue Arbeit zu organisieren. Ich verschicke E-Mails, mir wird gratuliert, der Liefertermin für den Computer verzögert sich. Die Story über den Tod von Hans Berthold schreibe ich auf meinem Laptop; dem Foto, auf dem er lachend, den Wind in den Haaren, im eisig-sonnigen Weingarten steht, gebe ich eine ganze Seite. Peter ist noch einmal zu den Bertholds hinausgefahren, er hat die Familie in Schwarz fotografiert. Ich zitiere Eva Berthold, sie werde weitermachen, ganz in seinem Sinn. In den Tageszeitungen war einiges über die großen Investitionen der Bertholds zu lesen, auch Gerüchte, sie stünden ohnehin schon vor dem Konkurs. Das »Blatt« hat sich sogar dazu verstiegen, über einen möglichen Selbstmord zu spekulieren. Und die Waffe? Reblaus hat man wohl dazu abgerichtet, die Waffe danach im Wald zu verbuddeln. So ein Unsinn. Ich widme mich dem Thema Finanzen so wenig wie möglich, habe offenbar zu wenig Abstand, um das zu erzählen, was ich weiß, was ich erfahren habe. Nicht gerade ein professioneller Zugang. Zum Ausgleich habe ich dafür mehr »menschelndes« Material, wie das unser Chefredakteur nennt: Familiengeschichten und Porträts, dazu ein kleines Interview mit dem Weinbaupräsidenten, der Eva Berthold jede mögliche Hilfe verspricht. Ich glaube ihm. Auch das sollte mir zu denken geben, für gewöhnlich bringe ich Funktionären eine gesunde Skepsis entgegen.

Was ich zusätzlich bieten kann: ein durchgeschnittenes Computerkabel, aufgestochene Autoreifen, den Neid des Nachbarn. Ich gebe Acht, dass ich nicht gleich mit meiner ersten Reportage in neuer Funktion vor dem Rechtsanwalt lande, doch dass Aichinger nicht gerade viel von den Bertholds hält, schreibe ich.

Alles in allem macht mich die Story nicht froh, sie ist zu wenig engagiert, zu wenig objektiv und zu wenig neugierig, zu eng bei der Familie. Aber ich kann nicht anders. Und: Noch tappen ja auch die Ermittler im Dunkeln.

Bis morgen habe ich die Chance, weiteres Material zu sammeln, ich habe zweimal mit Eva Berthold telefoniert, bin aber nicht mehr nach Treberndorf gefahren. Am Nachmittag werde ich mich mit den beiden ermittelnden Polizeibeamten treffen, der Chef der Kriminalabteilung ist auf Urlaub. Fast habe ich den Eindruck, als hätte niemand wirklich Interesse daran, herauszufinden, wer Hans Berthold erschossen hat. Es könnte ja tatsächlich ein Unfall gewesen sein. Oder eine Dorffehde, an der man besser nicht rührt, weil es den Winzer nicht mehr lebendig macht, den Lebenden aber weiteren Unfrieden, neues Leid bringen könnte.

»Man renoviert bei uns«, hat einer der beiden Polizeibeamten am Telefon gesagt, also treffen wir uns nicht in der Dienststelle, sondern in einem Café. Mir ohnehin lieber, das erweckt nicht so sehr den Eindruck des Offiziellen, vielleicht sind die beiden bei einem Kaffee oder gar einem Glas Wein gesprächiger.

Hachs Eltern, so erfahre ich, sind Nebenerwerbswinzer. Und Steininger, der Jüngere der beiden, ist eigentlich aus Wien. Er hat sich aufs Land versetzen lassen, pendelt täglich, nur eben nicht wie viele im Weinviertel vom Dorf in die Großstadt, sondern von der Großstadt aufs Land. Er wirkt deutlich kompetenter, bedankt sich sogar dafür, dass ich Martina veranlasst habe, ihnen die Gewehre im Waffenschrank zu zeigen: Man kann nun zumindest ausschließen, dass aus einer dieser Jagdwaffen in den letzten Wochen gefeuert worden ist.

Hach bestellt nach der Melange einen weißen Spritzer, ich verbiete mir, eine dumme Bemerkung über Alkohol und Polizeibeamte im Dienst zu machen, und lasse mir auch einen kommen. Steininger nimmt Apfelsaft.

»Gibt es sonst Neuigkeiten?«, frage ich. Anders als in Wien scheinen Pressekonferenzen über Ermittlungsergebnisse hier nicht üblich zu sein, wahrscheinlich zu geringes Medieninteresse. »Obduktionsbericht?«, füge ich hinzu.

Die beiden sehen einander an. »Du hast es Oberhuber eh schon erzählt«, meint Steininger zu seinem Kollegen und nippt am Apfelsaft.

»Oberhuber?«, frage ich.

»Reporter der Weinviertel-Beilage.«

»Also?«

Seltsamerweise scheint Hach die Entscheidungen treffen zu müssen, er ist zwar der Ältere, wirkt aber deutlich schwerfälliger als sein Kollege.

Er nickt. »Ist kein Geheimnis. Die Obduktion ist abgeschlossen. Hans Berthold wurde tatsächlich vom Hochstand aus erschossen, der Einschusswinkel passt. Der Schuss ging präzise ins Herz, bei der Waffe handelt es sich um ein altes Jagdgewehr, gutes Modell, schießt sehr exakt.«

»Das kann man von der Kugel ableiten?«

»Nein, wir haben das Gewehr im Wald gefunden. Gleich neben einer Forststraße. Laut den ballistischen Tests gibt es eine neunundneunzigprozentige Wahrscheinlichkeit, dass es die Tatwaffe ist.«

»Spuren?«

Beide schütteln den Kopf. Steininger fährt fort: »Keine Spuren, wenn man einmal von der Unimog-Spur auf der Forststraße absieht, aber der Wagen gehört der Gutsverwaltung und fährt dort andauernd, wir haben schon nachgefragt. Keine Fingerabdrücke. Was freilich auch nicht viel sagt. Jeder Idiot weiß, dass man einen Gegenstand abwischen muss, mit dem man jemand umgebracht hat. Dazu der strömende Regen, also auch keine Mikrospuren. Wir haben nachgesehen. Das Gewehr ist nicht registriert.«

Ich nicke aufgeregt. »Das ist doch ein deutliches Zeichen, dass es für kriminelle Zwecke aufbewahrt wurde – oder für solche illegal eingekauft worden ist.«

Hach schüttelt zweifelnd den Kopf. »Bei einer Pistole ja, da schon eher. Aber es ist noch nicht so lange so, dass bei uns neue Jagdgewehre registriert werden müssen. Natürlich hätte man auch die alten nachtragen lassen sollen, aber ... das haben viele nicht gemacht. Oft denkt man gar nicht daran. Vielleicht ist das Gewehr jahrelang im Schrank gestanden. Irgendjemand wollte testen, ob es noch gut funktioniert, er ist in der Früh ohne böse Absicht zum Hochstand hinausgegangen.«

»Er?«

»Na ja, Frauen sind keine Jäger«, meint Hach und kratzt sich am Kopf.

Ich denke an die Chefredakteurin vom »Blatt«. Gerüchten zufolge soll es bei ihrer Bestellung eine Rolle gespielt haben, dass sie den Jagdschein gemacht hatte und seither im Schlepptau ihrer beiden Bankmanager, die passionierte Jäger sind, im Wald herumhetzt. Er hat meinen spöttischen Blick bemerkt. »Also bei uns im Ort gibt es keine Jägerinnen«, beharrt er.

»Und in Treberndorf?«

»Haben wir noch nicht ...«

Steininger fällt ihm ins Wort. »Noch sind die Ermittlungen nicht abgeschlossen, Frau Valensky. Wir sind außerdem gerade dabei, Fotos von der Jagdwaffe herumzuzeigen. Vielleicht erkennt sie jemand. Es ist ein schönes Stück, noch immer einiges wert.«

»Hat man über das durchgeschnittene Computerkabel etwas Neues erfahren?«

»Die beiden slowakischen Arbeiter haben niemand gesehen«, berichtet Hach.

Das hätte ich ihnen auch sagen können. Ich seufze.

Steininger scheint sich immer mehr über mich zu ärgern, da kann ich auch nichts machen, allzu viel scheint bei diesem Gespräch ohnehin nicht herauszukommen.

»Wir sind Profis, Frau Valensky, auch wenn Sie so tun ...«

»Tue ich?«

»Wir haben den Schnitt analysieren lassen: Er ist glatt bis auf eine Einkerbung. Scheint mit einer Zange oder einer kräftigen Schere gemacht worden zu sein, wobei ein kleines Stückchen der Klinge verbogen sein muss.«

»Und? Haben Sie beim Nachbarn nachgesehen?«

»Was glauben Sie eigentlich? Dass wir einen Hausdurchsuchungsbefehl wegen dieses Kabels bekommen?«

Ich seufze. Wenn es der Nachbar war, dann hat er die Schere ohnehin längst weggeworfen. Es sei denn, er ist sehr sparsam. »Gibt es Fotos von dem Schnitt? Zeichnungen, wie die Klinge in etwa aussehen muss?«

»Ja. Natürlich.«

»Ich könnte sie veröffentlichen.«

»Was erwarten Sie sich davon?«

Ja, was? Vielleicht, dass der Täter nervös wird. Die Beamten wollen mit ihren Vorgesetzten klären, ob sie mir die Bilder geben dürfen.

Auf meinem Weg zurück nach Wien biege ich dann doch ab, fahre nach Treberndorf. Erste Vorboten des Frühlings, die Wintersaat ist auf den Feldern hellgrün aufgegangen, selbst die Häuser wirken farbiger, als ich sie das letzte Mal empfunden habe. Gelb und grün, weiß, braun, ab und zu ein verschämtes Rosa. Ich melde mich nicht an, weiß auch nicht, warum. Wenn es nicht zu pietätlos ist, will ich einen Karton Winzersekt und einen vom Cuvée Lissen mitnehmen. Und vielleicht noch etwas von Bertholds berühmtem Riesling.

Ich läute, es ist Martina, die mir öffnet. »Meine Mutter ist im neuen Keller«, sagt sie.

»Wie geht es euch?«

»Den Umständen entsprechend ...«

Wie schnell die nächste Generation die Floskeln lernt.

»Der eine Tank ist leck«, ergänzt sie.

»Wieder ein ...«

»Nein, da hat wohl niemand dran rumgefummelt, der war schon zweimal nicht ganz dicht. Der Techniker müsste schon da sein.«

»Du bist nicht in der Schule?«

»Ich bleibe bis zum Begräbnis zu Hause, es ist mehr als genug zu tun. Und danach ... Ich brauche die Schule nicht, ich könnte Mutter helfen.«

»Das wird sie nicht wollen.«

»Stimmt.«

Mir kommt eine Idee: »Wo bewahrt ihr Scheren, Zangen oder Ähnliches auf?«

Martina ist wirklich nicht schwer von Begriff. »Sie meinen wegen des Computerkabels?«

Sie führt mich in den Schuppen, zu einem Schrank mit Werkzeugen. Ich sehe mir alles an, was in Frage kommt: Keine Schere, keine Zange ist entsprechend verbogen.

»Die meisten Rebscheren liegen im Keller.«

Wir gehen durch den Hof Richtung Kellergasse, auch hier erste Zeichen von Frühling: Büsche treiben aus, über allem ein Hauch von Optimismus. Martina holt den großen Schlüssel zum Vorkeller aus einem Ziegelvorsprung in der Seitenwand, geht voran, kramt im Halbdunkel in einem Plastikbehälter herum, bringt ihn nach draußen. Wolken ziehen rasch, in zehn Minuten kann es regnen, oder es kann die Sonne strahlen. Die eine Schere ist tatsächlich verbogen, allerdings an der Spitze ... Niemand würde so ein Kabel durchschneiden. Dennoch nehme ich sie vorsichtig, um keine Spuren zu verwischen, und stecke sie in meine große Tasche. Martina hat nichts dagegen. »Ich glaube nicht, dass jemand von uns das Kabel durchgeschnitten hat«, meint sie bloß.

»Jemand könnte sich die Schere ausgeborgt haben.«

Ich sehe einen dunkelblauen Ford zum neuen Keller fahren.

»Der Techniker«, vermutet Martina, »ich muss zurück, unser Westösterreich-Lieferant will ein paar zusätzliche Bestellungen durchgeben, das Mail sollte schon da sein, und wenn Vaclav nicht rechtzeitig weiß ...«

»Der Weinverkauf geht gut?«

Martinas Gesicht verschließt sich. »Noch besser als vorher. Die vielen Berichte ... Sogar im Fernsehen haben sie was über ... meinen Vater gebracht.«

Ich gehe die Kellergasse entlang, sie wirkt verlassen, unecht wie eine kitschige Filmkulisse. Ich biege in die Zufahrtsstraße zum neuen Keller ein, begegne Tomek auf dem Traktor, er winkt. Für Augenblicke scheint es, als wäre gar nichts geschehen. Als könnte hier gar nichts geschehen, das die tägliche Routine bricht.

Eva Berthold redet verärgert auf den Techniker ein. »Ist mir egal, was mein Mann gesagt hat, jetzt treffe ich die Entscheidungen. Wenn Sie den Tank nicht dicht bekommen, dann bestehe ich darauf, dass er ausgetauscht wird.«

»Aber ...«

Sie trägt schwarze Hosen, einen schwarzen Pullover und ist noch blasser als vor einigen Tagen. Sie wirkt, als hätte sie, Schlafmittel hin oder her, schon lange kein Auge zugetan. Die beiden nehmen mich wahr, Eva kommt auf mich zu, scheint sich zu freuen. »Also: Schauen Sie, dass der Tank endgültig dicht wird«, wirft sie über die Schulter zurück.

Im Gesicht des Technikers steht Wut. Es ist wohl nicht ganz leicht, sich in diesem Männerbusiness als Frau zu behaupten.

»Am Samstag ist das Begräbnis, kommen Sie? Als Freundin, meine ich.«

Ich nicke. Ich kann schlecht ablehnen, auch wenn ich mich üblicherweise vor Begräbniszeremonien drücke. »Wie geht es Ihnen?«

»Der Alltag hält mich aufrecht.«

»Ihre zwei großen Aufträge – schon etwas gehört?«

»Wie man es nimmt. Ich habe natürlich sofort mit den Verantwortlichen gesprochen, schlecht, wenn sie vom Unglück aus den Medien erfahren. Sie haben mir herzlich kondoliert und gemeint, man werde sich in den nächsten Wochen melden, wenn ich es wolle, gehe alles weiter wie bisher. Aber: Entschieden ist noch nicht.«

Das »Unglück« nennt sie es. »Wer sind eigentlich die Mitbewerber?«

»Das ist etwas seltsam. Oder vielleicht auch nicht. In beiden Fällen ist es das Weingut Kaiser, Sie wissen ...«

Kaiser-Wein kennt wirklich jeder. Seit Jahrzehnten TV-Werbung, Großweingut mit eigener Sekterzeugung, aber irgendwie ... doch etwas aus der Mode, habe ich den Eindruck. Die Kaiserperle haben in den Siebzigern alle getrunken, die nicht allzu viel von Wein verstanden haben. Der Betrieb muss ganz in der Nähe sein ...

Eva Berthold nickt. »Ja, gleich hinter der Hügelkette, in Großhofing.«

»Sie kennen die Besitzer?«

»Wie man sich eben kennt in der Branche, von Weinverkostungen und so. Wobei die Geschäfte bei ihnen ein junger Kellermeister führt, Frankenfeld, verarmter Adel, die Eigentümer haben es eher mit Society-Events und Sportwagen.«

Man scheint sich im Weinbau rundum zu mögen.

»Nicht dass Sie das falsch verstehen«, fährt die Winzerin eilig fort, »wir kommen mit den meisten Kollegen gut aus. Mein Mann hat gemeinsam mit elf anderen den Treberndorfer Weinladen eingerichtet: Jeder stellt drei Weine, jede Woche hat ein anderer Dienst und verkauft.«

»Brauchen Sie das?«

»Wir? Jetzt nicht mehr, aber früher schon. Und es wäre mies, nun auszusteigen. Außerdem: Alles hilft – auch wenn es Zeit kostet.« Eva Berthold dreht sich nervös nach dem Techniker um.

»Ich muss ohnehin weiter«, sage ich. »Wollen Sie die Reportage lesen? Sie ist spätestens morgen Mittag fertig.«

Eva Berthold schüttelt den Kopf. »Ich hab zu viel Derartiges lesen müssen in den letzten Tagen.«

Meine Reportage ist anders, will ich schon sagen, aber wie soll sie das wissen? Und: Ist es für sie wichtig? Ich verspreche, zum Begräbnis zu kommen, gehe nach draußen. Die Sonne hat sich durchgesetzt.

Ich will gerade in mein Auto einsteigen, als Martina aus dem Haus kommt und auf mich zuläuft. »Ich habe Großvater von der Schere oder Zange erzählt, wir haben noch einige gefunden und angesehen, nichts. Aber es gibt eine andere Möglichkeit. Wenn es der Aichinger war oder sein öder Sohn, dann können wir es herausfinden. Die haben ihre Rebscheren höchstwahrscheinlich im Presshaus, das heißt hier in der Kellergasse. Die Keller liegen nebeneinander ...«

»Ist Aichinger sparsam?«

»Sparsam ist gar kein Ausdruck. Seine Frau hebt sogar angebrannte Zündhölzer auf, um sie noch einmal zu verwenden.«

Keiner, der ein gutes Jagdgewehr im Wald wegwirft, geht es mir durch den Kopf. Auf der anderen Seite: nach einem Mord?

»Wir können in seinen Keller.«

»So etwas nennt man Einbruch. Oder ist die Türe offen?«

»Der sperrt alles zu. Aber er hat seine Kellerröhre so nahe zu unserem Keller hin gegraben, dass ein Teil der Wand eingestürzt ist, da kann man jetzt durch.«

»Warum hat er es nie repariert?«

»Vater hat dafür gesorgt, dass er nicht weitergraben darf, also hat er das Loch auch nicht zugemacht. Es gibt noch immer einen Streit vor Gericht. Außerdem: So kann er durch die Lücke kriechen und bei uns herumspionieren.«

Sieht so aus, als würden die schlechtnachbarlichen Beziehungen noch eine weitere Generation überdauern.

»Großvater geht in der Kellergasse spazieren und passt auf, dass niemand von den Aichingers kommt, aber so oft sind sie momentan ohnehin nicht im Keller. Ich gehe mit Ihnen zum Presshaus. Die meisten Keller sind ja inzwischen vermietet, die Presshäuser sind in Koststüberln umgebaut worden, manche haben sogar kleine Wochenendhäuser daraus gemacht.«

Ich lasse mich überreden. Wir gehen in den Berthold-Keller, die steilen Stufen nach unten, ganz zurück in den alten Fasskeller. Martina deutet auf einen Ziegelhaufen, hinter dem ein etwa siebzig Zentimeter hohes Loch klafft. Ich klettere hinter ihr drein. Wir haben nur eine schwache, flackernde Taschenlampe, hier drinnen ist es stockfinster, der Lichtschalter ist sicher oben im Presshaus. Ich stoße mir an einem Fass das Schienbein, fluche. Martina bewegt sich, als wäre sie hier nicht zum ersten Mal. »Psst«, zischt sie, »einfach vorwärts tasten.«

Ich hasse die Dunkelheit, mehr noch, ich habe Angst davor. Und ausgerechnet hier fallen mir Hans Bertholds blaue Augen ein. Jetzt ist er in der Gerichtsmedizin und … Mira, hör auf zu denken, konzentriere dich. Feucht und modrig ist es hier, wie in einer Gruft. Die Wände sind glitschig.

»Achtung, Stufen«, wispert Martina, und schon stoße ich an eine, beinahe wäre ich gestürzt. Ich arbeite mich Stufe um Stufe nach oben, versuche den Kontakt mit der glitschigen Wand zu vermeiden, höre, wie eine Tür geöffnet wird, nicht viel, aber immerhin etwas Licht dringt nach unten, ich nehme die letzten Stufen rascher, stehe neben

Martina im Presshaus. Rechts von mir ein Ungetüm aus Edelstahl, die Presse. Hoch oben ein kleines Fenster mit kreuzförmigem dickem schmiedeeisernem Gitter. Martina sieht sich um. »Licht machen wir keines.«

Sie sucht in der Lade eines alten Tisches, in einem Kasten. Ich lausche angespannt, was vor der Tür passiert. Nichts. Bloß einmal fährt ein Traktor vorbei, ich zucke zusammen.

»Großvater verständigt uns übers Handy, wenn etwas los ist«, meint Martina.

Ich reiße mich zusammen. »Mach trotzdem schnell.« Ich sehe mich um, das hier ist nicht repräsentativ, nichts für Japaner und andere potente Kunden. Hier wird in erster Linie gearbeitet. An der Wand gibt es freilich auch einige Urkunden.

»Sie haben einen Salonwein gehabt«, sage ich zu Martina.

»Ja, einmal, vor ein paar Jahren. Wir haben jedes Jahr welche.«

»So schlecht scheinen sie also nicht zu sein.«

»Na ja, die sind mit ein paar Leuten von der Kostkommission befreundet.«

»Sind das nicht Blindverkostungen?«

»Da!«, ruft Martina. In einem Plastikeimer neben dem Waschbecken Rebscheren. Ich ziehe mir Handschuhe an, muss jede einzelne herausnehmen und zum Fenster halten, um zu sehen, ob eine verbogen ist. Bei der vorletzten ist tatsächlich ein kleiner Teil verbeult, das könnte passen.

»Ist die Schere groß genug, um damit das Computerkabel zu kappen?«, frage ich Martina.

»Und ob, es gibt nicht wenige, die sich mit solchen Scheren schon ganze Fingerkuppen weggeschnitten haben.«

Ich stecke die Schere vorsichtig in meine Jackentasche, jetzt erscheint mir der finstere Weg nicht mehr ganz so lang. Hoffentlich bekomme ich die Polizeifotos, dann weiß ich mit ziemlicher Sicherheit, ob die Schere passt. Ich stolpere, falle, halte mich an einem Fass fest, rutsche aus.

»Ist was passiert?«, flüstert Martina.

Ich sitze am Boden, halte mir meinen Knöchel, ich bin für Aktionen wie diese einfach nicht geschaffen. »Alles in Ordnung«, flüstere ich zurück. Mein Knöchel brennt. Ich rapple mich auf, hinke weiter, wieder zum Licht, durch den Keller nach oben.

»Sie sehen aber aus«, sagt Martina, als sie sich zu mir umdreht.

Ich bin von oben bis unten voller brauner Schlieren und Kellerschimmel.

Ich bekomme die Fotos und habe nun plötzlich doch eine gute Story: Die Rebschere passt haargenau. Ich stelle das vergrößerte Polizeibild vom abgetrennten Kabel neben das Foto von der Rebschere, auf dem man deutlich die Kerbe sieht, lehne mich zurück, lächle meiner neuen Redaktionspalme zu und bin zufrieden. Danach rufe ich Hach an, er scheint mir der deutlich Harmlosere zu sein, und erzähle ihm, dass ich höchstwahrscheinlich die Schere gefunden habe. Er reagiert aufgeregt, in einer Stunde sei er beim »Magazin« und hole sie. Wir sollen ja nichts anfassen. Wenn ich jetzt noch wüsste, welche Fingerabdrücke ... Aber das muss ich wohl der Polizei überlassen, besser, ich verärgere sie nicht total. Natürlich kann sich jemand die Schere geborgt haben, aber: Es scheint alles zusammenzupassen.

Die neue Ausgabe vom »Magazin« ist erst einige Stunden ausgeliefert, als mir unsere Sekretärin schon einen wütenden Anrufer durchstellt.

»Aichinger junior. Ich will Sie nur warnen. Wir werden Ihr Blatt verklagen.«

Von den Polizeibeamten weiß ich inzwischen, dass die Klinge der Rebschere tatsächlich zum Schnitt im Computerkabel passt, Fingerabdrücke oder sonstige Spuren gibt es nicht. Aichinger soll ruhig versuchen, das »Magazin« vor Gericht zu bringen. Die Story ist wasserdicht.

»Sie stellen meinen Vater als Mörder hin!«

»Tue ich nicht. Warum hat er das Kabel durchtrennt?«

»Hat er nicht, das waren die selber, die wollen uns doch anschwärzen, wo es nur geht.«

Das eigene Computerkabel durchschneiden? Scheint nicht viel Sinn zu machen. »Oder waren Sie es?«

»Unsinn. Sie haben keine Ahnung, wie die Bertholds sind. Übernommen haben sie sich, können den Hals nicht voll kriegen. Alles schlucken die. So schaut die Sache aus. Wir waren bekannte Weinbauern, da ist der noch unter irgendwelchen Traktoren gelegen. Und letztes Jahr, wissen Sie, was er da getan hat? Unsere Kunden hat er angeschrieben, mit einem Kampfpreis wollte er sie zu sich locken. Ein Wirt hat uns das gezeigt, natürlich ist er trotzdem bei uns geblieben. Aber eben nicht alle. Die haben immer schon mit unfairen Mitteln gearbeitet. Ich könnte …«

»Wo waren Sie eigentlich am 1. April?«

»Unterstehen Sie sich …«

»Ihr Traktor ist beim Wald gesehen worden.« Ein Schuss ins Blaue.

»So ein Unsinn. Ich war Wein liefern.«

»Sind Sie Jäger?«

»Ja, und mein Vater auch. Was dagegen? Ich frage mich nur, warum Sie sich von denen einkochen lassen. Was haben sie Ihnen versprochen?«

Ich atme durch. Ruhig bleiben.

»Und eines sage ich Ihnen auch«, setzt der Juniornachbar nach, »der Hans Berthold, der hat viel mehr Dreck am Stecken, als die meisten wissen.«

»Zum Beispiel?«

»Das werde ich ausgerechnet Ihnen erzählen.«

»Ich bin Journalistin. Ich schreibe über Fakten, wenn Sie welche haben …«

»Er hat meinen Vater bedroht. Das war schon regelrechte Erpressung. Wenn wir ihm nicht die Lage neben dem Ried Hüttn geben, dann geht er mit der Sache mit dem Computerkabel an die Öffentlichkeit. Und mit den aufgestochenen Reifen.«

»Also waren Sie es doch.«

Er brüllt. »Nein! Aber er wollte uns in den Dreck ziehen.«

»Wann?«

»Na am Wochenende, bevor … Ach, was rede ich mit Ihnen!«

Jetzt dürfte es auch ihm dämmern, dass er gerade dabei ist, mir ein Mordmotiv zu liefern, das über eine alte Familienfehde hinausreicht.

»Warum hätten Sie Ihren Weingarten hergeben sollen?«

»Das ist eine Toplage, die will heute jeder. Wir haben den Weingarten bloß gepachtet, er gehört dem alten Wächter. Aber der kann nichts mehr bearbeiten, seine Kinder sind in der Stadt. Der Berthold hat sich hinter den Wächter gesteckt, und der hat uns den Pachtvertrag gekündigt. Aber wir haben das nicht akzeptiert, wir haben den Großteil der Lage neu ausgepflanzt. Er hat uns einen langfristigen Vertrag versprochen.«

»Gibt es nichts Schriftliches?«

»Das ist nur so ein Wisch. Da steht nur etwas von fünf Jahren, aber das Mündliche gilt. Wir geben den Ziriberg nicht her. Sicher nicht. Mit dem Wein von dort haben wir vor zwei Jahren unseren Salonwein gemacht. Den hätt der Berthold gern, das ist klar.«

»Hans Berthold ist tot, schon vergessen?«

»Glauben Sie, sie ist anders?«

»Wie lange haben Sie den Weingarten schon gepachtet?«

»Neun Jahre, ausgemacht war eine Pachtdauer von dreißig Jahren oder so, mündlich. Und weil der Wächter auch nicht mehr gewusst hat, für wen er sich jetzt entscheiden soll, hat der Berthold meinen Vater bedroht. Alle haben es gehört, ich lüge nicht. Es war beim Hüttenzauber der Jäger, der ist immer im Frühling, Begehung des Reviers und nachher gemütliches Beisammensein in der Forsthütte draußen. Sie können fragen, wen Sie wollen.«

Werde ich, werde ich mit Sicherheit.

»Kümmern Sie sich lieber um diese Eva Berthold, statt uns zu beschuldigen. Wissen Sie, was die macht? Sie hat schnurstracks alle seine Sachen hergegeben, und das Auto hat sie auch schon verkauft. Und allen erzählt sie, dass sie jetzt die Chefin ist. So als ob es sie freuen würde. Er hat sie betrogen, und das mehr als einmal. Keine Träne soll sie bisher geweint haben. Seltsam, nicht?«

Ich habe genug. Und genug Material, dem ich nachgehen kann. Vor allem aber sollte ich schleunigst mit Hans Bertholds Jagdkollegen reden.

Doch es kommt anders. David Zen kommt nach Wien. Er ist zur Zeit der Filmregisseur in New York, so eine Kreuzung aus Woody Allan, Robert Altman und Stephen Spielberg. Wir haben bei seiner Europa-Agentin um einen Interviewtermin angefragt. Ich liebe seine Filme, habe aber kaum geglaubt, dass es klappen würde. Jetzt habe ich in letzter Minute die Zusage bekommen. Ich bin ganz aus dem Häuschen, vergesse beinahe meine Winzer. Vesna meint trocken: »Toter Weinbauer war aber schöner als David Zen.«

Na ja, schön ist er tatsächlich nicht, dreißig Kilo Übergewicht, dünnes blondes Haar. Dafür ist er witzig. Besser noch, ironisch. Dem Leben, New York, den Frauen, den Männern und der Gesellschaft gegenüber. Sein letzter Film, »How to say it«, war ein Hit, jetzt ist David Zen in Europa, um seinen neuen, »Fish with Feathers«, zu bewerben. Ich treffe ihn im Imperial, kein Ambiente, das zu ihm zu passen scheint. David Zen ist leicht genervt, wahrscheinlich hetzt man ihn von einem Termin zum nächsten. Aber er ist freundlich, verbindlich – und geschäftsorientiert. Ich versuche ihm keine allzu stereotypen Fragen zu stellen, frage wohl trotzdem in etwa dasselbe, das er schon viele Male gefragt worden ist, er kommt immer wieder auf seinen neuen Film zu sprechen. Trotzdem wird es ein brauchbares Interview. Am besten gefällt mir die Passage, in der ich ihn nach seinem Zugang zu »Sex and the City« frage. »Warum nur in der Stadt?«, hat er geantwortet.

Das Interview ist fertig. Für die Nachfolgereportage über den Berthold-Mord bekomme ich eine halbe Seite, nicht mehr. Außer ich finde etwas wirklich Neues heraus. Auf ein Interview mit dem Nachbarn habe ich keine Lust. Er würde es ohnehin verweigern. Und falls nicht: Eva Berthold hat schon genug Sorgen am Hals.

Freitagmittagsstau in Wien, ich werde zunehmend nervös, das Begräbnis ist um drei, wenn es nicht endlich vorangeht, komme ich zu spät. Ich hetze die Bundesstraße hinaus, schaffe es gerade noch zehn Minuten vor drei, finde rund um die Treberndorfer Kirche keinen einzigen freien Parkplatz mehr, stelle meinen Fiat einfach in einen Acker, renne zum

Friedhof – und sehe, dass ich zu spät bin. Vor der Einsegnungskapelle stehen hundert, vielleicht auch zweihundert Menschen, versammelt wie die Krähen im Herbst. Von drinnen klingt der Gesang des Kirchenchores heraus. Ich versuche mich möglichst unauffällig zur Trauergemeinde zu gesellen, ernte trotzdem eine Menge neugieriger Blicke. Ist es, weil man mich nicht kennt? Ist es, weil ich mich mit Weinviertler Begräbnisritualen nicht auskenne und zu spät gekommen bin?

Der Pfarrer betet etwas von der Auferstehung der Toten, eine schlechte Tonanlage überträgt es nach draußen, ab und zu ein Quietschen, ein Zischen, so als sei der Draht zum Himmel eben doch nicht ganz perfekt. Mir wäre es recht, Hans Berthold könnte ganz real wieder aufstehen. Die Kapelle sieht aus, als hätte ein katholischer Architekt in den Sechzigerjahren einen Albtraum gehabt, achteckig und mit seltsamen braunen Schnörkeln verziert, dazu Fenster wie Schießscharten. Unmittelbar vor dem Eingang haben sich offenbar die örtlichen Vereine zusammengeschart: Männer in Feuerwehruniformen – nicht alle von ihnen sehen wirklich sportlich aus. Eine Gruppe von überwiegend alten Frauen mit dem Rosenkranz in der Hand. Männer in einer Art Trachtenanzug, alle einen grünen Buschen am Revers. Vermutlich Jäger. Ich sehe genauer hin. Da steht auch Aichinger senior. Der neben ihm könnte sein Sohn sein. Sie sehen betreten zu Boden, wie alle anderen auch. Der ganze Ort scheint gekommen zu sein, um Hans Berthold zu verabschieden. Wüsste ich es nicht besser, ich würde schwören, dass ihn ganz Treberndorf geliebt hat. Die Musiker stehen etwas abseits, das Seltsamste an ihrer Kostümierung sind die dicken weißen Kniestrümpfe. Sie erwecken noch am ehesten den Eindruck, als handle es sich nicht um persönliche Trauer, sondern um gesellschaftliche Pflicht. Zwei junge Burschen mit einer Trompete in der Hand tuscheln und starren auf ein blondes hübsches Mädchen mit einer Querflöte. Ich gehe vorsichtig einige Schritte weiter, sehe jetzt auch ins Innere der Kapelle. Da stehen, ganz in Schwarz, die nahen Angehörigen, der Pfarrer, der Kirchenchor. In der Mitte der Sarg. Es wirkt, als sei man so eng wie möglich zusammengerückt, in »der Stunde des Todes«, von der der Pfarrer in das knarrende Mikrophon spricht, auf dass niemand sonst herausgerissen werde aus dem Leben und aus Treberndorf.

Vaclav, Ana und Tomek stehen als Grüppchen für sich, keine Angehörigen, keine Vereinsmitglieder, nicht einmal gebürtige Treberndorfer. Ana weint, hält ein Taschentuch an die Nase gedrückt. Tomek sieht in seinem dunklen Anzug aus wie die Karikatur eines Raben. Die Veranstaltung gerät in Bewegung, vier Feuerwehrmänner gehen zum Sarg, nehmen ihn auf, der vorne rechts schwankt zuerst etwas, erntet einen bitterbösen Blick von dem hinten links, dann ist die Balance gefunden. Da soll Hans Berthold drinnen liegen?

Die Musikkapelle hat sich aufgestellt, die große Trommel wummert, einzelne Schläge, Rhythmus zum Gehen, Herzschlag, dann wird ein Trauermarsch intoniert. Der Pfarrer – er trägt noch eines dieser altmodischen Messgewänder mit Spitzen – geht mit seinen Ministranten voran, eigentlich sind es überwiegend Ministrantinnen. Es wird geklingelt, und hinter dem Sarg schließt die Trauerfamilie an. Jetzt sehe ich Eva Berthold deutlicher. Sie trägt ein schlichtes schwarzes Mantelkleid, einen einfachen Hut, sie sieht aus, als hätte sie zehn Kilo abgenommen, knochig, eckig, marionettenhaft. Christian hat sie untergehakt und blickt angestrengt nach vorne, Martina schaut zu Boden, sie geht mit dem Großvater. Ich bemerke, wie sein Blick heimlich über die Trauergemeinde schweift. Ob er nach dem Mörder seines Sohnes sucht? Nach dem unglücklichen Schützen, der nicht bereit war, seinen fatalen Fehler einzugestehen? Die Vereine schließen an, dahinter der Rest der Trauergemeinde, ich gehe ganz zum Schluss, entdecke das kleine Männchen, das im Gasthaus für Hans Berthold gesprochen hat, nicke ihm mit ernstem Blick zu. Er nickt zurück.

Vielleicht kann ich ihm ein paar Fragen zu Aichingers Anschuldigungen stellen. Was heißt, Berthold wollte ihm den Weingarten wegnehmen? Der Pachtvertrag ist offenbar ausgelaufen. Ich sollte mit Wächter, dem Verpächter, sprechen. Sicher ist auch er hier, alle sind sie gekommen. Egal, ob sie ihn zu Lebzeiten gemocht haben, ob sie über ihn geschimpft haben, ob sie neidisch waren oder froh, sich selbst nicht so viel aufgehalst zu haben. Der Tod macht alle gleich, heißt es. Wenigstens für eine knappe Stunde ist es egal, was sich vorher oder nachher abspielt. Er war einer von ihnen. Man zieht in die Kirche, ich bleibe nahe dem Ausgang stehen. Auch hier Ordnung und Zeremoniell, jeder weiß, welcher Platz ihm zusteht. Neben mir fast ausschließlich Männer, die meisten Frauen sitzen weiter vorne. Die Kirche ist überfüllt. Der Pfarrer beginnt mit der Messe, ich lasse meinen Blick schweifen, sehe auf viele Rücken und Hinterköpfe und frage mich: Ist der Mörder auch gekommen? Haben wir ihn vielleicht in Aichinger schon gefunden? Der Junior scheint der noch Bösartigere zu sein. Zu behaupten, dass Eva Berthold selbst ... Was soll sie denn tun, als das Ruder in die Hand zu nehmen? Wann hat sie Zeit, zu weinen? Er habe sie öfter als einmal betrogen. Mit wem? Wirkt eine der Frauen hier besonders getroffen? Ich kann es nicht ausmachen. Warum auch mit jemandem aus dem Ort? Ich erinnere mich wieder an seinen tiefen Blick damals in der Nacht, im Weinkeller. Ob Eva immer auf ihn aufgepasst hat?

Die Messe dauert und dauert, in der alten Kirche ist es zugig und kalt. Ich steige von einem Fuß auf den anderen, weiß nicht mehr genau, nach welchem Schema eine Messe abläuft. Als Kind bin ich mit meinen Eltern jeden Sonntag in die Kirche gegangen. Mein Vater hat es wohl mehr aus politischem Opportunismus getan, meine Mutter hingegen ist auf eine Art gläubig, die mich ratlos macht, hingebungsvolles römisch-katholisches Sektierertum. Der Sarg im Mittelgang. Auch ich trauere um Hans Berthold, aber ich werde trotzdem nervös. Wieder wird ein Lied angestimmt, langsam und gezogen singt die Gemeinde, als ob das Lied von Leiden, Flehen und Tod sonst zu fröhlich wirken könnte. Ich lehne mich an die Säule mit dem Weihwasserbehälter. Gehet hin in Frieden ...

Endlich wieder hinaus ins Freie, nicht nur mir scheint die Zeit lang geworden zu sein, alles drängt hinaus ins Licht, leise Gespräche da und dort, sogar ein eilig unterdrücktes Lächeln. Die beiden Frauen vor mir haben die Köpfe zusammengesteckt. Ich schnappe ein Wort auf: »umbringen«, nähere mich so weit, wie es gerade noch zulässig ist.

»Ach was«, höre ich die mit den dünnen grauen Haaren und dem dunkelblauen Mantel antworten, »das bringt die Rosen nicht um, wenn man sie erst jetzt schneidet, sicher nicht.«

Die Aichingers starren zu mir herüber, neben den beiden Männern geht jetzt eine Frau, eleganter Persianermantel, Alter schwer zu schätzen, wohl jünger, als sie aussieht. Unter den Augen hat sie gelbliche Ringe.

Man sammelt sich erneut, und jetzt geht es zur letzten Station: Durchs Friedhofstor, den kiesgestreuten Mittelweg hinauf, vorbei an vielen Gräbern mit Marmorgrabsteinen, schmiedeeisernen Kreuzen, bis fast zur Mauer hin.

Der Sarg wird zur Grube getragen, zurechtgerückt, die Blasmusik spielt wieder einen Trauermarsch, bleich und aufrecht stehen die Angehörigen vor dem Grab, der Pfarrer spricht seinen Segen. Mittels einer Kurbel wird der Sarg hinuntergelassen, alles geht jetzt überraschend schnell, so, als müsste der Akt mit schwungvoller Routine vollendet werden. Jeder von der Familie wirft dem Winzer ein Schäufelchen Erde nach ins Grab, dahinter stellt sich der Rest der Treberndorfer an. Ein Teil der Trauergemeinde verliert sich schon auf den gepflegten Wegen des Friedhofs, als ich Hans mein Schäufelchen nachwerfe und, so wie ich es bei anderen beobachtet habe, dem Totengräber zwei Euro in die Hand drücke. Lange nicht alle, die beim Begräbnis dabei waren, haben den Angehörigen die Hand geschüttelt, das ist mir aufgefallen. Ich gehe von Eva Berthold zu Großvater Berthold, zu Christian und Martina, gebe allen die Hand, murmle etwas von »Beileid« und geniere mich dafür, dass mir nichts Besseres, nichts Trostreicheres einfällt.

Kalt und stockfinster ist es im Grab. Mir schaudert. Beinahe überhöre ich, wie Martina mir nachflüstert: »Mama will, dass Sie noch zum Leichenschmaus kommen. Im Gasthof Herbst. Okay?«

Ich nicke, weiß nicht, wie ich absagen sollte.

Die lange Tafel im Wirtshaussaal ist fast vollständig besetzt. Der Saal ist neu und hell, freundliche Tapeten, gute Lüftung, fast zu strahlend für ein Begräbnis. Ich blicke mich suchend um, sehe zu meinem Erstaunen die drei Aichingers gemeinsam mit einigen anderen Jägern sitzen. Eva entdeckt mich, kommt auf mich zu, ganz Gastgeberin.

»Setzen Sie sich zu uns, Sie kennen ja sonst niemanden. Schön, dass Sie gekommen sind.«

Ich kann mit der ganzen Situation wenig anfangen, murmle etwas von »selbstverständlich«, folge der Witwe, will sie heute nicht mit Fragen quälen, aber: »Die Aichingers sind auch da«, sage ich.

»Ja. Natürlich. Beide Männer waren Jagdkameraden von Hans.«

Jetzt geht ihr die Vergangenheitsform schon wie selbstverständlich über die Lippen.

»Ich meine nur, weil ...«

»Es hätte sich nicht gehört, sie nicht einzuladen. Und es hätte sich für sie nicht gehört, nicht zu kommen. Aber sie werden wohl nicht allzu lange bleiben.«

»Ist das alles nicht sehr ... anstrengend für Sie?«

»Das Begräbnis?«

Ich nicke.

Sie sieht mich an, als ob sie darüber noch gar nicht nachgedacht hätte. »Anstrengend vielleicht schon, aber auch trostreich. Vielleicht bin ich naiv, aber ... die Gemeinschaft gibt einem doch Kraft, egal, was sie sonst sagen oder tun, wenn's ums Letzte geht, sind sie da, da wird gemeinsam gebetet, man merkt ... dass ein Dorf doch mehr ist als eine Ansammlung von Häusern. Außerdem: Was hat jemand, der an gar nichts glaubt?«

Ich schüttle den Kopf, weiß nichts zu sagen.

Eva Berthold redet weiter. »Wissen Sie, das Ganze muss ja nicht wahr sein, das mit dem Leben nach dem Tod, wer kann es wissen, aber die Vorstellung, dass es sein könnte, tröstet. Genauso wie mich die Dorfgemeinschaft tröstet und mir sagt, du bist eine von uns, wir trauern mit dir. Das ist keine Heuchelei.«

»Und ... der Mörder?«

Sie sieht mich an. »Wenn es einen Mörder gibt und er aus Treberndorf ist, so hat er mit uns getrauert.«

»Vergebung unserer Sünden und so ...«

Ihre Augen werden hart. »Gott ist der, der vergibt. Ich bin nicht Gott. Ich will ...«

Ich wollte sie nicht aufregen, lege ihr beschwichtigend die Hand auf den Arm, habe nicht bemerkt, dass eine Frau mit einer wallenden roten Mähne auf uns zugestrebt ist, dunkellila Kleid, fast wie ein Priestergewand. Sie starrt mich an und zischt der Winzerin zu: »Weg mit der, die hat ein schlechtes Karma!«

Ich schaue sie entgeistert an, sie schwebt in ihrer ganzen Leibesfülle wieder davon. »Wer ...«

Eva Berthold versucht ein Lächeln. »Das ist Clarissa Goldmann, vielleicht hast du schon von ihrem ›Verein der Kinder der Natur‹ gehört. Sie hat den alten Gutshof in der Nähe von Treberndorf geerbt, eine Bruchbude, und versucht ihn zu revitalisieren. Eine harmlose Spinnerin. Wie kommt sie darauf, dass du ... dass Sie ...«

»Lassen wir es beim Du«, lächle ich und versuche mich zu beruhigen. Sehr witzig ist es nicht, wenn jemand unvermittelt »weg mit der« sagt. »Ich kenne sie nicht, seltsam, oder?«

»Vielleicht erzählt jemand Geschichten über dich«, vermutet Eva. »Oder du kennst einen ihrer Schützlinge. Übrigens: Du kannst wählen zwischen Würstel mit Saft, Wiener Schnitzel und Schweinsbraten. Nichts Besonderes, aber da muss man vorsichtig sein: Protzt man bei einem Begräbnis, ist man gleich ein Verschwender, spart man, ist man ein Geizhals. Und das ist die goldene Mitte der Tradition. Außerdem: Solche Sachen macht Frau Herbst wirklich ordentlich. Die Weine sind übrigens von uns, das haben wir so vereinbart. Sie sollen alle sehen, wie gut Hans war. Wer weiß, ob ich ...«

»Du wirst es schaffen.«

Da bin ich mir drei Stunden später gar nicht mehr so sicher. Ich habe die Bertholds heimbegleitet, Martina wollte mich nicht gehen lassen. Inzwischen weiß ich auch, dass die Einsegnung vor dem eigentlichen Begräbnis stattfindet, wenn das Begräbnis also für drei Uhr angekündigt ist, dann sollte man spätestens um halb drei bei der Kapelle sein. Und: Die meisten Trauergäste kondolieren der Familie schon dort, es hat also auch nichts zu bedeuten, dass am Friedhof lange nicht alle Eva Berthold die Hand gegeben haben.

Vor dem Tor ein großer schwarzer Mercedes. Neuestes Modell. Zwei Männer sitzen drinnen, warten.

Mafia, ist mein erster Gedanke. Lächerlich.

Ich sehe Eva Berthold an, überlege, wie ich sie schützen kann. Aber sie seufzt nur, als sie die beiden sieht. »Sie konnten wohl nicht mehr länger warten«, meint sie, »das sind die von der Bank.«

Der Großvater zeigt da weniger Verständnis. Die beiden steigen aus, weiche offene Wollmäntel über den gut geschnittenen Anzügen. Er eilt auf sie zu, hinkt ein bisschen, aber seine Stimme ist laut: »Sie haben wohl gar keinen Genierer. Kaum ist Hans unter der Erde, stehen Sie schon da! Dabei –«, er wendet sich an den Jüngeren, »ich kann mich erinnern, wie du mit Hans Räuber und Gendarm gespielt hast. Hat schon einen Grund, dass du immer der Räuber warst, Kainbacher!«

Eva zupft den Großvater am Ärmel. »Lass gut sein.« Zu den beiden gewandt: »Kommen Sie bitte mit, und Entschuldigung. Es geht ihm nicht so gut.«

Der vom Großvater Attackierte murmelt: »Wir wollten zumindest das Begräbnis vorübergehen lassen, aber … Direktor Brunnhuber war heute in der Gegend und hatte keinen anderen Termin frei.«

Der ältere Banker sieht drein, als würde ihm die halbe Entschuldigung seines Begleiters um eine halbe zu viel sein. »Können wir?«, fragt er kurz. »Es wird nicht lange dauern.«

Eva ist, ich hätte es nicht für möglich gehalten, noch bleicher geworden, nickt aber entschieden. Sie sperrt das Tor auf, Reblaus hetzt uns entgegen, bellt, ist außer sich. Aber das ist er häufig. Seit den letzten Tagen frisst er auch wieder normal, hat mir Martina erzählt. Der Bankdirektor aus Wien weicht zurück, das gefällt Reblaus, er hält es für ein Spiel, springt ihn an. Der Bankdirektor glaubt wohl, er versucht ihn zu beißen, schreit auf, taumelt, will ihn abwehren. Reblaus, gekränkt, dass er den Herrn im feinen Wollmantel nicht abschlecken darf, hüpft zwei Schritte davon, bellt, schüttelt sich.

»Hierher, Reblaus«, brüllt Eva.

Er ist so überrascht, dass er tatsächlich zu ihr läuft und sich hinsetzt.

Der Bankdirektor keucht, hält sich die Hand ans Herz, »Ihnen wird das Scherzen schon noch vergehen«, presst er heraus, »Reblaus, nicht zu glauben.«

»Der soll sich nicht aufführen mit der Hand am Herz«, sagt der Großvater viel zu laut, »der hat gar keines, was soll ihm weh tun?«

Die Ankunft der beiden wichtigen Herren hätte reibungsloser verlaufen können.

Eva zieht sich mit den Bankern ins Wohnzimmer zurück. Der Großvater, die beiden jungen Bertholds und ich sitzen in der Küche.

»Der alte Kainbacher ist ein klasse Bursch gewesen«, sagt der Großvater, »aber sein Sohn ... er war immer schon ein Feigling.«

Christian seufzt. »Er wird eben auch nicht anders können. Er ist nur Filialleiter, der andere ist Landesdirektor. Er kennt uns nicht, was hätte er für ein Interesse, eine Ausnahme zu machen?«

»Aber am Tag vom Begräbnis.«

»Ist das nicht auch schon egal?«, seufzt Christian. »Übrigens: Ich muss morgen wieder nach Zürich. Das Anhörungsverfahren ...«

»Weiß Ihre Mutter schon davon?«

»Ich dachte, vielleicht könnten Sie ...«

»Das sagen Sie ihr schön selbst.«

»Ja ... Wäre es so schlimm, wenn wir aufhören würden? Mutter packt das doch nicht, sie könnte wieder als Lehrerin arbeiten, vielleicht findet sie auch einen ...«

Martina springt auf, schreit: »Hör sofort auf, so zu reden! Dich braucht da eh niemand, geh nur zu deinen Meeresviechern! Wir machen das schon. Denkst du nur einen Moment an Vater?«

»Du kannst mich!«

Ich stehe auf. Das hier geht mich nichts an. Obwohl ... Interessant ist es schon, dass Christian bereits morgen weg will. Von ihm ist offenbar wenig Hilfe zu erwarten. Er durfte studieren und jetzt ... Mira, brems dich, warum sollte er nicht das tun, was ihm liegt? Er versucht gerade eine Forschungsstelle als Meeresbiologe in Harvard zu bekommen. Nicht gerade übel. Warum soll er mit dem Traktor in den Weingärten unterwegs sein?

Eine Tür geht auf, wir hören, wie sich Eva im Vorzimmer von den Bankmanagern verabschiedet. »Sie bekommen umgehend Bescheid.

Und: danke.« Ihre Stimme klingt fest. Noch scheint nicht alles vorbei zu sein.

Sie öffnet die Tür zur Küche, vier Augenpaare sehen ihr erwartungsvoll entgegen.

»Ich muss ihnen eine Aufstellung liefern über Umsatz, Ausgaben, Einnahmen, Entwicklungsperspektiven. Sie wollten einen Prüfer schicken, aber den hätte ich zahlen müssen. Ich mache es selbst, habe ich gesagt. Sie geben mir einen Monat Zeit, die Geschäfte unter Dach und Fach zu bringen.« Sie setzt sich zu uns, und plötzlich beginnt sie zu weinen, fast lautlos, aber ohne damit wieder aufhören zu können.

Vesna ist ernsthaft in Schwierigkeiten. Nach zehn Jahren im Land besteht an sich ein Rechtsanspruch auf die österreichische Staatsbürgerschaft. Sie hat sie beantragt – und jetzt wird sie unter die Lupe genommen. Die Blauen hetzen wieder einmal gegen den Zuzug von »Fremden« – sie sind mir viel fremder, als mir Vesna jemals sein könnte – und haben die Stadtverwaltung von Wien dazu gebracht, bei allen, die sich um die Staatsbürgerschaft bewerben, nachzuforschen. Vesnas Aufenthaltsstatus ist in Ordnung, er leitet sich vom Aufenthaltsrecht ihres Mannes ab. Aber: Sie sind dahintergekommen, dass Vesna seit zehn Jahren illegal als Putzfrau arbeitet.

»Sehr witzig«, sagt Vesna, als wir in einem Innenstadt-Café sitzen und die Lage besprechen, »ich wollte Arbeitsgenehmigung, habe sie nicht bekommen. Was soll ich tun? Verhungern?«

Schlimm ist, dass sie jetzt auch Vesnas bestem Arbeitgeber, einem Notar im ersten Bezirk, mit einer Anzeige wegen Schwarzbeschäftigung drohen.

»Er hat sich ja wirklich einiges an Sozialabgaben erspart«, murmle ich. Auf mich sind sie zum Glück nicht gestoßen, in Privathaushalten wird offenbar nicht so genau nachgesehen, aber wer weiß, vielleicht kommt das noch.

»Statt Staatsbürgerschaft drohen sie mir mit Ausweisung«, stellt Vesna so sachlich wie möglich fest. Ihre Zwillinge sind von Anfang an in Wien in die Schule gegangen. Ich bekomme eine Riesenwut. »Ich bringe das ins ›Magazin‹!«

Vesna schüttelt den Kopf. »Wenig klug, bin ich Schwarzarbeiterin, die sich eingeschlichen hat. Für viele zumindest.«

»Sie können dich nicht ausweisen. Du hast ein Aufenthaltsrecht.«

»Solange Mann mich behält. Und: Wir streiten.«

»Ernsthaft?«

Vesna zuckt mit den Schultern: »Ist nicht so ernst, aber mit so was im Hintergrund … kann ernst werden. Er sagt, du kannst nur da sein, weil es mich gibt. Ich sage: Will ich nicht von deiner Gnade leben und tun müssen, was du willst.«

»Wenn du die Staatsbürgerschaft hättest, hättest du automatisch eine Beschäftigungsbewilligung.«

»Ja, aber Staatsbürgerschaft kriege ich nicht, weil ich keine Beschäftigungsbewilligung gehabt habe, sondern schwarz Geld verdient. Notar muss mich rauswerfen.«

Ich habe eine Idee: »Ich werde für dich um eine Beschäftigungsbewilligung als Putzfrau für ein paar Stunden in der Woche ansuchen.«

»Dann kommen sie darauf, dass ich schon lange bei dir arbeite.«

»Ich mache es so, dass sie den Verdacht haben, ich recherchiere gleichzeitig für das ›Magazin‹. Und ich versuche auch den Notar dazu zu bringen, um eine Beschäftigungsbewilligung für dich anzusuchen.«

Vesna schüttelt zweifelnd den Kopf. Es tut mir weh zu sehen, dass sie nicht weiter weiß. Ich will sie ablenken, erzähle ihr vom Begräbnis und von den Anschuldigungen des Nachbarn.

»Der war es«, sagt sie, »Neid ist gutes Motiv und sieht aus, dass dein Winzer kein ganzer Engel war. Kunden wegnehmen und Weingärten …«

»Alles legal.«

»Legal ist auch, was die jetzt mit mir machen.«

Ich sitze in der Redaktion, kann mich nicht konzentrieren, denke trotz allem über eine Story über die bosnischen Kriegsflüchtlinge und ihre Staatsbürgerschaftsansprüche nach. Das Telefon läutet, ich hebe ab.

»Eva, Eva Berthold ist da. Ich habe … eine etwas seltsame Bitte. Ich soll heute Abend den Spirit-of-Wine-Preis entgegennehmen. Ich muss eine Rede halten. Ich hab mich lange darum herumgedrückt und außerdem sowieso keine Zeit gehabt. Wir sind von früh bis spät in den Weingärten. Wenn wir nicht rechtzeitig gegen die Kräuselmilbe spritzen, haben wir sie am Hals. Die Reben beginnen auszutreiben, wir müssen sie erwischen, bevor sich die Blätter öffnen. Du kannst so gut schreiben. Ich brauch nicht viel zu sagen, aber ... Könntest du es vielleicht für mich aufsetzen?«

»Was ist das für ein Preis?«

»Er wird jedes Jahr vergeben, pro Land bekommen ihn drei Winzer für besondere Verdienste um den Weinbau, es geht um naturnahen Anbau, weniger um Technik als um die ... Seele des Weines eben, was immer das ist. Heuer haben wir ihn bekommen.«

»Gratulation, natürlich, ich mache es. Wie geht es mit der Bank?«

Eva seufzt. »Nichts zu hören. Ich hab ihnen meinen Bericht gegeben, sie hocken hinter ihren Schreibtischen und warten ab.«

»Und sonst ... Neuigkeiten?«

»Nein. Doch, etwas Positives: Die Japaner haben tatsächlich bestellt: ein paar Paletten vom Riesling – das Problem ist nur, der geht mir jetzt aus, dabei ist er heuer unser Spitzenwein, und vom Rosé wollen sie überraschend viel. Der ist allerdings nicht gerade teuer. Auch die Japaner schauen offenbar ziemlich aufs Geld. Sie wollen den Preis noch drücken, aber beim Riesling ist da gar nichts drin. Jetzt haben sie ihn auch so genommen.«

Na also, es scheint weiterzugehen mit den Bertholds. Ob sein Tod jemals ...

Die Gala findet in einem neuen Wiener Stadtpalais statt, weiß gedeckte runde Tische, Weinreben als Schmuck.

»Woher haben sie die wohl? Sicher nicht aus Österreich«, flüstert mir Eva zu. Sie trägt ein elegantes schwarzes Kleid, es unterstreicht, wie schlank sie ist. Von hinten könnte man sie für eines der jungen Mädchen halten, die Broschüren des Spritzmittelkonzerns verteilen. Ohne Sponsoring und Werbung geht heute eben gar nichts mehr.

»Von wegen naturnah«, flüstere ich Eva zu.

Sie sieht mich irritiert an. »Wenn du nicht spritzt, kannst du die Reben vergessen. Hängt nur davon ab, was, wann und wie viel.«

Bald ist klar, dass mir die kurze Rede recht gut gelungen ist. Eva, die weniger wie eine Weinbäuerin als wie eine Schauspielerin aussieht, geht zum Podium, Beifall, sie räuspert sich, nimmt den Zettel aus ihrer Handtasche, liest mit ihrer deutlichen Volksschullehrerinnenstimme:

»Sehr geehrte Juroren von Spirits of Wine, sehr geehrte Festgäste! Was ist der ›Spirit‹ des Weines, sein Geist, seine Seele? Mag sein, dass man für einige Augenblicke glaubt, ihn zu erkennen, beim Duft eines Weines in der Nase, bei einem Schluck, beim Nachklang des Weines am Gaumen, aber in Worten ausdrücken kann man es kaum, kann ich es jedenfalls nicht. Ich fühle diesen Geist, wenn ich in unseren Weingärten nahe bei Wien bin; der Wind geht, die Reben treiben aus, öffnen sich dem Jahr, so wie ich es immer wieder versuche. Wir lernen aneinander, und Sie können sicher sein, ich tue es mit Respekt vor der Tradition, vor dem Wein, vor der Natur. Und manchmal habe ich den Eindruck, der Wein weiß unsere Bemühungen auch zu schätzen, er respektiert uns und wie wir ihn erziehen – wie es im Fachjargon heißt.«

Kurze Pause.

»Wie Sie wohl alle wissen, ist mein Mann, Hans Berthold, vor kurzem ums Leben gekommen. Ich widme diesen Preis ihm. Ich will in seinem Sinn weitermachen.« Sie räuspert sich, blickt kurz auf, fährt fort: »Und was mich tröstet: Wenn ich in meinen Weinhügeln bin, dann ist sein Geist bei mir, seine Seele. Danke.«

Frenetischer Applaus, ich sehe, dass einige ein Tränchen zerdrücken. Der letzte Satz war nicht von mir, zu Pathetisches ist meine Sache nicht. Aber er hat zum Augenblick gepasst, mehr noch, er hat Eva Berthold viele Herzen zufliegen lassen. Wein ist seit Jahrtausenden ein Geschäft. Und womit verkauft man besser als mit Emotion? Eva steht auf dem Podium, verbeugt sich, lächelt beinahe etwas scheu. Ob sie an ihn denkt? Oder daran, dass der heutige Abend ein wichtiger Schritt in die Zukunft ist? Wenn die Bankleute ihr jetzt den Kredit sperren, sind sie unten durch. Aber wie lange erinnert man sich an die Preisverleihung? Was, wenn uns der Alltag wieder eingeholt hat?

Sie haben tatsächlich einen Kran auf mein Dach gestellt. Ein großer Kran hat einen kleineren Kran hinaufgehievt, und der steht jetzt exakt über meinem Badezimmer. Ich bin nicht besonders neurotisch, aber ich dusche nur mehr kurz, putze mir schneller als sonst die Zähne, habe keine Lust, ausgiebig zu baden. Ich traue den Statikern nicht. Oskar kommt schon heute Abend, wir fahren zu den Bertholds, ausgiebige Weinverkostung, der Gasthof Herbst hat Zimmer, die ganz in Ordnung sein sollen, arme Gismo, sie muss hierbleiben.

Es dauert ganz schön lange, bis ich herausfinde, bei welcher Stelle ich Vesnas Arbeitsgenehmigung als Putzfrau beantragen kann.

»Privathaushalt?«, sagt die Stimme am Telefon. »Was sagen Sie, für zwanzig Stunden im Monat?«

»Ja.«

»Nicht zwanzig Stunden die Woche?«

»Nein.«

»Das ist ein Witz, oder? Oder …«, der Ton wird vorsichtig, »sind Sie vielleicht gar der Callboy, der die Leute reinlegt, und dann ist alles im Radio?«

Ich atme durch: »Noch einmal: Ich hätte gerne eine Arbeitsgenehmigung für die bosnische Staatsangehörige Vesna Krajner, die legal in Wien wohnhaft ist. Zahl der Stunden: Zwanzig im Monat. Beschäftigung: Putzfrau oder Aufwartefrau, wenn Ihnen das lieber ist. Eine vergleichbare inländische Arbeitskraft finde ich nicht. Wohin muss ich mit den Unterlagen gehen? Was brauche ich alles dafür?«

Stille in der Leitung, dann, geflüstert: »Nur so ein informeller Tipp: Warum beschäftigen Sie die Frau nicht schwarz? Ist doch viel einfacher für alle!«

Fast hätte ich einen Schrei losgelassen.

Jetzt tragen die Reben schon die ersten Blätter, alles wird grün, das Wetter ist zwar wechselhaft, aber man kann den Frühling riechen.

Wir stehen auf dem Hügel, von dem aus man die Silhouette Wiens erkennt. Auch Oskar ist hingerissen. Eva, die uns den Weg gezeigt hat, lässt ihren Blick über die Rebzeilen schweifen. »Das mit der Schwefelspritzung gegen die Kräuselmilbe haben wir gerade noch rechtzeitig geschafft«, sagt sie, »nächste Woche müssen wir scheren, mähen und mulchen. Das Gras wächst schnell bei all dem Regen. Aber bis Anfang Mai müssen wir die Begrünung stehen lassen, wir sind im KIP-Programm.«

»Was ist das?«

»Kontrollierter integrierter Pflanzenschutz«, erklärt sie, »ein Programm für mehr Naturnähe, dafür gibt es von der EU ein wenig Geld, aber zuvor ist jede Menge Bürokratie zu erledigen. Ich werde noch ein, zwei Arbeiter einstellen müssen. Es reicht sonst nicht.«

Wir kommen zum Hof zurück und sehen Ana auf der Bank in der Sonne sitzen.

»Sie kann nicht gehen«, sagt Vaclav, »ist gestolpert und hat Fuß kaputt.«

Ana deutet auf ihren linken Knöchel, ihr Gesicht ist schmerzverzerrt. Eva beugt sich über ihr Bein, aber ich sehe es auch so: dick angeschwollen.

»Sie muss geröntgt werden«, bin ich mir sicher.

»Vaclav kann nicht weg«, erwidert Eva, »wir müssen den Cabernet umziehen, ich brauche ihn.«

Ich seufze. »Ich kann sie fahren.«

»Nach Bratislava?«

»Warum?«

»Sie hat keine Krankenversicherung hier.«

Ich begreife. Ana ist nicht angemeldet, führt quasi nur inoffiziell den Haushalt. Wer wäre ich, um mich darüber aufzuregen?

»Die beiden Männer arbeiten legal bei uns«, sagt Eva rasch. »Sie kann zu unserem Gemeindearzt, der ist in Ordnung, kein Problem.«

Sie selbst fährt Ana, ich sehe mich in der Küche um. Irgendjemand sollte kochen. Wenn wir Wein verkosten wollen, ist es besser, vorher etwas zu essen. Der Großvater ist mit den Altjägern unterwegs, Martina wird erst in zwei, drei Stunden aus dem Internat kommen. Ich durchforste den Kühlschrank und die Speisekammer, entdecke Unmengen an frischem Spinat, klare Hühnersuppe und sonst nicht viel. Rollgerste, schon lange nicht mehr gesehen, ein beinahe in Vergessenheit geratenes Getreide. Im Tiefkühler Kaninchenteile.

»Ich weiß nicht, ob du hier so einfach …«, versucht Oskar mich zu bremsen. »Ich lade alle zum Dorfwirt ein, oder wir fahren zum Manninger in den Apfelbaum, da wolltest du ja sowieso hin.« Ich erreiche Eva am Mobiltelefon. »Was dagegen, wenn ich koche?«

Eva will nicht, dass ich mir Arbeit mache, aber ansonsten scheint sie sich zu freuen. Also los. Spinatsuppe, danach eine Art Risotto von der Rollgerste mit Kaninchen. Salbei wäre fein. Eva hat hinter dem Hof einen Gemüsegarten. Von da kommt wohl auch der viele Spinat.

Ob Oskar nachsehen und Salbei holen kann? Er brummt etwas und geht. Unter den Gewürzen entdecke ich Piment und Chili, das wird der Spinatsuppe einen feurigen Touch geben.

Viel Zwiebel in grobe Stücke schneiden, danach in Butter hell anrösten. Zwei Knoblauchzehen zerkleinern, kurz mitrösten. Den gewaschenen Spinat dazu, durchrühren. Ich brauche die Hühnersuppe auch für die Rollgerste, also gieße ich mit einer Mischung aus Suppe und warmem Wasser auf und nehme etwas von der vegetarischen Gemüsewürze. Und, nicht vergessen, eine Prise Natron, das erhält die grüne Farbe.

Oskar kommt zurück. »Salbei gibt es keinen, aber Thymian.« Er hält mir einen Strauß Zweige entgegen. Mindestens ebenso gut.

Ich gebe Piment, Salz und Chili in die Spinatsuppe und erinnere mich an die karibische Calaloo-Soup: Sie wird aus spinatartigen Blättern zubereitet, und den besonderen Kick verleiht ihr am Ende ein guter Schuss Kokosrum. Schade, dass keiner da ist. Wie es wohl Bata und Michel und ihrem Golden Sand geht?

»Du scheinst hier beinahe zu Hause zu sein, Stadtbewohnerin«, spöttelt Oskar.

»Hat wohl mit dem Wein zu tun, Frankfurter«, erwidere ich.

»Hat die Polizei eigentlich etwas Neues herausgefunden?«

»Eva sagt nein. Selbst die Nachbarn geben jetzt Ruhe. Eine Art von Waffenstillstand. Ich bin mir gar nicht so sicher, ob Eva noch sehr an einer Aufklärung interessiert ist.«

»Du meinst, weil sie selbst …«

»Unsinn.« Ich ziehe die Suppe vom Herd, die Blätter dürfen nur ganz kurz aufkochen, fertig machen werde ich sie, wenn alle da sind. »Nur weil der Nachbar böse Gerüchte streut?«

»Dieser Hans Berthold scheint ein ganz schöner Tyrann gewesen zu sein.«

»War er nicht.«

»Na«, Oskar wirft mir einen prüfenden Blick zu, »attraktiv war er, das habe ich auf den Fotos gesehen. Jedenfalls scheint Eva sich in ihrer jetzigen Rolle wohl zu fühlen.«

»Was bleibt ihr übrig? Außerdem: So gut kenne ich sie auch nicht, dass ich wüsste, was sie wirklich empfindet.« In der Zwischenzeit stelle ich einen Topf mit der klaren Hühnersuppe zu. Oskar bitte ich, Zwiebel klein zu schneiden. Auch wenn er es selten tut, an sich kann er sehr gut kochen.

»Irgendjemand muss es gewesen sein«, beharrt er.

»Entweder ein Unfall oder Mord«, ergänze ich. »Es ist aber eher außergewöhnlich, dass einer so früh auf die Pirsch geht, das sagen sie zumindest im Wirtshaus. Zur Zeit darf man Wildschweine schießen, am Wald soll es genug davon geben, aber üblicherweise gehen die Jäger am Abend hinaus und lauern ihnen auf.«

Oskar grinst. »Das heißt nicht auflauern, sondern ansitzen oder so ähnlich.«

»Wenn ihn einer beim Joggen …«

»Ein Weinbauer, der joggt, das ist jedenfalls außergewöhnlich.«

Ich schwitze die Zwiebeln und zwei klein gehackte Knoblauchzehen in Butter und Olivenöl an. »Das ist gar nicht mehr so außergewöhnlich. Wir sind nur ein paar Kilometer von Wien entfernt. Wie glaubst du, dass Winzer leben? Ihre Arbeit hat inzwischen viel mit Business zu tun, da muss man sich entspannen, einen Ausgleich finden.«

»Ach, Mira, die Illusionslose«, spottet Oskar.

»Ist jedenfalls ein ziemlich harter Job.«

»Das war es aber schon immer.«

Ich rühre die Rollgerste ein, schwenke sie durch, bis sie glasig ist. Inzwischen kocht auch die Hühnersuppe.

»Aber heutzutage musst du auch noch Verkaufsexperte sein, Marketing drauf haben, Präsentieren, was von Finanzen und Verwaltung verstehen, Fremdsprachen beherrschen – und trotzdem in aller Früh aufstehen und im Weingarten arbeiten.«

»Zumindest wenn man so hoch hinaus will wie die Bertholds.«

Das klingt fast wie von den Nachbarn. Ich sage es Oskar.

»Ist es ein Wunder, dass sie neidisch sind? Und wenn es wahr ist, dass Berthold ihnen Kunden und Weingärten abjagen wollte ...«

Ich gieße die angeröstete Rollgerste mit einem Achtel DAC-Veltliner auf.

»He«, sagt Oskar, »ich dachte, das wäre mein Aperitif.«

Nachdenklich rühre ich um. »Ich habe Eva darauf angesprochen, sie meint, das seien ganz normale Geschäftspraktiken, zumindest habe das Hans so gesehen. Wahrscheinlich muss man in dieser Liga ganz schön tough sein. Außerdem: So war es nicht, dass er versucht hat, Aichinger seine Kunden abzujagen. Die Bertholds haben eine Aussendung an alle Lokale der weiteren Umgebung gemacht, da waren eben einige dabei, die bis dahin beim Aichinger den Wein bezogen haben.«

Thymian dazu, der Wein ist einreduziert, ich gieße wie beim klassischen Risotto immer wieder mit einem Schöpfer kochender Suppe auf, rühre um, die Flüssigkeit soll gerade etwas über der Rollgerste stehen.

»Und der Berthold hat nicht gewusst, dass da Kunden seines Nachbarn darunter waren?«, wundert sich Oskar.

»Keine Ahnung. – Kannst du etwas Stärke mit kaltem Wasser abrühren?« Die Suppe soll später nur ganz leicht gebunden werden.

»Und ich hab mir gedacht, wir fahren auf eine Weinkost ... Ich frage mich bloß, seit wann du dich von Schnüffeleien abhalten lässt? Gibt mir zu denken, dass du aufgegeben hast.«

»Sonst hast du mich immer darum gebeten.« Wieder ein Schöpfer Suppe, umrühren. Der Thymian entfaltet sein Aroma. »Manchmal ist es besser, man lässt etwas ruhen. Wer weiß, vielleicht ist es wie mit dem Wein. Auch der braucht Zeit.« Ehrlicher wäre es, zuzugeben, dass ich nicht weiter weiß. Außerdem ist die Reportage, an der ich zur Zeit arbeite, auch ganz nett: Das Hilton wird neu eröffnet, ich schreibe über die Hintergründe und die menschlichen Details: den Gast, der schon über fünfzigmal da war und zur Neueröffnung wieder kommen wird, das neue Luxusrestaurant aus der Sicht des Restaurantleiters und der Abwäscherin, Geschichten des alten Portiers, der nun in Pension geschickt worden ist, die Karriere des Hotelmanagers und seiner Frau, einer bekannten schwedischen Opernsängerin.

Ich koste, die Rollgerste ist kernig, aber nicht mehr hart, ich drehe die Flamme ab. Das Kaninchenfleisch schneide ich in Streifen, würze es mit Salz, Pfeffer, etwas Zitronenschale, brate es in Öl kurz und heiß an und lasse es anschließend im Rohr bei fünfundsiebzig Grad gar ziehen.

»Das riecht ja phantastisch«, sagt Eva, als sie in die Küche kommt.

»Wie geht es Ana?«

»Wird schon wieder. Ich hab sie auf ihr Zimmer gebracht, es ist nichts gebrochen. Sie soll heute liegen und Ruhe geben, dann wird man weitersehen. Ich ... Sie hat kein Problem damit, nicht angemeldet zu sein. Sie hat in der Slowakei eine Versicherung.«

»Du musst dich nicht rechtfertigen.«

»Tut mir leid, dass ich so lange gebraucht habe, aber ich war noch bei Vaclav und Tomek im Keller. Sie sind wirklich gut, aber ... sie können Hans nicht ersetzen. Sie arbeiten, so viel sie nur können, aber sein Wissen haben sie nicht, sie kennen sich nicht so aus.« Eva seufzt. »Der Veltliner, der noch im Tank ist, hat einen seltsamen Fehlgeschmack entwickelt, irgendwie dumpf.«

»Vielleicht legt sich das wieder.«

»Vielleicht, normalerweise passiert so etwas eher, wenn ein Wein im Holzfass reift. Stahl ist neutral. Ich muss den Wein schleunigst untersuchen lassen und dann schauen, was man dagegen tun kann. Wenn irgendjemand vergessen hat, die Schläuche zu säubern, oder wenn der Tank nicht ganz sauber war ... Wenn die Produktion heuer schlechter wird, dann habe ich verloren. Darauf warten viele nur.«

»Der Nachbar?«, frage ich. »Hast du nicht gesagt, dass der jetzt Ruhe gibt?«

»Ja, aber wie lange? Ich muss mit Josef reden, er ist einer der besten Freunde von Hans gewesen, auch ein Winzer, allerdings nur mehr im

Nebenerwerb. Macht aber großartigen Wein. Vielleicht hat er eine Idee, was dem Veltliner passiert sein könnte.«

»Wann sollen wir essen?«, will ich wissen.

»Wie ihr wollt ... Wenn Martina zurück ist und der Großvater.«

»Was ist mit Vaclav und Tomek?«

»Wenn es euch nichts ausmacht ... wir essen fast immer gemeinsam. Ana könnte ich etwas bringen.«

»Sie soll mir dafür das Rezept für die Salzstangerl geben.«

»Ich hoffe, sie kommt schnell wieder auf die Beine. Ich brauche sie auch im Weingarten.« Eva seufzt. »Ich will niemanden schinden. Ich will euch auch nicht anweinen, aber ...« Ihr Gesicht hellt sich auf. »Übrigens gibt es auch sehr liebe Reaktionen. Dieser Zusammenschluss von Top-Weinbäuerinnen, ich kenne zwei von ihnen von einer Präsentationsreise mit der Weinmarketing-Gesellschaft; sie haben mir geschrieben. Sie wollen mich, wo es nur geht, unterstützen, und obwohl sie an sich eine Aufnahmesperre haben, könnte ich bei ihnen Mitglied werden. Dass es so etwas noch in diesem Geschäft gibt!«

Wir decken gerade den Tisch, als Clarissa Goldmann hereinrauscht. Ich erkenne die eigenartige Person sofort wieder. Kein Läuten, kein Klopfen, da wie eine Naturgewalt, diesmal im erdfarbenen Leinenanzug. Sie sieht aus wie ein entlaufener Kartoffelsack. Clarissa Goldmann stutzt, als sie mich entdeckt. Ich nehme die Gelegenheit beim Schopf, zu oft schon habe ich darüber nachgedacht, warum sie Eva vor meiner schlechten Aura, oder wie immer sie es genannt hat, gewarnt hat.

»Ist meine Aura immer noch so schlecht?«, frage ich und sehe einen völlig verwirrten Oskar.

»Ich weiß mehr, als Sie sich träumen lassen«, meint sie hoheitsvoll.

Nicht locker lassen. »Was ist so übel daran?« Ich bekomme Spaß an der Sache.

»Ich bin zum Schweigen verpflichtet.«

»Hat beim Begräbnis nicht so gewirkt.«

»Meinen ... Schützlingen gegenüber.«

»Da hat einer über mich gequatscht?«

»Sie haben doch den Artikel geschrieben. Man kennt Sie. Es ist nicht Ihre erste Mordgeschichte. Wo immer Sie ...«

»Könnte das an meinem Beruf liegen? Wer ist es? Ein Kollege?«

»Meine Lippen sind versiegelt.«

»Besser so.«

»Was ...«, fragt Oskar verdattert dazwischen.

Ich sehe Eva zum ersten Mal seit Wochen lachen. »Was hat Sie zu uns geführt?«

Clarissa Goldmann stutzt. »Wein. Ich wollte Wein kaufen. Und: Ich habe das mit Ihrem Mann schon einige Male besprochen. Sie dürfen nicht spritzen, wo wir unser Gelände haben. Es bringt die natürlichen Schwingungen in Dissonanz.«

Eva grinst immer noch: »Es bringt meinen Wein in Dissonanz, wenn ihn die Schädlinge befallen.«

Wie selbstverständlich sie inzwischen von »meinem Wein« spricht.

Clarissa Goldmann wird wütend: »Wir lassen uns unser Projekt nicht zerstören.«

»Niemand will Ihnen etwas Böses, aber Sie müssen auch mich arbeiten lassen, wie ich es für richtig halte.«

»Die Natur ... sie wird sich wieder rächen! Ich hätte nie gedacht, dass Sie als Frau ... Wir sind die erdnäheren Wesen, Männer ...«

»Tut mir leid, die Weingärten werden gespritzt. Nicht mehr als notwendig, das kann ich Ihnen versichern.«

»Ich werde meine Kinder der Natur zurückhalten müssen.«

»Soll das eine Drohung sein?«

»Wenn es sie überkommt ...«

Ich mische mich ein: »Was tun sie dann? Regenzauber veranstalten?«

»Das Wider die Natur muss zerstört werden«, donnert Clarissa Goldmann und verschwindet.

»Und was war jetzt das?«, fragt Oskar, nachdem die Tür ins Schloss gefallen ist.

Eva zuckt mit den Schultern. »Sie ist harmlos.«

Ich bin mir da gar nicht mehr so sicher. »Stammt sie eigentlich von hier?«

»Nein, nein, sie kommt von irgendwo in Oberösterreich, war eine entfernte Verwandte des letzten Besitzers des Gutshofes. Sein Vater hatte als Papierindustrieller viel Geld verdient, er, der Sohn, hat sich dann das Gut gekauft und fast alles versoffen.«

»Und der Naturfimmel?«

Der Großvater kommt in die Küche, er atmet laut aus: »Ich bin dieser Hexe begegnet.«

»Jetzt wisst ihr, wie sie im Dorf gesehen wird«, sagt Eva und lächelt. »Aber ... auch bei uns gibt es inzwischen einige Esoterikfans. Die meisten ihrer Jünger kommen jedoch aus Wien. Leute, die bisher wenig mit der Natur zu tun hatten und sich jetzt plötzlich mit ausgebreiteten Armen auf den umgeackerten Boden werfen und nach der Erdmutter schreien.«

»Vielleicht deswegen«, sage ich, und sie sieht mich an, als könnte man die aus der Stadt doch nie restlos verstehen.

Ich koche die Spinatsuppe auf, binde sie mit etwas Stärke, gehe mit dem Stabmixer nur ganz kurz durch, die Blätter sollen nicht püriert, sondern nur etwas zerkleinert werden. »Schade, dass es keinen Kokosrum gibt«, sage ich und erzähle von der karibischen Version und wo ich sie kennen gelernt habe.

»Kokosrum haben wir nicht, aber sonst eine ganze Menge«, sagt der Großvater und führt mich zum Schnapsschrank. Ich sehe interessiert die Flaschen durch, Anisschnaps, das ist einen Versuch wert. »Selbst angesetzt«, verkündet der Großvater stolz, »der hat einen ganz anderen Duft als das gekaufte Zeug.«

Ich gebe einen Schuss zur Suppe, rühre sie um, koste. Passt. Das finden die Bertholds auch, sie sind hingerissen.

Wir trinken einen kräftigen, aber klassisch ausgebauten Weißburgunder dazu. Ich wärme vorsichtig das Rollgersten-Risotto – anders als beim klassischen Risotto ist das kein Problem, Rollgerste bleibt viel länger kernig –, verdünne mit ein wenig Suppe, nehme den Topf vom Herd, rühre Butterwürfel und viel geriebenen Parmesan ein. Auf Teller verteilen, darauf die gar gezogenen Kaninchenstreifen anrichten, einen frischen Thymianzweig drüber, fertig. Martina, mit der Schnellbahn später als üblich von der Schule zurück, fragt, ob ich nicht öfter für sie kochen könnte. Bei ihnen gebe es meist nur diese Tiefkühlsachen, weil niemand Zeit habe. Ich fühle mich geschmeichelt. Und Oskar erfindet einen Namen für die Risotto-Variation: Rollotto. Wenn sogar er kreativ wird, muss doch etwas dran sein an meiner Kocherei. Wir probieren die gesamte Palette der Berthold'schen Weine durch, Oskar bestellt mehr, als er jemals trinken kann.

»Das wird mein Abschiedsgeschenk an das Partnerbüro in Frankfurt«, erklärt er, »da werde ich wohl wieder einmal mit dem Auto nach Frankfurt fahren müssen.«

Mir gibt es einen Stich. Ob die, mit der er mich betrogen hat, auch etwas vom Wein bekommt? Sie ist natürlich nach wie vor in der Anwaltskanzlei beschäftigt, Juniorpartnerin.

»Wir können den Wein schicken«, meint Eva. »Unser Händler für den Großraum Frankfurt kann ihn übernehmen, Sie brauchen ihn nur abzuholen.«

Wien ist nicht weit, trotzdem, was für ein Glück, dass wir heute nicht mehr zurückfahren müssen.

In der Nacht träume ich, ich bin mit Hans Berthold im Keller, plötzlich geht das Licht aus, nur seine blauen Augen leuchten, eine Tür wird aufgerissen, Clarissa Goldmann schwebt die steile Stiege herab und kreischt: »Die Erde hat euch wieder! Die Erde hat euch wieder!«

Ich wache auf, Oskar atmet zufrieden und regelmäßig, ich klappe die Augen wieder zu. Mira, du hast zu viel Rollotto gegessen und zu viel Wein getrunken. Nichts Schlimmeres soll passieren.

[ Mai ]

Und dann gibt es doch noch so etwas wie eine Pressekonferenz zum Fall Hans Berthold. Ich bekomme das Ganze nur durch Zufall mit, ich bin an meinem neuen schnellen Computer, um den mich alle in der Redaktion beneiden, durch die Termine der Austria Presse Agentur gesurft.

Ich habe keinen Schimmer, wie ich meine Reportage über den Wiener Jetset und die, die gerne dazugehören würden, anlegen soll. Falls ich gedacht habe, ich könnte mir meine Themen von nun an frei wählen, so war ich falsch gewickelt. Ich kann Vorschläge machen, mehr aber auch nicht. Die Story über das Hilton ist fertig, jene über die Zuwanderer aus Bosnien und ihre Einbürgerung ist abgelehnt worden. »Haben Sie nicht diese bosnische Putzfrau?«, hat der Chefredakteur in der Sitzung hämisch gefragt. »Ist sie bei Ihnen eigentlich legal beschäftigt?«

Sehr witzig. Ich bekam zu hören, dass dieses Thema viel zu deprimierend sei für den Mai, vor allem bei diesem miesen Wetter. Man brauche etwas Leichtes, etwas, das auf den Sommer hinweise, positiven Lesestoff statt Gutmenschentum.

»Sie spionieren ihnen nach, das ist keine üble Story, niemand hat noch darüber geschrieben«, versuchte ich zu bekräftigen.

»Wie viele Menschen werden sich deswegen unser Magazin kaufen?«, war die Reaktion.

Von Droch war wie immer bei solchen Auseinandersetzungen keine Hilfe zu erwarten. Er benimmt sich in den Redaktionskonferenzen mit zuverlässiger Regelmäßigkeit so, als gingen sie ihn nichts an, als wäre er gar nicht da. Aber er braucht ja auch nicht zu fragen, was er tun darf. Der Chefredakteur würde sich hüten, ihm zu widersprechen. Ich war so blöd, den Chefredakteur zu fragen: »Was haben Sie gegen gute Menschen? Sind Ihnen böse lieber?«

Der Chefredakteur hat mich bloß spöttisch angesehen und gesagt: »Sie steigern jedenfalls die Auflage.«

Die meisten meiner idiotischen Kollegen haben auch noch gelacht.

Mein Antrag auf stundenweise Arbeitsgenehmigung für Vesna läuft übrigens, vielleicht läuft er sich allerdings in der Bürokratie auch tot. Der Notar, ein ganz reizender Typ um die siebzig, einer, zu dem mir der seltsame Begriff »feinsinnig« einfällt, hat auch einen Antrag gestellt. Das Skurrilste an der Aktion: Der zuständige Beamte hat Vesnas Daten angesehen und gemeint: »Warum stellt sie kein Ansuchen auf Einbürgerung? Sie ist seit mehr als zehn Jahren legal im Land.«

Ich bin gespannt, ob sich die Dienststellen untereinander absprechen.

Jedenfalls denke ich über meine Jetsetter und über Zuwanderinnen nach und surfe dabei lustlos durchs Netz, als ich auf einen Niederösterreich-Termin stoße:

»Pressekonferenz über das Pilotprojekt bundesländerübergreifender polizeilicher Zusammenarbeit zur Aufklärung von Gewaltverbrechen.« Anwesend neben dem niederösterreichischen Sicherheitsdirektor: der Leiter der Wiener Mordkommission 1, Zuckerbrot, mit dem ich schon in ein paar anderen Fällen zu tun hatte. Ein guter Beamter, aber eben nicht besonders davon angetan, dass ich ihm in seine Arbeit pfusche – wie er das nennt. Droch ist mit Zuckerbrot seit Jahrzehnten befreundet, einmal die Woche essen sie gemeinsam zu Abend, vielleicht weiß er, was hinter diesem monströsen Pressekonferenztitel steckt.

Droch telefoniert, ist eindeutig verärgert. »Nein, Herr Abgeordneter, es hat keinen Sinn, und wenn Sie mich hundertmal anrufen. Mir ist Ihre Initiative wurscht, egal, interessiert mich nicht.« Und dann: »Wenn Sie meinen, kein Problem, reden Sie mit dem Chefredakteur. Und mit dem Herausgeber. Meine Seiten sind keine Werbeveranstaltung. Basta. Ich suche mir meine Themen selbst. Wiederhören.«

Er legt auf, sieht mich an und schüttelt den Kopf. »Die werden immer penetranter.«

»Rennen eben auch um ihr Leiberl.«

»Du wirst so tolerant, mein Gutmensch«, spöttelt er.

»Pffff«, fauche ich, »lass mich damit bloß in Ruhe. Ich habe eine andere Frage: Zuckerbrot soll offenbar zur Ermittlung in Gewaltverbrechen an Niederösterreich ausgeliehen werden, stimmt das?«

»Meine Treffen mit Zuckerbrot sind privat, das weißt du.«

»Meine Frage ist auch privat. Ich kümmere mich nicht mehr um den Berthold-Fall, sondern um den Jetset – wie verordnet.«

»Wer's glaubt … Der Wein jedenfalls war sehr gut, das muss ich sagen. Ja, also: Der zuständige Chef der Kriminalabteilung ist in Frühpension geschickt worden. Krankheitshalber, heißt es offiziell. Weil er dem Innenminister nicht passt, inoffiziell. Jedenfalls ist ein Vakuum entstanden, und momentan gibt es in Wien nicht gerade viel aufzuklären. Also soll Zuckerbrot zumindest den Eindruck erwecken, als ginge alles normal weiter und als müssten sich alle Schurken Niederösterreichs fürchten. Er ist eher verärgert über das Projekt, Er ist keiner, der sich freiwillig aus Wien hinausbewegt.«

»Hat es auch mit dem Fall Berthold zu tun?«

»Ach, also doch.«

»Nur wegen des guten Weines.«

»Hat es. Der Weinbaupräsident hat interveniert. Er will den Fall geklärt haben. Wie mir diese Intervenieritis auf die Nerven geht.«

Sieh an. Mit ihm sollte ich reden, aber zuerst: »Ich fahre zur Pressekonferenz.«

»Lass Zuckerbrot schön grüßen. Du wirst sein Arbeitsleid auch nicht gerade lindern.«

»Wer weiß, vielleicht kann ich ihm helfen?«

»Der Arme.«


Zuckerbrot hat mein Erscheinen bei der Pressekonferenz mit Stirnrunzeln zur Kenntnis genommen. Ich habe es nur knapp rechtzeitig nach Mistelbach geschafft, dann aber zu lange nach dem angegebenen Gasthaus gesucht. Also bin ich zu spät gekommen, habe die ersten Minuten versäumt. Die Pressekonferenz bezieht sich mehr auf die Theorie der bundesländerübergreifenden Zusammenarbeit als auf konkrete Fälle, dennoch bin gar nicht ich es, die den Fall Berthold zur Sprache bringen muss. Oberhuber von der Weinviertel-Beilage des »Blattes« fragt nach:

»Stimmt es, dass der Fall, wie zu hören war, bereits zu den Akten gelegt wurde?«

Der niederösterreichische Sicherheitsdirektor scheint ihn recht gut zu kennen. »Herr Oberhuber, ich bitte Sie, kein ungeklärter Todesfall wird bei uns zu den Akten gelegt.«

Jetzt mische ich mich ein. »Wer ermittelt? Welche Ergebnisse gibt es bisher? Welche Ermittlungen sind noch geplant?«

Zuckerbrot seufzt. »Ich muss mich mit dem Fall erst vertraut machen.«

»Ich dachte, Sie sind Weinliebhaber.« Das ist mir so herausgerutscht.

»Wenn Sie das wissen wollen: Ich schätze die Weine vom Weingut Berthold. Ich schätze andere Weine. In Maßen, versteht sich.«

»Nur dass Berthold erschossen worden ist. Dürfte ich Sie bitten, die bisherigen Ermittlungsergebnisse zusammenzufassen?«

Zuckerbrot flüstert dem Sicherheitsdirektor etwas zu, der starrt mich neugierig an. Zuckerbrot kramt in seiner Aktentasche, fischt eine dünne rote Mappe heraus, klappt sie auf:

»Was wollen Sie wissen?«

»Aichinger, der Nachbar Bertholds, hat einige Tage vor dem Mord ...«

»Mord ist nicht erwiesen.«

»... einige Tage bevor Hans Berthold erschossen wurde, das Kabel für die Computersteuerung im Weinkeller durchgeschnitten. Die Nachbarn sind seit langer Zeit verfeindet, Aichinger fühlt sich von Berthold an den Rand gedrängt, übervorteilt. Haben Aichinger senior und Aichinger junior ein Alibi?«

Zuckerbrot kramt in der Mappe. »Für die entsprechende Uhrzeit nicht direkt. Aichinger senior gibt an, mit dem Traktor in seinen Weingärten unterwegs gewesen zu sein. Aichinger junior hat an einige Privatkunden Wein ausgeliefert, aber das war zwei Stunden später. Er gibt an, vorher den Wein dafür etikettiert und verpackt zu haben.«

»Was hätte Aichinger um diese Jahreszeit mit dem Traktor im Weingarten verloren gehabt?«, frage ich.

»Was immer ein Weinbauer dort eben so tut.«

»Im März? Da wird er wohl schon geschnitten und angebunden haben. Danach muss man warten, bis der Wein antreibt, das war aber zu dieser Zeit noch nicht der Fall.«

Zuckerbrot seufzt. »Sagen Sie nicht, dass Sie jetzt auch noch unter die Hobbywinzerinnen gegangen sind. Weitere Fragen?«

»In welche Richtung ermitteln Sie momentan?«

»Meine Kollegen haben versucht, die Herkunft der Waffe zu überprüfen. Zur Zeit ist ein Amtshilfeabkommen mit Tschechien und mit der Slowakei im Laufen. In Österreich hat es leider bisher keine Ergebnisse gegeben, niemand hat das Jagdgewehr wiedererkannt oder als vermisst gemeldet.«

Nach der Pressekonferenz gehe ich auf Zuckerbrot zu, gebe ihm die Hand. »Schön, Sie wieder einmal zu sehen.«

»Ich weiß nicht«, knurrt Zuckerbrot.

»Haben Sie mit dem Nachbarn geredet?«

»Ich habe mir die Ermittlungsergebnisse angesehen, mehr noch nicht.«

»Oje.«

»Warum?«

»Ihre beiden Ermittler haben mir nicht so gewirkt, als wären sie auf einen grünen Zweig gekommen. Schon gar nicht einem Winzermörder auf die Spur.«

»Sie haben einfach Vorurteile, nur weil man Steininger versetzt hat ...«

Ich werde hellhörig. »Hat man?«

Zuckerbrot murmelt: »Sie würden es ohnehin herausfinden, also: Er war offenbar überarbeitet, ist in einer Gerichtsverhandlung über einen Mann hergefallen, der seine Frau krankenhausreif geprügelt hatte, und wollte sich danach aus dem Fenster stürzen. War alles im ›Blatt‹ zu lesen. Man hat ihn nach Mistelbach versetzt.«

Na super. »Und Hach?«

»Über den gibt es nichts zu sagen.«

»Er scheint ganz gern zu trinken.« Es ist mies, Mira, du hast im Kaffeehaus damals auch einen Gespritzten getrunken.

»Wehe, Sie schreiben so etwas.«

»Tu ich nicht, ich will mir bloß ein Bild machen.«

»Haben Sie nichts Besseres zu tun?«

»Glauben Sie an Mord?«

Zuckerbrot reibt sich die Stirn. Er ist alt geworden, seit ich ihn zum letzten Mal gesehen habe. Seine Haare waren mittelbraun, jetzt sind sie grau. »Es ist seltsam, dass sich niemand an das Jagdgewehr erinnern kann. Natürlich gibt es noch viele, die nie registriert worden sind, aber ... Familienmitglieder erkennen ein Jagdgewehr, oder Jagdkollegen. Die Männer der Treberndorfer Bauernjagd sagen übereinstimmend, dass sie das Gewehr nicht kennen, nie bei einem der ihren gesehen haben. Es sieht schon danach aus, als hätte jemand ganz bewusst ein nicht registriertes Gewehr verwendet. Aber: Es gibt die seltsamsten Zufälle. Stimmt es übrigens, dass die Familie vor dem Konkurs steht?«

Zuckerbrot fragt mich? Einmal etwas Neues. »Die Banken haben ihr Aufschub gegeben. Sieht so aus, als wäre der Kredit mit einem ziemlichen Risiko verbunden gewesen.« Ich habe eine Idee. »Glauben Sie, dass der Weinbaupräsident helfen könnte, die Banken auf länger zu vertrösten?«

»Ich dachte, Sie wollen den Fall aufklären, nicht den Weinbaubetrieb retten.«

»Vielleicht beides, wenn es leicht geht. Ich mag eben ihren Wein. Der Präsident hat interveniert, Droch hat mir das erzählt.«

Zuckerbrot schüttelt den Kopf: »Ob er da etwas tun kann ... Banken haben ihre Vorgaben, und wenn jemand die unterschriebenen Konditionen nicht einhalten kann ... Wo kämen sie hin, wenn sie jedes Mal nachgeben würden? Übrigens: Ich halte es nicht für ganz ausgeschlossen, dass es ein inszenierter Selbstmord war. Hans Berthold hat sich übernommen. Er hatte eine Lebensversicherung. Die geht zwar, wenn es so weit ist, in die Konkursmasse, aber falls seine Witwe es schafft, bekommt sie zweihundertfünfzigtausend Euro ausbezahlt – außer der Selbstmord fliegt auf.«

Ich pfeife durch die Zähne. »Und wer soll das Gewehr beseitigt haben? Reblaus vielleicht?«

»Wer?«

»Der Hund. Der Hund, der bei ihm war, heißt Reblaus.«

»Er muss Sinn für Humor gehabt haben. Vielleicht hat ihm sonst jemand geholfen. Wie wäre es mit seiner Frau?«

Ich schüttle den Kopf.

»Was, wenn sie ihn tot neben dem Gewehr gefunden hat, ihr die Lebensversicherung eingefallen ist und sie es war, die das Gewehr verschwinden hat lassen?«

»Er wurde vom Hochstand aus erschossen, sagen die Ballistiker.«

Zuckerbrot seufzt. »Es sieht zumindest so aus. Aber er war ein erfahrener Jäger. Er kann den Einschusswinkel berechnen und das Gewehr entsprechend gehalten haben. Und was die Entfernung angeht: Der Schuss ist genau durch sein Mobiltelefon gegangen, das hat ihn abgedämpft.«

Ich bedanke mich und verabschiede mich rasch. So viel hat mir Zuckerbrot noch nie erzählt, offenbar macht ihm das Exil in Niederösterreich zu schaffen.

Warum hat Eva Berthold bisher über die Lebensversicherung geschwiegen? Der Nachbar hat Andeutungen gemacht, ihr gefalle ihre jetzige Rolle nur allzu gut. Hans habe sie unterdrückt. Unterdrückt und betrogen. Sie redet nur mehr von »meinem« Wein, »meinen« Weingärten, »meinem« Weingut. Wieso auch nicht? Es ist ja auch alles ihres – zumindest noch. Ich sollte mich nicht auf solche Hirngespinste einlassen, aber ich werde sie nach der Lebensversicherung fragen. Und ich werde endlich Wächter ausfindig machen, wegen dessen Weingarten der jüngste Streit zwischen den Nachbarn eskaliert sein dürfte.

Die Chefin sei im Weingarten, irgendwo oben beim Ried Hüttn, erfahre ich von Ana. Sie hinkt noch etwas.

Inzwischen finde ich mit dem Auto ganz gut hin, allerdings ist der Boden schwer, zweimal drehen die Reifen auf den Feldwegen zwischen den Weingärten durch, schlimmstenfalls müssen sie mich eben mit dem Traktor herausziehen, denke ich. Sonnenschein wechselt mit Wolken, in diesem Jahr ist man schon dankbar, wenn es nicht ununterbrochen regnet. Ich sehe einen Traktor, der sich die Rebzeile heraufarbeitet. Er kommt näher, Eva sitzt im Führerhaus, hinten ist ein Gerät befestigt, blanke Metallzähne, die den Boden zwischen den Rebzeilen umgraben, das Gras einackern. Eva entdeckt mich, stellt den Motor ab, klettert von dem Monstrum.

»In den letzten Jahren war ich selten mit dem Traktor im Weingarten unterwegs«, sagt sie, »aber jetzt muss es sein. Und es macht mir Spaß, gebe ich zu. Wenn es wahr ist, bekommen wir in ein, zwei Wochen zusätzliche Leute. Dann kümmere ich mich wieder um die Administration, jetzt bleibt vieles liegen. Gras und Rebstöcke treiben wie verrückt. Wir kommen kaum nach mit dem Fräsen. Und«, sie sieht auf die sprießenden Rebzweige, »ausgebrockt muss auch schon bald werden. Zu viele Triebe dürfen nicht am Stock bleiben. Die Blätter, die von unten herauf wachsen, muss man auch entfernen. O'rauwern nennen wir das.«

»Was ist eigentlich mit der Lebensversicherung?«, falle ich mit der Tür ins Haus. Ich will mich nicht schon wieder ablenken, von der Arbeit im Weingarten faszinieren lassen. Am Ball bleiben, Mira, auch wenn du Witwe Berthold magst.

Sie sieht mich groß an. »Gibt es Neuigkeiten?«

»Sie wurde noch nicht ausbezahlt?«

Sie schüttelt den Kopf. »Unser Versicherungsmann ist ein sehr netter Kerl, er ist aus dem Ort. Aber seine Vorgesetzten … Sie scheinen ihm Schwierigkeiten zu machen.«

»Es wird überprüft, ob es Selbstmord gewesen sein kann, oder?«

»Das ist so absurd«, murmelt sie. »Hans und Selbstmord … Wenn etwas nicht zusammenpasst, dann das. Außerdem: Ich kenne unsere Jagdgewehre.«

»Er hätte sich eines besorgen können.«

»Und danach noch in den Wald legen? Es ist einfach verrückt. Das Geld würde mir weiterhelfen.«

»Warum hast du bisher nichts davon gesagt?«

»Warum über ungelegte Eier gackern? Außerdem: Die Bank will nicht nur Geld, sie will auch die Sicherheit, dass ich längerfristig regelmäßig zahlen kann. Sie kann trotz der zweihundertfünfzigtausend Euro den Kredit sofort fällig stellen.«

»Wo finde ich Wächter?«

»Wen?«

»Na, Wächter, der euch den Weingarten verpachten wollte, der bisher von Aichinger bewirtschaftet worden ist.«

Eva deutet nach links, den Hügel hinauf, fünf Rebzeilen, schnurgerade und gut in Schuss, das sehe sogar ich, Südlage, dazwischen ein paar Bäume, wahrscheinlich Weingartenpfirsiche. »Das ist er. Ried Ziriberg. Mit Aichinger kann man einfach nicht in Frieden leben. Die Fläche grenzt links und rechts an Rebflächen von uns an, Wächter wollte den Weingarten uns geben, wir hätten auch ordentlich gezahlt, um einiges mehr, als Aichinger jetzt zahlt.«

»Aichinger will seine Spitzenlage nicht aufgeben.«

»Dann hätte er einen anderen Vertrag machen müssen.«

»Ist es richtig, dass viele Verträge auf dem Papier nur über einige Jahre gehen, in Wirklichkeit aber für viel länger gedacht sind?«

»Das stimmt schon. Außer es ändert sich eben etwas. Kurzfristige Verträge werden gemacht, damit man schnell reagieren kann. Das Schriftliche zählt, mündliche Zusatzvereinbarungen … da kann danach viel behauptet werden.«

In mir taucht das Bild zweier kerniger Bauern in Lederhosen auf, die auf einer Bergkuppe stehen. Sie schütteln einander die Hand. »Bei meiner Ehr'«, sagen sie ernst. Ich glaube, ich habe es in der Fernsehwerbung gesehen. »Handschlagqualität?«, frage ich nach.

»Natürlich. Aber wenn's nicht schriftlich gemacht wird, kann leicht ein Streit herauskommen. Sieht man ja.«

Ich finde Wächter in einem kleinen Haus an der Hauptstraße, die Fassade müsste dringend erneuert werden. Zum Glück liegt Treberndorf so abseits, dass hier die wenigsten Familien den Boom der Alufenster in den Achtzigerjahren mitgemacht haben. Doch die schönen kleinen Fenster mit dem typischen Kreuz sind verwittert. Ich gehe durchs Tor, schmale Einfahrt, hier würde Eva mit ihrem großen Traktor nicht durchkommen, rufe: »Herr Wächter? Hallo! Grüß Gott!« Wien mit seinen Klingelanlagen hat schon etwas für sich.

Ich höre den Ton eines Fernsehers, viel zu laut, sehe durch das Fenster zum Hof einen alten Mann vor dem TV-Gerät hocken, klopfe an die Tür, keine Antwort. Okay, dann eben so. Ich trete ein, brülle: »Herr Wächter«, er dreht sich, ohne sichtbar überrascht zu sein, zu mir um. Ein Spannteppich, der schon bessere Zeiten gesehen hat. Eine Sitzgarnitur aus einem Billigmöbelhaus, der Fernseher: ein Fiat-TV, groß, supermodern – und entsetzlich laut. Herr Wächter fingert an der Fernbedienung herum, schaltet leiser.

»Ich bin Mira Valensky, eine Bekannte von den Bertholds«, erkläre ich.

»Ich bin etwas schwerhörig«, erwidert Wächter.

Das habe ich mir schon gedacht.

»Den Fernseher habe ich von meinen Kindern zum Achtziger bekommen.«

Ich nicke und rede langsam und laut. »Sie wollten den Bertholds einen Weingarten verpachten, Ried Ziriberg.«

Er nickt. Das war es. Mehr nicht.

»Aichinger war sauer.«

Er nickt wieder. Offenbar störe ich ihn beim Fernsehen. Es läuft das allnachmittägliche Familienprogramm.

»Wo liegt der Weingarten?« Ich muss herausfinden, ob er mich tatsächlich verstanden hat oder ob er bloß so tut.

»Was? Sie müssen lauter reden.«

Ich seufze.

»Ich hole mein Hörgerät.«

Na das ist ja was. Der alte Herr Wächter erhebt sich, geht ins Nebenzimmer, kommt schnell wieder zurück, fummelt an seinem fleischigen Ohr herum. »Jetzt passt es.«

Ich sage laut und deutlich: »Es geht um den Weingarten, den Sie den Bertholds verpachten wollten.«

Er sieht mich vorwurfsvoll an. »Sie dürfen nicht so schreien, das tut mir im Ohr weh, wenn ich das Gerät dran habe. Ich hab den Bertholds einige Weingärten verpachtet, tüchtige Leute sind das, wir können stolz auf sie sein in Treberndorf. Und sehr tragisch, das mit dem Hans. Aber wissen Sie: Jagdunfälle hat es bei uns immer schon gegeben. Leider. Wenn ich Ihnen erzähle: Im Nachbarort, also in Großhofing, haben sie sogar einmal einen Elch erlegt. Der ist zugezogen aus der Tschechoslowakei, wie das damals noch geheißen hat, alle waren ganz stolz darauf, dass wir einen Elch im Revier haben. Natürlich: Abschussverbot. Und der Jagdleiter aus Großhofing, man hat gewusst, dort schießen sie auf alles, was sich bewegt, er hat den Elch dann trotzdem zur Strecke gebracht. Bei der Untersuchung hat er angegeben, er habe ihn in der Dämmerung für eine Wildsau gehalten.«

Ich lächle und denke mir, schwer möglich, dass jemand Hans Berthold für ein Wildschwein gehalten hat. Aber unmöglicher als bei einem Elch?

»Man hat ihm nicht geglaubt, er ist abgesetzt worden, aber den Jagdschein haben sie ihm nicht weggenommen, das wäre zu hart gewesen.«

»Berthold und Aichinger haben um Ihren Weingarten gestritten.«

»Die Familien mögen einander nicht, seit ich denken kann.«

»Was … Kann man sich an den ersten Anlass erinnern?«

»Niemand, auch nicht der alte Aichinger, auch nicht der alte Berthold, ich meine den Vater vom Gottfried Berthold. Sie sind einfach zu nah aneinander gelegen.«

»Sie wollten den Weingarten Berthold geben. Warum?«

»Er hat mich darum gebeten. Er liegt genau zwischen zwei Berthold-Weingärten, und außerdem: Er wollte mir mehr Pacht zahlen.«

»Aichinger sagt, sie hätten mündlich eine viel längere Vertragsdauer vereinbart.«

»Haben wir nicht, zumindest nicht ausdrücklich. Es stimmt schon, dass ich gesagt habe, wahrscheinlich kann er ihn für länger haben, aber eben nur wahrscheinlich. Es kann ja auch sein, dass ich sterbe und dass meine Kinder etwas anderes mit den Weingärten vorhaben.«

»Das hat den Streit zwischen den beiden wieder angeheizt.«

»Ich weiß, das ist ein gutes Ried. Und viel braucht es nie, um die wieder zum Streiten zu bringen. Ich habe die Entscheidung hinausgezögert, damit sie wieder abkühlen.«

»Und wem hätten Sie den Weingarten gegeben?«

»Berthold. Der braucht ihn dringender bei seinen ganzen Investitionen ... Sie sind eine sehr tüchtige Familie. Nicht dass ich etwas gegen die Aichingers hätte, mit seinem Vater, Gott hab ihn selig, war ich sogar gut befreundet, wir waren beide Sänger, wissen Sie. Aber Hans hätte aus dem Ried Ziriberg das Beste gemacht.«

»Und Eva?«

»Ich weiß nicht ... Halten Sie mich nicht für altmodisch, ich weiß schon, dass Frauen viel leisten können, sie haben immer schon sehr viel gemacht im Weinbau, aber ... ob sie es ohne Hans schafft?«

»Muss man ihr dann nicht besonders helfen?«

»Da haben Sie schon Recht. Aber wenn sie zu wenig Hände hat, um die Weingärten zu pflegen ...«

»Sie bekommt neue Arbeiter, hat sie gesagt.«

»Ich werde es mir überlegen. Es stimmt schon, Eva ist eine gute Frau, man sollte ihr helfen. Ob sie das zahlen will, was ausgemacht war?«

»Kann ich nicht sagen. Wenn ja, dann ...?«

»Dann hat sie ihn. Auf fünf Jahre. Nicht länger. Zumindest nicht schriftlich.«

»Können Sie sich vorstellen, dass einer der Aichingers Berthold erschossen hat?«

Er sieht mich aus seinen wässrig-blauen Augen listig an. »Vorstellen kann man sich viel, wenn man so alt ist wie ich. Die haben sich nie gemocht.«

Den Weinbaupräsidenten erreiche ich am Mobiltelefon in der Ukraine. »Man muss neue Märkte erschließen«, erklärt er. Ja, er habe die Polizeibehörden gebeten, beim Fall Berthold Druck zu machen. »Ich mag keine Unordnung«, ergänzt er, »und ich mag die Bertholds. Harte Arbeiter, sie haben es von ganz unten herauf geschafft.«

»Und die Aichingers?«

»Er hat immer wieder einen guten Wein. Ein guter Funktionär ist er außerdem, Obmannstellvertreter der Bezirksbauernkammer. Keine Ahnung, warum sich die Familien nicht mögen, das gibt es bei uns eben. Aber man darf es nicht zu ernst nehmen.«

Es könnte jemand todernst genommen haben.

Droch spottet: »Arme Mira, von der Lifestyletante zur Chefreporterin befördert, und was macht sie? Eine Reportage über den Jetset. Der Chefredakteur weiß eben, wo du dich auskennst, und deine ehemaligen Freunde werden sich sicher freuen, dich wiederzusehen. Schick, schick, so eine Party im Flugzeughangar. Ich hoffe, du erkennst noch alle Designerklamotten. Oder hast du auf Tracht umgesattelt?«

Ich grinse müde. »Was soll's, ich werde der Story schon etwas Pfeffer geben. Komm doch mit heute Abend.«

»Weil ich da etwas verloren habe!«

»Ich stelle dich einfach als Hollywoodschauspieler vor, der vom Pferd gefallen ist.«

»Sehr witzig. Ich werde heute Abend lesen und früh ins Bett gehen.«

Klingt auch nicht gerade nach einem befriedigenden Programm, zumindest nicht für mich. In gewisser Weise freue ich mich auf die Party sogar. Abwechslung zum Weinland, und außerdem: Nächste Woche kommt Oskar zurück, ich werde mir mein Leben anders einteilen müssen, damit ich genug Zeit für ihn habe. Ich will genug Zeit für ihn haben, aber ... irgendetwas bleibt wohl auf der Strecke. Andererseits: In den letzten Monaten hat es genug Abende gegeben, die ich allein vor dem Fernseher verbracht habe. Nicht unbedingt das, was mir Freude macht.


Gräfin Andau wird vierzig. Und ich habe eine Einladung. Nicht als Mira Valensky, sondern als Reporterin vom »Magazin«, versteht sich. Man hält bei den Andaus offenbar nicht viel davon, im intimen Rahmen zu feiern. Rund um den alten Hangar, der jetzt häufig für Events vermietet wird, ist alles abgesperrt. Eine Mischung aus Security-Männern und Parkwächtern in dunkelblauer polizeiähnlicher Uniform sieht sich die Einladungen genau an, weist die Gäste ein. Mein Auto ist offenbar zu wenig repräsentativ, um nahe beim Eingang parken zu dürfen. Dort reihen sich Bentleys, Mercedes-Coupés, Jaguars und andere Nobelmarken aneinander. Mir stehen mindestens fünf Minuten Fußmarsch bevor. Warum habe ich mein einziges Paar Schuhe mit hohem Absatz angezogen?

Ich stöckle die Straße entlang, dort drüben geht die alte Soubrette, die bei keiner Veranstaltung fehlen darf. Meine Güte, wie kann man sich die Haare nur so hoch auf den Kopf türmen? Wahrscheinlich kauft sie ihren Haarspray im Großhandel. Sie muss mindestens siebzig sein, ihre beiden Begleiter sind auch nicht viel jünger. Die Gruppe vor mir ... den Mann kenne ich, der Finanzminister. Steht auf alles, was glitzert.

Allein zu kommen ist eindeutig nicht schick. Fast schon ein Eingeständnis, dass man eben ... niemanden hat, der einen begleiten möchte. Ich hätte Droch breitschlagen sollen. Dann wäre wenigstens für bissige Kommentare gesorgt gewesen, gar nicht schlecht. Das Tor des Hangars ist mit roten und weißen Fähnchen geschmückt, links und rechts vom Eingang stehen riesige Palmen in Töpfen. Sie sehen aus, als würden sie sich vor dem kalten Maiwind fürchten. Oder sind es die Gäste, die sie erschrecken ...? Mira, Palmen fürchten sich nicht. Das wäre eigentlich ein schöner Titel für die Reportage: »Palmen fürchten sich nicht.« Fast schon literarisch. Der Chefredakteur würde mich köpfen. Ich bin gespannt, ob ich ihn entdecke. Er hat mir unter dem Siegel der Verschwiegenheit mitgeteilt, dass er auch eine Einladung hat, aber ich solle mich nicht um ihn kümmern, er möge das nicht, wenn die Chefs im eigenen Medium abgefeiert würden. Ist mir eher neu, aber soll mir recht sein. Unsere Dienst habende Fotografin wird selbstständig arbeiten. Sollte ich etwas Spezielles brauchen, erreiche ich sie am Mobiltelefon, haben wir ausgemacht, viel zu viele Menschen hier, um sich darauf verlassen zu können, einander in der Menge zu finden. Fünfhundert? Achthundert?

Im Eingangsbereich wird meine Einladung noch einmal geprüft und mit einer Liste verglichen, beinahe habe ich den Eindruck, ich müsste meinen Pass herzeigen, bevor ich zur erlauchten Gesellschaft vordringen darf. Dahinter: Gräfin Andau, sie gibt jedem persönlich die Hand, ich stelle mich also an. Sie sieht verdammt jung aus für vierzig, das muss ich zugeben. Aber sie hat wohl auch nicht viel anderes zu tun, als sich um ihr Aussehen zu kümmern. Ich würde trübsinnig werden bei so einer Hauptbeschäftigung. Hätte sicher auch niemand etwas dagegen, wenn sie etwas Vernünftiges tun würde – so vernünftig wie Reportagen über die High Society zu schreiben? Jedenfalls wird sie von zwei Scheinwerfern perfekt ausgeleuchtet: Wahrscheinlich hat es lange Lichtproben gegeben, um sie so frisch aussehen zu lassen. Ich bin schon gespannt, wie sie in dem Licht wirkt, das auf uns gewöhnliche Sterbliche scheint. Das heißt: Gewöhnlich ist da heute wirklich niemand. Oder zumindest will es niemand sein.

Ich gebe ihr die Hand, lächle, wünsche ihr alles Gute. Es ist völlig klar, dass sie mich nicht erkennt. Wir hatten bisher ein einziges Mal miteinander zu tun, bei so einem Charity-Turnier zugunsten alter Pferde. Pferdeleberkäse wird es hier wohl keinen geben. Ich gehe weiter, sehe mich um. Alles ist perfekt organisiert: In der Mitte des Hangars wurde eine Art riesiger Boxring errichtet, da soll das Programm über die Bühne gehen. An den Rändern der Halle ist das Büffet aufgebaut. Zwanzig, dreißig Stationen mit Leckerbissen aus allen Ländern. Daneben Sektstände, Bars. Schwarz gekleidete Oberkellner tänzeln mit Tabletts voller Gläser durch die Menge. Sie brauchen gute Nerven und eine noch bessere Balance.

Leise südamerikanische Musik, ein Teil der Familie Andau hat mit Südamerika zu tun, erinnere ich mich. Ich schaue nach oben, über allem schweben tatsächlich alte Flugzeuge, ich hoffe, die Seile sind stark genug. Mira, du alter Feigling, ich starre weiter nach oben, stoße mit jemandem zusammen, setze zu einer Entschuldigung an und sehe neben dem breitschultrigen Mann einen, den ich ganz gut kenne: Manninger, Starkoch und Wirt vom Apfelbaum. Er freut sich sichtlich, umarmt mich, stellt mich seinem Begleiter, einem Gastronomiejournalisten aus der Schweiz, vor. Wir gehen an den Rand der Halle, hier ist es zwar noch immer voll, aber zumindest nicht mehr lebensgefährlich.

»Was machst du denn da?«, stellt er die obligatorische Frage.

»Reportage. Und du?«

»PR. Wenn ich schon eingeladen bin und Zeit habe, muss ich fast kommen. Das da ist eine ziemlich gute Klientel, und das eine oder andere Medienhäppchen kann dem Apfelbaum auch nicht schaden. Vielleicht entdeckt mich ja eine Kamera.«

»Wie geht's?«

»Kann nicht klagen, meistens sind wir ausgebucht.«

»Ich bin in letzter Zeit einige Male ganz in der Nähe unterwegs gewesen – der Mord an Berthold.«

Manningers Gesicht wird ernst. »Ich habe die Reportage gelesen. Ich habe gehofft, du schaust einmal vorbei. Eine schlimme Sache, ich habe ihn natürlich gekannt.«

»Und?«

»Und was? Wie er ... war? Ein netter Kerl, Selfmademan, ein harter Arbeiter, aber mit Charme und einer Menge Intelligenz. Einer, wie man ihn selten findet. Vielleicht war er manchmal ein wenig kleinlich, aber das musst du in diesem Geschäft sein. Ich habe schon im Chez Trois einige Weine von ihm gehabt, damals haben ihn noch wenige gekannt. Hier im Weinviertel ist er der Lokalmatador. Ich habe Gäste, die trinken ausschließlich seine Weine. Das wusste er leider auch, er ist in den letzten Jahren ganz schön mit den Preisen nach oben gegangen.«

»Du wahrscheinlich ebenso.«

»Na – so nicht. Aber die Leute zahlen auch etwas für seinen Wein, das stimmt schon. Gewinn mache ich mit dem Schankwein aber mehr als mit seinen Spitzensorten.«

»Sie haben ganz groß ausgebaut.«

»Weiß ich, ich habe die Eröffnung gecatert, war ein tolles Fest. Nicht so protzig wie das hier, und trotzdem: ein besseres Publikum. Ist was dran, dass sie verkaufen will?«

Ich sehe ihn überrascht an. »Woher hast du das?«

»Keine Ahnung, es wird darüber geredet.«

»Sie will um alles in der Welt weitermachen. Aber die Banken bedrängen sie ziemlich.«

»Arme Eva. Ich werde sehen, ob ich in den nächsten Tagen einmal vorbeischauen kann. Ich brauche sowieso Wein von ihr.« Manninger sieht sich um, deutet auf eine Frau in einem pinkfarbigen Kostüm, Armani, wenn ich mich nicht ganz täusche. »Noch eine Weinviertlerin«, sagt er. Die Lady sieht gar nicht danach aus. Friseurblonde Haare der teuren Sorte, Designeroutfit, Schmollmund. »Nicole Kaiser vom Weingut Kaiser. Sie haben den Sekt für die heutige Orgie gesponsert.«

»Gesponsert? Beim Geburtstagsfest der Gräfin Andau?«

»Was glaubst du? Die haben alle nicht so viel Geld, und wenn doch, dann schauen sie trotzdem, dass sie gratis kriegen, was nur möglich ist. Du hast keine Ahnung, wie oft sie mich anreden, ob ich nicht größere oder kleinere Feiern im Apfelbaum ausrichten kann – sie versprechen, mir Medien zu bringen. Dafür wollen sie im Gegenzug gratis essen. Nicht mit mir, ich mach mir meine PR selbst.«

Ich sehe mich um. Kein einziges Transparent von Kaiser-Sekt zu sehen.

»Na ja«, ergänzt Manninger, »das läuft hier natürlich dezent. Man reicht die Flaschen herum, da steht ja Kaiser-Sekt drauf. Und irgendwer von der Familie Kaiser wird sicher später auf die Bühne gebeten, um der liiiiiieben Freundin Andau ganz persönlich und herzlich zu gratulieren.«

»Haben sie dich auch gefragt?«

»Na klar. Berthold hat so etwas übrigens auch immer abgelehnt. Wir wollen Geld für unsere Arbeit sehen.«

»Ich werde dir eine Zeile unter den Schönen, Schicken und Reichen widmen.«

»In welcher der drei Kategorien?«

»Na unter den Reichen, wenn ich dir so zuhöre. Kannst du mich dieser Nicole Kaiser vorstellen?«

»Warum?«

»Kaiser ist der Mitbewerber bei zwei großen Aufträgen, um die Eva Berthold kämpft.«

»Oje. Da bist du an der Falschen. Den Betrieb managt ihr älterer Bruder, der einzige Seriöse aus der Familie. Wenn auch nicht besonders glücklich. Sie ist mehr so ein Jetset-Anhängsel, macht offiziell die PR fürs Unternehmen, aber auch da tun andere die Arbeit.«

»Sie wohnt in ...«

»Großhofing? Nein, oder wohl nur selten. Sie hat ein ziemlich luxuriöses Penthaus in Wien.«

»Sieh an, du scheinst es zu kennen.«

»Unter uns Weinviertlern ...« Er grinst. »Komm mit, ich stelle dich vor.«

»Ahhh, vom ›Magazin‹«, flötet Nicole Kaiser, ihr Tonfall hat keine Spur Weinviertlerisches. »Ich bin eine sehr gute Freundin von der Angie, also der Gräfin Andau. Kann gar nicht glauben, dass sie schon vierzig ist, na ja, es erwischt uns alle irgendwann. Mich in ein paar Jahren auch.«

Sehr viele Jahre dauert das nicht mehr, habe ich den Verdacht.

Drei Männer winken Manninger, den einen kenne ich, ein Kollege von ihm, Koch und Restaurantbesitzer. Er winkt zurück und verlässt uns. Allzu viel scheint er für Nicole Kaiser nicht übrig zu haben.

»Der Manninger«, redet sie hinter ihm drein, »wirklich hervorragend, was er macht, grandios. Aber einfach zu weit weg. Leider. Ich würde gerne viel öfter bei ihm essen.«

»Großhofing kann doch nicht mehr als zehn, fünfzehn Kilometer entfernt sein.«

Sie sieht mich indigniert an. »Draußen am Land bin ich selten, leider. Marketing kann man nur von Wien aus machen.«

Ich muss einfach weiterstichen. »Ich dachte mir, die Marketingabteilung ist am Betriebsstandort, also im Weinviertel.«

»Meine ... Mitarbeiter schon, ja, die halten den Kontakt. Ich habe mich von den Alltagsaufgaben freigespielt. Prospekte versenden können auch andere.«

»Sie haben den Sekt für das Fest zur Verfügung gestellt?«

»Angie soll zu ihrem Vierziger nur das Beste haben, es war mein Geschenk an sie.«

»Ein großzügiges Geschenk.«

»Ach wissen Sie, was spielt das schon für eine Rolle bei unserer Jahresproduktion. Interessieren Sie sich dafür? Das wäre doch eine Story für das ›Magazin‹? Ich könnte Ihnen die Türen öffnen.«

Für eine »Magazin«-Geschichte sind die wohl ohnehin weit offen.

Nicole Kaiser scheint etwas zu dämmern, sie sieht mich nachdenklich an. »Sind Sie nicht die, die diese Reportage über den fürchterlichen Tod von Hans Berthold geschrieben hat? Sie sind also quasi vom Fach. Schreiben Sie öfter über Wein?«

»Ja, die Reportage war von mir. Kannten Sie Berthold?«

»Natürlich. Ich meine – es ist eine andere Liga, Sie verstehen? Wir managen ein Unternehmen. Er war Weinbauer. Aber wirklich tüchtig. Soll sich von ganz klein hinaufgearbeitet haben.«

»Die Kauf-Gruppe scheint das mit der Liga nicht so zu sehen.«

»Wie meinen Sie das?«

Ob Nicole Kaiser gar nichts vom Großauftrag weiß? Oder ist es für Kaiser gar kein Großauftrag?

»Sie sind Konkurrenten bei einem Auftrag für eine neue Weinlinie.«

Der Weindynastiesprössling schüttelt den Kopf. »Keine Ahnung, mit so etwas habe ich nichts zu tun, das macht mein älterer Bruder. Attraktiv war er, der Hans Berthold. Ewig schade um ihn.«

»Ist Ihr Bruder auch hier?«

»Wo denken Sie hin? Er mag solche Veranstaltungen nicht. Mein zweitältester Bruder, Stefan, der ist da. Aber der hat sich komplett aus dem Geschäft zurückgezogen.«

Ich treibe mich noch zwei Stunden auf dem Geburtstagsfest herum, erlebe das Geburtstagsständchen der Soubrette, koste von den mit Tandoori eingelegten Kürbissen – die Gläser sind übrigens von Manninger signiert, also hat er offenbar doch auch ein kleines Geschenk mitgebracht. Leider sehe ich ihn nicht mehr und kann es ihm nicht unter die Nase reiben. Aber demnächst im Lokal ... Stattdessen laufe ich meiner Fotografin über den Weg, sie ist von der Veranstaltung deutlich mehr genervt als ich. Ich rede mit ein paar fast echten Jetsettern und einigen, die es gerne wären, amüsiere mich über den Versuch der Besitzer einer bekannten Wurstfabrik, auf der Bühne einen Sketch wiederzugeben, und verlasse noch vor Mitternacht den Hangar. Das Wetter hat sich beruhigt, Sterne am Himmel. Der rechte Fuß tut mir verdammt weh, sicher bekomme ich eine Blase. Ich ziehe die Schuhe einfach aus, der Asphalt fühlt sich kalt, trocken und sehr angenehm an, ich gehe Richtung Auto. Irgendein Freund der Gräfin brüllt auf der Bühne des Hangars: »Volare, oho, cantare, ohohoho«, außer mir ist nur ein Pärchen zu sehen, es steigt in einen dunkelgrünen Jaguar, einer der Security-Typen hält ihr die Wagentür auf, er bekommt das erwartete Trinkgeld. Wo mein Wagen steht, ist keine Security mehr, niemand hält mir die Tür auf, und ich kann wunderbar damit leben.

Am Wochenende kommt Oskar zurück. Ich bin erstaunt, dass er nicht mehr als zwei große Koffer in seinem Flughafentrolley hat, immerhin war er Monate weg. Ich winke, freue mich, noch hat er mich nicht gesehen, er blickt in eine andere Richtung, winkt dorthin, etwas unsicher. Mir schießt das Blut in den Kopf, da holt ihn noch jemand ab. Oskar schaut vorsichtig herum, sieht mich, zuckt mit den Schultern. Was ... Ich lasse die langstielige orange Rose sinken. Ausgebremst, Mira, schon wieder.

Er geht auf eine höchst attraktive rothaarige Frau zu, sie kann nicht viel älter als dreißig sein, viel zu jung für ihn – und lässt sich von einer etwa siebzigjährigen Dame umarmen. Die Rothaarige küsst jemand ganz anderen. Die Dame ist seine Mutter. Hätte er mir auch sagen können. Ich habe keinen besonders engen Kontakt zu seiner Verwandtschaft, es wimmelt dort von Hofratswitwen und ehemaligen Lehrerinnen. Seine Mutter gehört zur ersteren Kategorie, und außerdem findet sie, dass für ihren großartigen Sohn keine Frau – außer ihr – gut genug ist. Ich weiß nicht ... Soll ich hinübergehen? Oskar redet auf seine Mutter ein, dann steuern beide auf mich zu. Lächeln, Mira, lächeln.

Ich muss mit zu Kaffee und Kuchen, seine Mutter hat spontan beschlossen, ihren Sohn abzuholen, sie wollte ihn überraschen. Wir machen freundliche Konversation, und Oskar freut sich sichtlich, dass wir uns verstehen. Wie naiv Männer manchmal bloß sind. Als uns der Gesprächsstoff ausgeht, erzähle ich von der gräflichen Geburtstagsparty und meiner Unterhaltung mit Nicole Kaiser.

Außerdem habe ich noch ein kleines Attentat auf Oskar vor, aber das geht erst, wenn wir alleine sind. Seine Mutter macht sich allen Ernstes erbötig, ihm das Gästezimmer, »dein ehemaliges Jungenzimmer, mein Lieber«, herzurichten. Oskar murmelt, dass er sich sehr auf seine eigenen vier Wände freue, und sie sieht mich an, als müsste sie ihn vor mir und meinen sexuellen Übergriffen schützen. Gerade dass sie nicht fragt, ob ich denn bei ihm übernachte.

Oskar hat mir aus Frankfurt wunderschöne Ohrringe mitgebracht: Weißgold mit ganz einfach gearbeiteten Edelsteinen in verschiedenen Farben.

Ich küsse ihn zwischen aufgeklappten Koffern, und wir tun das, was seiner Mutter gar nicht recht ist. Wir tun es nach einem Schluck Prosecco gleich noch ein zweites Mal, es ist, als wäre ich die, die heimkommt.

Ich habe in Wiens bestem Delikatessengeschäft ein paar kalte Köstlichkeiten besorgt, wir haben sie zwischendurch, hungrig und aufgekratzt, als Genuss zwischen dem Genuss verspeist. Jetzt bereite ich Lammleber auf überbackenem Weißbrot zu. Nicht weit entfernt von Treberndorf gibt es einen Schafzüchter, ohne Insiderwissen hat man keine Chance, ihn zu finden, aber über die Bertholds erfahre ich eben so einiges, das mir bisher verborgen geblieben ist.

Das Weißbrot schneide ich in zwei Zentimeter dicke Scheiben, lege es auf ein eingeöltes Backblech. Eine Packung passierter Tomaten vermenge ich mit klein geschnittenem Knoblauch, einem Ei, Pfeffer und Salz, danach gieße ich die Sauce über das Brot. Viel frisch geriebenen Parmesan drüber, mit etwas Olivenöl beträufeln, im Rohr bei zweihundertzwanzig Grad backen. Oskar liegt auf dem Sofa und sieht mir faul und entspannt zu. Die Lammleber habe ich schon gestern mit zerrissenen Salbeiblättern und etwas Olivenöl mariniert, jetzt brate ich sie in Oskars schwerer beschichteter Pfanne in Butter und dem Öl der Marinade auf beiden Seiten an, salze und pfeffere, gebe den Deckel darauf und lasse die Leber am Herdrand ziehen. Als das Brot fast fertig ist, schalte ich die Grillfunktion zu, es soll auf der Oberseite schön knusprig werden. Die Leber ist lauwarm, für zwei, drei Minuten stelle ich sie zugedeckt ganz unten ins Rohr.

»Mhmmmm«, sagt Oskar, »du weißt, wie man mich fängt.«

Während des Essens reden wir über den Prozess, den er und seine Partner gewonnen haben. Er bringt nicht nur Ehre, sondern auch eine Menge Geld. »Ich könnte nachfragen, ob die Wohnung immer noch zu kaufen ist. Oder ... wir könnten uns nach einem Haus umsehen.«

Ich verschlucke mich beinahe. »Als Hausfrau bin ich nicht so toll.«

»Bei den Kochkünsten«, gurrt er und sieht zärtlich auf einen Bissen rosa Lammleber.

Ich lenke ab und erzähle über die Lage bei den Bertholds. Die Bank hat sich gemeldet, sie drängt auf den Nachweis der großen Geschäftsabschlüsse. Man müsste mit ihnen reden … Ein erfolgreicher Wirtschaftsanwalt sollte mit ihnen reden …

Oskar wiegt den Kopf. »Sieht aus, als wären sie im Recht.«

»Das glaube ich auch, aber vielleicht kann man verhandeln, ihnen klarmachen, dass es besser ist, jetzt großzügig zu sein, weil der Betrieb mittelfristig sicher funktioniert. Es geht … nur um die Umbruchphase.«

»Eva Berthold weiß, dass ich mit der Bank reden soll?«

»Sie hält es für eine hervorragende Idee.«

»Ich brauche die Fakten, die Zahlen.«

»Du wirst sie bekommen. Nur … sie kann nichts zahlen.«

»Ich mache es für ein paar Flaschen Wein. Und dir zuliebe.«

Ich falle ihm um den Hals und küsse ihn.

»Okay«, grinst er, »mit wem soll ich sonst noch reden?«

Eva Berthold hat zwanzig deutsche Weinjournalisten zu betreuen, sie sind leider schon nicht mehr ganz nüchtern, als sie nach Treberndorf kommen. Oskar und ich haben den Tag damit verbracht, uns durch die Geschäftsbücher zu wühlen. Mir war nicht klar, wie viel Verwaltungskram zu einem Weinbaubetrieb gehört. Anas Kochkünste sind nicht überwältigend, aber backen kann sie: Also hat sie diverse Strudel vorbereitet. Ich habe auf die Schnelle eine Bärlauchsuppe fabriziert: glattes Mehl in Butter anschwitzen, aber keine Farbe nehmen lassen, mit kalter Suppe aufgießen, alles mit dem Schneebesen durchrühren, damit sich keine Klumpen bilden, cremige Suppe eine Viertelstunde durchkochen lassen, immer wieder rühren, Sahne dazu, ganz kurz blanchierten, klein geschnittenen Bärlauch dazu, mit frisch geriebener Muskatnuss, Pfeffer, Salz würzen, mit dem Stabmixer pürieren, fertig. Oskar und ich nehmen den großen heißen Topf jeweils an einem Griff, tragen ihn so rasch wie möglich in die Küche des Kellers, halten die Suppe auf der Elektroplatte warm. Die Gesellschaft scheint sich prächtig zu amüsieren, Eva versucht die Weine zu kommentieren, dringt aber kaum durch.

»Zeit für die Suppe«, sage ich und denke, wenn sie löffeln, halten sie den Mund.

Ana, Eva und der Großvater verteilen Teller mit der dampfenden, noch einmal aufgeschäumten Suppe, dass Oskar mithilft, hat Eva strikt verboten. Ein erfolgreicher Anwalt, der bei ihr … Na ja, besser so, beim Servieren ist er nicht besonders geschickt. Er geht wieder hinüber ins Haus, um sich mit den wirtschaftlichen Verhältnissen vertraut zu machen.

Die paar Gäste, die schon zu viel Wein gekostet haben, beruhigen sich wieder, und es stellt sich heraus, dass die übrigen der Weinjournalisten froh darüber sind. Sie wollen hören, was die Winzerin zu sagen hat. Ich kenne das. Es sind eben häufig sehr gemischte Partien, die bei solchen Reisen zusammenkommen: Die einen interessiert das Thema, der Ort, die anderen wollen in erster Linie von der Redaktion wegkommen, gratis unterwegs sein und sich auch noch wichtig machen.

Einer, dessen Kopf eine ungesunde rote Farbe hat, kommt in die Küche und meint: »Das Rezept von der Suppe hätte ich gern, Süße.«

Ich glotze ihn an. »Nix deutsch, Slowakei.«

Er probiert es noch einmal, greift nach meiner Hand. Ich dresche auf seine, er zieht sie mit schmerzverzerrtem Gesicht weg, ich sage: »Nix deutsch, slowakisches Ringmeister.«

Vesna wäre stolz auf mich.

Um zehn am Abend fährt der Bus mit den Weinjournalisten wieder ab. Wir sammeln leere und angebrochene Flaschen, Aschenbecher, Gläser, Servietten, Teller ein. Die Journalisten haben viel mehr Mist gemacht als die Japaner. Manche haben ihre Zigaretten ganz einfach auf dem Boden ausgetreten. Ob sie das daheim auch so machen? Wie lange der Abend damals schon zurückzuliegen scheint.

Ich öffne die Kellertür, ein schreckliches Geheul.

Ich knalle die Tür wieder zu, suche nach einem Riegel. »Was ist das?«

Eva ist mit einem Korb voller Dinge beladen, die ins Haus gehören, »Klingt nach den Kindern der Natur, du weißt schon. Wenn mich nicht alles täuscht, ist heute Vollmond.«

Der Großvater drängt sich an mir vorbei, öffnet die Türe, wir folgen ihm. Wieder Geheul. Es kommt aus einem der Keller weiter vorne.

»Wie ich gesagt habe, die haben dort einen Keller gepachtet. Viele Keller sind inzwischen verpachtet. Die Wiener stehen auf so etwas.

Unsere zwei anderen Keller haben wir auch verpachtet. Einen an einen Rechtsanwalt, den anderen an einen Installateur.«

»Was tun die in dem Keller? Nach einem Alkoholrausch klingt das nicht.«

»Nein, sie machen seltsame Atemübungen, um frei zu werden oder so, hat mir Clarissa Goldmann erklärt.«

»Die scheinen ziemlich durchgeknallt zu sein.«

»Die Kurse sind gar nicht billig.«

»Das ändert auch nichts daran.« Ich sehe, wie aus einem der Keller Menschen strömen, sie laufen bloßfüßig über das Kopfsteinpflaster, scheinen etwas zu suchen, irren herum wie beim Blinde-Kuh-Spiel. Einer umarmt die alte Bank, die vor einem Keller steht. Eine rennt zu einer Weide, hält sich daran fest. Für einen Augenblick kommt es mir vor, als würde ich meinen Chefredakteur sehen, der Typ galoppiert die Kellergasse hinunter, verschwindet aus meinem Blickfeld. Ich sollte mir doch endlich eine Brille besorgen. Clarissa Goldmann wallt aus dem Keller. »Sucht!«, kreischt sie und wirft die Arme in die Luft. »Sucht die Natur! Haltet sie fest! Haltet euch an ihr fest!«

Oskar sitzt immer noch über den Büchern und macht sich Notizen. Als wir ihm von den Naturkindern erzählen, schüttelt er den Kopf.

»Wie sieht es aus?«, frage ich später, als wir in unser Bett im Gasthof Herbst kriechen.

»Das Ganze steht ziemlich auf der Kippe. Sie sind ein hohes Risiko eingegangen.«

Ich warte auf Oskar in einer italienischen Bar, die gleich beim Bankgebäude liegt. In den letzten Jahren sind im Zentrum Wiens eine Menge Bars entstanden, manche fürchten schon, sie könnten die Kaffeehäuser ablösen. Ich finde, etwas mehr internationales Flair und etwas weniger Lipizzaner- und Walzertraum tun meiner Stadt gar nicht schlecht. Außerdem sind die Snacks in den neuen Bars eindeutig besser. In welchem Café bekommt man schon Alici? Ich liebe diese roh marinierten Sardinen.

Zu meiner Überraschung ist Oskar nicht alleine, als er zurückkommt. »Darf ich vorstellen? Direktor Kainbacher«, sagt er.

»Wir kennen uns«, erwidere ich einigermaßen frostig. Der eine Teil des Mafiaduos. Natürlich geben wir einander freundlich die Hand.

Die beiden nehmen Kaffee, ich bestelle einen Campari-Soda. Ich habe gesehen, dass dem Paar am Nachbartischchen Salzmandeln und köstlich aussehende riesige Oliven dazu serviert wurden. Bei so etwas bin ich etwas kindisch.

»Mehr war nicht drin«, sagt Kainbacher zu Oskar.

Oskar zuckt mit den Schultern. »Kann ich verstehen.«

Wirtschaftsleute unter sich. Ich muss mich einmischen.

Aber Kainbacher ist schneller: »Auch er« – er deutet mit dem Kopf zum Bankgebäude vis-a-vis, als würde dort nicht der Niederösterreich-Chef der Bank, sondern der liebe Gott persönlich sitzen –, »auch er hat seine Vorgaben.«

»Und wer entscheidet dann eigentlich?«, frage ich.

Oskar schüttelt den Kopf, macht mir Zeichen, mich zu bremsen. Ich hasse dieses Getue.

»Sie wollten mir noch etwas unter vier, Pardon, sechs« – herzlichen Dank auch, dass er mich überhaupt noch wahrnimmt – »Augen sagen«, erinnert Oskar seinen neuen Freund.

Kainbacher nickt. »Ich will nicht illoyal sein, aber ... ich kenne die Familie Berthold schon so lange. Und es hat ja auch nichts mit dem Bankgeheimnis zu tun. Es hat mich verwundert, bis Eva, ich meine Frau Berthold, erzählt hat, dass sie zu ihnen in einem Konkurrenzverhältnis steht. Das Weingut Kaiser versucht in unseren Führungsetagen Stimmung zu machen gegen die Bertholds.«

»Was tun sie?«, fahre ich scharf dazwischen.

Kainbacher seufzt, greift in seine Hosentasche, fördert ein blütenweißes Taschentuch zutage, Stofftaschentuch – wo es das heute noch gibt?, vielleicht Vorschrift unter Bankdirektoren? –, schnäuzt sich. »Das Weingut Kaiser gehört zu unseren ältesten Kunden. Auch wenn nur ein kleiner Teil der Geschäftskonten über uns läuft. Es ist nichts Offizielles. Christoph Kaiser erzählt herum, dass niemand mehr bei den Bertholds kaufen wolle, dass die arme Eva, wie er sagt, der ganzen Sache nicht gewachsen sei, dass im Keller das Chaos herrsche, ein Tank sei ausgeronnen, alles Mögliche. Das fördert nicht gerade die Bereitschaft, ihr weiteren Kreditaufschub zu gewähren.«

»Und Sie hören auf ihn?«

»Es geht nicht um mich. Mir sagt man ohnehin ein zu großes Naheverhältnis zu den Bertholds nach. Gleicher Ort, den Hans kannte ich seit Kindertagen, wir waren Jahrgangskollegen, haben gemeinsam Maibäume aufgestellt und andere gestohlen, all das eben.«

Ich gebe noch nicht nach. »Und da haben Sie als guter Freund die Bertholds in diesen Kredit getrieben?«

»Die Finanzierung ... birgt ein gewisses Risiko, das stimmt. Aber wenn er nicht umgekommen wäre ... Ich bin mir sicher, es hätte geklappt. Sonst hätte ich nicht zugestimmt.«

»Der Weinbaubetrieb funktioniert. Die letzte Ernte war ausgezeichnet.«

»Ganz abgesehen davon, dass die Großaufträge wackeln – Bankgeschäfte haben auch viel mit Stimmung zu tun. Es gibt bei uns eben viele, die es Eva Berthold nicht zutrauen. Und wenn dann noch die Kaisers kommen ...«

Ich schreie fast: »Die haben ja ein massives Interesse daran, sie schlechtzumachen!«

Direktor Kainbacher rührt gedankenverloren im Kaffee. »Ja, das habe ich unseren Leuten auch gesagt. Aber was ist, wenn sie trotzdem Recht haben?«

Als er die Bar verlassen hat, klopfe ich mit der Faust so fest auf den Tisch, dass sich einige der Gäste erschrocken nach uns umdrehen. »Verdammter Feigling«, zische ich.

Für einen Moment scheint Oskar nicht zu wissen, ob er gemeint ist oder doch der Bankdirektor. »Ich finde es sehr anständig von ihm, dass er uns von Kaiser erzählt hat. Müsste er nicht.«

»Glaubst du, dass er sich für Eva bei seinen Bankkollegen ins Zeug legt?«

»Er will eben nicht übrig bleiben. Sie haben außerdem ohnehin ein Stück weit nachgegeben: Sie wollen einen weiteren Monat zuwarten.«

»Und was ist mit der Lebensversicherung? Die müsste ihnen doch ein Jahr lang oder so reichen? Sollen sie sich eben mit ihren wunderbaren Beziehungen darum kümmern, dass sie endlich ausgezahlt wird.«

Oskar räuspert sich. »Woran Eva nicht gedacht hat: Die Lebensversicherung dient ohnehin der Kreditabsicherung. Sie ist quasi automatisch der Bank verpfändet.«

»Und was noch?«

Oskar sieht mich an. »Du bist naiv. Der Hof. Der Keller. Der supermoderne Traktor, die Kellereimaschinen.«

»Das heißt: Eigentlich gehört ohnehin alles der Bank.«

»Nur, wenn sie die Kreditrückzahlungen nicht schafft.«

»Ich muss zum Weingut Kaiser. Ich brauche dringend Wein. Von mir aus auch Sekt.«

»Du kannst dort nicht einfach …«

»Die kennen mich nicht, ich werde einfach so tun, als wollte ich Wein kaufen, und sehe mich ein bisschen um. Kommst du mit?«

»Das ist nichts für mich. Außerdem muss ich in die Kanzlei.«

»Ich dachte, du hättest dir freigegeben.«

»Keine Prozesse. Keine Termine. Aber ich muss einiges ordnen und neu organisieren.«

»Dann nehme ich Vesna mit.«

Oskar seufzt. »Wir sehen uns zum Abendessen?«

»Wenn es klappt.«

Oskar geht, um zu zahlen, und mir wird klar, dass ich ihn äußerst unfair behandle. Was kann er für die Typen von der Bank? Wahrscheinlich tut sogar Kainbacher das, was er tun kann – oder sich zu tun traut. Als Oskar wieder an den Tisch kommt, küsse ich ihn. »Danke, dass du einen Monat herausgeschunden hast.«

Er lächelt beruhigt. »Für irgendetwas muss ich ja gut sein.«

»Du bist mein Lustobjekt. Pardon: Lustsubjekt.«

»Mit Vergnügen. Wie wär' es heute um acht bei mir?«

Ich nicke.

Vesna und ich fahren auf das Weingut Kaiser zu, das Riesenschild direkt an der Brünnerstraße ist nicht zu übersehen, wir passieren Großhofing, es ist noch kleiner als Treberndorf, vielleicht vierzig, fünfzig Häuser, schätze ich. An einer der ausgeblichenen Hausfassaden steht im Design der Siebzigerjahre geschrieben: »Kaiserwein vom Weinkaiser!« Da sage noch einer, nichts sei besser geworden. Mit solchen Werbesprüchen würde sich heute niemand mehr anzutreten trauen.

Unser Plan ist klar: Vesna ist eine Weinjournalistin aus Slowenien, sie meint, bosnische Weinjournalistinnen nähme einem niemand ab, ich bin ihre Freundin, sollte jemand danach fragen, Rechtsanwältin aus Wien, Kanzlei Oskar Kellerfreund. Ich muss versuchen, ihn dazu zu bringen, mir eigene Visitenkarten drucken zu lassen. Das wäre auch damals in der Karibik recht hilfreich gewesen.

Die Auffahrt zum Weingut ist eindrucksvoll: Eine lange Pappelallee, das Weingut schon mehr ein Weinschloss, nur wenn man genau hinsieht, bemerkt man dahinter die Produktionshallen. Vor der Tür ein schwarzer offener Porsche. Vielleicht hat Nicole Kaiser Recht: Das hier scheint tatsächlich eine ganz andere Kategorie von Weinunternehmen zu sein. Auch wenn bei den Bertholds alles neu und modern ist und hier der Verputz da und dort Risse zeigt. Es wäre wohl eine Menge Arbeit, diese Fassade neu zu streichen.

Wir sehen ein Hinweisschild: »Zum Weinmuseum. Freier Eintritt.«

Vesna nickt.

Wir sind die einzigen Besucherinnen. In zwei gewölbten Räumen – vielleicht Teil eines früheren Stallgebäudes – ist vieles ausgestellt, das zum traditionellen Weinbau und zum Landleben gehört: eine Baumpresse, allerdings viel schlechter in Schuss als die bei den Bertholds, hölzerne Bottiche, in die die Trauben gelesen wurden, bevor es Schiebetruhen gab, uralte Spritzgeräte aus Kupfer, Weinfässer, Weinheber, Weingläser. Einige sehr schöne alte Fotos von der Weinlese zu Beginn des zwanzigsten Jahrhunderts und vom Weinhandel: ein Pferdegespann, auf dem Wagen dahinter zwei Fässer, auf denen gut sichtbar »Kaiser-Wein« geschrieben steht.

Im Nachbarraum alles über die Erfolgsgeschichte der Familie Kaiser:

Fotos mit Prominenten und Staatsoberhäuptern vergangener Jahrzehnte. Johann Kaiser – es muss wohl der Großvater der jetzigen Kaisers sein –, wie er stolz seine neu gezüchtete Rebe, die Kaiserperle, vorstellt. Bilder von Festen mit Kaiser-Sekt, Flaschen, Etiketten und Aufnahmen von damals ganz modernen Produktionsanlagen. Statistiken und Zahlen.

»Alles lange her«, murmle ich.

»Ist ja auch Museum«, meint Vesna.

Ich höre Stimmen, wir tun, als wären wir in die Statistik der stetig wachsenden Anbaufläche vertieft. Die Stimmen klingen dumpf, weit weg, aber erregt, sie kommen nicht näher. Die beiden Männer, die zu hören sind, scheinen sich hinter den Museumsräumen aufzuhalten. Im Eck, hinter einem großen Fass, ist eine Tür.

»Statistik endet vor zwanzig Jahren«, wispert Vesna. »Ist neue nicht so gut, dass sie sie zeigen wollen?«

Ich deute zur Türe, Vesna nickt. Die Klinke gibt nach, ich öffne vorsichtig, wir stehen in einem verwitterten Gang, hören jetzt deutlicher:

»Sei froh, dass ich mich nicht einmische.«

»Das bin ich auch, da kannst du dir sicher sein, du hättest alles ruiniert.«

»Du kannst mich nicht beleidigen, Christoph. Im Gegensatz zu dir weiß ich wenigstens, was ich kann und was ich nicht kann. Du gibst mir die fünfzigtausend Euro. Du weißt, was ausgemacht ist.«

»Ausgemacht? Dass ich nicht lache, ich weiß schon nicht mehr, wie ich das verbuchen soll. Du beziehst ein Gehalt. Auch wenn niemand eine Ahnung hat, wofür.«

»Was wäre, wenn du mich hinauskaufen müsstest? Fünfzigtausend sind da ganz bescheiden.«

»Und was ist mit den zwanzigtausend von vor ein paar Monaten?«

»Wenn du rechnen könntest, wüsstest du, wie gut du aussteigst.«

»Ich kümmere mich um den Betrieb. Wenn unser Vater sehen könnte, wie ihr …«

»Es reicht. Gib mir das Geld. Oder soll ich bestimmten Menschen einiges erzählen?«

»Ich hab es nicht.«

»Du wirst ja wohl Schwarzgeld haben.«

»Ich werde es … versuchen.« Jetzt ist die Stimme deutlich leiser.

»Warum nicht gleich?«

Schritte kommen näher. Ich ziehe die Tür zu, sie lässt sich nicht mehr ganz schließen, ist wohl verzogen, wir sehen uns die Schautafeln mit den Weinbauschädlingen an, als hätten wir vor, sie alle eigenhändig auszurotten.

»Verdammt, nicht einmal die Tür ist zu, Schlamperei überall«, ärgert sich der eine, sieht uns, bremst sich. Ich sehe mir die beiden aus dem Augenwinkel an. Gegen fünfzig der eine, langweiliger Anzug, langweilige Krawatte. Der andere: zehn Jahre jünger, Designerjeans, Lederjacke.

»Guten Tag«, sagt der Ältere, »an sich ist das Museum nicht geöffnet …«

Ich sehe ihn an, stelle mich dumm: »Sie sind ja auch hier.«

»Darf ich mich vorstellen: Christoph Kaiser, und das ist mein Bruder, Stefan Kaiser.«

Ich strahle: »Ah, Pardon … Was für eine Freude, wir wollten Wein kaufen und haben das Schild gesehen. Die Türe war offen.«

»Von wo sind Sie gekommen?«

Ich deute unschuldig zur Tür, durch die wir von der Seitenfront des Weingutes her gekommen sind, und merke, wie Christoph Kaiser aufatmet.

»Weinverkauf haben wir Donnerstag, Freitag und Samstag zwischen fünfzehn und achtzehn Uhr. Zu dieser Zeit ist auch das Museum geöffnet«, erklärt Christoph Kaiser.

»Ewig schade«, sage ich, »meine Freundin ist eine Weinjournalistin aus Slowenien.«

»Ja dann …«, es klingt immer noch nicht besonders freundlich.

»Ich habe ihr vom größten Weinbaubetrieb im Weinviertel erzählt, einem Imperium seit Generationen.«

Stefan Kaiser sieht etwas spöttisch drein, sein älterer Bruder scheint es ernst nehmen zu können. »Ich werde sehen, ob ich unseren Kellermeister erreiche. Er müsste im Haus sein.«

»Mein Bruder kümmert sich mehr ums Management«, sagt Stefan Kaiser, und der Spott wird immer deutlicher.

»Und Sie?«, frage ich mit Augenaufschlag.

»Ich bin für Marktforschung und Strategieplanung zuständig.«

Seine Schwester hat gesagt, er habe sich komplett »zurückgezogen«. Ist wohl auch so, aber um ein Gehalt zu beziehen, braucht es ein gewisses Aufgabengebiet. Der farblose Christoph Kaiser tut mir leid. Diese Geschwister hätte ich niemandem gewünscht, auch wenn Stefan der deutlich Lustigere zu sein scheint.

Christoph Kaiser hat seinen Kellermeister am Mobiltelefon erreicht. »Er kann Ihnen den Betrieb zeigen, in ein paar Minuten ist er da. Sie entschuldigen mich ...« Schon fast in der Vordertür dreht er sich noch einmal um, sagt vor allem in Richtung Vesna: »Hat mich sehr gefreut.«

»Ein großer Kommunikator, mein Bruder«, spöttelt Stefan hinter ihm drein.

»Er hat eben viel zu tun«, gebe ich mich verständnisvoll.

»Ich nehme mir Zeit für das Wichtige. Darf ich Sie begleiten?«

»Aber gern.«

Der Kellermeister kommt, unter dem Arm Prospekte und eine aufwändig gestaltete Mappe über das Weingut Kaiser. »Frankenfeld mein Name«, er macht eine angedeutete Verbeugung und sieht beinahe elegant aus in seinen braunen Jeans, dem Leinenhemd und einer dazu passenden edlen Strickweste, zirka Mitte dreißig, blonde längere Haare, dunkle Augen. Ihm würde man den Besitz eines großen Weingutes viel eher glauben als den Brüdern. Er spricht nahezu perfektes Hochdeutsch, keinerlei umgangssprachliche Färbung, er lächelt freundlich und fragt Vesna, nachdem auch wir uns vorgestellt haben: »Von welcher Weinzeitschrift sind Sie denn?«

Wir hätten daran denken können, dass sich hier irgendjemand auskennt.

Vesna lächelt ihn an: »›Vinho, vinho‹, die ... erste Ausgabe erscheint in zwei Monate.«

Dann konzentriert sich sein Blick auf mich: »Sind wir uns schon einmal begegnet?«

Ich lächle. »Ich weiß nicht.«

Frankenfeld zeigt uns die Sektabfüllhalle, der Grundwein wird von Winzern aus der Umgebung zugeliefert, natürlich mit strengen Qualitätsauflagen, wie er betont.

»Nur von Winzern aus der Umgebung?«, frage ich.

»Der Großteil«, ist die Antwort.

Ich habe hinten am Ladeplatz drei große Tankzüge stehen sehen, spanische Kennzeichen.

Der Wein werde gemischt, analysiert, verkostet, aufbereitet, komme dann in die vollautomatische Anlage, werde mit Kohlensäure versetzt, unter Druck verkorkt. Ich höre interessiert zu, frage mich vor allem, was unter »aufbereitet« zu verstehen ist, schaue mich um. Niemand zu sehen in der großen Halle, auch die Füllanlage steht still. Viel Betrieb ist hier nicht.

»Unsere Arbeiter sind in den Weingärten unterwegs«, klärt uns Frankenfeld auf.

»Hoffentlich«, fügt Stefan Kaiser hinzu.

Man führt uns weiter, freundlich, verbindlich, der Weinkeller, besser gesagt, die Halle zur Weinproduktion, um ein Vielfaches größer als bei den Bertholds, aber lange nicht so modern, das erkenne sogar ich: keine zwei Ebenen, die ermöglichen, dass der Most nach dem Pressen nur durch die Schwerkraft in die Tanks geleitet wird. Alles wirkt … eher fabriksmäßig. Und etwas heruntergekommen.

Vor dem Barriquekeller verabschiedet sich Stefan Kaiser, offenbar hat er genug von der Führung. Mir ist da etwas eingefallen, das erklären könnte, warum viele Statistiken auf den Tafeln im Weinmuseum vor zwanzig Jahren enden. Das muss nicht nur mit dem musealen Anspruch zu tun haben:

»Ihr Betrieb war in den Weinskandal verwickelt, nicht wahr?«

Wieder das spöttische Grinsen. »Mein Vater wollte noch etwas besser sein als sein Vater, vermute ich. So etwas ist gefährlich, wie sich herausgestellt hat. Aber viel haben sie bei uns nicht finden können, damals wollten eben alle das süße Zeug, also hat man es gemacht. Heute ist das zum Glück anders. Und der Rest auch. Christoph hat danach den Betrieb übernommen, unser Vater hat sich zurückgezogen, vor ein paar Jahren ist er gestorben, Gott hab ihn selig.«

Frankenfeld hat meine Frage weniger witzig gefunden. »Ich hoffe, Sie wollen Ihre Freundin nicht dazu bringen, darüber zu schreiben? Der Weinskandal hat uns allen genützt, jetzt haben wir eines der strengsten Weingesetze der Welt, und sehen Sie sich unsere Weine an: jedes Jahr mehr Anerkennung, auch weltweit. Wir sollten in die Zukunft blicken.«

Ich weiß nicht genau, redet er von seinen oder ganz allgemein von den österreichischen Weinen. Ich bin keine Expertin, aber mir wäre nicht aufgefallen, dass Weine von Kaiser bei irgendwelchen der vielen Verkostungen, Auszeichnungen und Medaillenvergaben gewonnen hätten. Sie gelten immer noch eher als Massenprodukte.

Vesna meint: »In Slowenien bei Weinkost habe ich Kaiser nicht gesehen. Aber anderen vom Weinviertel. Wie heißt gleich?«

Stefan Kaiser überlegt. »Kann wohl nur der Berthold gewesen sein. Jetzt muss ich aber wirklich ... Ich habe ein wichtiges Date in Wien, geschäftlich, versteht sich.«

»Ja, Berthold«, bestätigt Vesna.

Frankenfeld öffnet nachdenklich die Tür zum Barriquekeller. »Das kann schon sein. Er hat gute Weine. Hatte. Ich weiß nicht, ob sie davon gehört haben, er ist ums Leben gekommen.«

»Seine Frau will den Betrieb weiterführen.« Das ist mir so herausgerutscht.

Frankenfeld sieht mich an: »Das kann sie nicht schaffen, leider. Außerdem: Auch wir haben natürlich prämierte Weine. Einer davon ist unser roter Cuvée Kaiser Josef. Zweigelt, Blauburgunder und Cabernet. In Barrique ausgebaut. Wird inzwischen bis nach Übersee verkauft.«

»Sie und Berthold ... sind Konkurrenten?«, frage ich.

Frankenfelds Gesicht verschließt sich. »Er spielt in einer anderen Liga. Außerdem: Ich bin bloß der Kellermeister.«

Ich überrede Vesna, mit mir noch auf einen Sprung zum Manninger in den Apfelbaum zu fahren. Ich habe Oskar versprochen, am Abend bei ihm zu sein, aber ... ich will einfach mehr wissen über Frankenfeld und die Kaisers.

Üppige Blumenpracht am Wegrand: Rot und weiß und blau leuchtet es, der viele Regen hat auch sein Gutes, so saftig grün und bunt sind mir Wiesen und Felder noch nie vorgekommen. Vielleicht aber nehme ich sie jetzt auch bloß bewusster wahr. Den Hügel hinunter, der Apfelbaum liegt da, wie ich ihn in Erinnerung habe: ein altes, sorgfältig renoviertes Gebäude, zwei große Kastanienbäume davor. Leider ist es viel zu kühl, um draußen zu sitzen.

Ein Ober, den ich nicht kenne, kommt an unseren Tisch. Als ich hier mitgearbeitet habe, war Billy Winter die Chefin und Manninger in New York. Manninger kommt aus der Küche, traditionelle weiße Kochbluse, dazu aber Jeans. »Da muss man sich schon bei der Gräfin Andau treffen, dass du dich endlich wieder an uns erinnerst«, sagt er lachend zur Begrüßung.

»Viel Zeit habe ich nicht, zum Abendessen kann ich nicht bleiben, aber ...«

Manninger setzt sich zu uns. »Aber?«

»Ein paar Fragen hätte ich. Über Kaiser. Und über Frankenfeld.«

»Sieh an, Mira ist wieder auf Recherche. Kaiser. Das ist schnell erzählt, aber pass auf, das ist bloß meine subjektive Meinung: ganz guter Sekt, ab und zu erstaunlich gute Weine, er ist in den letzten Jahren eher billiger als teurer geworden. Sein Problem: Der Betrieb ist zu groß und zu klein zugleich. Der Sekt ist nicht mehr das Geschäft, das er einmal war. Mit der Massenproduktion klappt es auch nicht mehr richtig, da gibt es inzwischen andere, Größere. Wenn ich an den Reichert denke, den kennt kein Mensch, und er ist trotzdem der größte Weinproduzent Niederösterreichs. Er verschneidet Billigwein aus ganz Europa und liefert ihn dann mit irgendwelchen bestellten Phantasieetiketten, immer öfter auch im Tetrapack, an die Supermärkte. Ich kenne einen seiner Kellermeister ganz gut, zwei Millionen Liter haben sie erst vor kurzem aus Spanien bestellt. Der Wein kommt in unterirdische Zisternen. Damit kann Kaiser nicht mithalten. Bei ihm kann es nur über die Qualitätsschiene gehen. Christoph Kaiser bemüht sich sehr, den Betrieb zu erhalten, seine beiden jüngeren Geschwister bemühen sich eher, das Geld auszugeben. Christoph hat von heute auf morgen den Betrieb übernehmen müssen, nachdem der Weinskandal aufgeflogen war. Den Vater hat man ... aus dem Verkehr gezogen. Ich weiß nicht, es heißt, dass er sogar im Gefängnis gesessen ist, aber das muss nicht stimmen. Christoph war eigentlich auf dem Weg zu einer wissenschaftlichen Karriere. Er hat Technische Chemie studiert.«

»Und wer hätte den Betrieb ursprünglich weiterführen sollen?«

»Sein Vater war noch nicht alt, freiwillig wäre er noch lange nicht gegangen. Es ist das Problem, das es immer wieder in Unternehmen gibt: Man macht sich viel zu wenig Gedanken darüber, wer nachfolgen könnte.«

»Und Frankenfeld?«

»Der ist an sich bloß ein Angestellter. Kellermeister. Sicher sehr wichtig für den Betrieb, er hat in den letzten Jahren versucht, verstärkt auf Qualitätswein zu setzen. Ich kenne ihn besser, er kommt mit seiner Freundin häufig zu uns essen und versucht natürlich bei dieser Gelegenheit, seine Weine zu verkaufen. Aber das ist in Ordnung. Verarmter Adel, alles, was seine Mutter noch für ihn tun konnte, war, ihm eine gute Ausbildung zu verschaffen, das meiste davon gratis, bei irgendwelchen reich gebliebenen Verwandten. Er war in einem Nobelinternat in Deutschland, das auf Gutsverwaltung, Marketing und Weinbau spezialisiert ist. Praktika in Frankreich, Italien, den USA. Aber keinen Groschen Geld, um einen eigenen Betrieb aufzubauen. Also hat er vor einigen Jahren bei Kaiser angeheuert. Wenn du mich fragst, ein Riesenglück für Christoph Kaiser. Er ist sehr bemüht, aber ... nicht gerade ein Macher.«

»Die Kaisers versuchen Eva Berthold bei der Bank schlechtzumachen. Sie tun offenbar alles, damit sie aufgeben muss.«

Manninger runzelt die Stirn. »Und das stimmt?«

»Ich habe es von einem der Direktoren. Es geht um zwei Großaufträge – bei beiden ist Kaiser Bertholds Konkurrent.«

»Eva hat mehr drauf als Christoph Kaiser. Aber ... hast du mich nicht gefragt, woher ich das Gerücht habe, Eva möchte verkaufen? Jetzt fällt es mir wieder ein: Es war Frankenfeld, der es erzählt hat.«

Eine Woche später blühen endlich die Weinstöcke. Eva lädt uns ein, Hans und sie hätten das immer mit der Familie und den Arbeitern gefeiert. Es ist wärmer geworden, aber noch nicht warm. Wir sitzen auf karierten Wolldecken auf dem Hügel vom Ried Hüttn, vor uns die verwaschene Silhouette von Wien. Die Hochhäuser, die Türme wirken filigran, aber man kann die Stadt atmen spüren. Ob es viele Weinbaugebiete gibt, die so nah an einer Großstadt liegen?

»Es wird noch schöner, wenn die Sonne untergeht«, meint Eva.

Wir essen luftgeräucherten Schinken, vom Großvater selbst geselchten Speck, nur das Brot kommt nicht mehr vom hiesigen Bäcker, der hat vor ein paar Jahren zugesperrt, sondern aus dem Supermarkt, und trinken Veltliner. Eva hat uns die winzigen Blütensternchen der Trauben gezeigt.

Oskar kann die Selchkünste des Großvaters gar nicht genug loben. Dieser nimmt die Ovationen mit Genugtuung zur Kenntnis, erzählt, dass er das Fleisch vom Bürgermeister eines Nachbarortes bekomme, der züchte Freilandschweine. Früher habe er auch Schweine gehabt. Und Hühner. Und Kaninchen. Und Katzen. »Jetzt haben wir nur noch Reblaus.«

Der Hund saust freudig erregt von einem zum anderen. Menschen mit dem Gesicht auf seiner Schnauzenhöhe mag er besonders.

»Jagdhund wird aus dem wohl keiner mehr«, stellt der Großvater fest.

»Ich war mir nicht sicher, ob wir heuer feiern sollen«, sagt Eva, »aber dann habe ich gedacht: Das gehört einfach dazu, wer das Feiern verlernt, der … schafft auch die Arbeit nicht.«

Vaclav übersetzt, was Eva gesagt hat. Seit einigen Tagen sind drei neue Arbeiter da, auf Probe. Sie stammen aus dem Nachbarort von Vaclavs Heimatdorf und haben schon im Weinbau gearbeitet. Jirji, Franjo und Josef. Josef ist ein Bär von einem Mann, der braucht nicht viele Werkzeuge.

»Die Weinstöcke sehen prächtig aus«, sage ich zu Eva.

»Ja. Es ist höchste Zeit, dass wir mit dem Ausdünnen und Einstricken der Triebe fertig werden. Nächste Woche werden wir mit dem Spritzen beginnen.« Romantik pur spielt es eben nicht im Weingarten, selbst wenn die Reben blühen und einem Wien zu Füßen liegt.

# [ Juni ]

New York! Ich war schon einige Jahre nicht mehr da, genieße den Anblick der wuchtigen Wolkenkratzer, die Wärme des Asphalts, die Bewegung, das Tempo, selbst den Verkehr und den Lärm. Mein Puls wird rascher, passt sich dem der Stadt an. Eva sieht um sich, als wäre sie in den Dschungel verschleppt worden. Second Avenue, hier war dieses großartige irische Steakhouse. Ich suche die Ecke, aber da ist jetzt eine Filiale von Gap, New York ist nach wie vor schnell, alles ändert sich. Vielleicht kommt es mir auch deshalb so vor, als wäre die Lücke dort, wo die Twin Towers gestanden sind, längst zu einem Teil der Stadt geworden. Schon damals, als ich mehr als ein Jahr in New York verbracht habe, war die gängigste Grußformel: »Take care«, pass auf, nimm dich in Acht. Wovor? Vor potenziellen Terroristen? Und wie sehen die aus? Vielleicht wäre es besser, sich vor dem eigenen Präsidenten in Acht zu nehmen.

Wir wohnen günstig, das Pickwick Arms, ein siebzehnstöckiges Backsteinhotel in Midtown Manhattan, gibt es immer noch. Die Zimmer sind winzig, statt eines Badezimmers haben sie eine Art Dusch-Klo, es dominiert der große Fernseher, aber: Der Preis passt, das Flair passt. Treffpunkt vieler Künstler, Journalisten und solcher, die New Yorker Geheimtipps kennen.

»Es ist ... beeindruckend«, sagt Eva, um mir eine Freude zu machen und nicht allzu hinterwäldlerisch zu wirken. Wir sind auf einer dreitägigen Weinpräsentationsreise der Company Wein, der staatlichen Weinvermarktungsstelle. Ursprünglich hätte sie Wein Company heißen sollen, aber die Abkürzung WC hätte vielleicht doch von Spöttern missbraucht werden können.

Bisher hat sich Hans Berthold um derartige Termine gekümmert, Eva war nicht sicher, ob sie bei all der Arbeit im Weingarten überhaupt fahren soll. Ich habe beim »Magazin« und beim Geschäftsführer der CW herausgeschlagen, dass ich mitdarf: Material für eine Reportage.

»Ein Wunder, dass da nicht viel mehr Anschläge verübt werden«, meint Eva, als wir die Straße zu unserem Hotel überqueren, »bei den vielen Menschen hat doch keiner den Überblick.«

Wir haben nicht viel Zeit, müssen uns rasch umziehen, in einer Stunde ist in einem repräsentativen Hotel Weinverkostung. Eva hat wieder ihr Dirndlkleid eingepackt, ich habe ihr zu einem Businesskostüm geraten, aber sie hat den Kopf geschüttelt: Die Amerikaner stünden wie die Japaner auf Klischees, also Dirndl, außerdem fühle sie sich wohl darin. Dass es so etwas geben kann.

Ich werde neben ihr stehen und einen schwarzen Hosenanzug tragen. Damit sie wissen, dass bei uns nicht nur gejodelt wird.

Hektik. Viel Stimmung kann trotz der mitgebrachten Dekoration nicht aufkommen, der Hotelsaal ist zu stereotyp, zu groß. Jeder Winzer richtet seinen Tisch her, Kühler mit vorgekühlten Weinen werden aufgestellt, Prospektmaterial aufgelegt, Eva hat ein Poster mitgebracht, auf dem sie lachend im Ried Hüttn steht, im Hintergrund eine Ahnung von Wien. Ich habe das Foto gemacht, es wird Zeit, dass diese einzigartige Lage vermarktet wird. Auf einem Büffet werden österreichische Produkte präsentiert: Speck, Käse, nur das Brot kommt von einem New Yorker Bäcker. Die Semmeln sind ganz gut gelungen, aber das mit dem Schwarzbrot hätte er lassen sollen. Es schmeckt grauenvoll, irgendwie nach altem Kleister mit grauer Pappe.

Alle sind aufgedreht, nervös. Das Problem ist, dass wir nicht wissen, mit wem wir es zu tun haben werden. Wer kennt schon die amerikanischen Weinjournalisten, Einkäufer und all die, die im Schlepptau mit dabei sind? Der Geschäftsführer der CW spricht zum Glück sehr gut Englisch, seine Begrüßung ist kurz. Der Reihe nach werden die Winzer vorgestellt, sie gehen auf das Podium, präsentieren einen ihrer Weine, weisen auf ihre anderen Sorten hin. Zwei junge Mädchen, angeheuerte New Yorkerinnen, verteilen Proben der jeweils besprochenen Weine, auch sie – zu meinem Entsetzen – im Dirndlkleid.

»Man braucht diese Mischung aus Tradition und Business«, hat mir der Company-Wein-Chef erklärt. Ich weiß nicht.

Immer mehr Besucher kommen, bald ist der Saal heillos überfüllt. Eva erledigt ihren Part gut, sie präsentiert nicht ihren hoch dekorierten Riesling, sondern einen Weißburgunder mit leichtem Barriqueton. Gut so, die Amerikaner sind immer noch süchtig nach derartigen Weinen. Etwas, das so ähnlich schmeckt wie ihre Chardonnays – nur besser.

Eva kommt zurück, entdeckt einen Einkäufer, der schon bei ihnen in Treberndorf Weine verkostet und bestellt hat. Auf die Frage, wo Hans denn sei, antwortet Eva: »At home.«

Sie sieht meinen erstaunten Gesichtsausdruck, flüstert mir zu: »Ich will nicht, dass sie aus Mitleid kaufen. Und ich will schon gar nicht, dass sie meinen, ohne ihn sei alles anders. Schlechter.«

Trotzdem: Es gelingt nicht, den Tod von Hans Berthold geheim zu halten. So eine Weinpräsentation hat auch viel mit Austausch von Neuigkeiten, mit Tratsch zu tun, und bald merke ich, wie immer mehr mitleidige, teils auch neugierige Blicke auf Eva gerichtet sind. Ich gehe hinüber zum CW-Chef. Er redet mit zwei Männern und einer eleganten Blondine, Typ amerikanische Erfolgsfrau, mir etwas zu perfekt gestrickt: schlank, halblange Haare, dezent geschminkt, halbhohe Schuhe, teures, aber nicht auffälliges Business-Kostüm. Ich flüstere ihm zu: »Eva Berthold will nicht, dass über den Tod ihres Mannes geredet wird. Wenn man es vermeiden kann ...«

Ich bin davon ausgegangen, dass mich in diesem Trubel erstens niemand außer dem CW-Chef hört und dass zweitens niemand außer ihm Deutsch versteht.

Die Blondine wird bleich. »Berthold, Hans Berthold?«, sagt sie in tadellosem Deutsch.

»Seine Frau ist da«, versuche ich abzubiegen.

»Was ist mit ihm?«

Der CW-Chef räuspert sich. »Er ist ums Leben gekommen.«

Es fehlt nicht viel, und die beiden Begleiter der Business-Lady müssen sie auffangen, nur durch äußerste Selbstbeherrschung hält sie sich aufrecht.

»Übrigens, eine Kollegin von Ihnen«, fährt er zu mir gewandt fort, »April Wanders, Journalistin beim berühmten ›Wine Spectator‹. Bertholds Riesling hat letztes Jahr vom ›Spectator‹ eine enorm hohe Punkteanzahl bekommen. Er hat alle Elsässer geschlagen. – Mira Valensky, Journalistin aus Wien«, stellt er mich vor. Den »Wine Spectator« kennt man international – das »Magazin« nur in Österreich. Schon in Ordnung, wieder einmal daran erinnert zu werden.

April Wanders schüttelt mir mit einem angestrengt höflichen Lächeln die Hand. »Haben Sie nicht die Story über den Aufstieg von Hans Berthold geschrieben?«, frage ich sie.

April Wanders nickt. »Sie kannten Hans Berthold?«, will sie wissen.

»Ja. Ich kann Sie zu seiner Frau bringen.«

»Nicht nötig«, das kommt sehr rasch, »kann ich mit Ihnen ein wenig plaudern?«

Ich suche einen Platz etwas abseits vom Trubel, dort hinten steht eine Palme. Zum Glück haben sie wenigstens keine Tannen als Dekoration aufgestellt, ich fürchte mich ohnehin schon die ganze Zeit vor dem Moment, in dem die bekanntesten Melodien von »Sound of Music« einsetzen könnten. Edelweiß, my Edelweiß und so ... Aber was Folklore angeht, bin ich eben etwas empfindlich bis ungerecht.

»Gefällt Ihnen die Veranstaltung?«, frage ich April Wanders.

»Hm. Ja, sehr gut. Sehr gute Weine«, sie spricht fast perfekt Deutsch. »Ich habe einen Teil meiner Ausbildung in Deutschland absolviert«, erklärt sie. »Meine Großeltern mütterlicherseits kommen aus dem Rheingau. Was ist mit Hans Berthold geschehen?«

»Er ist erschossen worden. Er war in der Früh joggen, man hat ihn am Waldrand gefunden, gleich bei einem Hochstand, auf dem die Jäger auf Wild ansitzen.«

»Weiß man denn, wer ...?« Sie ist völlig aufgewühlt.

»Nein. Die einen vermuten einen Jagdunfall, die anderen ... Mord. Und dann gibt es welche, die sprechen sogar von Selbstmord.«

»Nie«, ruft sie heftig, »das passt nicht zu ihm. – Entschuldigen Sie«, sagt sie dann, »ich meine ... es tut mir sehr leid, ich habe ihn sehr geschätzt.«

Wer sagt, dass Hans Berthold seine angeblichen Seitensprünge in Treberndorf absolviert hat? Die USA sind doch viel praktischer. Es ist jedenfalls einen Versuch wert. Ich räuspere mich und flüstere: »Er hat einmal von einer April gesprochen ... Es war schon spät, wir waren beide nicht mehr ganz nüchtern, ich war eine gute Freundin von Hans.«

»Er hat von mir gesprochen?« Sehnsucht in der Stimme. »Ich habe von ihm nichts mehr gehört seit Ende März, ich dachte ...«

»Ende März ist er umgekommen.«

»Er hat also bis zum Schluss ... Und ich dachte ...«

»Sie waren ...«, Mira, sag es elegant, businessfraulike, »liiert?«

Sie sieht mich mit ihren grünen Augen an, vielleicht ist da viel mehr Leidenschaft, als das Outfit vermuten lässt: »Wir haben einander geliebt.«

Ich nicke, bin mir nicht ganz so sicher, ob Hans das auch mit dieser Inbrunst gesagt hätte. »Sie haben ihn gefördert, über ihn einen wichtigen Bericht im ›Spectator‹ geschrieben, nicht wahr?«

»Das hat nichts damit zu tun. Ich meine, er war gut, ich hätte diesen Bericht in jedem Fall geschrieben. Und was die hohe Bewertung seiner Weine betrifft: Das macht eine unabhängige Jury, natürlich ist es eine Blindverkostung.«

»Sie haben ihm einige Türen geöffnet.«

»Er hat es verdient, er hat es wirklich verdient, er war ein Riesentalent.«

Und ziemlich gut aussehend. Aber das muss ich ihr nicht erst sagen. »Werden Sie auch heuer über die Berthold'schen Weine berichten?«

»Ich ... Man wird sehen, die Verkostung an sich wird bei uns erwähnt, die Qualität der präsentierten Weine ist erfreulich hoch, aber mehr ...«

»Ich könnte Ihnen seine Witwe vorstellen.«

»Ich fürchte ... ich muss gehen.«

April Wanders will die Flucht ergreifen, aber zum Glück dominieren ihre guten Manieren immer noch. Ich gebe ihr meine Visitenkarte, also muss sie mir ihre in die Hand drücken. Sie tut es hastig und verschwindet dann endgültig.

Eva ist aufgekratzt, als ich zum Stand zurückkomme. »Der Einkäufer, der schon bei uns in Treberndorf war, er hat einiges bestellt. Und er hat mich zwei Kollegen aus der Branche vorgestellt. Sie teilen sich offenbar den Markt. Mein Englisch ... Schön langsam merke ich, wie es wieder kommt. Man muss nur reden.«

Warum sollte ich ihr sagen, dass ihr Mann ein Verhältnis mit April Wanders gehabt hat?

Die nächsten zwei Tage sind anstrengend, jede Minute wird genützt. Einen Tag geht es nach Washington, wieder Weinpräsentation, dazu noch ein Empfang in der Österreichischen Botschaft. Aufbauen, präsentieren, abbauen, weiter. Am dritten Tag Chicago, Heimflug noch in derselben Nacht. Einige bleiben länger, hängen ein paar Tage Urlaub dran. Für Eva stand von Anfang an fest, dass das nicht gehen würde. »Letzten Herbst ist Hans eine Woche geblieben, geschäftlich, er hatte einige Einzelkontakte, die er pflegen musste.«

Ich kann mir vorstellen, was das vor allem für ein Kontakt war.

Chicago gefällt Eva deutlich besser als New York oder Washington. »Hier haben die Wolkenkratzer wenigstens Platz.«

Da ist etwas dran. Chicago ist grün, liegt am Wasser, es wirkt freundlich und hell. Eva kann noch ein Geschäft an Land ziehen, einige andere Interessenten versprechen, sich in den nächsten Wochen zu melden.

Wir fallen in den Flieger und schlafen, noch bevor er abgehoben hat.

Zurück daheim, überrollt Eva die Arbeit im Weingarten. Wir telefonieren, sie redet von Fräsen, Spritzen, Einstricken, Ausdünnen. Außerdem muss Wein abgefüllt, verpackt, versendet werden. Die meisten Tanks sind leer, bereit für die neue Ernte. Rotwein wird vom Barriquefass in andere, größere Holzfässer umgezogen.

Ich schreibe eine Reportage über die Frauen unserer Fußballstars. Kein Thema, das mir eingefallen wäre. Ich versuche die Sache trotzdem interessant und farbig zu gestalten, rede gerade mit jenen länger, die weniger in den Medien vorkommen. Ein Teil der Frauen hat eindeutig etwas Groupiehaftes, als ob man mit einem österreichischen Fußballer schon groß auftrumpfen könnte. Die meisten haben einen durchschnittlichen Beruf, sehen durchschnittlich aus. Eine interessiert mich besonders, sie ist während des Krieges aus Bosnien gekommen, lebt mit einem der Nationalspieler zusammen. Sie hat vor kurzem um die Staatsbürgerschaft angesucht.

»Das ich will mir nicht anheiraten, das will ich selbst«, sagt sie.

Ob man bei ihr auch Nachforschungen angestellt habe?

Sie sieht entsetzt drein, keine Ahnung, sie habe nichts davon gehört. Aber ... das sei doch fürchterlich ...

Was das Problem sei? Sie arbeite doch nicht schwarz, oder?

»Jetzt nicht, habe ich aber. Ich bin mit sechzehn gekommen, habe kein Geld für Schule gehabt, habe bei Leuten geputzt. Und schlimmer ... Kann ich Journalistin nicht sagen.«

Ich erzähle ihr von Vesna.

»Ich brauche jemand, der mir ratet«, seufzt sie, »mein Mann weiß nichts davon. Mit siebzehn, achtzehn habe ich in Bar gearbeitet, so Animierlokal, man hat mich angeworben. War harmlos, ich habe nie ... wie sagt man ... die Beine müssen breit machen, nur eben animieren. Aber ...«

Das wäre ein gefundenes Fressen für gewisse Schmierblätter.

»Ich muss Antrag zurückziehen.«

»Dann schauen sie womöglich besonders genau nach. Vielleicht machen sie ja bloß Stichproben. Vesna hat nie mehr etwas gehört.«

»Mir ist diese Arbeit nach eineinhalb Jahren so auf die Nerven gegangen, ich habe über Freundin Job in einer Boutique bekommen, und da habe ich dann auch meinen Carlo kennen gelernt.«

»Sie sollten es ihm erzählen.«

»Seine Mutter ...«

Ich nicke mitfühlend.

»Oder Sie heiraten ihn so rasch wie möglich.«

»Ich will nicht, dass er es aus Mitleid tut.«

Sie ist äußerst attraktiv, wirkt sympathisch. Aus Mitleid? Kann ich mir nicht vorstellen. Ich verspreche, sie über Vesnas Einbürgerungsangelegenheit auf dem Laufenden zu halten. Übrigens: Nur um mir selbst ein

Bild machen zu können, habe ich alle Spielerfrauen nach ihrem Zugang zu Wein gefragt. Die meisten gaben an, ganz gern hin und wieder ein Gläschen zu trinken, fast alle kannten Kaiser-Wein. Niemand kannte die Weine von Berthold. Jahrzehntelange Fernsehwerbung prägt eben.

Oskar ist für drei Tage nach Frankfurt geflogen, er muss noch einiges im Nachhang des großen Wirtschaftsprozesses klären, außerdem arbeitet er an einem grundsätzlichen Kooperationsvertrag mit seiner Frankfurter Partnerkanzlei. Ich frage mich, ob er seine Kurzzeit-Freundin, seinen Seitensprung, keine Ahnung, wie ich es nennen soll, sehen wird. Natürlich wird er, sie ist Teilhaberin in der Kanzlei. Seitensprünge in anderen Ländern ... Damit hatte Aichinger also Recht. Hans hat Eva betrogen. Aber wie sollte Aichinger von April Wanders wissen? In Treberndorf kann sie nicht gewesen sein, die wäre nach fünf Minuten aufgefallen – und nicht bloß dem missgünstigen Nachbarn.

Auf dem Dachboden über mir arbeiten sie immer noch, Gismo scheint sich daran gewöhnt zu haben, sie schläft prächtig bei dem Krach, aber ich wache jeden Tag um Punkt sieben auf und die Wut packt mich. Seit drei Tagen regnet es noch dazu ununterbrochen.

Wenigstens heute herrscht Ruhe. Sonntag. Trotzdem werde ich um sieben munter, aber noch bevor ich mich darüber ärgern kann, schlafe ich wieder ein. Zwei Stunden später schnüffle ich: Draußen ist es so nass, dass es sogar bei mir in der Wohnung schon feucht riecht. Ich will trotzdem raus, die Zeitung holen, mein Morgensport am Sonntag, fünf Stockwerke hinunter, fünf Stockwerke wieder hinauf. Latten und Eisengitter versperren mir den Weg. Ich fluche, klettere über das Baumaterial. Die Studenten aus der Wohnung neben mir sind seit drei Monaten nicht da, Glück für sie, Auslandssemester. Ich renne durch den Regen zum nächsten Zeitungsstand, das Kaffeehaus dahinter sieht behaglich aus. Schon lange her, dass ich hier gefrühstückt habe. Ich sollte mir etwas gönnen.

Warm und dunstig ist es drinnen, ein paar ältere Damen besprechen ihre gesundheitlichen Probleme und die »Geilheit« von Cremeschnitten – bis zu ihnen hat es sich noch nicht herumgesprochen, dass »geil« inzwischen etwas ganz anderes bedeutet. Ich fühle mich geborgen und um Jahrzehnte in die Vergangenheit versetzt, so etwas gibt es nur in Wien, so sehr ich New York und sein Tempo liebe.

Eine Stunde, zwei Melangen, zwei Buttersemmeln und eine Nusskrone später geht es mir sonntäglich entspannt gut. Als eine der älteren Damen nach einigen Mehlspeisen einen Cognac bestellt, »für die Verdauung«, muss ich es ihr einfach nachtun. Sie sieht es, prostet mir zu, lächelt. »Sie sollten unbedingt die Cremeschnitten probieren, sie sind ein Gedicht.«

»… und geil«, ergänze ich.

»Das schon auch«, gibt sie zu.

Der Regen stört mich nicht mehr, auch dass ich die Zeitung vergessen habe, macht nichts, ich habe sie ohnehin schon im Kaffeehaus gelesen. Ich steige die Stufen nach oben, mache im dritten Stock Halt, überlege, ob ich bei der alten Frau Müller reinschauen soll, die immer wieder auf Gismo aufpasst, wenn ich länger verreisen muss, setze meinen Aufstieg dann jedoch fort. Ich werde für sie eine Cremeschnitte besorgen oder etwas ähnlich Sensationelles.

Ich sperre die Eingangstür zu meiner Wohnung auf, Gismo steht vor mir, vorwurfsvoller Blick. Gleich werde ich sie füttern, Sonntagsfrühstück auch für sie. Da höre ich es. Es tropft. Es regnet. Ich habe mit Sicherheit kein Fenster aufgemacht. Ich gehe in mein kombiniertes Wohn- und Arbeitszimmer. Es regnet. Es regnet im Zimmer, von der Decke, es regnet die Wände herunter. Ich lasse einen Schrei los, stürze zum Computer, zum Glück war der Deckel des Laptops zu, aber das Gerät ist feucht, ich hetze damit hinaus ins Vorzimmer, hier ist es noch trocken. Hinein ins Schlafzimmer. Es regnet noch nicht von der Decke, aber über eine Wand rinnt Wasser.

Ich renne herum, raffe die Papiere von meinem Ess- und Arbeitstisch, trage sie ins noch Trockene, rette, was ich glaube retten zu können, rufe dann endlich wutentbrannt bei der Hausverwaltung an. Sonntag. Ein Band läuft. Wahnsinn. An wen kann man sich wenden, wenn es Sonntagmittag von der Decke regnet? Die Baustelle ist undicht. Wer weiß, wie lange es dauert, und die Decke stürzt ein? Ich stelle dort, wo es am heftigsten tropft, ein paar Kübel und große Töpfe auf. Modrig feuchter Gestank nach nassem Ziegel, nasser alter Farbe. Es muss eine Notrufnummer für solche Fälle geben.

Feuerwehr, das ist es. Die Feuerwehr rückt doch auch aus, wenn Keller überflutet sind. Bei mir wird gerade die Wohnung überflutet.

»Wie bitte?«, sagt die Frauenstimme beim Feuerwehrnotruf.

»Das ist kein Scherz, ich bin auch nicht betrunken. Über mir wird der Dachboden ausgebaut, und jetzt regnet es in meine Wohnung.«

»Wir sind vollkommen überlastet. Unsere Mannschaften sind rund um die Uhr im Einsatz, um Keller auszupumpen. Ich weiß nicht, was wir für Sie tun können.«

»Eine Plane auslegen am Dachboden«, rege ich an. Sie verbindet mich weiter. Zwei Stunden später ist tatsächlich ein Team der Feuerwehr da, das sich die Lage ansieht, ohne großes rotes Auto, ohne Blaulicht. Der Kommandant schüttelt den Kopf. »So etwas habe ich noch nie gesehen.« Der Aufgang zur Baustelle auf dem Dach ist versperrt. Endlich gelingt es ihm, jemand von der zuständigen Bauaufsicht zu erreichen. Eine Stunde später ist dieser Herr Gerngroß da, ich habe ihn schon einige Male im Haus gesehen.

»Das kann nicht sein, das kann nicht sein«, sagt er, als er in meinem regennassen Wohnzimmer steht.

»Was ist es dann? Eine Fata Morgana?«, schreie ich ihn an.

Selbst er tut sich schwer zu leugnen, dass der Wassereinbruch nur von oben, von der Baustelle kommen kann.

Die Feuerwehr legt tatsächlich eine Plane auf dem Dach aus, sie decken bei mir auch Tisch, Sofa, Fernseher ab. Ob da noch etwas zu retten ist? Ich evakuiere alles, was mir wichtig ist, in die Küche. Sie ist der einzige Raum, der zur Gänze trocken zu bleiben scheint. Dorthin hat sich auch Gismo zurückgezogen, sicherheitshalber sitzt sie unter dem Esstisch. Morgen will man den Schaden grundlegend beheben.

»Das wird Wochen dauern, bis alles trocknet und man da wieder wohnen kann«, meint der Feuerwehrkommandant mitleidsvoll.

Wo soll ich hin? Oskar ist nicht da, ich habe einen Schlüssel zu seiner

Wohnung. Ich habe noch nie dort übernachtet, wenn er nicht da war. Und was mache ich mit Gismo?

Ich füttere sie mit Hühnerrücken, sie schnurrt. Wenn ich mich nur so leicht mit Situationen abfinden könnte ... Manchmal hilft mir dabei nicht einmal Essen. Übernachten kann ich hier nicht. Dazu kommt noch das ungute Gefühl, die Decke könnte einstürzen.

»Ausgeschlossen«, haben Feuerwehrmann und Gerngroß unisono gesagt, aber hätten sie sich gedacht, dass es in der Wohnung regnen kann?

Ich packe Sachen für ein, zwei Tage zusammen, stelle Trockenfutter und Wasser auf den Küchenboden. Gismo sieht mich misstrauisch an. Sie hat sich wohl schon auf ein gemütliches Leben zu zweit ganz in der Nähe des Kühlschranks gefreut. Daraus wird nichts, Katze. Ich kann nicht unter dem Tisch schlafen. Ich fahre nach Treberndorf. Man wird sehen. In Oskars Wohnung kann ich immer noch.

Am Sonntag dauert es bloß eine knappe halbe Stunde, bis ich an der Abzweigung von der Brünnerstraße zum Dorf bin. Kaum Verkehr, wer, der nicht muss, will auch bei diesem Wetter vor die Türe? Zweimal schlafe ich beinahe ein. Ich bin erschöpft.

Wenn ich auf Gemütlichkeit und Weinbauernsonntag gehofft habe, so werde ich enttäuscht. Hektik bei den Bertholds. Eva finde ich im Keller, sie versucht den neuen Arbeitern klarzumachen, wo sie die Paletten mit den Weinkartons lagern sollen. Franjo ist der einzige von ihnen, der ganz gut Deutsch kann. Sie scheinen bereit zu sein, sich für ihre Chefin in Stücke zu reißen, aber Eva wirkt dennoch unzufrieden. »Ich weiß nicht, wo ich anfangen soll«, sagt sie. Ich helfe ihr, so gut ich kann, nehme ihr einige Telefonate ab, kläre, wo die Lieferung nach Polen hängen geblieben ist, vertröste ein Restaurant auf morgen, da werde der Wein sicher zugestellt. Und wenn ich selbst es tue.

Martina sehe ich auf dem topmodernen Traktor, sie wendet vor dem Keller. Eva blickt nur kurz auf. »Ich habe ihr gesagt, dass es gefährlich ist bei diesem Regen. Aber sie will nachschauen, ob es bei uns irgendeinen Weingarten ausgeschwemmt hat. Ich habe sie nicht abhalten können.

Sie kommt jetzt übrigens jeden Tag heim, um am Nachmittag mitzuhelfen. Das heißt: um halb sechs aufstehen, damit sie die Schnellbahn bekommt, um vier oder fünf am Nachmittag zurück. Es ist viel zu anstrengend. Aber sie ist momentan extrem starrköpfig, hat einfach gesagt, sonst bricht sie die Schule ab. Und ... ich kann sie ja wirklich sehr gut brauchen.«

Eine schmächtige Gestalt hoch oben, Martina winkt, ist sichtlich stolz, dass sie den Traktor samt seinen elektronisch gesteuerten Programmen im Griff hat, kurvt zur oberen Einfahrt, dorthin, wo die Maschinen geparkt werden.

»Wir müssen die Zeit nützen und so viel wie möglich im Vertrieb weiterbringen. Bei dem Sauwetter kann man ohnehin nichts im Weingarten machen«, meint Eva.

Erst am Abend, als wir alle in der Küche sitzen, komme ich dazu, von meiner eingeregneten Wohnung zu erzählen.

»Du bleibst einfach hier«, schlägt Eva vor.

»Es kann Wochen dauern.«

»Das Gästezimmer steht leer. Vielleicht hast du einen guten Einfluss auf Martina.«

Martina zieht die Luft durch die Nase.

»Ihre Noten sind katastrophal. Kein Wunder, für Hausaufgaben nimmt sie sich keine Zeit.«

»Ich mach sie in der Schnellbahn«, mischt sich Martina ein. »Ich bin kein kleines Kind mehr. Glaubt ihr, ich sehe zu, wie es mit unserem Weinbau bergab geht?«

Evas Stimme wird schrill: »Wenn du es mir nicht zutraust ...«

Martina sieht sie aufsässig an: »Wenn du bei der kleinsten Kleinigkeit schon nervös wirst.«

»Ich bitte dich, nicht vor unserem Gast.«

»Wäre es nicht doch besser, du hilfst nur am Wochenende?«, versuche ich die Situation zu beruhigen.

Martina sieht mich an. »Nein. Ich komme am Nachmittag heim. Wenn das nicht möglich ist, dann breche ich die Schule ab.«

Das sagt sie so bestimmt, dass es sinnlos ist, dagegen zu argumentieren.

Der Großvater nickt, er steht eindeutig auf ihrer Seite.

Ich mache mich darauf gefasst, ganz zeitig in der Früh geweckt zu werden, aber offenbar bin ich zu erschöpft. Als ich auf mein Mobiltelefon sehe, ist es halb zehn. Im Haus ist niemand. Im Keller finde ich die Arbeiter und Ana, sie putzt das Lager. Die Arbeiter haben sich rund um Vaclav versammelt, er erklärt ihnen etwas, ich sehe, dass er ein Glas in der Hand hat, und wundere mich. Geht es um eine Verkostung? Um Qualitätskriterien? Als sie mich sehen, machen sie sich schleunigst wieder an die Arbeit. Eva macht zu viel Druck, überlege ich, aber sie macht sich selber den meisten Druck. Und: Wie sehr akzeptieren diese Männer sie tatsächlich als Chefin?

Den Großvater treffe ich im Vorkeller, dem ehemaligen Presshaus, er poliert die Baumpresse. »Eva ist Wein liefern gefahren«, erklärt er. Das wollte eigentlich ich für sie übernehmen. Er lacht: »Mit Ihrem kleinen Auto? Da braucht man schon einen Lieferwagen. Gut, dass wir jetzt einen modernen, großen haben. War klug von ihr, den BMW vom Hans zu verkaufen. – Als ich jung war, haben wir hiermit noch gepresst«, sagt er und streichelt über das alte Holz. »Jetzt gibt es so etwas nur noch für die Touristen da und dort, auch die hier ist nur noch ein Ausstellungsstück. Kein Wunder, dass die Weinqualität um vieles besser geworden ist. Genau hat man mit so einem Ding nie arbeiten können. Und hygienisch schon gar nicht.«

Ich fahre spät in die Redaktion, habe nur noch einige Fotos für die Fußballerfrauen-Reportage einzurichten, raffe mich dann auf, daheim vorbeizuschauen. Die arme Gismo. Es ist schlimmer, als ich es in Erinnerung hatte. Es tropft zwar nicht mehr, aber alles hat sich vollgesogen, es dampft wie in einem Kunststoff- und Holz- und Schutthaldendschungel. Ich öffne alle Fenster. Gismo begleitet mich, hebt vorsichtig eine Pfote nach der anderen, als könnte sie unvermutet auf tieferes Wasser stoßen. Den Parkettboden wird man herausreißen müssen. Er ist sicher hundert Jahre alt, mit ein Grund, warum mir diese Wohnung so gut gefallen hat. Oder gibt es eine Chance, dass er ohne Verwerfungen trocknet? Die Hausverwaltung hat sich heute bei mir nicht gemeldet, aber ich erkenne, dass jemand in der Wohnung gewesen ist. Das ist mir gar nicht recht. Hier hat niemand ohne mein Wissen zu sein. Wenn Reblaus nicht wäre, ich würde Gismo mit nach Treberndorf nehmen. Morgen kommt Oskar zurück. Ich muss eine Entscheidung treffen. Am besten vielleicht, ich lasse Gismo bei Frau Müller, bis alles geklärt ist. Dort kennt sie sich aus, und Frau Müller liebt meine Katze, sie hat nur deswegen keine eigene, weil sie fürchtet, vor ihr zu sterben.

Ich gehe hinunter zu Frau Müller, läute. Keine Antwort. Seltsam. Sie ist eigentlich so gut wie immer zu Hause. Ich läute noch einmal. Die Nachbartür öffnet sich. Der Hausvertrauensmann späht heraus, von Vertrauen ist zumindest bei mir keine Spur, er wohnt angeblich schon seit der Zwischenkriegszeit hier, in der Nazizeit war er sicher Blockwart, und mich kann er sowieso nicht ausstehen, Journalisten sind ihm verdächtig. Vielleicht ist er auch gar nicht so schlimm, aber er mag mich nicht und ich mag ihn nicht.

»Was wollen Sie von ihr?«, fragt er misstrauisch.

»Ist sie nicht zu Hause?«

»Nein.« Er will die Türe wieder schließen.

»Warten Sie«, ich renne zu seiner Wohnung hinüber, »was ist mit ihr?«

»Warum wollen Sie sie sprechen?«

Ich seufze. »Wegen meiner Katze.«

Katzen mag er auch nicht, er veranstaltet jedes Mal einen Riesenzirkus, wenn mir Gismo ins Stiegenhaus entkommt. Und als sie damals auf die Straße gelaufen ist und fast totgefahren worden wäre, da hatte ich lange den Verdacht, er hat sie einfach hinausgelassen.

»Sie ist im Altersheim.« Triumph in der Stimme.

Ich bin betroffen, ich habe mich in den letzten Monaten viel zu wenig um sie gekümmert. »Geht es ihr schlecht?«

»Sie ist alt.«

Er ist sicher um einiges älter.

»Wo ist sie?«

»Ich bin nicht verpflichtet, Ihnen Auskunft zu geben.«

Okay, Freundchen, dann anders. Zuckersüß: »Ach so, Sie wissen es nicht.«

»Natürlich«, kommt es empört zurück.

Wenig später habe ich die Adresse und mache mich auf den Weg zu Frau Müller. Das bin ich ihr schuldig, sie war mir die Liebste von allen Hausbewohnern, ganz abgesehen davon, dass sie mir so oft mit Gismo ausgeholfen hat. Wenn sie eine Seniorenwohnung hat, vielleicht kann sie Gismo doch für ein paar Wochen ...

Aber in Frau Müllers Seniorenwohnheim herrscht Tierverbot.

»Wegen der Hygiene«, erklärt sie und schüttelt bedauernd den Kopf. Ansonsten fühle sie sich sehr wohl da. Sie habe sich zu entschuldigen, dass sie sich nicht abgemeldet habe. Sie sei ein paarmal gestürzt, da hätten ihre Kinder gemeint, es sei besser, wenn sie ins Seniorenheim gehe. »Und ich sehe das auch so, obwohl ich doch sehr an meiner alten Wohnung hänge.« Alles sei überraschend schnell gegangen.

Ich habe zwei Flaschen Berthold-Wein mitgebracht, sie freut sich darüber und besteht darauf, eine davon sofort zu öffnen. Den weißen habe ich in den kleinen Kühlschrank in der Kochecke gestellt, er ist zu warm.

Wir kosten den roten, ich habe eine Flasche Cuvée Lissen mitgebracht. Frau Müller nickt andächtig. »Schon lange habe ich nichts mehr so Gutes getrunken. Wissen Sie, als wir jung waren, sind wir jedes Wochenende in die Wiener Heurigengegenden gefahren, da war schon damals viel los, aber jetzt ... ist das nur noch etwas für die, die keine Ahnung haben. Mein Vater hat Wein gekauft aus dem Weinviertel, da ist einer alle paar Wochen mit einem Pferdefuhrwerk gekommen, aber ich kann mich nicht mehr erinnern, woher der genau war. Wein in Flaschen hat es noch nicht viel gegeben damals.«

Ich erzähle ihr die Berthold-Saga, sie ist geistig noch voll auf der Höhe, hat Zeit, und mir gelingt es auf die Art vielleicht, meine Gedanken zu ordnen. Sie nickt oft, stellt wenige Zwischenfragen.

»Vielleicht hat der schöne Weinbauer auch noch anderen gefallen?«, meint sie dann zu meiner Überraschung.

»Nicole Kaiser?«

Sie schüttelt den Kopf. »Wenn es stimmt, was Sie erzählen, dann war er ein gestandenes Mannsbild, was will der mit so einer Tussi? – Pardon, den Ausdruck habe ich von meinem Enkel, er wird übrigens in die Wohnung einziehen, hat eine riesige Freude. Außerdem: Die hätten die Kaisers doch gern gehen lassen, oder? Kostet ohnehin nur Geld, die junge Dame. Dass sie die Bertholds überall schlecht machen ... Offenbar geht es den Kaisers nicht so gut, wie man glauben möchte. Warum sollten sie sich sonst herablassen, sich um die Bertholds zu kümmern?«

Ich sollte viel öfter mit Frau Müller reden. Nicht nur, weil ich die alte Dame mag.

Oskar liebt Gismo. Und er schlägt natürlich vor, dass ich für die nächsten Wochen zu ihm ziehe. Da könnten wir gleich ausprobieren, wie es sei, mehr als einige Tage miteinander zu verbringen. Er drückt mich an sich. »Alltag mit dir ... Das hört sich gut an.«

Ich denke an immer gleiche Abläufe und bin nicht so überzeugt davon. Jetzt ist es etwas Besonderes, mit Oskar zu frühstücken. Ganz abgesehen davon, dass ich keine bin, die täglich frühstückt. Beschließen, wer das Frühstück richtet, ich Kaffee, er Tee, aber ohne Zucker. Ich sitze immer da, er immer dort. Und am Abend: immer gleiches Ritual beim Heimkommen, ein Kuss. Und fällt der einmal nicht so innig aus, gleich die Frage: Ist was, Schatz? Ich bin eigentlich fürs ruhige Leben, zumindest meistens, zumindest als beruhigende Idee ... Aber in Wirklichkeit macht mich alles Einförmige äußerst unruhig. Andererseits: Es geht ja nur um ein paar Wochen.

Ich sage weder ja noch nein, wir trinken eine Flasche Montepulciano, und ich muss sagen, dass mir die Weine der Bertholds deutlich besser schmecken, sogar der rote Cuvée von Kaiser, den ich beim Manninger gekostet habe, war erstaunlich gut. Oskar ist wie immer gründlich und kramt nach seinem Mietvertrag. »Der Eigentümer ist ein ziemlicher Spinner, eines der letzten Häuser im Wiener Zentrum, das nicht einem Konsortium oder einer Bank gehört, sondern einer Einzelperson.«

Ich schenke mir nach. Schön ist die Wohnung schon, das muss ich zugeben. Terrasse mit Blick über die Innenstadt, im Sommer könnte ich mich sonnen – sollte es heuer jemals Sommer werden. Die Wohnung besteht aus einem einzigen riesigen Raum, von dem nur Schlafzimmer und Badezimmer abgetrennt sind. Viel Platz, sparsame Möblierung, einige tragende dicke Säulen.

»Oje«, sagt Oskar, »ich war mir nicht sicher, aber da steht es: Haustiere sind strikt verboten.«

»Selbst eine Katze?«

»Ja. Selbst Hamster.«

»Und du musst dich daran halten?«

»Muss ich, solange ich die Wohnung nur in Miete habe. Eine der Auflagen ist, dass alle Mieter im Haus dieselbe von ihm ausgesuchte Putzfrau zu beschäftigen haben. Sie ist gut, aber sie ist ein Drachen. Sie würde ihm sofort von der Katze erzählen. Das ist ihre eigentliche Aufgabe: zu spionieren.«

»Und du lässt dir das gefallen?«

Er zuckt mit den Achseln: »Was gab es bei mir bisher schon zu spionieren?«

Was mache ich mit der Katze? Ich kann sie nicht in der Wohnung lassen und bloß füttern. Gismo würde trübsinnig werden.

Ich bin eben nicht vernünftig. Zuerst war ich mir nicht sicher, ob ich überhaupt auf Zeit bei Oskar einziehen soll, und jetzt frage ich mich, warum er den Paragraphen mit dem Tierverbot gar so ernst nimmt. Würde er wirklich wollen, dass ich bei ihm bin, dann würde er sich über das Verbot hinwegsetzen, er würde es darauf ankommen lassen. Okay, er ist Rechtsanwalt, nimmt Verträge ernster als ich, aber ... er könnte zumindest versuchen, irgendeinen gefinkelten juristischen Ausweg zu finden. Jedenfalls bin ich unterwegs zu den Bertholds, einen Koffer hinten im Wagen und eine entsetzlich jammernde Katze im Katzenkorb auf dem Beifahrersitz. Gismo ist Autofahrten nicht gewohnt. Keine Ahnung, was sie glaubt, dass ihr geschieht. Ich strecke tröstend meinen Zeigefinger in den Korb und zucke zurück. Bestie. Sie hat mich blutig gekratzt. Ich schreie sie an, für einen Moment ist es angenehm ruhig. Dann geht das Gejammer weiter, vielleicht ist ihr einfach schlecht? Nicht auch das noch. Man soll Katzen nicht aus ihrer Umgebung reißen. Aber bei mir zu Hause wird in den nächsten Wochen saniert.«Wenigstens bin ich den grauenvollen Lärm vom Dachboden los. Den Parkettboden wollen sie retten. Hoffentlich gelingt es. Gismo, halt endlich den Mund!«

Nach zwei Wochen habe ich mich halbwegs an den Rhythmus des Weinbauernlebens gewöhnt. Ich weiß inzwischen auch, dass niemand von mir erwartet, dass ich mit den anderen um sechs in der Früh aufstehe. Wenn ich höre, dass alle im Haus munter werden, drehe ich mich einfach um und schlafe weiter. Gismo bleibt im Gästezimmer eingesperrt, Reblaus ist ein freundlicher Schäferhund, aber ich weiß nicht, ob sich das auch auf seinen Umgang mit Katzen bezieht. Der große Kater, der zum Hof gehört hat, ist einfach ausgezogen, als Reblaus gekommen ist. Er wohnt jetzt einige Häuser weiter beim Elektriker von Treberndorf. Wahrscheinlich hat er gewusst, was er tut. Gismo sitzt die meiste Zeit am Fenster zum Hof und starrt hinaus. Aber das Programm, das ihr geboten wird, ist deutlich vielfältiger als jenes im fünften Stock in Wien. Da kann sie mit etwas weniger Platz schon leben.

Die Bank sitzt den Bertholds immer noch im Nacken. Eva arbeitet, so hart sie kann, sie treibt alle anderen an, der Weinverkauf geht weiter, mehr noch: Einige Sorten sind bereits jetzt ausverkauft, sie überlegt zuzukaufen. Ich bin verblüfft. Wie kann sie Wein von anderen Winzern kaufen und mit ihrem Namen etikettieren? Der schmeckt doch anders als ihrer?

Eva lächelt bloß. »Das machen alle. Wir schwindeln wenigstens beim Qualitätswein nicht und auch nicht bei den prämierten Weinen, unser Riesling schmeckt schon anders als der vom Josef Zauner, so nett der ist und so sauber der auch arbeitet. Aber bei der Liter- und der Doppelliterware, da kann man das schon machen, man darf es auch. Und ich kaufe ja nichts, das nicht passt.«

Heute Abend nimmt mich Eva mit zur Vorbereitungssitzung für das Dorffest. Hans war als Chef des Treberndorfer Weinladens einer der Obermacher bei den örtlichen Festen. Eva seufzt. »Für uns Frauen ist das aber auch eine Menge Arbeit. Wir helfen genauso wie die Männer bei den Vorbereitungen, und dazu müssen wir noch backen. Drei, vier Süßspeisen werden von jeder von uns verlangt, der Erlös des Festes wird dann für Gemeinschaftsprojekte verwendet. Heuer soll an den Weinladen ein Nebenraum angebaut werden, wir haben einige, die Erdäpfel, Gemüse und Derartiges direkt verkaufen wollen.« Und der Stiegenaufgang zur Kirche gehöre dringend saniert, auch dafür müsse Geld hereingeholt werden. Zum Glück habe sie Ana, aber wenn Ana backe, dann fehle ihre Arbeitskraft anderswo.

Wir betreten den Saal des Gasthauses, merken, dass sich viele Köpfe zu uns drehen, ich sehe auf die Uhr: Wir sind nicht zu spät dran, auch sonst ist an uns nichts Besonderes. Sieht so aus, als hätten sie gerade über Eva Berthold geredet. Ich lächle, entdecke zwei freie Plätze, deute dorthin. Eva nickt erleichtert. Der Mann links von uns gibt Eva und mir die Hand. »Josef Zauner«, flüstert sie, »ein guter Freund von uns und jetzt Obmann des Weinladens.«

Wir bestellen Getränke und Speisen, ich sehe, dass auch Aichinger senior da ist, alle warten auf den Bürgermeister. Der erscheint auf die Minute pünktlich, Lehrer im Hauptberuf. Ich warte schon, dass er »setzen« sagt, aber wir sitzen ja ohnehin schon alle.

Nach der Besprechung streben die meisten eilig heimwärts, die anderen gehen vor an die Schank, trinken noch ein Gläschen. Wir gesellen uns dazu, Milli, eine der beiden Frauen, die Eva nach dem Tod von Hans unterstützt haben, ist auch da. Wir merken wieder, dass man uns ansieht, es wird getuschelt. Hans Berthold ist fast drei Monate tot, wird Eva nie mehr in Ruhe gelassen werden? Oder es gibt Neuigkeiten, bloß sie weiß noch nichts davon. Ich setze mich an einen der Tische im Schankraum und winke Eva und Milli zu mir. »Irgendetwas ist im Busch«, sage ich, nachdem wir über das beste Karottentortenrezept, das kommende Dorffest und den aktuellen Zustand von Viktor, einem Weinbauern, der den Großteil seiner Produktion selbst trinkt, geredet haben. Milli ist eigenartig distanziert, aber das liegt wohl an meiner Gegenwart. Sie schüttelt den Kopf, alles in Ordnung, da gebe es nichts.

»Ich hab doch gesehen, wie sie uns angestarrt haben«, hakt Eva nach, »und auch hier an der Schank ...«

»Dumme Gerüchte«, murmelt Milli, »da darf man nichts drauf geben. Die Männer sind die Waschweiber. Von uns sagen sie, dass wir gerne tratschen, dabei sind sie es.«

»Worüber wird denn getratscht?«, frage ich.

»Es ist wirklich dumm, vergesst es. Kein normaler Mensch würde ...« Sie wird tatsächlich rot.

»Sag schon«, bittet Eva.

Milli räuspert sich, nimmt einen Schluck Mineralwasser. »Sie sagen ... ihr seid lesbisch.«

Fast hätte ich laut herausgelacht, aber irgendwie ist mir das Lachen doch im Hals stecken geblieben.

»Was?«, sagt Eva.

»Na weil ihr zusammen wohnt. Und weil du den Weinbau machen willst wie ein Mann. Und ... Es ist einfach dummes Gerede.«

Eva ist wütend: »Wer hat das aufgebracht?«

Milli schüttelt den Kopf, der schwere Busen wackelt mit. »Du weißt ja, wie das ist bei Gerüchten.«

Wir merken, dass einige Weinbauernkollegen und sonstige Dorffestgestalter neugierig herüberspähen und versuchen unser Gespräch mitzubekommen.

Eva springt auf: »Wer hat das idiotische Gerücht aufgebracht?«, schreit sie in den Raum.

»Reg dich nicht auf«, versucht der Wirt sie zu beruhigen, »den Unsinn glaubt ja sowieso keiner.«

»Der Aichinger hat euch halt gesehen. Er als Nachbar bekommt eben was mit«, lallt Viktor von hinten.

Ich halte Lesbischsein ja nicht für eine Schande, aber theoretische Diskussionen über gesellschaftspolitische Offenheit und Diskriminierung sind jetzt nicht angebracht. Den Aichinger schnappe ich mir. Seit einigen Tagen hat er ausgesteckt, seine Buschenschank ist geöffnet. Ich springe auch auf, Milli schaut uns verdutzt an, ich nehme Eva am Arm, ziehe sie mit nach draußen, lasse ihren Arm wieder fallen, als hätte ich mich verbrannt – vielleicht ist so eine Berührung für diese Idioten ja auch schon ein Zeichen für lesbische Neigungen. »Der Aichinger kommt dran!«, rufe ich.

»Bleib da!«, ruft sie. »Das ist zu peinlich!«

Ist mir gar nicht peinlich, ihm soll es peinlich werden, das schwöre ich. Wir steigen ins Auto, und die paar hundert Meter Fahrt bekniet mich Eva weiter, nichts zu unternehmen. Ich steige aus und zische ins offene Tor der Aichingers. Das Wetter ist noch immer nicht sommerlich, zwar stehen im betonierten Hof einige Heurigengarnituren, aber sie sind unbenutzt. Die drei wundervollen Engelstrompetenbäume fallen mir auf, jede trägt sicher über fünfzig Blüten. Über den Hof, dort hinein, von wo Lärm kommt. Nur nicht warten, bis der Zorn verraucht ist. Was will man Eva noch alles anhängen?

Ich sehe Aichinger senior, fange ihn mir, halte ihn am Ärmel seiner karierten Joppe fest.

»Was haben Sie für ein idiotisches Gerücht aufgebracht? Eva sei lesbisch?«

Er sieht mich spöttisch an. »Ah, ihr Mann und Rächer.«

Ich gebe ihm einen Stoß, er fällt fast ins Heurigenbüffet.

»He«, sagt er aggressiv, »mich greift keiner an!«

»Ich werde Sie noch ganz anders angreifen, haben Sie schon einmal etwas von Verleumdung gehört? Das ist strafbar!«

»Verleumdung ist das? Kein Wunder, dass der Hans immer fremdgegangen ist, wenn seine Frau eine Lesbische ist.«

Um uns hat sich ein Kreis höchst interessierter Zuhörer gebildet, aber niemand greift ein. Ich schreie die Gaffer wutentbrannt an: »Und Sie hören sich so etwas einfach an? Keiner verteidigt Eva Berthold? Was für eine feige Bande!«

Aichinger lehnt sich an die Schank und sagt spöttisch: »Fragen Sie doch die Frau vom Bürgermeister, wie das mit den Seitensprüngen ist. Und jetzt raus, das ist mein Haus.«

Irgendjemand will mich beruhigen, legt mir den Arm auf die Schulter. »Regen Sie sich nicht auf, so ist er nun einmal«, höre ich.

»Ach was«, fauche ich und gehe.

Ich sehe Eva nicht im Haus, die Arbeiter sind schon in ihre Wohnräume im ehemaligen Schuppen gegangen, der Großvater ist bei irgendeinem Treffen mit alten Freunden, da kommt er spät heim. Erstaunlich, was er in seinem Alter noch aushält. Nur Reblaus ist da, umkreist mich fröhlich, hofft auf einen nächtlichen Spaziergang. »Such's Frauchen«, sage ich, aber er wedelt nur weiter mit dem Schwanz. Ob er sich noch hin und wieder an Hans erinnert? Können sich Hunde erinnern?

Es ist nach zehn am Abend, sie wird doch nicht noch in den Keller gegangen sein …

Tomek kommt aus seinem Quartier, er zündet sich eine Zigarette an. Vaclav will nicht, dass drinnen geraucht wird, es hat deswegen schon öfter Auseinandersetzungen gegeben. Aber offenbar hat er sich durchgesetzt. Er wird immer mehr zum Boss, seit die neuen Arbeiter angekommen sind. Wie viel weiß ich von den Arbeitern? Wie viel weiß Eva? Ich gehe zu Tomek hinüber. »Wo ist Frau Berthold?«, frage ich.

»Spritzen. Kein Wind. Vaclav sagt: Nein.«

»Vaclav wollte nicht fahren in der Nacht?«

»Hat Pause, sagt.«

Sein Deutsch ist elendiglich schlecht. Aber mein Slowakisch ist noch viel schlechter, also worüber dürfte ich mich aufregen?

»Wo spritzt Frau Berthold?«

»Chefin dort«, er deutet nach Norden.

»Ried Hüttn?«

»Nein, ist bei Wald.«

Ich sehe die Scheinwerfer des Traktors schon von weitem, nur die Feldwege zu den Rebzeilen zu finden, in denen sie spritzt, ist nicht so einfach. Beim dritten Anlauf schaffe ich es, stelle mein Auto ab, blende ein paarmal auf, damit sie sieht, da ist jemand, der sie sucht. Eva macht die Rebzeile fertig, fährt danach den Hügel herauf zu mir.

»Ich hab mich schon gefragt, wer da unterwegs ist«, sagt sie.

»Jetzt arbeitest du schon in der Nacht.«

»Gut, um die Wut loszuwerden.« Sie atmet durch. »Es geht mir auch schon viel besser. Solche Idioten. Außerdem haben wir das früher häufig gemacht. Als Hans noch als Mechaniker gearbeitet hat und die Kinder klein waren, sind wir in der Nacht hinaus und haben gespritzt und gefräst. Wer weiß, wie lange es noch so trocken ist, und außerdem: Es ist windstill. Optimal zum Spritzen.«

Ein Geruch nach so etwas wie Zitrus und Lack hängt in der Luft. Unter uns die wenigen Lichter von Treberndorf, in der Nacht scheint der Ort zusammenzukriechen. Die Rebzeilen zeichnen dunkle Muster in den Himmel. Der Wald wirkt wie ein schwarzer See. Ein Käuzchen schreit.

»Aichinger hat gesagt, ich soll die Frau des Bürgermeisters nach den Seitensprüngen von Hans fragen.«

Eva seufzt und klettert vom Traktor.

»Ist was dran, an diesen Gerüchten?«

»Ja.« Sie kratzt mit ihrem Schuh Erde aus dem großen Traktorreifen.

»So sind sie auf die dumme Idee gekommen, wir wären lesbisch. Weil er dich immer wieder betrogen hat.«

»Immer wieder ... das würde ich nicht sagen. Aber es hat schon andere Frauen gegeben.«

»Und du hast das toleriert?«

Sie zuckt mit den Schultern. »Ich hab viel geweint, als ich jung war. Zwei kleine Kinder, den Beruf aufgegeben, die viele Arbeit im Weinbau und dann noch Hans, der einfach immer wieder verschwunden ist – bis mir dann nette Menschen erzählt haben, er habe ein Verhältnis mit einer, die aus der Stadt zugezogen ist. Aber: Er konnte auch sehr lieb sein.«

»Du hast ihn zur Rede gestellt?«

»Zwei-, dreimal, aber viel später. Er hat mir geschworen, dass er mich liebt und mich nie verlassen würde. Und da war ja auch der Betrieb, es ist aufwärtsgegangen, es war unsere gemeinsame Sache, da kann man nicht so einfach auseinandergehen – wie hätte man ihn teilen können? Und: Ich hab ihm bis zum Schluss geglaubt. Er hat mich wirklich geliebt. Auf seine Weise.«

Ich schaue wohl etwas ungläubig drein, sie fährt beinahe heftig fort: »Er ist ... er war einfach begabt für die Liebe, wenn du verstehst, was ich meine. Er konnte nicht wegschauen, wenn ihn eine angesehen hat. Und das haben viele. Er war neugierig, ich glaube, er wollte auch niemandem weh tun, wollte einfach ... lieben.«

Sex schiene mir das passendere Wort.

»Glaub nicht, dass es nur um Sex gegangen ist. Es ging schon auch um den Kick, aber es ging ums Gefühl insgesamt. Ich glaube, er hat immer nach etwas gesucht. Ich weiß nicht, was es war, er hat es wohl auch nicht gewusst.«

Sie ist mir etwas zu verzeihend. »Selbstbestätigung, würde ich einmal annehmen«, sage ich.

»Sicher auch. Ab einem gewissen Zeitpunkt hab ich mich einfach damit abgefunden, dass ich ihn nie ganz für mich allein haben werde. Wer darf einen anderen Menschen schon besitzen? Wir hatten eine gemeinsame Basis, die er mit den anderen Frauen nie gehabt hat. Wir haben miteinander gelebt, miteinander gearbeitet, Kinder großgezogen, wir haben einander verstanden – zumindest meistens.«

Hans mit den blauen Augen. Ich räuspere mich. »Also hätte der Bürgermeister ein Motiv.«

»Eifersucht? Ich weiß nicht. Er wollte sie ihm nicht wegnehmen. Außerdem ist es, glaube ich, ohnehin schon wieder vorbei gewesen. Sie wäre ihm auf Dauer zu ... zickig gewesen, da bin ich mir sicher. Helga ist erst dreißig, sie ist die zweite Frau des Bürgermeisters, die erste ist ihm mit einem Lastwagenfahrer davongelaufen.«

»Vielleicht wollte er das nicht noch einmal erleben.«

»Er ist ziemlich stolz auf seine junge Frau, und weil du von Geltungstrieb geredet hast: Der ist beim Bürgermeister viel ausgeprägter, als er es bei Hans war.«

»Hat er vom Verhältnis seiner Frau gewusst?«

»Keine Ahnung.«

»Und wie hast du es mitbekommen?«

»In dem Fall keine wohlmeinenden Mitmenschen. Ich hab sie gesehen, zufällig, sie haben sich draußen beim Wald getroffen.«

»Und es hat dir nichts ausgemacht?«

Sie sieht mich erstaunt an. »Natürlich, es hat mir was ausgemacht, aber ... ich habe eben gewusst, dass ich sehr viel von ihm habe, das mir niemand nehmen kann. Und ändern konnte ich es nicht.«

Vesna hat von meiner verregneten Wohnung keine Ahnung. Völlig sinnlos, wenn sie zum Putzen kommt. Ich rufe sie an, sie besteht darauf, den Schaden zu begutachten. Sie hat eine gewisse Liebe zu Katastrophen. Sie schlägt die Hände über dem Kopf zusammen und ruft: »Dass es so was gibt!«

Obwohl alle Fenster gekippt sind, riecht es modrig und muffig. Zum Glück ist wenigstens mein geliebter schwerer Holztisch unversehrt geblieben. Er ist mehr als hundert Jahre alt, hat wohl schon eine Menge überdauert.

Ich erzähle Vesna von den Verhältnissen des attraktiven Winzers und meine, irgendjemand müsste mit dem Bürgermeister reden. Mich kennt er seit der Sitzung leider.

»Dich kennt inzwischen jeder in Treberndorf«, stellt Vesna trocken fest. »So viele neue Leute gibt es da nicht, und dann noch bei Bertholds ... Wie sieht Bürgermeister aus?«

Unauffällig, aber das ist noch keine Beschreibung. »Zirka fünfundvierzig, schlank, braune Haare, Brille mit dünnem Metallgestell, kein Krawattentyp, aber auch keiner von den Lässigen. Eher so einer, der immer Stoffhose und Hemd trägt.«

»Langweilig«, fasst Vesna zusammen. »Ich glaube nicht, dass er Hans erschießt. Es gibt jemand mit viel besseren Motiv« – sie macht eine Kunstpause –, »Eva Berthold.«

»So ein Quatsch«, antworte ich. Aber ich muss zugeben: Sie hat tatsächlich ein starkes Motiv, egal was sie mir erzählt hat. Teilen ließ sich der Weinbaubetrieb nicht, jetzt hat sie ihn für sich allein – vorausgesetzt, sie kann ihn erhalten.

Zuckerbrot sieht das auch so. Nicht dass ich ihm von den Seitensprüngen erzählt hätte, aber seine Leute haben eben auch Nachforschungen angestellt. Und alle halten in einem Dorf nicht dicht. Josef Zauner, Nebenerwerbswinzer und guter Freund von Hans, hat uns Teile eines

Rehbocks vorbeigebracht. Eva war davon deutlich weniger begeistert als ich. Man muss den Schlegel und den Rücken gleich mit Wildgewürz marinieren, also habe ich in der Moulinette Wacholderbeeren, Korianderkörner, Pimentkörner, schwarze und rosa Pfefferkörner, ein paar Nelken, Lorbeerblatt und etwas frischen Rosmarin gemixt und das Fleisch damit eingerieben.

Eva war hektisch damit beschäftigt, Unterlagen für den deutschen Weingroßhändler zusammenzusuchen. Er will in drei Tagen kommen und sich alles noch einmal vor Ort ansehen. Zuckerbrot hat angerufen, ich habe mit Wildgewürzhänden abgehoben. Am Telefon erkennt er meine Stimme doch noch nicht. Er würde gern mit Frau Berthold reden, hat er gemeint, aber leider sei ihnen der Wagen eingegangen, nicht weit von Treberndorf entfernt, maximal fünf Kilometer.

Ich habe die Beamten abgeholt, Hach hat sich wütend darüber beklagt, mit welch alten Autos die Polizei ausgestattet ist.

»Besser als ein Fahrrad«, habe ich gemurmelt.

Zuckerbrot war natürlich nicht besonders davon angetan, dass ich für einige Wochen bei Eva Berthold wohne, mehr noch: »Sind Sie nie auf den Gedanken gekommen, die Winzerin könnte ihren Mann ...?«

»Wie kommen Sie darauf?«

Eine Stunde später weiß ich mehr. Ich sitze mit Zuckerbrot auf der Bank vor dem Keller, es ist tatsächlich schön geworden, ein Hauch von Sommer. Von der Bürgermeistersgattin hat er nicht gewusst, aber sehr wohl von der Sache mit April Wanders. Wie das?

Zuckerbrot lächelt. »Sie hat vor kurzem ein sehr aufwändiges Gesteck für sein Grab geschickt. Das ist dem Messner aufgefallen, und der ist ein Cousin von Hach. Über die Gärtnerei sind wir direkt auf sie gekommen, und es hat nicht lange gedauert, und sie hat mir die Geschichte erzählt.«

»Sie sind deswegen nach New York?«

»Schon einmal etwas von E-Mail gehört? Man müsste herausfinden, mit wem Hans Berthold noch unterwegs war. Eva Berthold sagt, sie wisse es nicht so genau, habe sich dafür so wenig wie möglich interessiert.«

Ich nicke. »Das hat sie mir auch gesagt. Sie war es nicht.«

»Da kann sich etwas aufgestaut haben. Jetzt gehört das Weingut ihr.«
»Sie hätte es nicht aufs Spiel gesetzt. Sie hat genau gewusst, wie schwierig es wäre, es allein zu erhalten – bei all den Schulden. Sie hätte gewartet, bis das Ärgste vorbei gewesen wäre. Auf ein paar Jahre auf oder ab wäre es ihr sicher nicht mehr angekommen. Dann wäre auch Martina mit der Schule fertig gewesen und Christian … womöglich Professor in Harvard. Hans hat sie seit fast zwanzig Jahren betrogen.«

Zuckerbrot zupft einen Grashalm aus und lässt ihn im Wind fliegen. »Aber er ist jetzt erschossen worden.«

Im Dorf wird nicht nur über den Besuch gemunkelt, den Zuckerbrot Eva abgestattet hat, sondern auch darüber, dass er beim Bürgermeister war. Der Großvater hat im Wirtshaus gehört, der Bürgermeister habe ein nicht besonders gutes Alibi: Seine Frau behauptet, sie hätten zur Tatzeit gut und fest geschlafen. Warum er unter Verdacht geraten sein könnte, wird nicht ausgesprochen, zumindest nicht offen, sondern nur hinter vorgehaltener Hand.

»Mir geht das ganze Getuschel derartig auf die Nerven!«, fährt Eva hoch, als sie davon hört. »Irgendwann stelle ich mich auf den Dorfplatz und sage: Okay, er hat mich betrogen, ich bin lesbisch und habe ihn erschossen, sonst noch was?«

Ich weiß nicht, ob ich grinsen darf.

Auf dem Dorffest benimmt sich Eva dennoch ganz angepasst. Zeitig in der Früh schon wird die Straße gesperrt, Heurigengarnituren werden entlang der Kellergasse aufgestellt. Die meisten Winzer laden in ihren Keller ein, daneben gibt es Gemeinschaftsstände mit Weinproben der Winzer des Weinbauvereins und des Weinladens, zwei Theken mit süßen Bäckereien und eine Grillstation. Rechtzeitig zu Mittag verziehen sich die Wolken. Am Ende der Kellergasse, nicht weit vom Berthold-Keller, spielen Kirchweihmusiker alles vom volkstümlichen Schlager über Polka bis hin zu den deutschen Hits der Fünfzigerjahre, so eine Mischung aus »Marina, Marina, Marina« und »Hoch auf dem gelben Wagen«. Wenn man nicht zu nah dran ist, hört es sich gut an, eine Spur schräg, fast wie aus einem Fellini-Film. Die Kinder springen in der unvermeidlichen Hupfburg herum und bringen sie beinahe zum Kippen, das ganze Dorf und viele Besucher von außerhalb sind auf den Beinen. Festtagsstimmung.

Martina soll die Gäste durch den Keller führen und dort ausschenken, ich werde ihr helfen. Eva ist hinter dem Stand mit den Weinproben Nummer fünfundvierzig bis siebzig – erstaunlich, wie viele Weinbaubetriebe es noch im Ort gibt. Der Großvater hilft traditionellerweise beim Würstelgrillen. Oskar will am späteren Nachmittag nachkommen, wenn er zu früh zu trinken beginne, sei er zu früh hinüber, hat er gemeint. Da ist schon etwas dran. Wenn er genug hat, neigt er dazu, friedlich zu entschlafen, egal wo er gerade ist. Das ist mühsam, weil er dann kaum mehr aufzuwecken ist, und außerdem: Ich möchte den Abend mit ihm verbringen – munter.

Vor den Weinständen hat sich eine dichte Menschentraube gebildet, es dauert, bis ich bei dem, hinter dem Eva Dienst tut, an die Reihe komme. »Einen besonders guten DAC bitte«, sage ich. »Wie läuft's?«

»Schafft es Martina?«, fragt Eva zurück. Sie trägt ein beiges an Tracht erinnerndes Leinenkleid mit Spitzenborten.

»Ich gehe gleich wieder zurück zu ihr.«

»So war das nicht gemeint.«

»Mir war nicht klar, dass es so viele Weinbaubetriebe gibt.«

»Ein paar Ar bewirtschaften die meisten noch, nebenher. Aber viele wollen aufhören. Wir könnten noch viel mehr pachten, wenn wir wollten.«

»He, Großwinzerin, nicht tratschen«, lacht Josef Zauner hinter ihr, »hast du noch was von eurem Riesling? Die drei Flaschen sind schon weg.«

Eva runzelt die Stirn. »Alle bringen nur drei Flaschen mit. Er ist eigentlich schon aus.«

»Soll ich welchen holen?«, mache ich mich erbötig.

»Nein«, sagt Eva schärfer als angebracht, dann versucht sie, wieder zu lächeln: »Drei Flaschen gibt es, so war es ausgemacht. Wenn du willst, kannst du drei Flaschen vom Weißburgunder holen.«

Das Gesicht des Großvaters ist von der Glut gerötet, er wendet mit fachmännischem Blick enorm große Bratwürste. Ich schlendere gemütlich zurück zum Keller, lasse die Stimmung auf mich wirken. Zwei große Trauerweiden in der Mitte, von der Sonne erwärmtes Kopfsteinpflaster, die vielen Menschen an den Tischen, Kinder, die herumlaufen, Hunde. Reblaus hat daheim bleiben müssen, niemand hätte Zeit, auf ihn aufzupassen. Und er ist einfach zu lebendig, als dass man ihn laufen lassen könnte. Gismo wird am Fenster sitzen und ihn anstarren.

Vor allem die älteren Besucher haben sich für das Dorffest herausgeputzt: Man sieht Sommerkleider und weiße Hemden, allerlei Trachtenartiges, aber kaum Traditionelles, eher das, was es in der Abteilung »Ländlich« bei den großen Textilketten zu erstehen gibt. Die Torten, Kuchen und Kekse in den Vitrinen sehen großartig aus, vom Backen verstehen die Frauen hier eine Menge. Ana hat einen Rehrücken, Punschkrapferl und Schaumrollen abgeliefert. Vor allem ihre Schaumrollen sind ein Renner. Kein Wunder, ich habe bei den Bertholds schon vier oder fünf davon gekostet: Sie füllt sie nicht mit diesem klebrigen Zuckerschnee, sondern mit Schlagsahne, die sie mit etwas Himbeer- oder Heidelbeersirup verfeinert. Beide Enden der gefüllten Rollen werden dann noch mit Schokoglasur überzogen.

Ich sehe, dass sich eine größere Gruppe auf den Berthold-Keller zu bewegt. An sich hätte ja Christian kommen und helfen sollen, aber sein Auswahlpraktikum in Zürich dauert länger als vereinbart, irgendeine Testserie mit Meeresschwämmen ist aufwändiger als gedacht. Er will sich auf Meeresmikrobiologie spezialisieren und scheint sehr gut zu sein. Mit einigem Glück kann er für ein Jahr nach Harvard, dort gibt es einen jungen österreichischen Professor, der darauf achtet, dass heimische Talente eine Chance bekommen. Wäre ein schönes Reportagenthema: »Erfolgreiche österreichische Wissenschaftler im Ausland.« Aber wohl zu anspruchsvoll für das »Magazin«. Außerdem: Die Reisespesen wären doch nicht drin. Vielleicht finde ich einen anderen Zugang: »Dein Badeschwamm und du«, irgendetwas in dieser Art. Schwämme sollen die genetische Fähigkeit besitzen, Krankheitskeime abzuwehren – und das will man in der Humanmedizin einsetzen, hat mir Christian in einem Mail erklärt. Eva kann stolz auf ihn sein, auch wenn er kein Weinbauer werden will. Man hat ihn zum Glück nie dazu gezwungen. Martina auch nicht, vielleicht ist das mit ein Grund, warum sie davon so begeistert ist: Es ist ihre eigene Entscheidung.

Während der nächsten Stunde helfe ich ihr dabei, Interessierten den Schaukeller zu zeigen, Wein einzuschenken. Ana verkauft belegte Brote, Vaclav und Tomek müssen einige Male Kartons mit Wein nachliefern, vor allem Besucher von außerhalb wollen Wein mitnehmen. Zwischendurch sehe ich auf die Uhr. Eigentlich müsste Oskar schon da sein. Vielleicht sitzt er längst irgendwo und trinkt ein Glas. Das will ich auch, aber kann ich Martina alleine lassen? Sie erklärt gerade einer Gruppe den Barrique-Ausbau. Wenn sie in Mathematik so gut wäre wie in den praktischen Weinbaufächern, hätte ihre Mutter eine Sorge weniger.

Jemand legt mir die Hand auf die Schulter. Eva. »Ich habe mich vom Weinstand losgeeist. Sie sollen nicht glauben, dass ich im Weinladen und im Weinbauverein nicht das mache, was alle machen, aber jetzt haben sich auch schon ein paar andere abgeseilt – wahrscheinlich um Wein zu verkosten, da kann ich auch gehen und sehen, wie es bei uns im Keller läuft.«

Ich finde es seltsam, dass sie keine weiteren drei Flaschen Riesling hergeben wollte. Immerhin: Ein paar hundert Flaschen lagern noch im Keller, da kann es doch darauf nicht ankommen. »Ist der Riesling schon komplett aus?«, frage ich etwas heuchlerisch.

»Nein, aber wir haben nur mehr kleine Restbestände. Alle Kunden wollen Riesling, ich kann ihn zehnfach verkaufen, da reichen die drei vereinbarten Gratisflaschen. Es gibt genug Winzer, die gar nichts mehr nachbringen, wenn ihr Wein aus ist. Und der Weißburgunder ist auch nicht schlecht. – Übrigens: Oskar sitzt mit Dr. Moser, dem Anwalt, auf der Bank vor dem Keller, den er von uns gepachtet hat, er scheint ihn zu kennen.«

Die Sonne geht unter, die Kirchweihmusik intoniert den Schneewalzer, trifft nur noch jeden zweiten Ton, schräg-romantisches Hörerlebnis, noch immer sind die meisten der Tische besetzt, es wird viel gelacht, getrunken. Auch Aichingers Kellertür ist offen, aber so weit geht die Feierstimmung nicht, dass ich bei ihm ein Glas Wein trinken würde.

Oskar winkt mir, sein Kollege steht auf, um mich zu begrüßen. Was er bringen dürfe? Er habe ein paar sehr gute Tropfen im Keller. Er wird doch nicht etwa in seiner Freizeit Wein produzieren ...

»Italienisch, französisch oder österreichisch?«, fragt er, die Illusion ist dahin. Ich entscheide mich fürs Weinviertel, er geht in seinen Keller, kommt dann mit einer Flasche Cabernet. »Ein Winzer aus einem Nachbardorf, noch ist er ein Geheimtipp, sein Cabernet kann es mit den besten aufnehmen.«

Das finde ich auch. Ich drücke mich näher zu Oskar, nach Sonnenuntergang wird es frisch in der Kellergasse. Auf den Tischen werden Kerzen angezündet, die Straßenbeleuchtung besteht aus alten Laternen, die ein mildes gelbes Licht geben. Dr. Moser redet, als würde er nicht nur einen Teil der Sommerwochenenden hier verbringen. Das eine oder andere Klischee über Weinbau und tüchtige Winzer, die am Nachmittag gemütlich im Keller sitzen und Weine verkosten, ist mit dabei. Er schwärmt von der Zeit der Lese, er helfe einige Tage mit bei den Bertholds, da schmecke man den Wein danach ganz anders. Der Bürgermeister flaniert vorbei, die junge Frau an seiner Seite ist wohl seine Helga. Ich mustere sie interessiert: sehr schlank, dunkle Haare, ein hübsches, vielleicht ein wenig flaches Gesicht, das Sommerkleid eine Spur zu modisch für ein Dorffest. Aber wahrscheinlich bin ich bloß etwas eifersüchtig. Hans hat nichts anbrennen lassen. So ist es. Und er scheint auf schlanke Frauen gestanden zu haben. Ob ich eine Chance gehabt hätte? Der Blick im Keller damals ... Ich reiße mich aus meinen Gedanken, mir kommt da so eine Idee.

»Was ist eigentlich Ihr Spezialgebiet?«, frage ich Dr. Moser unvermittelt.

»Familienrecht, warum? Wenn Sie wollen, mache ich Ihnen einen wunderschönen Ehevertrag – und später ziehen wir dann die Scheidung durch.« Er lacht.

»Finanziell ist bei mir zum Glück nichts zu holen«, grinse ich, »hat sich nicht auch Eva Berthold von Ihnen beraten lassen?«

»Wie kommen Sie darauf?« Das hat er beinahe zu schnell gesagt.

Bluffen, Mira, du weißt genau, dass es die meisten Anwälte mit der

Verschwiegenheitspflicht recht genau nehmen, selbst wenn sie schon ein, zwei Glas getrunken haben. Ich schenke ihm sicherheitshalber nach und warte, bis er einen Schluck genommen und zufrieden aufgeseufzt hat. »Sie wollte sich vor einiger Zeit scheiden lassen, da ist es doch naheliegend ...«

»Das ist aber schon Jahre her.«

Sieh mal einer an. Getroffen. »So lang aber doch noch nicht.«

»Na, gut drei, vier Jahre.«

»Vor dem Umbau.«

»Genau, aber sie hat die Idee auch ganz schnell wieder verworfen. Hans Berthold – ich habe ihn übrigens sehr gern gemocht – hat ihr klargemacht, dass sie ohne ihn gar nichts hätte. Sie war nicht auf den Betrieb eingetragen. Und er hätte sich nie scheiden lassen.«

»Dabei war er es doch, der fremdgegangen ist.«

»Tja, aber eine strittige Scheidung ... Natürlich wäre er schuldig geschieden worden, aber die Aufteilung des Vermögens ist eine andere Sache. Da hätte er ganz gute Karten gehabt. Außerdem glaube ich, dass auch Eva Berthold in Wirklichkeit keine Scheidung wollte.«

»Kurz danach haben sie mit dem Um- und Ausbau begonnen, oder?«

»Ja, sie haben wohl wieder zueinander gefunden, war mir sehr recht so. Ich mochte sie beide, und ich hasse Scheidungen, wenn es um Bekannte geht.«

Heute soll eine Abordnung des Weinhandels Gerold kommen. Eva ist nervös. »Die Katze beißt sich in den Schwanz: Bekomme ich den Exportauftrag nicht, wird mein Kredit fällig gestellt. Wird mein Kredit fällig gestellt, bekomme ich den Exportauftrag nicht«, jammert sie. Sie ist fest davon überzeugt, dass es dem Weingroßhandel Gerold gelingt, an Informationen der Bank zu kommen. »Sie wollen prüfen, ob ich den Auftrag auch erfüllen kann, da ist klar, dass man bei der Bank nachfragt.«

»Wir haben ein strenges Bankgeheimnis«, tröste ich sie. Es klingt auch für mich nicht beruhigend.

»Ach wirklich?«, spottet sie.

»Mach dich nicht verrückt. Du hast alle Unterlagen, sie können sich die Produktionszahlen ansehen, wir können mit ihnen in die Weingärten fahren, sie können sich den Keller ansehen, es gibt den Vorvertrag über die zwei Achtzigtausendlitertanks, die ihr bestellt habt.«

»Wir machen das schon, Mutter«, sagt Christian und umarmt sie. Er ist überraschend aufgetaucht, um ihr beim Besuch des deutschen Weinhändlers zur Seite zu stehen, und hat gemeint, die Schwämme könnten sich auch drei Tage ohne ihn vermehren, immerhin sei er der Sohn des Hauses und könne im Weinbau alles, was so anfalle – zumindest vortäuschen. Wir haben beschlossen, ihn auf den Traktor zu setzen und als Jungwinzer vorzustellen. Was weiß Gerold schon von seinen mikrobiologischen Plänen? Martina wäre fast zerplatzt vor Wut, hat dann aber doch eingesehen, dass es hier um mehr geht als um ihre Befindlichkeit. Eva hat ihr versprochen, sie gleichwertig als Nachfolgerin zu präsentieren. Mitsamt ihren Weinbauschulkenntnissen.

Wir wissen nicht, ob Gerold auch das Weingut Kaiser besuchen wird. »Sie haben alles schon gesehen, vor ein paar Monaten«, stellt Eva fest. »Bei Kaiser hat sich ja nichts geändert.«

Ich versuche mich gerade an einem Schweinsbraten, das ist nicht mein Spezialgebiet, aber ich gebe mein Bestes, ich will es Veltliner-Schwein nennen. Ich habe eine ganze Keule vom Freilandschwein genommen, den Knochen hohl ausgelöst, sodass das Fleisch rundherum heil geblieben ist, die Keule dann eine halbe Stunde in einem Topf mit kochendem, mit Salz, Pfeffer und Lorbeerblatt gewürztem Veltliner garen lassen, sie herausgenommen. Jetzt schneide ich die Schwarte längs und quer mit einem scharfen Messer ein, knusprige Schwartenwürfel sollen entstehen.

»Bei dir hat sich eben etwas getan«, erwidere ich und meine damit natürlich nicht den Tod von Hans. »Du kannst ihnen sagen, dass du fünf Rebzeilen in bester Lage dazupachten konntest.« Wächter hat gestern unterschrieben, das wird zwar Aichinger zusätzlich auf die Palme bringen, aber was soll's.

Ich reibe das Schwein beinahe zärtlich innen und außen mit einer Paste aus wenig klein gehacktem Knoblauch, frischem Thymian, viel Kümmel, Galgant, grob gestoßenem schwarzem Pfeffer und grobem

Meersalz ein. Das Backrohr ist auf zweihundertfünfzig Grad vorgeheizt. Ana bereitet unterdessen traditionelle slowakische Erdäpfelknödel zu.

Den Imbiss für den Nachmittag haben wir uns von der Fleischhauerei liefern lassen. Sieht lecker aus, mein Magen knurrt.

»Vielleicht war es doch der Aichinger«, sage ich. Alles, was Eva ablenkt, ist gut.

Sie seufzt. »Ich will es gar nicht mehr wissen. Es macht Hans nicht mehr lebendig. Ich will nur ... dass wir nicht verkaufen müssen.«

Ich untergieße die Schweinskeule mit etwas vom Kochwein und schiebe sie ins heiße Rohr. Nach einer Viertelstunde soll auf zweihundert Grad zurückgeschaltet werden, nach einer Stunde auf hundertzwanzig Grad. Ich habe ausgerechnet, dass das Schwein insgesamt rund sechs Stunden brauchen wird. Exakt zur Abendessenszeit soll es zart und knusprig sein. In einen Becher mit Kochwein rühre ich ein paar Löffel Honig und viel abgezupften Thymian. Damit werde ich das Schwein, knapp bevor es fertig ist, bestreichen. Honig karamellisiert und macht die Kruste noch knuspriger. Wahrscheinlich werde ich die letzten Minuten die Grillfunktion zuschalten. Ich bin so in mein Schwein vertieft, dass ich Vaclav zuerst gar nicht wahrnehme.

»Männer sollen im Keller arbeiten, habe ich gesagt«, erklärt er.

Eva dreht sich zu ihm um. »Nein, es stimmt schon, was Christian ausgerichtet hat: Ihr sollt in den Weingarten, nicht spritzen, aber einstricken und ausdünnen. Wir werden uns sicher die Toplagen ansehen, seid also in drei Stunden im Hüttn und den Nachbarrieden unterwegs, in Ordnung?«

Eva hat alles generalstabsmäßig geplant.

»Da wir sind mit Füllen noch nicht fertig«, beharrt Vaclav.

»Dann macht eben schneller, verdammt noch mal! Und außerdem will ich kein Körnchen Staub im Keller sehen, ich komme in einer Stunde und kontrolliere.«

Vaclav murmelt: »Klar, Chefin«, und verschwindet wieder.

Es hat sich für mich so angehört, als sei er mit einigem nicht einverstanden.

Die Delegation kommt mit einer Stunde Verspätung, über dem Flughafen Frankfurt hat es den üblichen Flugverkehrsstau gegeben. Drei Männer und eine Frau sind es: Gerold senior, sein Marketingchef, der Finanzverantwortliche. Eine Sekretärin soll protokollieren. Müssen Frauen quasi vom Geschlecht her die Sekretärinnen sein? Wieder einmal wünsche ich mir mehr Männer als Sekretäre – es könnten ja ruhig ein paar knackige dabei sein – und mehr Frauen als Finanzverantwortliche. Gerold senior sieht aus, als hätte er über derartig Aufrührerisches noch nie nachgedacht. Hoffentlich können sie damit umgehen, dass nun eine Frau den Weinbaubetrieb Berthold leitet.

Ich werde wie vereinbart als Marketing- und PR-Beraterin vorgestellt, wir verschweigen aber nicht, dass ich im Hauptberuf Journalistin vom »Magazin« bin. Der Juniorchef sei noch mit dem Traktor unterwegs, lässt Eva verlauten, ihre Tochter käme demnächst aus der Weinbaufachschule. Wer soll da nicht beeindruckt sein?

Eva arbeitet mit dem Team ihre Unterlagen durch, es hat viel mehr von einer Finanzbesprechung als von einem Weingeschäft. Die Häppchen werden nebenbei verzehrt, bis auf Gerold lehnen alle Alkohol um diese Uhrzeit ab.

»Köstlich«, sagt Gerold, nachdem er den Veltliner gekostet hat, »also an der Qualität kann ich wirklich nichts aussetzen.«

Mir brummt der Schädel, dabei bin ich bloß danebengesessen, habe nicht viel gesagt. Zwei Stunden sind vergangen. Zeit für die so genannte Betriebsbesichtigung, die Sekretärin protokolliert auch dabei. Der Finanzverantwortliche schießt Fotos, ich weiß nicht genau, sollen sie bloß eine Art von Urlaubserinnerung sein oder gehören sie zum Akt.

Leider gibt es schon wieder dichte Wolken, Wien ist auch vom besten Aussichtspunkt im Weingarten aus nur zu erahnen. Aber ich habe ihnen das Poster gezeigt, das wir in New York dabei hatten – der Wein vor den Toren Wiens. Damit müsste man auch in Deutschland gut werben können. Gerold seufzt. »Alles schon da gewesen, Gnädigste. Weingärten gehen meist steil nach oben und sehen auf Städte und Dörfer herab.«

»Ach ja, es gibt solche Aussichtspunkte auch in Berlin?«

Ich sehe, wie der Marketingchef grinst. Ich lächle zurück, zwinkere.

Man muss sich gut stellen mit den potenziellen Auftraggebern. Wenn es um andere geht, fällt es mir leichter, mich anzubiedern, als wenn es um meine eigenen Angelegenheiten geht.

Wir begegnen den Arbeitern, sie sind eifrig dabei, überzählige Blätter zu entfernen und Rebzweige zwischen die Drähte zu stecken.

»Wir machen das meiste händisch«, erklärt Eva, »vor allem in den Toplagen.«

Im Keller ist es blitzsauber, Christian kommt gerade zur richtigen Zeit mit dem Traktor an. Ein Jungwinzer wie aus dem Bilderbuch. Ich biege rasch zum Haus ab, will nachsehen, wie es meinem Schwein geht. Ana habe ich angewiesen, es immer wieder mit dem eigenen Saft zu übergießen. Der Duft strömt mir schon im Vorzimmer entgegen. Sieht so aus, als würde auch das klappen. Die Schwarte ist bereits mittelbraun, richtig knusprig soll sie ohnehin erst in der letzten halben Stunde werden. Wir werden ganz rustikal und familiär in der Küche essen, das habe ich mir ausgedacht. Zuvor sollen ohnehin noch im Keller ein paar Weine verkostet werden, ein Korb mit frisch gebackenen Minisalzstangerln steht bereit, einen Teil hat Ana mit Liptauer gefüllt, einen anderen mit Großvaters selbst geräuchertem Schinken und Speck. Wir werden die Großunternehmer einkochen.

Inzwischen ist mir der Weg zur Kellergasse vertraut, sie sind offenbar schon vorne im Schaukeller, die Tür ins Freie steht offen. Auch bei Aichinger scheint jemand im Keller zu sein, ich höre leise Stimmen. Er wird doch hoffentlich nicht gerade heute Schwierigkeiten machen. Aber wie sollte er von unserem wichtigen Besuch wissen?

Im ehemaligen Presshaus sehe ich niemanden, ich gehe nach unten. Die kleinen elektrischen Punkte am Rande jeder Stufe leuchten vertraut, strahlen Wärme und auch das gerade richtige Maß an Romantik aus. Ich gehe durch den Fasskeller, öffne die Glastür zum Verkostungskeller, man nippt gerade am Weißburgunder in Barrique-Ausbau, einem der drei Weine, die in den kommenden Jahren vom Weingroßhandel Gerold vertrieben werden sollen.

»Und Sie können uns garantieren, dass er in den nächsten drei Jahren genauso schmecken wird?«, fragt Gerold.

Eva lächelt. »Das kann ich nicht. Wein ist ein Naturprodukt, er wird in jedem Jahr anders schmecken, aber in keinem schlechter. Er wird wiedererkennbar sein, ich weiß schon, dass das wichtig ist. Wie sich unsere Weine entwickeln, hängt nicht von der Natur allein ab und schon gar nicht vom Zufall. Aber: Was unsere Weine auszeichnet, ist, dass sie auch immer für Überraschungen gut sind. Ich halte nichts vom weltweiten Einheitsgeschmack. Und mein Mann hat auch nichts davon gehalten.«

Gerold nickt. »Ich hoffe bloß, es handelt sich um positive Überraschungen. Was den Einheitsgeschmack angeht, haben Sie natürlich Recht. Kein Weinliebhaber will den. Aber wir dürfen nicht vergessen, dass die meisten Menschen eher Konsumenten als Liebhaber sind. Sie wollen ihren Lieblingswein genau so und nicht anders, wenn er ihr Lieblingswein bleiben soll.«

Ich schenke mir einen Schluck ein, koste und bin sicher: Kaiser hat keinen einzigen Wein, der an diesen herankommt.

Eva steht auf und bittet weiter in den Barriquekeller, sie nimmt den Weinheber vom Haken, Gläser sind vorbereitet, sie schenkt uns jeweils fünf Fassproben ein, um Unterschiede in der Reife der Weine, der Toastung des Holzes und die verschiedenen Reaktionen der einzelnen Sorten darauf zu beschreiben. Es ist quasi ihre Meisterprüfung, hier muss es ihr gelingen, sich als »Winemaker« von internationalem Format zu verkaufen. Eva hat gelächelt, als ich ihr das bei der Planung der Choreografie des heutigen Tages gesagt habe. »Darüber zu reden ist einfach. Nur, das richtige Gespür zu haben, zur richtigen Zeit die richtigen Weine aus dem Barrique zu nehmen, sie umzufüllen, zu verschneiden, das ist schwierig. Da wird mir mein Mann besonders fehlen.«

Jemand kommt vom Verkostungskeller. Ich drehe mich rasch um, denke für einen Moment an Aichinger, aber es ist Franjo. Er sieht sich zweifelnd um. Eva runzelt die Stirn. Das war nicht eingeplant. »Vaclav lasst fragen, wir Sauvignon füllen oder ...«

»Natürlich, Franjo, das war vereinbart. Wenn ihr vom Weingarten zurück seid, muss der Sauvignon gefüllt werden.«

Zum Großhändler gewendet lächelt sie: »Ich lasse den Wein gern einige Wochen in der Flasche ruhen, bevor er in den Verkauf kommt.«

»Tüchtig, tüchtig«, sagt Gerold leutselig in Richtung Franjo, »woher kommen Sie?«

»Slowakei«, sagt Franjo.

»Können Sie mir noch einen Schluck aus dem zweiten Fass dort bringen?«

»Ich mach das«, sagt Eva eilig.

»Lassen Sie ihn bloß, wir haben Sie schon genug herumgehetzt.«

Offenbar bin ich übermüdet. Mir ist, als würden sich die Barriques zu bewegen beginnen, die in vier Lagen gestapelten Fässer auf der Schmalseite des Ganges scheinen Millimeter für Millimeter auf uns zuzukommen, der Gang ist leicht abschüssig, bevor ich noch blinzeln oder gar etwas sagen kann, geht alles ganz schnell, ein Grollen wie bei einem Erdbeben, die Fässer rollen mit dumpfem Poltern auf uns zu, eine Naturgewalt, Schreien, Franjo kann nicht mehr weg, wird umgerissen, ich stürze mit den anderen zur Tür zum Verkostungskeller, ein Fass birst, blutrot überall, hinaus, ich taumle, falle über jemanden. Danach Ruhe. Ich höre bloß, wie Wein aus einem Fass rinnt. Eva ist die Erste, die sich aufrappelt. »Sind Sie verletzt?«, fragt sie, und ihre Stimme zittert.

»Durchnässt«, antwortet Gerold, »verletzt ... ich glaube nicht. Doch. Mein Knöchel.« Wir helfen Gerold beim Aufstehen, sein Anzug ist voller Rotwein, er tritt vorsichtig auf, stöhnt, versucht es dann noch einmal. Seine drei Begleiter stehen mit hängenden Armen neben ihm. Sie waren etwas weiter hinten im Keller, als es losgegangen ist, konnten schneller fliehen. Eva läuft in den Barriquekeller, ich hinter ihr drein: »Oh Gott«, schreit sie, als sie das Chaos sieht. Drei Fässer sind geborsten, alles liegt kreuz und quer.

»Franjo!« Sie steigt über Fässer, Weinlachen und Fassdauben zu ihm.

»Sei vorsichtig«, warne ich sie.

Franjo liegt eingequetscht zwischen Kellermauer und Fässern. Er ist bei Bewusstsein.

»Alles in Ordnung, Chefin«, sagt er, dann sackt er zusammen.

Die Delegation verabschiedet sich, ohne vom Schweinsbraten auch nur gekostet zu haben. Gerold lässt sich zumindest noch überreden, seine nasse Hose zu wechseln, er bekommt eine vom Großvater, die ihm um einiges zu kurz ist, aber die Sachen von Hans hat Eva gleich nach seinem Tod hergegeben. Die Weingroßhändler versichern, wie leid ihnen der Vorfall tue, nein, natürlich entscheide das nichts, man werde in Ruhe in Frankfurt die Unterlagen prüfen und lasse Eva dann das Ergebnis wissen. Trotzdem: Fast ist es Flucht.

»Damit ist alles vorbei«, sagt Eva und sitzt erledigt am Küchentisch. »Der Auftrag weg, drei der besten Fässer weg, Chaos im Barriquekeller. Wenigstens war Franjo tageweise angemeldet, sonst hätte ich jetzt auch noch die Sozialversicherung am Hals.«

»Tageweise?«

»Er ist in der Probezeit, da ist das normal, im Gegenteil, die wenigsten melden ihre Arbeiter in dieser Zeit überhaupt an.«

Man hat Franjo mit der Rettung ins Bezirksspital gebracht, seine Ohnmacht hat zum Glück nicht lange gedauert, er hat selbst bei seiner Befreiung von den Barriquefässern mitgeholfen, aber der rechte Unterschenkel dürfte gebrochen sein, und das Atmen macht ihm Schwierigkeiten.

»Ich kann ihn nicht behalten, wer weiß, wie lange er nicht arbeiten kann«, meint Eva.

»Er ist tüchtig, oder? Und der Einzige von den Neuen, der halbwegs Deutsch kann.«

»Ja, gut ist er … Aber im Krankenstand … Wie, verdammt noch mal, haben die Barriques ins Rutschen kommen können?«

»Sie haben alles besonders schön geputzt, vielleicht wurden dabei welche von den untergelegten Latten verschoben?«

»Bei dem Gewicht, das darauf lagert, kann man nicht so einfach die Latten verschieben.«

»Ich rufe Zuckerbrot an.«

»Warum? Damit er auch noch im Keller herumschnüffelt?«

»Weil es danach aussieht, als hätte sich jemand an den Fässern zu schaffen gemacht. Weil es Tote hätte geben können.«

»Ich bitte dich, schreib nicht darüber, das würde nur alle bestätigen, die sagen, bei uns herrscht das Chaos.«

»Vielleicht war gerade das beabsichtigt. Aber es geht nicht um Chaos, es geht um einen ganz gezielten Anschlag. Ich frage mich nur: Wie hat man die Fässer ins Rutschen gebracht? – Wie werden sie normal bewegt?«

»Mit dem Hubstapler.«

»Es gibt noch eine Möglichkeit«, mischt sich Christian ein. »Der Keller ist mit einem anderen verbunden, nur haben wir die Röhre stillgelegt, sie ist teilweise eingefallen. Dort, wo unsere Küche ist, war darunter ein anderer Keller, von dem kommt man hinter die Barriquefässer. Man sieht das Loch nicht, weil die Fässer davor sind.«

»Aber es ist euer Keller.«

»Ja. Nur: Der Eingang zur Kellerküche war sicher offen, wir haben die Gläser und die Salzstangerln von dort nach unten gebracht. Und wer denkt schon an so etwas?«

»Jeder, der sich auskennt, hätte also durch die Kellerküche gehen, die Tür zum alten Kellergang öffnen und sich hinter den Barriquefässern verstecken können.«

»Ja«, meint Christian, »vorausgesetzt, er klettert über etwas Schutt. Mit einer Latte als Hebel ...«

Eva schreit: »Hört auf!«

Ich rufe doch Zuckerbrot an, er weigert sich zu kommen. Es gehe ihm ausreichend auf die Nerven, dass er den Niederösterreichern bei der Aufklärung ihrer Gewaltverbrechen helfen soll, nur weil es sich ein paar Sicherheitsdirektoren einbilden. Für einen aus dem Gleichgewicht geratenen Barriquekeller sei er wirklich nicht zuständig. Außerdem: »Sind Sie schon einmal auf die Idee gekommen, dass Eva Berthold vielleicht nur von sich selbst ablenken will?«

»Aber sie ist bei uns im Keller gestanden. Wie soll das gehen? Und: Hätte sie sich selbst in Gefahr gebracht?«

»Ist ihr etwas geschehen?«

»Nein.«

»Also. Vielleicht hat sie Helfer. Oder sie kennt irgendeine Technik, mit der sie ...«

Über all dem Durcheinander erinnere ich mich erst wieder an das Schwein im Backrohr, als es nach Verbranntem riecht. Auch das noch.

Am nächsten Tag besuchen wir Franjo, er entschuldigt sich, dass er sich so ungeschickt angestellt habe und jetzt verletzt im Krankenhaus liege, statt zu arbeiten. Das Bein ist zum Glück nicht gebrochen, nur stark geprellt, dafür sind drei Rippen angeknackst. Er will schon morgen, spätestens übermorgen wieder aus dem Krankenhaus. Ob er bleiben kann?

»Du kannst bleiben«, sagt Eva, »wenn du tust, was du trotz deiner Rippenverletzung machen kannst.«

Er lächelt beruhigt, für mich schon fast zu dankbar. »Ich habe Job in Slowakei aufgehört für die Arbeit hier. Danke.«

»Was machst du eigentlich in der Slowakei?«, frage ich.

»Habe Fußballtrainer gelernt, aber das zahlt heute niemand mehr. War Fitnesstrainer in Bratislava, aber Arbeit in Natur ist mir viel lieber.«

Daher die Muskeln. »Und dein Deutsch?«

»Mama ist aus Tschechien, Großeltern waren deutsch. Und ich hab schon gearbeitet in Österreich. Aber nicht so ...«

»Wir müssen weiter«, sagt Eva, »erhol dich gut.«

# [ Juli ]

Der Sommer kommt nicht in Schwung. Ich sehe aus dem Fenster. Dicke Wolken, im Hof schreit Vaclav mit den anderen Arbeitern, irgendwie ist die Stimmung mies. Ich überlege, doch zu Oskar zu ziehen. Auf Dauer ist das Landleben nichts für mich, mir ist hier alles zu eng. Ich sehne mich nach meiner großzügig angelegten Altbauwohnung mit ihren hohen Räumen und den Flügeltüren. Nur: Sie ist immer noch feucht, braucht Wochen, um durchzutrocknen. Die Hauseigentümer machen Schwierigkeiten. Sie wollen den Schaden zwar grundsätzlich bezahlen, aber um jedes Detail wird gefeilscht. Gibt es nicht auch so etwas wie Schmerzensgeld, wenn man von daheim weg muss?

Aber was täte ich mit Gismo, wenn ich zu Oskar ginge? Ich streichle meine Katze, die wie fast immer auf dem Fensterbrett sitzt und hinausstarrt. Sie beginnt nicht zu schnurren, sondern sieht mich nur missmutig an. Die schlechte Laune scheint sich auf sie übertragen zu haben.

Der Weingroßhändler hat sich immer noch nicht entschieden, aber Eva ist so gut wie sicher, dass der Auftrag weg ist. Ich kann ihr schwer widersprechen. Meine Begeisterung für den Weinbau und alles, was damit zusammenhängt, hat sich gelegt. Letztlich gibt es auch hier viel Routine, viel Alltag. Von genießerischer Gemütlichkeit ist nur hie und da etwas zu spüren, dann, wenn wir am Abend in der Küche sitzen, und nach Weinverkostungen, falls nicht alle zu müde sind, um in Ruhe noch eine halbe Flasche leer zu trinken und über die gelungene Präsentation zu reden. Ob Eva vielleicht doch etwas mit dem Tod ihres Mannes zu tun hat? Aber wie hätte sie das Ablenkungsmanöver im Barriquekeller inszenieren können? Oder hat es sich dabei um einen Unglücksfall gehandelt? Irgendjemand hat beim Saubermachen eine der untergelegten Latten oder ein Fass um Millimeter verschoben, dadurch ist alles langsam, ganz langsam aus dem Gleichgewicht gekommen.

Vielleicht hat es schon gereicht, dass wir die leicht abschüssige Kellerröhre betreten haben. So viele Unglücksfälle in einem Jahr? Jedenfalls habe ich darüber nicht geschrieben. Es hätte wohl auch niemanden interessiert. Beim »Magazin« verdiene ich jetzt regelmäßig und mehr. Das zumindest ist positiv. Nächste Woche muss ich für einige Tage nach Salzburg, ich mache eine Reportage über die Vorbereitungen für die Salzburger Festspiele samt Jedermann und Feierlichkeiten und dem ganzen Drumherum. Ich freue mich darauf. Außerdem habe ich erfahren, dass das Weingut Kaiser einer der Sponsoren ist. Passt wunderbar, ich werde mit dem Sponsoring-Verantwortlichen reden, ist ja auch für meine Story interessant.

In der Küche sitzt Martina, ihre Jeans sind schmutzig, sie riecht nach Chemie. Sommerferien. Sie ist mit Ach und Krach durchgekommen. Warum will dieses zierliche Mädchen, das nicht anders wirkt als die vielen überschlanken, aufgeweckten Mädchen aus der Stadt, unbedingt den elterlichen Weinbau übernehmen? Sie hat die braunen Locken ihrer Mutter und die blauen Augen ihres Vaters geerbt – und die Sturheit von beiden. Irgendwie beneide ich sie darum, dass sie so genau weiß, was sie will. Sie trinkt Tee, beinahe hastig.

»Ich muss wieder weiter«, sagt sie zu mir anstelle einer Begrüßung, »wir haben noch eine Menge zum Spritzen. Bei diesem Wetter müssen wir alle zwei Wochen einen Durchgang schaffen, vor allem der Mehltau freut sich so richtig über das feuchte Wetter. Noch ist alles gesund, aber im Ort gibt es schon einige mit ziemlichen Schäden. Aber wir dünnen mehr aus als die meisten. Das hilft. Außerdem muss ich heute Nachmittag den Sohn vom Dr. Moser betreuen.« Sie rümpft die Nase. »Irgend so ein Typ, der in einem Internat war, die Mosers sind ja geschieden. Vor ein paar Jahren war er einmal da, entsetzlich hochnäsig, nur weil er der Sohn von einem Anwalt ist. Aber Dr. Moser kann erst morgen kommen, und dieser Simon kommt schon heute mit dem Zug an. Da arbeite ich lieber von früh bis spät in den Weingärten.«

Ich nicke, auch wenn ich das nicht wirklich nachempfinden kann. In den letzten Tagen bin ich einige Male mitgegangen, habe Blätter aus der Traubenzone entfernt, Geiztriebe ausgerissen, die Haupttriebe in die Drähte eingestrickt. Die ersten beiden Stunden ist die Arbeit schön, wenngleich ich mit den anderen nicht Schritt halten kann. Danach wird sie eintönig, zumindest für so eine wie mich, die kein besonderer Naturfreak ist. Den Wein zu kaufen, womöglich direkt beim Produzenten, die eine oder andere nette Geschichte darüber zu hören, das reicht mir eigentlich. Man muss nicht immer miterleben, wie viel Schweiß für den Genuss fließt.

Ich fahre zum »Magazin«.

»Die Weinbäuerin«, spöttelt Droch. Er ist einer der wenigen, die nicht auf Sommerferien sind. Ich versuche ihn zu ignorieren. »Schlecht aufgelegt, was?«, bohrt er weiter. »Oder ist dir etwa eine Reblaus über die Leber gelaufen?«

»Reblaus heißt bei den Bertholds der Hund.«

»Ich weiß. Also, was ist los?«

Keine Ahnung, es sollte mir prächtig gehen.

»Du hast den Verdacht, dass sie es war«, spricht Droch aus, was ich nicht einmal denken möchte.

»Ich glaube es nicht«, erwidere ich.

»Aber?«

»Kein Aber. Es ist nur: Zuerst ist es mir so vorgekommen, als wäre alles interessant, unterstützenswert, sehr schnell auch vertraut. Und jetzt … ich weiß nicht. Das Leben dort ist schon anders. Wahrscheinlich bin ich einfach mehr Platz gewohnt.«

»Da kann etwas dran sein. Was hältst du davon: Nimm mich bei Gelegenheit einmal mit. Der Wein ist wirklich hervorragend, wir machen eine Landpartie.«

»Klingt nicht schlecht. Und … vielleicht gelingt es dir, mit ihr ins Gespräch zu kommen. Vielleicht findest du heraus …«

»Ich bin weder Detektiv noch Kriminalberichterstatter. Und wenn sie drei Männer ins Grab gebracht hat, mich interessiert der Wein und sonst gar nichts.«

Er hat ja Recht.

Aufregung. Rund um Vaclavs alten Mazda stehen die Arbeiter, Eva und der Großvater. Die Heckklappe des Kombis ist offen, Eva hievt einen Kanister heraus. »Wie lange hast du uns schon bestohlen?«, schreit sie.

Vaclav schweigt und macht ein aufsässiges Gesicht.

»Ich zeige dich an!«

»Ist nur einfacher Wein, Chefin«, versucht Tomek seinem Kollegen zu Hilfe zu kommen.

»Nur einfacher Wein?«, faucht Eva. »Wir haben keinen einfachen Wein!«

»Was hast du dir dabei gedacht?«, fragt der Großvater aufgeregt.

Sie sehen mich näher kommen.

»Was ist los?«, frage ich.

»Ist interne Angelegenheit«, antwortet Vaclav.

Eva explodiert. »Mir sind deine Frechheiten schon zu viel, du gehst, auf der Stelle! Sei froh, dass ich dich nicht anzeige, ich will dich hier nicht mehr sehen! Eine interne Angelegenheit! So weit kommt es noch, dass der Herr darüber befindet, wer zu uns gehört und wer nicht.«

»Die aus Stadt macht nur Ärger«, sagt Vaclav.

Ich sehe ihn mit offenem Mund an, mir fällt nichts ein. Bisher war er zu mir immer höflich, etwas distanziert, aber ich dachte, das sei eben so seine Art.

»Wer nix kann arbeiten, der hat da nix verloren«, fährt er fort.

»Ich arbeite als Journalistin«, erwidere ich möglichst ruhig. »Ich könnte etwas schreiben über Slowaken, die ihre Dienstgeber beklauen.«

»Ist sie Rassistin, ich habe es immer gewusst. Alles Rassisten!«, ruft Vaclav. »Arbeit von früh bis spät, das ist alles, für das wir gut sind.«

»So ein Unsinn«, versucht der Großvater zu beschwichtigen, »wären wir Rassisten, hätten wir euch nicht beschäftigt.«

»Wir sind billig.«

Eva schüttelt wütend den Kopf. »Fahr ab. Aber zuerst räumst du den Kofferraum aus. Und Großvater wird nachsehen, ob sich in deinem Zimmer noch mehr gestohlenes Zeug findet.« Zu mir gewandt erklärt sie: »Ich habe ihn ertappt, wie er Wein aus dem Tank in Kanister gefüllt und im Kofferraum verstaut hat. Er hat wohl gedacht, heute ist niemand da. Ich wollte nach Wien fahren, bin aber noch einmal zurückgekommen, weil ich vergessen hatte, einen Karton Winzersekt mitzunehmen.«

»Wenn ich gehe, dann geht Ana auch«, stellt Vaclav fest.

Eva kann es sich nicht leisten, die beiden jetzt zu verlieren.

»Und Tomek kommt auch mit«, ergänzt Vaclav. Es folgt ein Wortschwall auf Slowakisch in Richtung Tomek, der sieht unglücklich drein, scheint halbherzig zu widersprechen.

»Rede deutsch«, fahre ich ihn an.

»Tomek kann nix Deutsch«, beißt Vaclav zurück.

»Ich gehe«, sagt Tomek.

Der Großvater und ich sehen Eva an. Ihre Lippen sind nur noch ein Strich. »Dann geht. Aber sofort.«

Der Großvater versucht auf Tomek einzureden: »Du hast nichts damit zu tun, Tomek. Wir freuen uns, wenn du bleibst.«

»Geht nicht«, sagt Tomek und sieht alles andere als glücklich aus. Vielleicht gelingt es uns, ihn zurückzuhalten.

Erneuter Wortschwall von Vaclav auf Slowakisch, zwei der neuen Arbeiter stehen mit hängenden Armen da, Jirji schüttelt den Kopf, slowakische Antwort. Franjo sollte da sein, er könnte übersetzen. Aber der ist zur Nachbehandlung seiner Verletzungen beim Gemeindearzt.

Vaclav wird zunehmend wütend auf die beiden Neuen, die schütteln bloß weiter den Kopf.

»Kein Angst«, sagt Josef mit seiner tiefen Stimme, »wir da, Chefin.«

Ana weint, während sie packt. Wir haben sie alle lieb gewonnen, wollen nicht, dass sie geht. »Wenn Vaclav sagt, gehen, dann muss ich gehen«, sagt sie und schnäuzt sich.

»Und wenn Vaclav sagt, spring, dann springst du«, erwidere ich.

»Nein, nicht das, aber bin ich seine Frau und er ist nicht Dieb. War nur für Fest zu Hause, wollte herzeigen guten Wein. Hab nix gewusst, sonst er nimmt keinen Wein.« Sie macht ein grimmiges Gesicht.

»Und warum geht Tomek?«, frage ich.

»Er ist aus gleiches Dorf. Muss für Vaclav sein, nicht für österreichische Chefin.«

»Das ist doch Unsinn.«

Ana zuckt mit den Schultern und beginnt wieder zu weinen. »Vaclav ist aufgeregt. Sagt schlimme Dinge.«

Es dauert nicht einmal eine Stunde, und sie sind weg.

»Na toll«, sagt Eva. »Jetzt stehen wir da mit einem, der im Krankenstand ist, und zweien, die kein Wort Deutsch können. Und sie wissen noch nicht einmal, wo alle unsere Weingärten liegen. Geschweige denn, dass sie alle Maschinen bedienen können.«

Sinnlos, sie zu fragen, ob sie die drei nicht doch hätte aufhalten können.

Eva scheint meine Gedanken gelesen zu haben. »Man muss Aufstände im Keim ersticken, sonst wird es immer schlimmer. Vaclav hat sich schon seit ein, zwei Monaten immer aufsässiger benommen. Wenn ich ihm das hätte durchgehen lassen … Warum sind Ana und Tomek so blöd und laufen ihm nach?«

»Ana ist seine Frau«, erwidere ich.

»Und? Muss man jeden Unsinn machen, den einem ein Mann anschafft?«

Schön langsam wird Eva noch zur Emanze. Ich muss schmunzeln. Vor einigen Wochen hatten wir ein Gespräch über eigenständige Frauen. Eva hat den Kopf geschüttelt und gemeint, für uns Stadtfrauen sei das mit der Emanzipation vielleicht ja ganz gut, aber sie halte nicht viel davon, den Männern den Kampf anzusagen. Alle meine Versuche, ihr zu erklären, dass es nicht um Kampf, sondern um Selbstbestimmung gehe und sie ohnehin viel emanzipierter sei als die meisten Frauen, die ich kenne, haben nichts gefruchtet. »Natürlich mache ich, was ich will, geht ja auch gar nicht anders. Aber du machst aus mir keine Feministin«, hat sie gemeint und energisch den Kopf geschüttelt.

Es hängt eben davon ab, was man darunter versteht.

Als Franjo zurück ist, erklären wir ihm die Lage. Er bittet, mit Josef und Jirji reden zu dürfen.

»Na, vielleicht sind wir sie jetzt gleich alle los. So viel zum Dank, dass ich ihn behalten habe«, knurrt Eva.

Franjo kommt wieder.

»Setz dich«, sagt der Großvater.

Er möchte lieber stehen bleiben. Wir halten den Atem an.

»Will nix Schlechtes über Kollegen sagen«, beginnt er, »aber Vaclav hat getan, als wenn er Chef ist. Ist besser, er ist weg. Wir bleiben natürlich. Ich kann schon wieder arbeiten.«

»Wir sind zu wenig«, seufzt Eva, aber ich merke, wie ihre Kraft wieder kommt, »und du kannst noch nicht alle Arbeiten machen.«

»Ich halte viel aus, habe gute Muskeln. Und wenn Sie wollen, ich organisiere neue Leute.«

»Ich würde vor allem jemanden brauchen, der sich um den Haushalt kümmert.«

Franjo schüttelt den Kopf. »Da weiß ich nicht ... Meine Freundin, sie ist bei einer Bank in Bratislava, die kommt nicht. Und Jirji hat keine Frau. Ich kann Josef fragen, aber ich glaube nicht. Seine Frau ist in Fabrik, und sie haben drei Kinder.«

»Vielleicht findest du jemand anderen«, meine ich, »und solange niemand da ist, kann ich zumindest einkaufen und kochen – abgesehen von ein paar Tagen kommende Woche, da muss ich nach Salzburg.« Ich habe noch eine Idee, aber darüber rede ich nicht.

»Zwei Männer mehr wären gut, vielleicht auch drei«, meint Eva.

»Ich werde telefonieren und organisieren.« Franjo verschwindet, er hinkt immer noch stark.

»Ich werde sie alle anlernen müssen, wie soll das gehen?«, murmelt die Winzerin.

»Es wird gehen«, erwidere ich. Es muss gehen.

Vesna ziert sich am Telefon. »Ich war in Bosnien lang genug auf dem Land, außerdem: Wo soll ich schlafen?«

»Du bekommst ein Zimmer beim Herbst, ich zahle.«

»Warum zahlst du, Mira Valensky? Ich soll für sie putzen.«

»Weil ich ihr helfen will.«

»Dann soll sie zahlen«, beharrt Vesna, »wer sagt, dass sie nicht ihren Mann umgebracht hat?«

Ich atme tief durch: »Ich sage das. Ich brauche dich momentan nicht für meine Wohnung, also bitte ich dich, bei Eva Berthold den Haushalt zu machen, ist das so schwierig?«

»Nicht wegen Zeit, Zeit habe ich im Sommer. Notar ist weg. Er hat das über Freund übrigens geregelt mit Schwarzarbeit. Wenn es wahr ist.«

»Dann komm her, nur für ein paar Wochen. Sieh es als Urlaub.«

»Urlaub mit Haushalt. Ich bin nicht Haushälterin, ich bin Putzfrau.«

»Du putzt, und ich koche.«

»Liebe Mira Valensky, ich denke, dich hat Wein verwirrt. Ich muss aufpassen auf dich, also gut, ich komme. Aber ich fahre ein paarmal in Woche nach Wien, schon wegen Zwillinge. Die hätten es gerne, wenn niemand da ist.«

Eva ist begeistert. Und was das Zimmer anlangt, so hat sie eine bessere Idee: Vesna kann Christians Zimmer nehmen, wenn es ihr nichts ausmacht, dass sie kein eigenes Bad hat. Christian dürfte mit ziemlicher Sicherheit das Auswahlverfahren für Harvard geschafft haben, mit ihm ist im Sommer nicht zu rechnen. Im Anbau mit den Unterkünften für die Arbeiter wäre das Zimmer von Vaclav und Ana frei, aber da gibt es auch nur ein Badezimmer für alle.

»Ich schlafe in Zimmer von Christian. Und immer wieder auch bei mir daheim in Wien, ist ja nicht einmal eine Stunde.«

Ich nicke, die Schnellbahn geht bis halb elf am Abend.

»Und ich habe meine Maschine.«

»Nicht deine Mischmaschine«, stöhne ich. Vesnas Motorrad ist aus guten Gründen in Österreich nicht zugelassen, sie hat es gemeinsam mit ihren Brüdern noch in Bosnien aus vielen verschiedenen Teilen zusammengebastelt, es macht Lärm wie die Hölle, stinkt wie die Pest, aber scheint ansonsten unverwüstlich zu sein. »Willst du noch ein Problem mit der Polizei?«

»Hier ist nicht so viel Polizei wie in Wien, hier kann ich auf kleinen Straßen endlich wieder fahren. Ich werde sie so schnell wie möglich holen. Ja, das ist gute Idee.«

Ich weiß, wenn ich keine Chance habe, sie aufzuhalten. Außerdem: Ich will ja, dass sie die nächsten Wochen in Treberndorf verbringt.

Eine Stunde später Geknatter, zwei Schüsse, zum Glück bloß aus dem Auspuff, Vesna ist samt ihrem Gefährt angekommen und strahlt. »Hätte schon längst wieder mit Motorrad fahren sollen.«

Wir überlegen zu dritt, wie wir die viele Arbeit neu organisieren könnten. Ich erkläre mich bereit, den Weinladendienst zu übernehmen: Wein ausschenken und ein wenig Schmäh führen kann ich auch, das muss nicht Eva machen.

Plötzlich ruft Vesna: »Gismo!«

Ich sehe mich gehetzt um, die Katze muss aus dem Zimmer geschlüpft sein, sie hockt in der geöffneten Tür zum Hof und sieht aus, als könnte sie sich nicht entscheiden, ob das da draußen für sie gut ist.

»Wo ist Reblaus?«, frage ich.

»Keine Ahnung«, erwidert Eva, »er muss hier irgendwo ...«

Ich gehe langsam auf Gismo zu, versuche, beruhigend auf sie einzureden. Ihre Augen sind kreisrund aufgerissen, ihr orangefarbener Streifen quer über die Brust leuchtet in der Sonne. Ihre Schnurrhaarspitzen vibrieren vor Aufregung. Ich bin bis auf einen halben Meter herangekommen, hocke mich auf den Boden. »Komm her, Gismo«, schnurre ich.

Gismo glotzt mich an, dann macht sie einen Satz und rennt quer über den Hof.

Reblaus muss in den Büschen herumgeschnüffelt haben, er bemerkt unsere Aufregung, trabt neugierig heran, sieht die Katze erst, als wir ihr gebannt nachschauen, nach ihr rufen, er beginnt hinter ihr herzugaloppieren, bellt wie wild. Gismo hört ihn, mit einem Satz ist sie auf dem Baum, von dort auf der Mauer, taucht ab zu den Nachbarn. So als ob sie ihr ganzes Leben im Freien verbracht hätte. Reblaus bleibt enttäuscht stehen, bellt noch kurz und wedelt zugleich mit dem Schwanz.

Die nächste Stunde sind Vesna und ich damit beschäftigt, Gismo zu suchen. Frau Aichinger ist nicht einmal unfreundlich, sie hilft uns sogar bei der Suche und erklärt, sie habe früher selbst immer Katzen gehabt, aber ihr Mann möge Katzen nicht so gern.

Von Gismo keine Spur. Da können wir rufen, wie wir wollen. Sie kennt sich hier nicht aus. Ihr Revier war bisher meine Wohnung. Wenn sie in ihrer Panik weit weg läuft, findet sie nicht zurück. Man sollte an den Laternenmasten der Nachbargemeinden ein Foto von ihr samt Adresse anheften. Vesna und Eva schütteln den Kopf. Gismo werde schon wiederkommen. Wenn sie bis morgen nicht da sei, dann könne man so etwas immer noch machen. Eva bezweifelt außerdem, dass sich alle, die meine Katze fänden, auch die Mühe machen würden, sie irgendwohin zu bringen.

Gismo bleibt über Nacht verschwunden, ich bin in der Früh unruhig, stehe mit den anderen um sechs auf, drehe mit dem Auto eine Runde durch Treberndorf. Erstaunlich, wie viele Menschen um diese Uhrzeit schon unterwegs sind. Wäre Gismo niedergefahren worden, dann wüsste das jemand. Ich frage im Lebensmittelgeschäft nach, in der Filiale der Drogeriekette, beim Elektriker. Niemand hat meine Schildpattkatze gesehen, es scheint sich auch niemand besonders Sorgen um sie zu machen. Man spottet wohl eher über die Wienerin, die ihre Katze einfangen möchte. Was soll's, Gismo ist die Freiheit nicht gewohnt und das Landleben mit all seinen Gefahren schon gar nicht. Und ich will sie nicht verlieren.

Eva erinnert mich daran, dass ich den Weinladendienst übernommen habe. Um drei soll ich aufsperren, sie zeigt mir alles: Jeder Winzer hat eine gewölbte Box, in der er seine drei Weinladenweine präsentieren kann. Einige der Boxen sind einfach, andere auffällig gestaltet, über Geschmack lässt sich nicht nur beim Wein, sondern auch bei der Dekoration streiten. Jeder der Weine kann verkostet werden, für die Weißweine gibt es einen großen Kühlschrank. Es gibt eine Preisliste, die Registrierkasse will mir Eva ein andermal, wenn sie mehr Zeit hat, erklären. Ich solle einfach alles auf einen Zettel schreiben, und sie tippt das dann in die Kasse. »Am Donnerstag kommen ohnehin weniger Weinkäufer von auswärts, eher einige Männer aus dem Dorf, die ein paar Achtel trinken wollen. Das Gasthaus hat heute Ruhetag.«

Sie behält Recht. Am Nachmittag schaut lediglich ein Paar vorbei, das offenbar aus Wien ist und hier in der Gegend ein Wochenendhaus besitzt. Sie sind nicht zum ersten Mal im Weinladen, wollen auch nicht kosten, sondern geben gleich ihre Bestellung auf. Ich suche die Weine zusammen, fast die Hälfte stammt von den Bertholds, rechne zusammen, zum Glück ist ein kleiner Taschenrechner in der Lade, Kopfrechnen war nie meine Stärke, kassiere. Eine einfache, beinahe beschauliche Sache. Wieder allein, lese ich meinen Lena-Lehtoleinen-Krimi weiter. Abgesehen davon, dass er spannend und gut geschrieben ist, tröstet mich das beschriebene Wetter in Finnland über den verregneten Sommer hier beinahe hinweg. Eine Stunde später schneit Viktor herein. Er ist Mitglied des Weinladens, produziert nach wie vor ganz passablen Wein, aber niemand will Prognosen abgeben, wie lange er es noch schafft. Sein Gesicht ist gerötet, die Nase rinnt leicht, er ist so dünn, dass die Jeans nur durch die Hosenträger gehalten werden. »Ein Achtel Weiß, egal welchen, was du offen hast«, sagt er. Mir fällt es schwer, einem in diesem Zustand noch Alkohol zu geben, aber Eva hat gemeint, trinkt er ihn nicht da, trinkt er ihn anderswo, und trinkt er ihn bei sich zu Hause, dann trinkt er noch mehr. Ich bin nicht für alles Unglück auf dieser Welt zuständig. Kaum vorstellbar, dass Viktor noch vor zehn, fünfzehn Jahren als gute Partie gegolten hat. Wären da nicht seine Eltern, die die Landwirtschaft betreuen, er hätte wohl gar nichts mehr. Aber Viktor ist zumindest ein friedlicher Alkoholiker, er randaliert nicht, stänkert nicht. Er trinkt. Beim zweiten Achtel fragt er: »Du bist die, die bei der Eva eingezogen ist, oder?«

»Ich wohne für einige Wochen bei ihr.« Ich habe nicht vergessen, dass er bereit gewesen ist, an das Lesben-Gerücht zu glauben. Aber er hat es offenbar vergessen.

Er nickt. »Hans war ein netter Bursch.«

»Und Eva?«, frage ich. Vielleicht bringe ich aus seinem alkoholvernebelten Gehirn etwas heraus, das mir andere nicht erzählen würden.

»Die hat's nicht immer leicht gehabt. Der Hans war ein fescher Bursch. Und sie war das schönste Mädel der Umgebung, also hat er sie genommen.«

Drei Männer, die mir bekannt vorkommen, betreten den Weinladen.

»Nicht wahr, Eva war das fescheste Mädel von da bis Timbuktu?«, ruft Viktor in die Runde.

Die sehen von ihm zu mir, der eine sagt: »Sie schaut immer noch gut aus. Lass das Tratschen, Viktor.«

Sie bestellen Weine, zwei der drei Männer sind selbst Mitglied im Weinladen. Man verkostet die Produkte der Kollegen, ohne viel dazu zu sagen.

»Ich bin für Eva eingesprungen, sie ist ziemlich im Stress«, erkläre ich vage. Sie müssen nicht wissen, dass ihr gleich drei slowakische Arbeitskräfte abhanden gekommen sind.

»Passt schon«, erwidert der mit der braunen Lederjacke. »Eva kann sicher Unterstützung brauchen. Es ist schon für unsereins genug Arbeit, dann erst für sie … so ganz ohne Hans …«

»Sie wird es schaffen«, sage ich schnell.

»Tja«, wiegt der kleine Dicke den Kopf, »tüchtig ist sie … aber ob das zu schaffen ist? Ich wünsche es ihr.«

Offenbar habe ich es hier mit Treberndorfern zu tun, die nichts gegen Eva haben.

»Der Ausbau war schon etwas größenwahnsinnig«, meint der Dritte.

Der in der Lederjacke widerspricht. »Wer, wenn nicht er, hätte das machen sollen? Ohne Leitbetriebe sind wir alle aufgeschmissen. Ganz abgesehen davon, sie haben viel Fläche gepachtet, die sonst brachliegen würde. Es gibt doch genug bei uns, die sich die Arbeit nicht mehr antun wollen.«

»Andererseits wollen ein paar so schnell wie möglich wieder aus den Pachtverträgen mit dem Berthold raus«, gibt der kleine Dicke zu bedenken.

»Warum das?«, mische ich mich ein.

»Na ja, sie wissen nicht, ob Eva es schaffen wird. Und die Toplagen kann man anderen verpachten. Oder selbst damit einen guten Wein machen, auch der Hans hat nur mit Wasser gekocht, nur aus Trauben Wein gemacht. Ganz abgesehen davon, dass er ein harter Brocken beim Verhandeln war. Der hat immer darauf geachtet, dass er so wenig wie möglich gezahlt hat. Für die Trauben, die er zugekauft hat, und für die gepachteten Weingärten.«

»Wer will pachten? Der Nachbar?«, will ich wissen.

»Der Aichinger?«, fragt der kleine Dicke. »Keine Ahnung. Sie meinen wegen dem alten Streit zwischen den Bertholds und den Aichingers? Ach, der Aichinger ist ganz in Ordnung. Wäre nicht Hans der Obmann des Weinladens geworden, er wäre sicher bei uns mit dabei gewesen, er hat schon gefragt, ob er den frei gewordenen Platz übernehmen kann.«

Bei mir schrillen die Alarmglocken. »Er will Eva aus dem Weinladen drängen?«

»Lassen Sie sich nicht hineinziehen in diese Feindschaft, ist besser«, rät der mit der Lederjacke, »so was kapiert man von außen nicht. Er will sie nicht verdrängen, er hat bloß gefragt. Und wir haben gesagt, dass Eva natürlich den Platz der Bertholds behält – wenn sie möchte. Und wenn ihr Wein gut genug ist.«

Für den örtlichen Weinladen wird es noch reichen, denke ich. Aber ich sage nichts.

»Ein bisschen ein Eigenbrötler ist der Aichinger schon«, meint der kleine Dicke und nimmt noch einen Schluck. »Ein Winzer, der immer nur seinen eigenen Wein trinkt …«

»Wie bitte?«, frage ich.

»Na ja. Am besten schmeckt ihm eben der eigene, sagt er. Vielleicht will er auch nur den eigenen Umsatz beleben.«

»Trinkt er so viel?«

»Nein, das nicht, kann man nicht sagen.«

»Ist er eigentlich ein guter Schütze?«

Viktor, der die letzten Minuten ruhig, fast meditierend über seinem zweiten Achtel gesessen ist, wacht wieder auf. »Schießen kann bei uns ein jeder, da musst du gar nicht bei den Jägern sein. Das lernen die Buben schon mit dem Luftdruckgewehr.«

»Und wie ist das mit dem Bürgermeister?«

»Ach, verstehe«, erwidert der mit der braunen Lederjacke und lässt sich noch ein Glas DAC vom Zauner einschenken. »Der Bürgermeister hat schießen gelernt wie wir alle auch, aber er ist nicht zu den Jägern gegangen, er war jahrelang in Wien, und eigentlich ist die Jagd mehr eine Sache von uns Bauern. Wegen seiner Frau fragen Sie, nicht wahr?«

»Haben es alle im Dorf gewusst?«

Der mit der Lederjacke und Viktor nicken, der kleine Dicke und der Dritte schütteln den Kopf.

»Viele haben eine Ahnung gehabt, dass da was läuft«, meint der kleine Dicke dann, »war ja auch nichts wirklich Neues beim Hans, er hat die Frauen nicht in Ruh' lassen können. Dabei ist die Eva ja wirklich nicht übel.«

»Der Bürgermeister war sauwild auf den Hans, wollte ihm alle Förderungen für den Keller streichen«, lallt Viktor.

Ich sehe ihn interessiert an. »Der Bürgermeister hat also vom Verhältnis gewusst?«

»So direkt wohl nicht«, versucht der in der Lederjacke abzuwiegeln.

»Hat er«, widerspricht Viktor. Ob ich ihm noch ein Glas hinstellen soll? Aber momentan scheint er im richtigen Stadium zu sein, wer weiß, ob er dann nicht völlig verfallen würde. »Wie ein Gockel ist er mit seiner jungen Frau aus der Stadt herumstolziert, und er hat sie überallhin mitgenommen, nachdem ihm seine Andrea davongelaufen ist, auch kein Wunder, oder? Er ist sowieso eitel, unser Bürgermeister. Er hat's gewusst, und er hat mit Hans gestritten.«

»Und wo soll das gewesen sein?«, will der kleine Dicke wissen.

»In der Gemeinde, sie müssen einen Termin gehabt haben. Ich bin aufs Klo gegangen in der Gemeinde und dort wohl eingeschlafen. Ich hab sie schreien hören.«

Ich werde zunehmend aufgeregt. »Wann war das?«

Viktor schüttelt zweifelnd den Kopf. »So vor zwei Monaten?«

»Da war Hans schon tot«, entgegne ich.

»Es war schönes Wetter, das weiß ich noch, die Sonne hat durch das Klofenster geschienen. Es hat ausgeschaut wie Frühling.«

»Wir haben ein paar warme Tage Ende Februar gehabt«, ergänzt der Dritte. »Aber der Bürgermeister war es nicht. Ich meine, der den Hans vom Hochstand aus ... Er ist einfach nicht der Typ dafür. Eher so einer, der immer auf Ausgleich bedacht ist und keine Streitereien will.«

»Mit Hans scheint er gestritten zu haben«, werfe ich ein.

Der kleine Dicke schüttelt den Kopf. »Ja, aber das war eine Auseinandersetzung anderer Art. Und außerdem: Über die Förderungen entscheidet gar nicht er, das läuft alles über die Landesregierung. So groß ist sein Einfluss dort nicht.«

»So was hat der Hans damals auch zum Bürgermeister gesagt«, murmelt Viktor. »Ich muss jetzt gehen.« Er legt das Geld auf die Theke und geht einigermaßen sicheren Schritts nach draußen.

»So viel trinkt er ja gar nicht«, sage ich, »zwei Achtel in einer Stunde ...«

»Ja«, erwidert der mit der braunen Lederjacke, »aber er trinkt alle Stunde ein, zwei Achtel und er fängt schon in der Früh damit an. Schade um ihn.«

»Hat er nie einen Entzug gemacht?«

»Hat er schon, dann geht es ihm auch eine Zeit lang besser, er nimmt sogar zu. Und dann ... wird er wieder rückfällig. Es gibt auch Idioten bei uns, die ihn noch zum Trinken animieren, die sagen, wegen einem Gespritzten ... das kann ja kein Problem sein. Es ist nicht ganz einfach, bei uns wegzukommen vom Alkohol.«

»Und wenn alle ausmachen würden, ihm nichts mehr auszuschenken?«

»Dann säuft er zu Hause, und zwar das Doppelte. Haben wir schon versucht.«

Gismo ist wieder zurück. Sie sitzt auf dem Marillenbaum im Hof und maunzt. Eigentlich muss man das, was sie von sich gibt, schon eher Gebrüll nennen. Wahrscheinlich hat sie Hunger. Geschieht ihr recht, was muss sie auch ausreißen. Trotzdem: Ich bin heilfroh, sie wiederzusehen. Reblaus sitzt unter dem Baum, starrt hinauf, bellt hin und wieder auffordernd und wedelt ansonsten mit dem Schwanz. Wer weiß, was das in diesem Fall bedeutet. Vielleicht will er nur sein Abendessen freundlich begrüßen. Gismo faucht ab und zu in seine Richtung. Dort oben ist sie sicher, aber wie füttere ich sie? Es ist elf am Abend, auch der Zauner und ein paar andere Männer aus dem Dorf sind noch in den Weinladen gekommen, haben ein paar Gläser getrunken, ein bisschen geplaudert und sind dann wieder gegangen. Die meisten sind Eva gegenüber positiv eingestellt, sie und Hans haben zum engeren Kreis der Dorfgemeinschaft gehört, zu denen, ohne die nichts oder nur sehr wenig geht. Über den Tod von Hans will man trotzdem nicht mehr viel reden, »was soll dabei herauskommen?«, hat sein Freund Josef Zauner gefragt. Die Wahrheit, vielleicht die Wahrheit, habe ich mir gedacht und noch ein paar Gläser Wein ausgeschenkt.

Eva sperrt Reblaus in einen Wirtschaftsraum, ich locke Gismo mit leckerem Schinken. Sie starrt gierig herunter, steigt dann langsam, wie eine Königin, vom Baum – woher kann sie das?, frage ich mich, wie viel macht der Instinkt aus und wie ist das bei uns Menschen? –, schnuppert am Schinken und verschlingt ihn. Ich streichle sie, will sie hochheben, sie huscht unter meinen Armen durch und belauert mich aus einigen Metern Entfernung. Es ist klar, sie will ihre neue Freiheit nicht wieder aufgeben. Wäre da nicht Reblaus ... Vorläufig lassen wir ihn eingesperrt, und ich füttere Gismo. Sie tut so, als hätte sie eine dreiwöchige Abenteuertour voller Entbehrungen hinter sich. Danach putzt sie sich ausgiebig, mich fröstelt, auch wenn die Tage etwas wärmer geworden sind, die Nächte sind immer noch kühl. Vielleicht jetzt. Ich starte noch einen Versuch, sie einzufangen. Gismo flüchtet auf einen alten, grün gestrichenen Anhänger, der beim Schuppen hinten im Hof steht. Ich stelle mich auf die Zehenspitzen, sehe über die Holzplanken, sie sitzt da, putzt sich weiter und bereitet sich sichtlich darauf vor, schlafen zu gehen. Hier kann ihr Reblaus auf keinen Fall etwas tun. Irgendwie fühle ich mich im Stich gelassen. Offenbar legt sie keinen großen Wert auf meine Nähe in der Nacht. Üblicherweise rollt sie sich vorsichtig am Bettende zusammen, und ich habe gedacht, dass das für sie zum Schönsten gehört. Aber Gismo hat die Freiheit entdeckt. Mir liegt ja auch eine Menge an Freiheit.

Trotzdem: Gegen halb vier in der Früh werde ich wach, vermisse Gismo, gehe hinaus, um nachzusehen, ob sie noch im Anhänger schläft. Ich habe den Eindruck, der Himmel wird schon heller, verfärbt sich Richtung Osten. Die Tage sind schon lang, nur der Sommer lässt auf sich warten. Ich tappe über den Hof, Gismo liegt eingekringelt in einer Ecke des Anhängers und schläft so fest, dass sie mich gar nicht hört. Gefährlich für eine Katze in freier Wildbahn, so tief zu schlafen. Ich rufe mich zur Ordnung: Der Anhänger im Hof der Bertholds ist nicht die Wildnis schlechthin.

Gerade will ich wieder leise zurück zum Haus gehen, da höre ich, wie die Tür im vorderen Tor geöffnet wird. Instinktiv drücke ich mich an den Anhänger, will nicht gesehen werden. Die schwache Hofbeleuchtung reicht nicht in jeden Winkel. Doch es ist nur Martina, die spät in der Nacht heimkommt. Sie scheint mit jemandem zu flüstern, dann wird die Türe zugezogen, ich höre ein Moped davonfahren, sie schleicht Richtung Hauseingang.

»Hallo Martina«, sage ich und löse mich aus dem Schatten.

Sie zuckt zusammen. »Ach, du bist es. Ich dachte schon, Mutter lauert mir auf.«

»Warum? Weil es schon so spät ist?«

»Ich bin sechzehn. Und ich arbeite wie eine Erwachsene.«

Ob sie einen Freund hat?

Sie grinst, als wüsste sie genau, was ich denke. »Das war nur der Simon vom Dr. Moser, ich hab ihm mein Mofa geborgt, damit er nicht zu Fuß zum Herbst latschen muss. Er hat eine gute Idee gehabt: Man könnte im ehemaligen Presshaus des Kellers, den sie von uns gepachtet haben, Schlafgelegenheiten und eine Dusche einrichten. Wasser ist schon drinnen, eine Toilette auch, es ginge eigentlich ganz leicht, zwei kleine Räume abzutrennen.«

Offenbar hält sie ihn nicht mehr für so überheblich. »Und das habt ihr euch bis jetzt angesehen?« Ob sie ausreichend aufgeklärt ist? Liebe Güte, Treberndorf hat dasselbe Fernsehprogramm wie Wien, die Kids gehen auf dieselben Schulen. War ich aufgeklärt mit sechzehn? Jedenfalls habe ich mich dafür gehalten.

»Nein, klar nicht, man weiß auch nie, wie lange sein Vater draußen herumsitzt, wir waren auf einem Fest in Wien.«

»In Wien?«

»Simon kennt tolle Partys. Er wollte alte Freunde treffen.«

»Und hat dich mitgenommen.«

»Eher ich ihn, er hat zwar schon den Führerschein, aber noch kein

Auto. Ich hab ihn mit dem Mofa bis an die Stadtgrenze mitgenommen, und dort hat uns dann ein Freund mit dem Auto abgeholt.«

Mir scheint, als wäre sie nicht mehr ganz sicher auf den Beinen. Aber wahrscheinlich ist sie nur müde. Bin ich auch.

»Erzählst du Mutter, dass ich so lange weg war?«

»Nein. Aber sag es ihr beim nächsten Mal im Vorhinein.«

»Okay.«

Am nächsten Morgen erwache ich vom Geheul des Schäferhundes. Reblaus findet, dass er lange genug eingesperrt war. Offenbar traut sich Eva aber nicht, ihn freizulassen. Ich sehe auf mein Mobiltelefon, es ist kurz nach sechs. Ich fluche über ländliches Frühaufstehen, rapple mich auf, wasche mir das Gesicht und werfe mich in die Jeans und das T-Shirt von gestern. Eva ist erleichtert, als sie mich kommen sieht.

Gismo, hellwach, hockt im Anhänger.

»Lass ihn raus«, knurre ich, alles andere als wach. Soll Gismo doch sehen, was sie von ihrer Freiheit hat.

»Er wird ihr nichts tun«, murmelt Eva, geht eilig zur Tür zum Wirtschaftsraum, Reblaus schießt heraus, vollführt Freudensprünge, scheint sich an die Katze gar nicht zu erinnern. Er will gefüttert und gestreichelt werden und dann am besten mit in die Weingärten. Ein neuer aufregender Tag hat begonnen. Eva schüttelt den Kopf. »Er ist jetzt eineinhalb und führt sich immer noch auf wie ein Hundekind. Dabei war er im Kurs gar nicht schlecht.«

Martina sieht auch nicht gerade munter aus, kein Wunder. Aber sie trinkt bereits in der Küche Tee und will den Arbeitern einige etwas abgelegene Weingärten zeigen, sie sollen dort die Laubarbeit machen. Sie selber wird gegen das wuchernde Grünzeug zwischen den Rebzeilen fräsen. Sie ist zäh, das gefällt mir. Ich werde ihrer Mutter nichts von ihrem nächtlichen Ausflug sagen, aber diesen Simon werde ich mir ansehen.

Zum großen Showdown zwischen Hund und Katze kommt es erst am Sonntag, zwei Tage später: Gismo ist durch einen Maulwurfshügel bei den zur Hofverschönerung gesetzten Reben offenbar abgelenkt, Reblaus sieht die Katze in Reichweite, ich stehe gerade mit Vesna in der Toreinfahrt, schreie auf, Gismo dreht sich um. Renn davon, so schnell du kannst, gleich dort ist dein Baum. Aber Gismo flieht nicht, sie stellt sich, macht einen Buckel, sträubt ihr Fell, bis sie beinahe doppelt so groß aussieht wie üblich, faucht Furcht erregend. Reblaus bremst zwanzig Zentimeter vor ihr ab, streckt vorsichtig die Schnauze nach vorne, sie hebt eine Löwinnenpranke, fährt ihm mit voller Kraft über die Nase, er heult entsetzt auf und rennt mit eingezogenem Schweif davon. Gismo starrt ihm, noch immer aufgeblasen, nach. Langsam lässt ihre Muskelanspannung nach, sie schrumpft wieder auf ihre normale Größe, sitzt zufrieden da, beginnt sich zu putzen und lässt dabei Reblaus nicht aus den Augen.

Der Hund hat sich zu mir geflüchtet, er zittert, er hat mit dem Angriff des bösen Tieres nicht gerechnet, über seine Schnauze zieht sich ein beachtlicher stark blutender Kratzer. Ich weiß nicht, soll ich Mitleid mit ihm haben oder mich für Gismo freuen.

»Ich hole Jod oder so was«, sagt Vesna pragmatisch. Eva ist nach Wien Wein liefern gefahren. Sie fährt gerne am Sonntag, da ist weniger Verkehr.

Reblaus lässt sich von uns verarzten, zuckt ein paarmal zusammen, jault. Aber in erster Linie scheint nicht sein Körper, sondern seine freundliche Hundeseele verletzt zu sein.

Als Eva einige Stunden später wiederkommt, lacht sie: »Ich war mir fast sicher, dass er mit Gismo nur spielen will, aber jetzt ist die Sache entschieden. Er wird um sie einen großen Bogen machen.«

Ihre Prophezeiung erfüllt sich beinahe. Reblaus versucht zwar noch hin und wieder, hinter Gismo herzulaufen, wedelt dabei, will mit dem neuen Tier im Hof Fangen oder sonst was spielen. Aber wenn Gismo sich in seine Richtung dreht und faucht, duckt er sich und trabt demütig davon.

Beruhigt kann ich am Montag wegen meiner Reportage nach Salzburg fahren. Vesna hat versprochen, die nächsten Tage und Nächte am Hof zu verbringen, sie will sogar kochen. »Fischstäbchen wie diese Ana kann ich auch, eben Einfaches.«

Salzburg im Sommer ist ein Albtraum. Heuer kommen mir die wenigen Gassen der Innenstadt noch überfüllter vor als in vergangenen Jahren. Die Touristen scheinen außerdem immer seltener einzeln oder zu zweit aufzutreten, sie schließen sich zu Rudeln zusammen: spanische Rudel, deutsche Rudel, amerikanische Rudel und natürlich japanische Rudel. Mit Fahnen und Schirmen stechen die Reiseführerinnen in den Himmel, versuchen ihre Herde zusammenzuhalten. Da ist kein Vorbeikommen und schon gar kein Durchkommen möglich. Das McDonald's ist genauso überfüllt wie die Restaurants, ich denke voll Sehnsucht an das außen leider verbrannte, innen aber noch zarte Veltliner-Schwein zurück.

Mehr Menschen können auch zur Festspielzeit nicht hier sein. Das bestätigt man mir. Ich recherchiere, rede mit Verantwortlichen, Wichtigen und solchen, die sich wichtig fühlen. Ich habe meine Kamera mitgebracht und versuche vom Domplatz etwas andere Fotos zu bekommen: einer der vielen Regengüsse des heurigen Jahres, der Platz leer gefegt, auf den Stufen nur ein nasses russisches Reiseprospekt mit einem verknitterten Mozart in Hellblau. Jetzt würde nur noch eine halb aufgegessene Mozartkugel fehlen. Nein, das wäre doch zu viel. Es würde überinszeniert wirken, wie vieles hier. Ich drücke immer wieder ab, keine Ahnung, ob mir der Chefredakteur derlei Fotos durchgehen lässt, ich soll wohl mehr über das festliche und glamouröse Salzburg berichten.

Ich treffe mich mit der fürs Sponsoring zuständigen Frau in der Salzburger Vorstadt. Endlich durchatmen, hierher verirren sich Touristen nur selten, hier haben die Salzburger Platz. Wir essen ausgezeichneten Meeresfisch, auch wenn das nicht zu Salzburg passt. Aber warum sollte ich hier unbedingt Salzburgerisches essen, mir fällt momentan gar nichts ein, was diese Bezeichnung verdienen würde. Die Touristen halten neben den Mozartkugeln wohl Mannerschnitten und Wiener Schnitzel dafür. Vielleicht nennt man es hier auch längst Salzburger Schnitzel, mir egal, ich muss es nicht wissen.

Wie jedes Jahr gibt es mit einigen Sponsoren Ärger. Es gibt welche, die haben den Mund voller genommen, als ihre Taschen sind – man wartet immer noch auf Gelder. Andere wiederum machen plötzlich ihre Summe davon abhängig, ob sie noch drei Freilogen in der »Rosenkavalier«-Premiere bekommen. Die Sponsoring-Frau hat gute Nerven, braucht sie mit Sicherheit auch. Sie gibt mir Listen, erzählt mir Hintergründe und auch einiges, das nicht zum Veröffentlichen gedacht ist. Unser Kontakt hat von Anfang an funktioniert.

»Wissen Sie, eines der Probleme ist, dass viele rund um das Festspielpräsidium und den Verein der Freunde der Salzburger Festspiele ihre Kontakte nutzen, Sponsorverträge ausmachen, und ich habe es dann mit den Details zu tun. Wir fixieren natürlich alles schriftlich, aber was sage ich, wenn der Boss des Lebensmittelkonzerns XY plötzlich bei mir erzürnt anruft und meint, es sei aber mit Frau Z ausgemacht worden, dass das mit den Übernachtungen im Sacher klappe? So etwas lässt sich dann meist organisieren. Aber wenn es um Karten geht ... Viele Vorstellungen sind schon restlos ausverkauft. Wo soll ich dann noch Karten auftreiben? Es gibt so etwas wie ein geheimes Notkontingent, aber da kann man oft vielmehr von Überbuchung reden, und es ist eine Art Roulettespiel, manchmal beinahe russisches Roulette, vor allem, wenn es um die Premieren geht.«

Ich frage sie nach Anekdoten, verspreche, ihr Reportage und Interview vor Redaktionsschluss zu schicken, sehe die Liste der größeren und kleineren Sponsoren durch. Mit zweien hat sie für mich einen Termin vereinbart.

»Das Weingut Kaiser sponsert auch?«, sage ich dann.

»Ja, wenn auch nicht besonders viel. Die sponsern, seit ich dabei bin, und ich glaube, sie haben das immer schon getan. Ihr Sekt war ja früher ziemlich beliebt. Ich kann mich erinnern, mein Vater hat ihn für alle Familienfeste gekauft. An jedem Geburtstag meiner Mutter hat er gesagt: ›Kaiser-Sekt für meine Kaiserin.‹« Sie lächelt. »Wir haben das immer peinlich gefunden. Ist schon lange her, inzwischen trinken sie bei uns daheim Champagner oder Prosecco. Mir ist Prosecco lieber, er hat weniger Kohlensäure.«

»Haben Sie Kontakt zu den Kaisers?«

»Wieso? Nein, eigentlich nicht ... Das heißt, bis vor kurzem. Die Routinefälle erledigen meine Mitarbeiter, aber es gibt heuer auch im Fall Kaiser ein kleines Problem. Sie haben noch nicht gezahlt.«

»Warum? Weiß man das?«

»Ich hatte mit einem Herrn Frankenfeld zu tun, offenbar der Geschäftsführer. Er hat mir einzureden versucht, dass es nie um eine Geldleistung gegangen wäre. Sie hätten Sekt zur Verfügung stellen wollen. Völliger Unsinn, es war jedes Jahr eine Geldleistung, und wie sollte das gehen, in Form einer Sektlieferung sponsern? Die Gastronomiebetriebe arbeiten auf eigene Rechnung, ich kann sie schwer dazu bringen, Kaiser-Sekt zu nehmen und uns dafür zu zahlen. Ganz abgesehen davon, dass Kaiser-Sekt heutzutage nicht gerade besonders in ist. Also habe ich versucht, diesem Frankenfeld klarzumachen, dass das Geld demnächst eintrudeln muss. Die Programme, auf denen das Logo des Weinguts Kaiser drauf ist, sind schon gedruckt. Er wird zahlen müssen. Wir haben einen Vertrag.«

Ich nicke. Seltsam, dass Christoph Kaiser seinen Kellermeister vorgeschickt hat. Sieht so aus, als würde Frankenfeld inzwischen der eigentliche Leiter des Unternehmens sein. Und sieht so aus, als ob sie in Geldnöten wären.

»Kann ich das mit dem Weingut Kaiser schreiben?«

»Nicht, wenn sie innerhalb der nächsten Woche zahlen. Falls sie das nicht tun ... freue ich mich darüber.«

Mit einigem Glück erscheint meine Reportage erst in vierzehn Tagen. Vielleicht kann ich Kaiser endlich etwas unter Druck setzen. Als Revanche dafür, dass er die Bertholds bei der Bank schlecht gemacht hat. Sieht nicht so gut aus für die Großaufträge, wenn der Sponsoringvertrag aus Liquiditätsgründen platzt.

»Wie viel wollte er sponsern?«, frage ich nach.

Sie sucht in einer Mappe. »Fünfzigtausend Euro. Also wirklich keine Unsumme.«

Je nachdem, ob man sie hat. Fünfzigtausend Euro – das ist exakt der Betrag, den Stefan von seinem Bruder verlangt hat.

## [ August ]

Endlich ist es warm geworden, endlich Sommer, und die Weinstöcke schießen nicht bloß ins Kraut, nun zeigt die Sonne ihre Kraft, lässt die Trauben reifen. Bei diesen Temperaturen gefällt es mir in Treberndorf um einiges besser als in Wien. Ich verbringe so wenig Zeit wie möglich in der Redaktion, schreiben kann ich auch an meinem Laptop im Garten. Ich habe mir mitten im Hausweingarten hinter dem Hof einen Platz eingerichtet, Klapptisch, Sessel, fünfzig Meter Verlängerungskabel, und sitze im Halbschatten zwischen den Reben. Zugegebenermaßen trödle ich beim Schreiben, lege mich zwischendurch mit etwas schlechtem Gewissen in die Sonne. Bei den Bertholds hat dafür niemand Zeit. Franjo versucht für zwei zu arbeiten, auch Josef und Jirji sind fleißig, es konnten keine weiteren Arbeiter aufgetrieben werden. Eva hat versucht, einige der alljährlichen Lesehelfer schon früher zu bekommen, doch auch das hat nicht geklappt, sie haben alle ihren Job und kommen in ihrem Urlaub zur Weinlese hierher.

Meine Reportage über die Salzburger Festspiele und das Rundum ist pünktlich zur Eröffnung erschienen. Kaiser hat seinen Sponsoringvertrag noch nicht erfüllt. Aber leider hat der Chefredakteur die Story in die Hände bekommen und gemeint, meine Privatfehden solle ich besser anderswo austragen. Und wenn es mehr Material über etwaige wirtschaftliche Schwierigkeiten von Kaiser gebe, dann solle ich mich mit der Wirtschaftsredaktion absprechen. So sei das Thema keine Zeile wert, noch dazu, wo es Probleme mit viel größeren Verträgen gebe. Wenn, dann solle ich darüber berichten. Ich habe einen Absatz über die Schwierigkeiten mit dem Sponsoring geschrieben und Kaiser in einem Halbsatz erwähnt. Man sollte Gerold den Artikel schicken. Wie? Etwa anonym? Das ist nicht mein Fall.

Ich berate mit Eva, wie man Näheres über die Lage bei Kaiser herausfinden könnte. Auch sie hält nichts davon, dem deutschen Weingroßhändler meine Reportage anonym zu schicken. Aber offen? Das würde allzu kleinlich wirken. Wir sitzen im Hof, die Sonne ist längst untergegangen, die alten Ziegel geben immer noch Wärme ab. Gismo starrt vom Baum zu uns herunter, sie ist zu einer Art Freiluftraubtier mutiert, nur hin und wieder kann ich sie überreden, bei mir im Zimmer zu übernachten. Aber da steht sie dann schon in der Morgendämmerung auf dem Fensterbrett, miaut und will nach draußen. Vesna ist am Abend heim zu den Zwillingen gefahren, ich habe ihr mein Auto geliehen, ihre Maschine soll sie lieber hier in der Gegend ausführen. Das Ungetüm lehnt am Schuppen, und es sieht so aus, als täte selbst ihm die Landluft gut. Die Grillen zirpen, singen schon fast, von irgendwoher sind Baumfrösche zu hören. Fast karibisch. Ich erinnere mich an jene Zeit im letzten Jahr und schenke mir noch ein Glas vom Veltliner ein. Evas Mobiltelefon meldet eine SMS. Sieh an, wer sendet ihr so spät eine Nachricht? Sie wird doch nicht einen heimlichen Verehrer haben? Ich sehne mich nach Oskar. Aber der ist wie jeden Sommer mit seiner Mutter für zwei Wochen ins Salzkammergut gefahren. Ich hätte mitkommen können. Aber erstens bin ich kein besonders ausgeprägter Familienmensch, zweitens ist mir seine Mutter nicht ganz geheuer, ich bin mir sicher, sie wäre sehr gekränkt, würde ich die Zweisamkeit zwischen ihr und ihrem Sohn stören, und drittens laufen mir im Salzkammergut viel zu viele Künstler, Intellektuelle und solche, die sich dafür halten, herum – dass sie das zum Teil in Lederhosen tun, macht die Sache für mich um nichts besser. Außerdem: Hier im Weinviertel ist es endlich warm, im Salzkammergut wird es das nie, da bin ich mir sicher. Ich werde Oskar noch heute Nacht eine liebevolle SMS schicken und ihm sagen, dass ich an ihn denke.

Eva hat die Mitteilung gelesen, sie schweigt.

»Na?«, sage ich.

»Die SMS? Ach, vom Rebschutzdienst. Der Sauerwurm ist geschlüpft. Auch das noch.«

»Wie bitte?«

Sie lacht leise. »Der Sauerwurm. Er frisst die Beeren an, die faulen, und mit etwas Pech bekommt die Traube einen Essigstich. Also muss man dagegen spritzen. Wir werden gewarnt, wenn er schlüpft.«

»Per SMS?«

»Eine Sammel-SMS, ein Handy hat heute einfach jeder.«

Für mich klingt die Message wie eine kodierte Botschaft aus einem Spionagethriller: Der Sauerwurm ist geschlüpft. Du liebe Güte.

Ich schenke uns nach, auch Eva genießt die Stimmung, wir übersehen die Zeit. Es ist schon fast Mitternacht, als wir aufstehen und ins Haus gehen. Ich räume die leere Weinflasche weg, stelle die Gläser in den Geschirrspüler.

Aufgeregte Stimmen aus dem Hof. Eva wollte die Kissen der Gartengarnitur wegräumen. Ich höre sie und Martina, Martina klingt etwas verschwommen. Sie kommt ins Haus, geht durchs Vorzimmer in die Küche, hält sich am Küchentisch fest. Sie ist betrunken. Eva hinter ihr drein, sie macht ihr Vorhaltungen, fragt sie aus. Seit einigen Tagen ist klar, dass sich Martina in Simon verliebt hat. Sie ist viel mit ihm unterwegs, schminkt sich neuerdings, fragt mich immer wieder, ob ihr das Kleid auch stehe oder ob sie lieber doch eine Hose ... Eva ärgert sich, dass ihre weinbaubesessene Tochter gerade jetzt andere Interessen entwickelt. Außerdem findet sie, der Sohn des Rechtsanwaltes sei nichts für sie, der sei »etwas Besseres« und da gäbe es nur Probleme. Das sehe ich nicht so, warum sollte der »etwas Besseres« sein als ein Bauernsohn? Und warum zu gut für ihre Tochter? Sie meine das anders, hat sie erwidert. Ich habe Simon nur zweimal ganz kurz gesehen, er hat auf mich verschlossen gewirkt, aber das sind die meisten Achtzehnjährigen denen gegenüber, die ihre Eltern sein könnten. Ganz hübsch ist er mit seinen langen dunklen Haaren, schlank und sehr gut gekleidet. Letzte Woche hat er von seinem Vater ein gebrauchtes Golf-Cabrio bekommen. Das finde ich etwas übertrieben, aber der Rechtsanwalt muss wohl kompensieren, dass er nicht allzu viel Zeit für seinen Sohn hat.

»Und?«, lallt Martina. »Ich kann am Abend hingehen, wo ich will.«

»Kannst du nicht, solange du unter meinem Dach wohnst!«, schreit Eva. »Was hast du getrunken?«

Martina versucht sich zu konzentrieren. »Ich weiß nicht mehr ... Gummibärli und so Zeug, sie haben eine Menge Drinks gemacht. Mir ist schlecht.« Sie wirkt, als müsse sie sich gleich übergeben. Ich führe sie rasch zurück hinaus in den Hof.

»Durchatmen«, befehle ich.

»Mir ist schlecht.«

Eva kommt hinter uns her, ihre Stimme hallt über den Hof. »Den Rest der Ferien bleibst du daheim. War dieser ... Simon dabei?«

»Die Party war bei ihm. Da. Bei uns.«

»Wo? Wie?«

»Na da, im Keller, in ihrem, unserem.«

Ich kann Eva gerade noch davon abhalten, zum Keller zu stürmen und Simon und seinen Freunden die Meinung zu sagen. Was soll das bringen? Aber ich gebe zu, eine betrunkene Sechzehnjährige ist kein besonders erbaulicher Anblick.

»Er hat mich mit dem Auto hergebracht bis zum Haus, ist er nicht lieb?«

»Das könnte man auch anders sehen«, entgegne ich, »er hat dich einfach weggebracht, als du ihm zu betrunken warst. Sind noch andere Mädchen dort?«

»Ja, klar. Du meinst, dass er mit einer anderen ...?«

»Ich meine gar nichts. Ich glaube nur, wir werden mit seinem Vater reden müssen.«

»Lasst den ja in Ruhe, und wehe, ihr lasst Simon nicht in Ruhe, er will nur seinen Spaß haben, und das ist okay. Will ich auch.«

Ob sie schon mit ihm geschlafen hat?

»Es hat sich ausgespaßt«, faucht Eva. »Komm mit.«

In diesem Moment muss sich Martina ganz fürchterlich übergeben.

Der nächste Tag ist einer von den besonders stressigen. Eva ist noch immer sauer wegen Martina. Die hat es irgendwie geschafft, sich zu verdrücken. Eigentlich hätte sie gleich heute Früh beginnen sollen, gegen den Sauerwurm zu spritzen. Das macht jetzt Franjo, er hat erstaunlich schnell gelernt, noch dazu ist er flink und sehr belastbar. Hoffentlich überfordert ihn Eva nicht, der sollte ihr nicht auch noch abhandenkommen. Andererseits: Was hätte sie tun sollen, nachdem sie herausgefunden hatte, dass Vaclav Wein stiehlt?

Am Vormittag steht ein deutscher Reisebus vor dem Haus. Man habe im Gasthof Herbst den Tipp bekommen, dass es hier den hervorragenden, gestern Abend verkosteten Wein zu kaufen gebe. An sich nett vom Wirt, dass er den Bertholds Kunden schickt, aber eine kleine Ankündigung wäre nicht schlecht gewesen. Ich bin mit Vesna allein, doch ich habe eine Preisliste. Es wird schon gehen. Vesna bewirtet die Deutschen mit drei Flaschen Veltliner, das muss drin sein. Ich nehme inzwischen die Bestellungen auf. Niemand kauft viel, aber jeder will eine andere Sorte. Ich merke schnell, dass das kleine Weinlager im Hof nicht ausreichen wird, schnappe mir den Schlüssel aus dem Vorzimmer, fahre hinauf in den Keller, raffe Flaschen zusammen, Kartons, rase wieder zurück. Zu Mittag soll die Gruppe in Wien zum Essen sein.

Wie lange das dauert, einundzwanzig Bestellungen abzurechnen ... Der Reiseleiter wird schon etwas ungeduldig, ich drücke ihm zwei Flaschen Wein in die Hand. Hoffentlich ist das Eva recht. Franjo kommt, er muss aus dem Lagerhaus noch Spritzmittel holen, er hilft uns beim Verpacken der Flaschen.

»Muss ich reden mit Ihnen«, flüstert er mir zu.

»Später, Franjo«, vertröste ich ihn und hoffe auf nicht noch mehr Unannehmlichkeiten.

Eva kommt, gerade als die Gruppe weg ist, und lobt uns. Nur als sie von den fünf Flaschen Gratiswein hört, zieht sie kurz ein Gesicht. Ich will mich schon rechtfertigen, lasse es dann aber bleiben. Wir wollten die Leute bei Laune halten. Und sie haben dadurch um einiges mehr gekauft, da bin ich mir sicher. Evas Kleinlichkeit geht mir manchmal gründlich auf die Nerven.

»Ich habe ewig auf die Etiketten warten müssen«, berichtet die Winzerin, »das kommt davon, wenn man noch immer mit einer lokalen Druckerei zusammenarbeitet.«

»Sie ist billiger«, stichle ich.

»Da wäre ich mir gar nicht so sicher. Nach dem Mittagessen muss etikettiert werden. Dringend. Wir haben jede Menge Bestellungen offen.«

Ich sehe mir die Etiketten an. Es ist alles beim Alten geblieben, das große B auf grünem oder weinrotem Grund, darunter die Sorte. Bis auf ein Detail: Bisher hieß es »Weingut Hans und Eva Berthold«. Jetzt heißt es »Weingut Eva Berthold«.

Sie bemerkt meinen Blick: »Ist ja leider die Wahrheit. – Wo ist übrigens Martina?«

»Keine Ahnung.«

»Du deckst sie. Ich kann da keine Stadtsitten einreißen lassen. Ich bin allein für sie verantwortlich, sie muss sich an das halten, was ich sage.«

»Und was bitte sollen Stadtsitten sein?«

»Partys bis in der Früh, Alkohol, betrunkene Kinder.«

»Jetzt hör mir mal zu: Partys gibt es hier bei euch genug. Jede Woche ist irgendwo eine Open-Air-Disco oder so etwas, die grauslichen Drinks wie Gummibärli, und wie sie alle heißen, hat es selbst beim Dorffest am Abend an der Bar gegeben, und Betrunkene sind hier auch nichts Neues.«

»Ich muss auf mein Kind aufpassen.«

Vesna mischt sich ein. »Ist mit Mofa weggefahren.«

Eva rauscht ab. Auch wenn ich mich über sie ärgere: Irgendwie verstehe ich sie, es muss nicht ganz einfach sein, eine halbwüchsige Tochter zu haben. Und Martina, das wird mir immer klarer, ist leidenschaftlich, wie ihr Vater war. Hoffentlich nicht in jeder Beziehung.

Es wird Abend, bis ich Franjo wiedersehe. Die drei Arbeiter haben sich einen eigenen Tisch im hinteren Bereich des Hofes aufgestellt, hier sitzen sie nach dem Abendessen und reden miteinander. Jirji liest viel, das ist mir schon aufgefallen.

Ich will sie nicht stören, aber Franjo schaut zu mir herüber, deutet zum hinteren Hoftor, ich nicke. Offenbar will er mich beim Keller treffen, vielleicht auch in der Kellergasse. Ich sehe mich um. Weder Vesna noch Eva sind zu sehen. Der Großvater ist im Gasthaus und verblüfft wieder einmal deutlich Jüngere damit, wie viel Schnaps er verträgt. Es ist wirklich erstaunlich. Ich bin geeicht, zumindest was irischen Whiskey angeht, aber er hat sowohl mich als auch Oskar schon unter den

Tisch getrunken. Martina dürfte trotz Verbots wieder mit Simon unterwegs sein.

Ich schlüpfe durch die vordere Hoftür, gehe die Gasse entlang, biege dann in die Quergasse und von dort in die Kellergasse ein. Franjo steht vor dem Berthold-Keller und raucht.

»Ich habe gehört, wie Sie und Chefin über Kaiser geredet haben. Sie war sehr fair zu mir, hat mich nicht rausgeschmissen nach Verletzung. Ich weiß etwas über Kaiser.«

»Woher ...«

»Ich habe bei Kaiser gearbeitet. Eine Saison, voriges Jahr. Aber schwarz.«

Deswegen kennt er sich so gut im Weinbau aus. »Und?«

»Ist Chaos dort, nichts für mich.« Er schüttelt den Kopf.

Okay, aber damit kann ich nicht viel anfangen.

»Bezahlung schlecht und nicht regelmäßig wie da, ich glaube, es fehlt Geld. Brüder und Schwester streiten, Einziger, der sich auskennt, ist Kellerchef, aber der hat Nase so.« Er zeigt mit seinem Gesicht nach oben.

»Wir haben mitbekommen, dass Stefan Kaiser von seinem älteren Bruder fünfzigtausend Euro verlangt hat, er hat ihn bedroht, womit? Wissen Sie das?«

»Junger Bruder ist, wie sagt man, Lebemann. Immer mit schnelle Auto und so. Man sagt, ihm gehört ein Drittel von Kaiser-Wein, aber alter Bruder will nicht auszahlen.«

»Oder kann nicht.«

»Ist möglich. Dann ist Betrieb kaputt.«

»Ist viel los dort?«

»Immer zu wenige Leute, das schon. Aber ich denke ... es ist sehr große Firma, vieles lange steht still. Außerdem sie machen verbotene Dinge.«

»Was?«

»Man kennt Barrique-Ausbau. Aber sie nehmen Fässer nicht für alles, sie nehmen Chips, so heißen sie, wie Kartoffelchips. Aus Holz. Es macht gleichen Geschmack, zirka.«

»Das ist in Österreich verboten. Woher weißt du, dass sie das tun? Gibt es Beweise?«

»Beweise? Ich glaube, sie machen es immer, man muss nur nachsehen. Es ist aber nicht in normale Weinkeller, sondern in Lager. Sie haben Weinlager unter der Erde, Becken mit Wein, verstehen Sie?«

»Zisternen?«

»Ja, das ist es.«

»Wer macht das?«

»Kellerchef.«

»Und euch haben sie das einfach gezeigt?«

»Nicht so, aber ist auch kein großes Geheimnis. Sie glauben, wer nicht gut Deutsch kann, kann auch nicht gut denken. Mit mir hat bei Kaiser ein rumänischer Professor für Geschichte gearbeitet. Guter Mann, hat Muskeln und kann denken. Sie haben viel Wein in Tank aus dem Ausland, aber nicht nur als Billigwein verkauft, sondern auch bei Sorten mit Prüfnummer nachgefüllt, die aus waren und ins Ausland gegangen sind. Immer wieder was an Steuer vorbei.«

»Für Qualitätswein gibt es ein eigenes Etikett, soviel ich weiß.«

»Ja, Banderole. Aber schauen alle im Ausland? Auf einer Flasche klebt, auf anderer nicht.«

»Das ist aber ein hohes Risiko.«

»Wenn man etwas Geld gibt, dass es niemand sieht? Außerdem: Man kann schöne Medaille auf den Wein kleben, die man selbst gemacht hat. Da schaut niemand so genau mehr.«

»Franjo«, sage ich eindringlich, »wir brauchen Beweise, wie bekommen wir Beweise?«

»Sie glauben mir nicht?«

»Ich glaube dir, aber ... wir müssen es herzeigen können.«

»Man kann Fotos machen. Ich kann in der Nacht zur Zisterne, das ist kein Problem, denke ich.«

»Dann sagen sie einfach, sie haben Sektgrundwein drinnen gehabt.«

»In Rot?«

»Oder Billigwein.«

»Verkaufen sie nicht so viel.«

Eva reagiert aufgeregt. »Warum hat Franjo nicht mit mir geredet? Warum redet er mit dir? Ich habe schon langsam den Eindruck, alle reden mit dir, so als wärst du die Chefin.«

Ich seufze. »Ich war eben gerade da. Und: Vor dir haben sie jede Menge Respekt, bei mir ... ist das anders, ich bin eine, die einfach ein paar Wochen da ist.«

»Ob Franjo die Wahrheit sagt? Gerold muss es erfahren und auch die Kauf-Gruppe. Keine Ahnung, warum sich die so lange nicht rühren. Vielleicht ist der Auftrag längst vergeben, und ich weiß nichts davon.«

»Warum sollte Franjo lügen? Andererseits: Du hast selbst gesagt, dass es üblich ist, Wein zuzukaufen, wenn einem der eigene ausgeht.«

»Das ist etwas anderes. Falls sie wirklich ausländischen Billigwein als Qualitätswein deklarieren, ist das auch Steuerbetrug. Es ist Betrug im großen Stil. Und die Sache mit den Chips ist bei uns verboten.«

»Aber in vielen anderen Ländern erlaubt.«

»Ja. Jedenfalls schlecht für den Ruf, wenn man ihnen auf so etwas draufkommt. Gerade wo Kaiser damals auch in den Weinskandal verwickelt war. Wir brauchen Beweise.«

Eva und ich stehen im Vorzimmer, eigentlich sollten wir beide schon lange schlafen. »Franjo hat gemeint, er kann Fotos von der Zisterne machen.«

»Wäre nicht schlecht, aber wir sollten auch Fotos von den Tankzügen haben, mit denen sie Wein bringen, wir brauchen vor allem Einsicht in die Bücher, nur so kann man Manipulationen beweisen. Wir müssen wissen, was sie wohin exportieren.«

Wie soll das gehen? »Wir reden morgen weiter«, vertröste ich Eva.

»Klar ist: Kaiser ist in der Krise.«

Ich bin vornehm genug, um sie nicht daran zu erinnern, dass auch ihr Betrieb ziemlich in der Krise ist. Zwar nicht, was Weinverkauf und Qualität angeht, aber die sind der Bank weniger wichtig als regelmäßige Kreditrückzahlungen.

»Du gehst morgen mit in den Weingarten?«

Ich nicke.

»Ich muss spätestens um halb sieben los. Und ich muss mit Franjo reden. Warum hat er nicht gleich mit mir ...«

»Mach ihm bitte keine Vorwürfe.«

»Bist wohl seine Schutzheilige, oder?«

»Nein«, beruhige ich sie, »bloß zufällig da gewesen.«

Ich bin noch nicht wach genug, um in Zusammenhängen denken zu können. Eva und ich stehen im Ried Hüttn und dünnen den Traubenbehang aus. Das will sie bei den Spitzenweinen nicht jemand anderem überlassen. Die Sonne strahlt, trotzdem ist es noch frisch, auf den Grasbüscheln zwischen den Reben glitzert der Tau. Die Sonnenblumenfelder weiter unten sind heuer erst jetzt im August dürr und braun geworden, aber zwischen dem reifen Getreide leuchten wild aufgegangene Sonnenblumen noch immer in Gelb und Gold.

»Heuer ist alles um zwei, drei Wochen später dran«, sagt Eva. »Pass auf: Jedem Trieb soll eine Traube bleiben, nicht mehr. Die schönste lässt du, die anderen schneidest du herunter.«

Die Laubarbeit ist bereits gemacht, doch ich tu mich schwer: Ich wühle mich durch den Weinstock, versuche Triebe von Seitentrieben zu unterscheiden, zu begreifen, welche Traube die beste ist und welche weg gehören. In der Hand halte ich eine Rebschere, die der, mit der Aichinger das Computerkabel durchgeschnitten hat, genau gleicht – bis auf die Einkerbung. Eva greift einige Male ein, entwickelt eine erstaunliche Geduld und erklärt mir, woran ich die Traube erkenne, die dran bleiben soll. Mir wird klar, wie sehr ihr Herz am Weinbau hängt. Ob es nicht schade sei, so viel wegzuschneiden, frage ich sie.

Eva lächelt. »Wenn wir es nicht machen, dann werden die Trauben einfach nicht reif genug. Heuer könnten wir den dreifachen oder vierfachen Ertrag im Vergleich zu anderen Jahren bekommen, so wie der Regen alles wuchern hat lassen, aber die Qualität leidet. Die, die den Wein im Fass verkaufen, die schneiden nichts hinunter. Aber dafür kriegen sie pro Liter auch bloß zwanzig, fünfundzwanzig Cent.«

»Manninger hat mir erzählt, dass es viel größere Weinlieferanten gibt als Kaiser.«

»Ja klar, aber das ist dann wirklich eine andere Liga. Die haben gar keine Lust, sich ins Qualitätssegment zu drängen. Die verkaufen den Mist, den die Leute im Supermarkt als Wein präsentiert bekommen.«

Ich arbeite mich vorwärts, bin trotzdem nicht einmal halb so schnell wie Eva. Südwind geht, die Sicht ist gut, ich sehe meine Stadt, hinter uns in der Rebzeile eine Spur von unreifen Trauben und Blättern. Ich bin noch immer nicht ganz wach, zwicke ab, bewege mich weiter. Auch Eva sagt nicht viel, gibt nur hie und da eine Anweisung. Wir haben sie gar nicht wahrgenommen, plötzlich steht sie da: eine alte, kleine Frau in blauer Kleiderschürze, schimpfend, die Arme in die Seiten gestemmt.

»Eine Sünde ist das, was ihr da macht! Der Herrgott wird uns den Hagel schicken! Die guten Trauben auf den Boden werfen, dafür hat er sie nicht wachsen lassen! So weit bringt euch eure Hoffart, kein Wunder, wenn alles zugrunde geht, war dir die Strafe noch nicht genug, Eva? Gotteslästerung ist das!«

Mir bleibt der Mund offen, Eva murmelt etwas wie: »Ist schon gut, Frau Hofer. Wir müssen etwas runterschneiden, es ist zu viel drauf, und der Herrgott will sicher guten Wein.«

»Du brauchst mir nichts einzureden, ich weiß, was ich weiß. Beichten solltest du gehen und den Herrgott um Vergebung anflehen, dumme junge Leute, die glauben, sie wissen, wie alles geht! So eine Verschwendung! Ihr habt ja gar keine Ahnung mehr, wie wir haben arbeiten müssen, ihr mit euren Traktoren und Maschinen. Wir haben noch gewusst, dass jede Traube heilig ist. Jetzt überall nur noch Verschwendung! Der Hagel ...«

Eva zischt mir zu: »Mach weiter, schneller, nur so entkommen wir ihr, hör einfach nicht hin.«

»Hört nur weg«, schreit die Alte, »das wird euch nichts nützen, der Herr sieht alles! Er wird dich wieder strafen!«

»Du hast noch nie den ›Winzer‹ gelesen, Hoferin, oder?«, ruft Eva jetzt doch zurück. »Da steht es drin, wie viel am Stock hängen darf, damit man einen Qualitätswein bekommt.«

»Wir haben keine Zeitungen für so etwas gebraucht, hätten wir uns gar nicht leisten können!«

»Außer dem Kirchenblatt.«

»Da steht etwas anderes drin, das solltest du lesen, da wird jede Traube gepriesen.«

»Da steht auch drin, dass man aus Wasser Wein machen kann.«

»Versündige dich nicht, aus Wasser Wein machen, das kann nur der Herrgott. Dankbar sollten wir sein für alles, was er uns schenkt. Aber dich hab ich ja schon lange nicht mehr in der Kirche gesehen.«

»Einen schönen Tag noch, Frau Hofer. Sie haben sicher eine Menge Arbeit.«

»Ja, die hab ich. Ich muss scheren. Das Unkraut vom Kraut trennen. Hab keine Zeit, aber warnen muss man vor der Gotteslästerung. Ich kann mir das nicht anschauen und schweigen.«

»Ich lass Ihnen einmal ein paar Flaschen Wein hinüberbringen.«

»Mir ist mein eigener gut genug. Und jetzt hab ich zu tun.«

Ich sehe aus dem Augenwinkel, wie sie unter ein paar Rebzeilen durchschlüpft, dann zu einem Werkzeug mit langem Stiel greift und damit energisch zwischen den Reben herumzuharken beginnt.

»Und was war jetzt das?«

Eva lacht leise. »Die Alten haben sich noch nicht alle damit abgefunden, dass Weinbau heute anders funktioniert. Und sie ist eine der Anführerinnen der gottgefälligen Fraktion. Sie muss schon über achtzig sein, gut beinander, muss man schon sagen.«

»Aber etwas ... schrullig.«

»Da gibt's Jüngere, die das so sehen wie sie.«

Ich konzentriere mich wieder auf die Trauben, versuche keine Fehler zu machen. Denke an den wunderbaren Riesling vom letzten Jahr. Der muss selbst Gott gefallen oder der Göttin, den Göttern. Hier oben, am Morgen in den Weinhügeln könnte man fast wieder anfangen zu glauben. Wenn auch nicht genau an das Gleiche wie die alte Frau Hofer.

Erst als wir kurz Rast machen und beim Auto Wasser trinken, reden wir wieder über das, was Franjo erzählt hat. Wie könnten Gerold und die Kauf-Gruppe davon erfahren, ohne dass wir diejenigen sind, die das Weingut Kaiser anschwärzen? Ein Zeitungsartikel. Ich weiß, dass ich die Story ohne handfeste Beweise nicht schreiben kann. Vielleicht sollte man den Finanzbehörden einen Tipp geben, überlege ich. Eva schüttelt den Kopf. »Das wünsche ich niemandem, nicht einmal den Kaisers. Außerdem: Es dauert ewig, bis da etwas herauskommt. Und ob man davon erfährt? Ganz abgesehen davon: Wenn sie unter der Hand Billigwein kaufen und ihn unter der Hand als Qualitätswein weiterverkaufen, dann erscheint er nirgendwo. Man müsste sie schon dabei ertappen, wie sie ihn ausliefern.«

»Und wie kommt man an Barriquechips?«

»Das ist kein Problem, die gibt es in vielen Weinbaubedarfhandlungen, man darf damit angemeldete Versuchsreihen durchführen.«

»Und der Wein schmeckt wirklich gleich, wie wenn er im Barriquefass gelagert wurde?«

»Bei der richtigen Dosierung vielleicht schon. Aber das ist noch nicht alles: Es gibt Sauerstoffflaschen, mit denen man in die mit Chips angereicherten Tanks exakt so viel Sauerstoff bringen kann, damit quasi die gleichen Reifungsvoraussetzungen wie in einem Barriquefass gegeben sind. Hightech.«

»Und warum ist es bei uns verboten?«

»Man ist eben immer noch der Meinung, dass der Wein in gewissem Sinn ein Naturprodukt bleiben soll.«

Bei computergesteuerter Gärkurve, punktgenauem Spritzen, Schädlingswarnung per SMS und chemischer Analyse, Nachbesserungen nicht ausgeschlossen. »Bloß: Wo ist die Grenze?«, frage ich.

Wir sind einer Meinung, dass es zu gefährlich ist, wenn Franjo bei Kaiser versucht Beweise zu sammeln. Was, wenn er ertappt würde? Ich glaube zwar nicht, dass sie den Mut haben, die Polizei einzuschalten, aber wer weiß? Eva kann es sich nicht leisten, auch noch Franjo zu verlieren.

Das Gespräch, das Eva mit Dr. Moser führt, bestärkt sie in ihren Vorurteilen gegen die Wiener nur noch. Sie erzählt mir empört, er habe einfach gemeint, sein Sohn sei mehr oder weniger erwachsen, und wenn er eine Party feiern wolle, dann solle er das tun. Jetzt sei Sommer und im Herbst müsse er ohnehin mit dem Jurastudium beginnen. Wenn sie Martina verbiete, mit dabei zu sein, dann respektiere er das – jedenfalls habe sie mit Sicherheit niemand dazu gezwungen, so viel zu trinken. Und außerdem: Ob sie schon einmal daran gedacht habe, dass ihrer Tochter auch unbeschwerte Ferien zustünden?

»Als ob ich sie zum Arbeiten zwingen würde«, faucht Eva, als sie mir vom Gespräch erzählt. »Wer war es, der darauf bestanden hat, aus dem Halbinternat auszusteigen und jeden Nachmittag heimzufahren, um noch im Weingarten zu helfen? Sie selbst.«

Martina unterstützt ihre Mutter zwar tagsüber, aber sie tut es mürrisch, zeigt unmissverständlich, dass sie es nicht ihr zuliebe, sondern der Sache wegen, des Weines wegen tut. Am Abend verschwindet sie spätestens dann, wenn Eva schlafen gegangen ist.

»Was kann ich tun? Ich kann sie nicht festbinden«, klagt Eva.

Martina schläft viel zu wenig, sie wird noch dünner, ich mache mir Sorgen, aber wenn ich mich einmische ... was soll das nützen? Der Großvater sagt dasselbe, auch ihm ist ihre Freundschaft mit Simon nicht recht, er will Simon zur Rede stellen, aber der taucht sicherheitshalber nicht mehr auf, sondern wartet mit laufendem Motor vor dem Haus.

Ich gebe vor, mich auf das Interview mit dem Darling des Sommers, einer weißrussischen Opernsängerin mit Idealmaßen und Ausflügen ins Pop-Fach, vorzubereiten, in Wirklichkeit aber will ich den Sommer genießen. Gerade habe ich in der Küche mein Lieblingsgetränk für heiße Tage gemixt: ein großes Glas, darin viel Eis, etwas Veltliner, viel Sodawasser und einen Schuss Campari. »Grande Sprizz« sagt Gianni dazu, er verwendet freilich Prosecco statt Veltliner. Sein kleines Hotel im Veneto ... Jetzt ist es bei uns auch schön, aber im Herbst ... Vielleicht kann ich Oskar überreden. Eva überlegt, im nächsten Jahr selbst einen leichten Frizzante zu produzieren. Wäre eine gute Idee, davon bin ich überzeugt. Ich gehe in den Hof, will hinaus in den Hausweingarten. Kainbacher, der örtliche Bankdirektor, kommt durchs Tor. Bei mir schrillen die Alarmglocken.

»Kann ich Ihnen helfen?«, frage ich.

Eva muss hier noch irgendwo sein, sie wollte in den Keller gehen, um mit Franjo und Jirji Weißburgunder zu filtrieren.

Direktor Kainbacher scheint nicht ganz wohl in seiner Haut zu sein. Vielleicht ist ihm aber auch bloß heiß in seinem Anzug. Er fährt mit zwei Fingern zwischen Krawattenknopf und Hemdkragen, so als ob ihn Hemd und Krawatte würgen würden. »Ich ... ich habe ein Angebot für Frau Berthold.«

»Sie können ihr den Kredit nicht fällig stellen«, sage ich, »nicht jetzt, alles läuft prächtig. Sie wird genug einnehmen, um ...«

»Wo finde ich sie?«

Ich sehe mich um. Eva kommt aus einem der Wirtschaftsräume, sieht uns, bleibt stehen.

»Ich habe dir ein Angebot zu überbringen«, ruft Kainbacher. »Es gäbe einen Käufer. Du könntest das Haus behalten, er würde den Rest übernehmen.«

»Den Rest?«

»Na ... den Weinbaubetrieb samt Kellerei. Du wärst deine Sorgen los.«

»Wer?« Das kommt scharf.

Kainbacher dreht sich zu mir, überlegt, ob er es in meiner Gegenwart sagen darf. »Dein Nachbar. Aichinger.«

Eva lacht auf. »Ich glaub es nicht!«, schreit sie. »Und wo ist er, der Aichinger? Traut er sich nicht her, um mir das selber zu sagen? Und du«, sie funkelt Kainbacher wütend an, »steckst mit ihm unter einer Decke, so ungefähr, dann bleibt ja alles im Ort. Glaubst du im Ernst, der kann die Kredite zurückzahlen? Oder vertraut ihr ihm nur, weil er ein Mann ist? Ha?«

Kainbacher ist zurückgewichen, stottert etwas wie: »Ich wollte bloß vermitteln, ich habe gehört, du willst verkaufen.«

»Vermitteln? Dass ich nicht lache. Du willst meinen Betrieb verscherbeln, so sieht es aus. Wenn du mit Aichinger gemeinsame Sache machst, ist klar, was ich tue: Ich wechsle die Bank!«

Er schüttelt den Kopf. »Glaubst du, dass dich jemand nimmt?«

»Bring mir den Aichinger. Wenn er ein Mann ist, dann soll er selbst mit mir darüber reden. Und zwar sofort.«

Direktor Kainbacher verzieht sich murmelnd. Eva ist völlig aus dem Häuschen, ich kann sie verstehen. »Er will mich ruinieren, sie können es einfach nicht ertragen, dass unser Betrieb größer geworden ist als ihrer, dass wir immer bekannter geworden sind. Aber woher hat er das Geld?«

Ich zucke mit den Schultern.

»Er soll mir diese Frechheit selbst ins Gesicht sagen. Und dass die Bank da mitspielt ...«

»Er wird eben auch Kunde sein, du weißt ja, sie wollen es allen ...«

»Ich bin der größere Kunde.«

Mit den weit höheren Schulden, denke ich.

Es dauert keine drei Minuten, und Kainbacher ist mit Aichinger zurück. Aichinger trägt Arbeitsshorts und ein nicht mehr ganz sauberes blaues T-Shirt. Er sieht Eva an, als hätte er alle Trümpfe in der Hand. »Es ist wohl deine letzte Chance«, sagt er. »Wir lassen dir das Haus, übernehmen dafür die Weingärten samt allen Pachtverträgen, den Keller, den Weinbestand, übernehmen den Kredit. Du kannst wieder arbeiten gehen, man kann mit dem Bürgermeister reden, wenn nicht gleich eine Stelle als Lehrerin frei ist, dann vielleicht als Kindergartentante. Der Gemeindekindergarten wird erweitert, ich weiß es aus der Gemeinderatssitzung.«

Es klingt, als hätte er seine Rede einstudiert.

»So?«, faucht Eva. »Du glaubst also, du kannst dir den Betrieb so billig unter den Nagel reißen? Alles, was wir aufgebaut haben? Den Erfolg, für den ihr nicht tüchtig genug gewesen seid?«

»Billig? Dass ich nicht lache. Vergisst du die Schulden?« Er macht eine Pause. »Sei vernünftig. Wenn du das Angebot nicht akzeptierst, dann ist auch das Haus weg. Nicht wahr, Kainbacher?«

Der Bankdirektor murmelt etwas von Eventualitäten und dass Aichinger schon Recht haben könnte. Wenn der Extremfall eintrete, müsse man sich eben an die Pfandrechte halten, das sei so Vorschrift.

»Und uns hast du eingeredet, wir seien bei dir in guten Händen«, schreit Eva in Richtung Kainbacher. »Ich werde zahlen, verdammt noch mal.« Und zu Aichinger gewandt: »Bevor du mein Weingut kriegst, zünde ich alles an!«

»Kainbacher, du hast es gehört. Das war eine Drohung, du musst das der Polizei melden! Sie will eure Sicherstellungen vernichten!«

»Red du lieber nicht von Polizei, denk an das Kabel und daran, was du sonst noch alles verbrochen hast!«

»Was? Sag nur, was? Ich habe Zeugen! Das wird eine Verleumdungsklage.«

»Ich weiß, was ich weiß«, sagt Eva, geht ins Haus, schlägt die Tür hinter sich zu. Die beiden stehen allein gelassen da.

»Ich hab dir gleich gesagt, dass es sinnlos ist«, flüstert Direktor Kainbacher Aichinger zu.

»Die wird es schon noch billiger hergeben müssen«, antwortet der Nachbar.

Ich gehe Eva nach, sie sitzt im Büro am Computer, die Bestelllisten und Rechnungen vor sich. »Sie müssen gleich zahlen, vielleicht bringe ich einige dazu, im Vorhinein zu zahlen. Ich schaffe auch die nächste Kreditrate. Sie können mir nicht einfach auf Verdacht den Kredit fällig stellen.«

Ich lege ihr beruhigend die Hand auf die Schulter.

»Ich weiß jetzt auch, wie wir den Großhändler über Kaiser informieren, es ist ganz einfach: Du hast dich doch gut mit dem Marketingchef von Gerold verstanden, nicht wahr? Du rufst ihn einfach an, erzählst ihm, was wir über Kaiser erfahren haben, sagst ihm, dass ich zu zurückhaltend sei, um sie anschwärzen zu wollen, aber du würdest dir Sorgen machen und nicht wollen, dass Gerold nicht weiß, worauf er sich da einlässt.«

»Und wenn er es mir nicht glaubt?«

»Dann wird er es zumindest weitererzählen, und man wird jemanden schicken, um nachzusehen. Sie wollen ganz sicher keinen vermarkten, der in Österreich in Verruf geraten könnte.«

»Gibt es da keine entsprechenden Vertragsklauseln?«

»Gibt es sicher, Dr. Moser hat den Vertragsentwurf für uns durchgesehen, vielleicht kann Oskar ...«

»Kann er sicher, wenn er vom Urlaub zurück ist. Ich kann ihn mir aber auch anschauen. Immerhin hab ich Jus studiert.«

»Es kommt ohnehin nicht auf Vertragsklauseln an. Was zählt, ist, dass sie mit Sicherheit wollen, dass alles reibungslos läuft. Sie nehmen einen guten österreichischen Weinbaubetrieb in ihr Kerngeschäft auf, so etwas wieder rückgängig zu machen ist mühsam und mit Kosten verbunden. Und ich werde versuchen an irgendjemanden in der Führungsebene der Kauf-Gruppe heranzukommen. Einer der Regionaldirektoren bestellt bei uns regelmäßig Wein, er war auch schon beim Tag der offenen Tür hier, zu dem wir einmal im Jahr alle unsere Kunden einladen.«

Es klopft.

»Ja?«, sagt Eva Richtung Tür.

Franjo schaut vorsichtig herein. »Chefin, wegen Filtrieren.«

Eva springt auf. »Ich komme.« Zu mir gewendet sagt sie: »Und du treibst bitte Martina auf und erzählst ihr, was sich Aichinger und Kainbacher ausgedacht haben. Sie muss wieder voll mitarbeiten, es ist auch ihre Zukunft. Wenn sie schon erwachsen sein will, jetzt hat sie die Chance, es zu beweisen.«

Ich bleibe allein zurück, sehe aus dem Fenster über die Weingärten, die braun gewordenen Sonnenblumenfelder und den saftig grünen Mais, über allem steht die Sonne, strahlend, als ob sie gar nicht anders könnte. Ja, Chefin, ich werde Martina suchen.

Vesna meint, sie habe Martina vor einer Stunde auf dem Traktor gesehen. Sie bügelt und sagt: »Nachmittag ist frei. Ich mache Tour durch das Weinviertel mit meiner Maschine. Bügeln macht stumpf im Kopf.«

»Wohin willst du fahren?«

»Nur so durch Gegend, wie im Urlaub.«

»Nimm ja keine Hauptstraßen.«

»Ja, ja. Was Franjo über Kaiser erzählt: Sehr interessant.«

»Woher weißt du …« Ich hatte noch keine Gelegenheit, mit ihr darüber zu reden.

»Von Franjo natürlich, ist sehr tüchtiger Mann. Und gebildet. Hat Matura, danach Sportausbildung.«

Ich grinse. »Gefällt dir wohl, was? Aber pass auf, der ist um ein paar Jahre jünger als du.«

»Männer werden schneller alt. Besser, man findet jüngere.« Sie lacht.

Mir kommt ein Gedanke: »Du schaust dich aber nicht auf eigene Faust bei Kaiser um?«

»Das dürfen nur österreichische Staatsbürger, was?«

»Riskier nichts, ich bitte dich. Außerdem: Frankenfeld und die beiden Kaiser-Brüder kennen dich.«

»Wenn ich Frau von Arbeiter, hm? Da sehen sie nicht hin.«

»Du hast etwas mit Franjo ausgemacht.«

»Da ist nix. Ich muss bügeln. Du suchst Martina, Mira Valensky.«

Ich seufze, suche im Vorzimmer nach dem Zettel mit ihrer Mobiltelefonnummer, rufe sie an. Hintergrundgeräusche. »Ich bin unterwegs«, sagt sie nur kurz auf meine Frage, ob ich mit ihr reden könne. »Dich hat Mutter vorgeschickt, oder?«

»Wo bist du?«

»Sie wollen, dass ich mit ihnen zur Megabeachparty nach Kärnten fahre.«

»Und dorthin seid ihr unterwegs?«

»Nein, ich sitz auf dem Traktor.«

»Wo?«

»Das findest du nicht.«

»Wir treffen uns beim Marterl an der Wegkreuzung zwischen Lissen und Waldlage, das finde ich.«

»Jetzt gleich?«

»Sofort.« Ich lege auf, bevor sie widersprechen kann.

Wir lehnen an meinem Auto. »Ich sehe nicht ein, dass ich nicht das machen kann, was alle in meinem Alter tun«, mault Martina.

»Kannst du«, sage ich, Eva hört uns ja nicht. »Aber willst du das wirklich? Dann ist besser, du suchst dir auch gleich einen anderen Job nach der Schule, Sekretärin oder so etwas.«

»Ich werde Winzerin.«

»Wenn es dann noch einen Betrieb gibt.« Ich will sie nicht unter Druck setzen, sie ist zu jung für so viel Mitverantwortung. Auf der anderen Seite: Simon und seine Partyfreunde sind mir nicht ganz geheuer. Ich erzähle ihr von Aichingers Angebot.

Martina antwortet mit einer wütenden Tirade gegen die Nachbarn, dagegen ist Eva ein gutmütiger Engel. Zu mir meint sie: »Ich werde überlegen. Vielleicht fahre ich doch nicht nach Kärnten. Aber ich kann noch nichts versprechen. Und jetzt muss ich weiter. Großvater ist irgendwo vor mir unterwegs. Er fräst, und ich säe.«

»Was?«

»Na, Begrünung zwischen den Rebzeilen. Das Unkraut muss weg, aber wir pflanzen jetzt eine Begrünung an, das festigt den Boden, so ist dann auch das Weinlesen viel leichter, vor allem, wenn es feucht ist.«

Irgendwie erinnert die Weingartenarbeit an Sisyphus.

Franjo gelingt es auch in den nächsten Tagen nicht, weitere Arbeiter aufzutreiben, er hat allerdings auch keine Zeit, selbst in die Slowakei zu fahren und zu suchen. Einen, der von sich aus um Arbeit gefragt hat, schickt Eva bereits nach wenigen Stunden wieder weg. Ihn zieht der Weinbau wohl vor allem wegen des Weines an. Der Großvater hat ihn im Schatten eines Baumes mit einer leeren Bouteille in der Hand angetroffen, eigentlich hätte er rund um den Keller mähen und jäten sollen. Aber Eva bekommt ein Angebot von überraschender Seite: Clarissa Goldmann stattet dem Weingut einen Besuch ab.

Wir haben gerade zu Abend gegessen, als sie hereinweht. Langer weißer Leinenkaftan, sie sieht mehr denn je wie ein Guru, wie eine Sektenmutter aus. Und genau das will sie wohl auch. »Wir haben dir ein Angebot zu machen«, sagt sie zu Eva. Den Großvater, Vesna und mich ignoriert sie einfach.

»Nicht schon wieder ein Angebot«, stöhnt Eva. Aber sie ist heute guter Laune, beinahe schon zuversichtlich. Ihr Händler für Westösterreich hat eine Menge nachbestellt, er hat einige Kunden, die schon für nächstjährige Weine optieren wollen. Außerdem wollen die Japaner noch drei Paletten vom Rosé. Das ist eine der wenigen Sorten, von der noch genügend da ist.

»Doch«, lächelt Clarissa. »Meine Kinder der Natur helfen dir im Weingarten. Du weißt, ich habe Kurse über Naturmeditation mit Wein, sie werden sehr gerne gebucht, da gehört die Arbeit im Weingarten mit dazu, das steht auch im Kursprogramm. Wir haben mit dem Zillmayer zusammengearbeitet, dem Biowinzer aus Großhofing. Aber der wird immer katholischer. Er sagt, unsere Naturmeditation sei eine heidnische Sache, und so etwas könne er nicht unterstützen, und Esoterisches schon gar nicht. Die in Großhofing haben diesen seltsamen polnischen Pfarrer bekommen. Ich weiß nicht, was er will: Gott hat die Natur geschaffen, oder? Ich habe ihm das gesagt, aber er hat nicht verstanden. Er will uns nicht mehr im Weingarten haben.«

»Vielleicht ... hat die Arbeit nicht ganz gepasst?«, wirft Eva vorsichtig ein.

»Keine Rede. Es ist etwas anderes, da bin ich mir sicher. Irgendwelche Kleingeister haben ihn verspottet. Glaubst du, ich weiß nicht, dass sie über uns lachen?« Sie bläst sich zu voller Größe auf, sie erinnert mich an Gismo, wenn sie es Reblaus wieder einmal zeigen will.

»Was tut ihr im Weingarten, außer mitzuarbeiten?«, fragt Eva vorsichtig.

»Wir kommen schon im Morgengrauen. Wir sehen uns die Blätter und die knorrigen Stöcke an, wir reden mit ihnen, begrüßen sie und streicheln sie. Jedes Lebewesen braucht Zuwendung.«

Vesna gurgelt etwas Unverständliches. Der Großvater schüttelt den Kopf. »Nur die Irren reden mit den Rebstöcken, wir haben einen gehabt, den Hofinger Toni, der hat zum Schluss sogar mit seinem Traktor geredet und geglaubt, der sei ein Pferd. Aber das war schon mehr im Delirium.«

Eva zischt ihm etwas zu. »Nimm ihn nicht ernst«, lächelt sie der Chefin des Vereins der Kinder der Natur zu. »Also, und danach seid ihr auch bereit, Blätter abzuzupfen, Geiztriebe zu entfernen, Unkraut auszureißen?«

Geradezu feierlich sagt Clarissa Goldmann: »Das sind wir. Wenn es dem Gedeihen dient. Die Natur ist auch grausam.«

Mir steigt ein kalter Schauer auf.

»Nur eines noch«, fährt sie schnell fort, »du darfst die Weingärten natürlich nicht mehr spritzen. Das macht ihre Aura kaputt. Man kann es fühlen, man kann es riechen.«

Überraschenderweise stimmt Eva zu.

Clarissa Goldmann schwebt zufrieden ab.

»Wir hören jetzt ohnehin mit dem Spritzen auf«, erklärt Eva, »sechs Wochen vor der Lese ist damit Schluss. Wir haben viel zu wenig Leute für die Arbeit. Ihre Naturfreaks machen sie umsonst. Und wenn sie auch nicht so gut sind, die Arbeit ist zu schaffen, wir werden eben auf sie aufpassen. Wenn sie in der Früh Rebstöcke streicheln wollen, sollen sie das tun. Den Rebstöcken macht es nichts. Und mir auch nicht.«

»Aber die Leute«, erinnert der Großvater, »sie reden schon genug über uns.«

»Die, die reden, werden immer über uns reden. Weil wir besser sind«, ist Evas selbstbewusste Antwort, »und die anderen kapieren, dass man kostenlose Hände nicht einfach ausschlagen kann.«

»Hoffentlich«, erwidert der Großvater.

Christian ruft an und teilt seiner Mutter mit, dass er die Stelle in Harvard bekommen hat. Wir feiern es mit einer Flasche Cuvée Lissen.

»Jetzt fällt auch er bei der Lese aus«, sagt Eva irgendwann. Aber ich merke, sie ist sehr stolz auf ihren Sohn. Martina sehen wir nur tagsüber, nach wie vor ist sie nicht sehr gesprächig. Wenn wenigstens Oskar da wäre, dann könnte er mit seinem Kollegen reden. Ob es etwas nützen würde? Simon tut offenbar, was er will, und Martina auch. Nur dass sie momentan nicht das Gleiche will wie ihre Mutter. Ab wann kann man Kindern nichts mehr befehlen, sondern nur noch darauf vertrauen, dass man sie aufs Leben gut vorbereitet hat? Vielleicht war Martina die letzten Jahre über einfach zu brav, zu sehr die ideale Tochter von erfolgreichen Weinbauern?

Ich gehe nach draußen, um nach Gismo zu fahnden, und sehe, dass Vesna mit den Arbeitern am Tisch bei der Scheune sitzt. Sie und Franjo reden aufeinander ein, sie haben die Köpfe zusammengesteckt. Slowakisch und Serbokroatisch sind nahe verwandte Sprachen. Ich fühle mich ausgeschlossen, gehe aus dem Hof, hinauf zur Kellergasse. Vor einem der Keller sitzen Menschen, lachen, trinken. Vielleicht treffe ich Dr. Moser. Jetzt im August ist er auch unter der Woche immer wieder da. Simon hat sich durchgesetzt, in das ehemalige Presshaus wurde ein kleines, einfaches Badezimmer eingebaut, zwei Sofas lassen sich in Betten verwandeln. Aber im Keller von Dr. Moser brennt kein Licht. Ich gehe zurück, immer noch lauer Wind, ich hoffe, der Sommer hält lange an. Der Rest wird sich finden. Wäre es gar so schlimm, Eva würde den wunderschönen Hof und dazu vielleicht noch zwei, drei gute Weingärten behalten und den Rest abgeben? Sie müsste nicht unbedingt wieder als Lehrerin arbeiten, sie könnte neu anfangen. Ohne Schulden. Aber woher hat der Nachbar das Geld für so ein Angebot?

Ich könnte in den Weinladen gehen und mich umhören. Nur: Wenn ich frage, dann schüre ich das Gerücht, dass Eva aufgeben muss, noch. Ich nehme den längeren Weg durch die Kellergasse, dann gehe ich zwei Straßen bergab zum vorderen Eingang der Bertholds. In der Tür steckt die Gratiszeitung der Region, der »Weinviertler Bote«.

Ich setze mich an den Familientisch vorne im Hof, blättere die Zeitung durch. Sieh an. Ein großer Bericht über das Weingut Kaiser.

»Kaiser im Weinviertel« lautet die Überschrift. Die Unterzeile: »Das traditionsreiche Weingut Kaiser expandiert weiter. In Zusammenarbeit mit dem größten Weinhändler will man in Zukunft Deutschland und den Rest der Welt erobern.«

Auf einem Foto sieht man Christoph Kaiser, wie er Gerold die Hand schüttelt. Dahinter die imposante Fassade des Weinguts.

»Das macht dem Weingut Kaiser so schnell keiner nach: Christoph Kaiser wird in Hinkunft die Spitzenweine des Weingutes im großen Stil nach Deutschland und von dort aus in über fünfzig weitere Länder exportieren. ›Wir exportieren jetzt bereits in viele Länder, darunter natürlich auch Deutschland‹, berichtete uns der Chef des Hauses in einem Exklusivinterview. ›Aber ab jetzt arbeiten wir mit dem Weinhaus Gerold, dem Marktführer in Deutschland, zusammen. Seine Experten haben sich für unsere Spitzenweine entschieden, sie werden in Zukunft auf den Weinkarten des besten deutschen Restaurants, in so gut wie allen Weinhandlungen und natürlich auch in gut sortierten Supermärkten zu kaufen sein. Was mich besonders stolz macht: Durch unsere Werbekampagne wird auch die gesamte Region und der hervorragende Weinviertler Wein an Bekanntheit gewinnen.‹ Diese Kampagne, so konnte der ›Weinviertler Bote‹ erfahren, wird ›Vor den Toren Wiens‹ heißen, eines der Plakate soll einen der schönsten Weinberge des Weingutes Kaiser mit Blick auf Wien zeigen. Wie Christoph Kaiser verrät, stehe man bereits vor dem Abschluss eines weiteren großen Vertrages, aber ›über ungelegte Eier‹ rede er nicht.

Großvater Josef Kaiser wäre wohl stolz auf seinen erfolgreichen Enkelsohn. Er hat ja in der Zwischenkriegszeit zu den wenigen gehört, die bereits mit der Hochkultur der Rebstöcke experimentiert haben – heute ist das eine Selbstverständlichkeit. Und er war es auch, der eine neue Rebsorte geschaffen hat: die Kaiserperle, eine in vergangenen Jahren sehr geschätzte Traube, die heute leider etwas in Vergessenheit geraten ist.«

Besonders wütend macht mich, dass Gerold unsere Kampagnenidee gestohlen hat. »Vor den Toren Wiens«, das Plakat war meine Idee. Aber mit dem Ried Hüttn der Bertholds. Wo hat Kaiser überhaupt Weingärten mit Blick auf Wien? Ich muss Eva fragen. Wir hätten Gerold einfach erzählen sollen, was wir über das ach so erfolgreiche Weingut Kaiser wissen. So wie die unsere Marketingideen klauen … Vielleicht wären Gerold die Enthüllungen aber auch egal gewesen – solange sie nicht öffentlich werden. Gerold wird sich noch wundern, das schwöre ich.

Eva schläft entweder schon, oder sie hat sich ins Büro zurückgezogen. Was macht es für einen Sinn, sie noch heute mit dieser Zeitungsgeschichte zu quälen? Ich stelle den Wecker meines Mobiltelefons auf sechs Uhr, ich werde nicht darum herumkommen, ihr den Morgen zu vermiesen.

In meinem Zimmer lese ich den Artikel noch ein zweites und drittes Mal. Er wird nicht besser.

Ich höre einen Traktor im Hof und erwache. Es ist nach acht. Verdammt, aus irgendeinem Grund hat mich das Mobiltelefon nicht geweckt. Die Lokalzeitung liegt neben mir, noch wird Eva von der Sache nichts wissen. Kann es vielleicht sein, dass da ein Lokalreporter überreagiert hat? Dass das alles noch gar nicht fest ist? Fotos, auf denen Gerold und Christoph Kaiser einander die Hand schütteln, kann es auch schon von einem früheren Treffen geben.

Ich suche nach dem Namen des Journalisten, der den Artikel verfasst hat, finde ihn gleich unter dem Vorspann und wähle. Beim Gratisblatt läuft noch ein Tonband. Dann dusche ich eben zuerst. Besser, ich gehe der Geschichte nach, bevor Eva davon erfährt, vielleicht ist alles halb so wild. Eine knappe Stunde später habe ich endlich jemand am Telefon, der mir die Mobilnummer des Reporters sagen kann. Ich erreiche ihn, frage, ob der Vertrag tatsächlich unterschrieben oder erst in Vorbereitung sei.

»Mit wem spreche ich?«, ist die misstrauische Antwort.

»Mira Valensky, Chefreporterin vom ›Magazin‹, ich möchte die Story bringen, natürlich mit Angabe der Quelle, aber ich muss eben sicher sein, dass alles stimmt.« Wenn das keinen Eindruck macht auf so einen lokalen Schreiberling.

»Vielleicht ist es besser, Sie reden mit Herrn Kaiser persönlich.«

»Was jetzt? Ist Ihre Geschichte wasserdicht, oder ist sie es nicht?«

»Selbstverständlich, wo denken Sie hin?«

»Okay, nur das wollte ich wissen.« Irgendwie scheint der Typ nicht ganz sicher zu sein, zumindest glaube ich das herausgehört zu haben. Ich krame im Büro nach der Nummer von Gerold, finde sie im Briefkopf eines Schreibens, kann es natürlich nicht lassen, zu lesen, was da steht: Gerold hat sich doch tatsächlich damals die Reinigung seiner Hose zahlen lassen. Seine Sekretärin teilt in dem Brief mit, wohin Eva den entsprechenden Betrag überweisen soll. Als ob ihr Schaden nicht groß genug gewesen wäre. Einen Teil hat zwar die Versicherung übernommen, aber allein wie lange es gedauert hat, den Barriquekeller wieder in den alten repräsentativen Zustand zu bringen … Ganz abgesehen davon, dass nicht auszuschließen ist, dass die heftige Erschütterung dem Wein geschadet hat.

Ich rufe beim Weingroßhändler an, werde vom Hundertsten zum Tausendsten weitergeleitet, ehe ich den Marketingchef dran habe.

»Mira Valensky vom ›Magazin‹. Stimmt es, dass Sie mit dem Weingut Kaiser einen mehrjährigen Kooperationsvertrag abgeschlossen haben?«

Er scheint mich nicht mit der Frau in Verbindung zu bringen, die an dem denkwürdigen Nachmittag an der Seite von Eva Berthold war. Ein schlechtes Namengedächtnis ist manchmal ein Segen. »Ja, seit letzter Woche ist es offiziell. Ein entsprechendes Pressepapier ist in Vorbereitung. Woher wissen Sie schon davon?«

»Christoph Kaiser hat einem Lokalreporter ein Exklusivinterview gegeben.«

»Hat er?« Das klingt wenig entzückt, da muss ich gleich nachhaken.

»Hat er, Sie werden nicht zitiert. Nur Kaiser. Hat der Reporter Sie nicht angerufen? Unsere Reporter bei den Provinz-Zeitungen ...«

»Tja. Wohl nicht so wichtig. Hat Kaiser auch Sie verständigt?«

»Ich darf meine Quelle nicht nennen.«

»Wenn Sie mit der Veröffentlichung bis zu unserem Pressepapier warten könnten, freut mich das.«

»Kann ich, denke ich. Warum haben Sie sich für das Weingut Kaiser entschieden? Es war ja noch ein zweites in der engeren Wahl.«

»Wir haben bereits Kooperationsverträge mit zwei burgenländischen Winzern und mit einem aus der Südsteiermark. Wir legen nicht nur Wert auf Innovation, sondern auch auf eine solide Basis und auf eine gewisse Tradition. Sie wissen: Man muss den Käufern nicht nur gute Weine präsentieren, sondern auch die entsprechende Story dazu. Das Weingut Kaiser hat sie.«

»Und Berthold hätte sie nicht gehabt?«

Er lacht. »Sie sind gut informiert. Mit Berthold ... hat es leider in letzter Minute Probleme gegeben. Aber das ist nicht zum Veröffentlichen gedacht. Sie werden wissen, dass Hans Berthold verunglückt ist.«

Verunglückt würde ich das nun gerade nicht nennen. Klingt, als wäre er von einem Weinberg gefallen.

»Ich hoffe, der Betrieb fängt sich wieder, er hat ein großes Potenzial, und momentan sind unsere österreichischen Weine sehr gut im Verkauf, vielleicht können wir nächstes, übernächstes Jahr einen zweiten Weinbaubetrieb aus dem Weinviertel nehmen.«

Bis dahin gehört das Weingut Berthold wohl schon den Banken. Oder schlimmer noch, dem Nachbarn.

Wie bringe ich Eva bei, was ich weiß?

Ich erfahre, dass Eva in Wien ist, Vesna erinnert mich daran, dass jemand einkaufen gehen muss. Sie meint damit mich. Das Leben geht weiter. An der Kasse im Supermarkt treffe ich Wächter. Er grüßt freundlich, hinter dem Ohr sehe ich das Hörgerät. Draußen vor der Tür sagt er: »Sie können ja nichts dafür, aber das kommt davon, ich hätte dem Aichinger doch seinen Weingarten lassen sollen. Jetzt gibt es nur Schereien, wenn die Eva ihn nicht behalten kann.«

»Wie kommen Sie darauf?«

»Der ganze Betrieb soll doch verkauft werden, oder?«

»Wer sagt das?«

»Na, alle.«

»An wen?«

»Keine Ahnung.«

Ich stehe in der Küche und packe gerade aus, als Eva zur Tür hereinhetzt.

»Ich muss zur Bank. Man hat mich angerufen.«

So schnell reagieren sie also. »Warte«, sage ich zu ihr. Sie sieht mich alarmiert an. Ich gehe und hole den Artikel, kann ihn schon fast auswendig, lese trotzdem über ihre Schulter gebeugt mit.

»Es stimmt«, sage ich, als sie am Schluss angekommen ist, »ich habe als Reporterin Mira Valensky schon mit dem Redakteur und dem Marketingchef von Gerold telefoniert.«

»Warum sagst du mir das erst jetzt?« Sie schreit es fast.

»Ich wollte es nicht am Telefon tun.«

»Dann weiß ich ja, warum ich zur Bank zitiert werde. Aber so leicht kommt mir Gerold nicht davon. Sich nicht einmal zu melden.«

Sie rennt ins Büro, ich hinter ihr her, sie wählt, verlangt Gerold, so eindringlich, dass sie durchgestellt wird. Sie redet sich in Rage, erzählt alles, was wir gerüchteweise über das Weingut Kaiser wissen. Ein paarmal will ich sie stoppen, aber sie schüttelt mich nur wütend ab.

»Sie sind hereingelegt worden, Herr Gerold.«

Funkstille. Laut genug kann ich danach aus dem Hörer vernehmen:

»Es tut mir leid für Sie, Frau Berthold. Auch das mit dem Tod Ihres Mannes. Aber Sie sollten lernen zu verlieren. Sie haben sich übernommen. Ihre Anschuldigungen sind peinlich, sie interessieren mich nicht. Guten Tag.« Auch Eva legt auf.

»Nicht mit mir«, ruft sie, »nicht mit mir. – Wo hast du die Nummer von diesem Schmierenreporter?«

»Ich ... weiß nicht mehr.«

»Gib sie her.«

Ich will nicht, dass sie alles noch schlimmer macht. Wenn das möglich ist. Aber ich Idiotin habe die Nummer auf die Seite mit dem Artikel gekritzelt, sie entdeckt sie, wählt wieder.

Der Journalist reagiert anders, er will mit ihr persönlich reden, sofort.

»Wo ist Franjo?«, fragt Eva. »Er muss ihm alles erzählen.«

»Und er soll zugeben, dass er eine Saison bei Kaiser schwarz gearbeitet hat?«

»Auch das!«

»Ich dachte, du brauchst ihn.«

»Was haben wir sonst für Beweise? Es ist meine einzige Chance, darüber zu reden.«

Ich sage ihr nicht, dass ich glaube, dass es dafür schon zu spät ist.

Der Journalist kommt, er fährt einen roten Pseudo-Sportwagen und ist mir auf Anhieb unsympathisch. Er sieht mich, stutzt. »Mira Valensky? Sie sind aber schnell hier.«

»Ich weiß, wo es eine Story gibt. Und ich lasse mir von den Kaisers nichts aufschwatzen.«

»Ich kenne die Kaisers gut, bin mit Stefan zur Schule gegangen. Also bitte – mein Kontakt war einfach besser als Ihrer, okay?«

Eva ist nicht zu stoppen, sie erzählt das, was sie bereits Gerold geschildert hat, noch einmal. Wenigstens lässt sie Franjo aus dem Spiel. Spätestens morgen werden die Kaisers von unseren Informationen wissen, ein Trumpf weniger in der Hand. Ich seufze.

Der Journalist hört aufmerksam zu, murmelt, er werde sehen, was sich daraus machen lasse, natürlich sei er an allen Neuigkeiten interessiert, das sei ja schließlich sein Job. Bloß: Er habe gehört, dass reihenweise Verpächter abspringen würden und dass die Bank ihr den Kredit fällig gestellt habe.

»Niemand ist abgesprungen«, faucht Eva.

Tatsächlich haben in den letzten Wochen ein paar Verpächter besorgt angerufen, ob es mit dem Weinbaubetrieb Berthold weitergehe, sonst müsse man sich rechtzeitig für das nächste Jahr um einen anderen Pächter umschauen.

»Und ich zahle meine Kreditraten pünktlich.«

Was sie nicht dazusagt: Im Kreditvertrag findet sich ein Passus, laut dem bei einer grundsätzlichen Änderung der Geschäftsgrundlage der Vertrag neu bewertet und der Kredit entsprechend fällig gestellt werden kann. Der Tod von Hans ist wohl so eine Änderung, meint zumindest Oskar.

»Sie werden darüber berichten?«, fragt mich der Journalist.

»Darauf können Sie wetten. Ist doch hochinteressant, was da bei Kaiser los ist. Ich lasse mich von keinem Schulfreund einkaufen.«

»So sieht es aus«, sagt er und sieht mich spöttisch an. »Glauben Sie, ich weiß nicht, dass Sie hier wohnen?«

Ich wünsche mich zurück in die Stadt und in ihre Anonymität. Wie soll man hier bluffen? Bestenfalls ... durch ein gezielt gestreutes Gerücht. Ich denke nach. Vielleicht ...

Eva fährt nach Wien, Termin in der Bankzentrale. Diesmal hat sich der niederösterreichische Landesdirektor nicht mehr nach Treberndorf begeben, die Schonfrist ist wohl vorbei. Ich muss mit Kainbacher reden, eines möchte ich wissen ...

Ich rufe in der Bankfiliale des Ortes an, er sei gerade zur Tür hinaus, heißt es. Ich hetze zu meinem Auto, überlege, welchen Weg ich nehmen muss, um vielleicht noch vor ihm an der Ortsausfahrt Richtung Wien zu sein, gebe Gas, warte am Ortsende. Eine Minute, zwei Minuten. Kein Direktor Kainbacher in Sicht. Da: sein großer Mercedes. Ich hupe, blinke, springe aus dem Auto, winke und hoffe, er bleibt stehen. Er fährt an den Straßenrand und sieht mich erstaunt an.

»Ich weiß von dem Termin in Wien. Lesen Sie den ›Weinviertler Boten‹ immer, sobald er aus der Druckerei ist?«

»Ich … ich habe ihn nicht gelesen, erst nachdem ich von der Zentrale angerufen wurde. Man hat dort schon davon gewusst.«

»Woher?«

»Kaiser … Wir sind eine seiner Banken. Er will ein neues Konto bei uns eröffnen für die Abwicklung der Geschäfte mit dem deutschen Großhändler – zumindest will er darüber verhandeln.«

»Und so haben alle sofort davon erfahren. Geschickt ist er. Wenn er beim Weinbau auch so geschickt wäre …«

»Wie meinen Sie?«

Das Gerücht. Schieße Nebelgranaten, streue Gerüchte. »Ich weiß nicht …«, beginne ich, »… ich habe gehört, die Finanz ist hinter ihm her. Er soll beim Qualitätswein gemogelt haben, ausländischen Billigwein als Qualitätswein deklariert, teilweise schwarz und ohne Qualitätssiegel verkauft haben. Aber wie gesagt: Es ist nur ein Gerücht.«

»Kann ich mir nicht vorstellen.«

»Sie sollen den Auftrag sehr dringend gebraucht haben, es geht ihnen nicht gerade gut. Deswegen haben sie wohl auch so rücksichtslos Stimmung gegen Eva Berthold gemacht. Ich bin an der Story dran – professionell, meine ich, für das ›Magazin‹. Ich würde keine neuen Konten riskieren, wer weiß, wie lange das mit Kaiser noch gut geht.«

»Die laufen sowieso über die Zentrale.«

»Und noch etwas: Warum wollen Sie, dass Aichinger den Betrieb übernimmt? Was für Sicherheiten hat er Ihnen geboten?«

»Warum? Er ist unser Kunde, er hat sich interessiert. Und wir müssen eine Lösung finden. Welche Sicherheiten – es ist Ihnen wohl klar, dass ich darüber nicht reden kann.«

»Auf welcher Seite stehen Sie eigentlich?«

»Auf keiner. Ich bin Bankmanager.«

»Sie waren ein Jahrgangskollege von Hans, sind mit ihm aufgewachsen.«

»Hans ist tot. So leid mir das tut.«

»Ich weiß nicht, wie die Leute das sehen werden«, meine ich nachdenklich, »einer tüchtigen, erfolgreichen Winzerin und Witwe wird der Kredit fällig gestellt ... Wenn man das schreibt ... Könnte schon sein, dass da einige auf Evas Seite und nicht auf der Seite der mächtigen Bank sind.«

Kainbacher seufzt, dreht sich abrupt um und steigt ins Auto. Ich will mit Vesna reden, es wird eng, ich brauche eine gute Idee, aber ich finde sie nirgendwo. Ihr Motorrad ist auch verschwunden. Ans Telefon geht sie nicht, aber das hört sie auch nicht, wenn sie mit ihrem Ungetüm unterwegs ist. Erst später entdecke ich am Kühlschrank einen Zettel mit ihrer Handschrift unter einem der vielen Magnetsticker: »Muss nach Wien, komme spät. Vesna.« Hoffentlich ist nicht noch etwas passiert.

Martina taucht auf, sie ist bleich im Gesicht. Offenbar hat Eva sie angerufen. Sie taumelt, fängt sich an einem der Rebstöcke im Hof. Sie hat viel zu wenig geschlafen in den letzten Wochen. Ich renne hin, stütze sie, rieche Schnaps, will sie beinahe wegstoßen.

Martina kichert. »Ich hab sie alle unter den Tisch gesoffen, Simon und die anderen Kotzbrocken. Weißt du, was sie gesagt haben? Sie haben mich verspottet, weil ich Winzerin werden will, diese Idioten. ›Furchenscheißer‹, haben sie gesagt, die täten eine Furche nicht einmal erkennen. Und ich bin eine g'scherte Bäuerin. Und das nur, weil ich gesagt hab, dass ich nicht mit kann zu der Megabeachparty in Kärnten. Ich habe sie herausgefordert zum Schnapstrinken, ich weiß, wie Großvater das macht, wenn er alle unter den Tisch trinkt: Ganz schnell kippt er ihn, sodass er ihn gar nicht im Mund spürt, das habe ich auch gemacht. Jetzt liegen sie alle beim Keller und sind fertig. Ich hab den Georg und den Markus angerufen, die können die aufgeblasenen Idioten eh nicht leiden, die sollen eine ganze Menge Fotos von den besoffenen Deppen machen. Und dann bin ich heim. Ich hab genug von denen. Ich hab so genug.«

Ich halte Martina ganz fest, sie wird einfach ohnmächtig, ist viel schwerer, als ich gedacht habe. Alkoholvergiftung. Verdammt. Nicht auch das noch. Ich muss den Arzt anrufen. Toll, ein weiteres Gerücht im Dorf. Ich schüttle Martina, sie kommt wieder zu sich und kotzt mir vor die Füße. Und ich bin froh darüber. Kotz alles heraus, Mädchen. Hast du die Burschen wirklich unter den Tisch getrunken? Super, Mädchen. Komm, kotz weiter.

Eva findet uns beim Gebüsch in der Nähe des hinteren Tores, sie will schon losschreien.

»Sie hat Simon und seine Partybrüder unter den Tisch gesoffen, sie hat genug von ihnen, lass sie in Ruhe«, sage ich. »Was ist mit dem Kredit?«

»Ich hab die Kreditrate pünktlich bezahlt, der Direktor wollte ihn trotzdem fällig stellen, Kainbacher hat sich für mich ins Zeug gelegt seltsamerweise. Er hat gemeint, vielleicht könnte es sonst Medienberichte geben, dass sich eine Bank das florierende Weingut Berthold unter den Nagel reißen will. Er sagt, die Leute stehen auf Geschichten von tapferen Witwen, die gegen das harte Schicksal und vor allem gegen Großbanken ankämpfen. Sag, hast du da etwas damit zu tun?«

Ich grinse, war doch gut, dass ich Kainbacher abgefangen habe.

Es ist nicht mehr als ein weiterer Aufschub, aber das Beste, was momentan drin ist.

Am nächsten Tag tauchen im ganzen Ort Fotos von Simon und seinen Freunden auf, wie sie vor dem Keller darniederliegen.

Die Unterschriften lauten: »Wien, wie es kotzt«, oder: »Fünf Wiener Wabbler von 16-jähriger Jungwinzerin unter den Tisch gesoffen.«

Der ganze Ort lacht, alle wissen Bescheid, und die Bertholds haben, so gesehen, endlich wieder einmal positive Schlagzeilen. Was Martina freilich hat, ist ein Riesenkater. Sie kann sich erst nach und nach wieder erinnern. Und sie schwört: Nie wieder in ihrem Leben wird sie Schnaps anrühren. Ist ja auch etwas.

Dr. Moser versucht sich allen Ernstes bei Eva darüber zu beschweren, dass Martina seinen Sohn betrunken gemacht habe. Wenn er den Keller nicht mehr wolle, werde man jemand anderen finden, meint sie.

# [ september ]

Vesna bekommt eine Vorladung vom Magistrat Wien. Sie ist jetzt nur mehr tageweise bei den Bertholds. »Meine Saison fangt auch wieder an«, hat sie Eva gesagt. Ich habe noch immer nichts von der beantragten Arbeitsgenehmigung für Vesna gehört, aber was wichtiger ist: Der Notar hat tatsächlich eine bekommen, Vesna arbeitet nun ganz legal, wenn auch um etwas weniger Geld, als so genannte »Bedienerin« bei ihm. Dafür ist sie sozialversichert. »Das Wort Bedienerin mag ich nicht«, sagt sie, »ich bin keine Dienerin, ich putze ihren Dreck weg. Ist Serviceunternehmen, wie das heute überall heißt. Lieber ich wäre selbstständig. Putzunternehmerin.«

Oskar hat sich die letzten Tage im Büro vergraben, heute soll er für das Wochenende nach Treberndorf kommen. Meine Wohnung ist weiter unbewohnbar, es wird immer klarer, dass die Eigentümer kein besonderes Interesse daran haben, sie rasch zu sanieren. Ich habe einen recht günstigen Mietvertrag, wenn sie mich aus dem Haus bekommen, könnten sie meine Wohnung mit einer der beiden Dachwohnungen verbinden und teuer anbieten. So leicht werde ich es ihnen nicht machen. Aber ich habe nicht gerade viel Zeit, mich darum zu kümmern. Das »Magazin« will für sein Geld auch entsprechende Reportagen sehen, dazu kommt, dass Eva Berthold noch immer viel zu wenig Leute im Weinbaubetrieb hat. Also helfe ich – gegen freie Kost und Logis – eben mit, soweit es meine Zeit zulässt.

Die Sonne strahlt vom Himmel, als müsste sie wiedergutmachen, dass sie sich bis August so zurückgehalten hat. Die Nächte sind kühl, wenn die Sonne aufgeht, glitzern auf den Webblättern tausende Tautropfen. Aber auch das kann mich nicht auf Dauer zur Frühaufsteherin machen. Martina gibt sich noch ruppiger und robuster als vor ihrem Zusammenprall mit Simon, ich habe erreicht, dass sie einen Teil ihres Praktikums vorziehen und im September und Oktober am elterlichen Hof absolvieren kann. Sie ist von früh bis spät unterwegs, Partys sind kein Thema mehr, selbst von den Festen der Umgebung kommt sie regelmäßig vor Mitternacht zurück. Nur ab und zu habe ich den Eindruck, dass sie trotz allem Simon etwas nachtrauert.

Ich decke meinen Klapptisch im Hausweingarten, will Oskar einige Stunden nur für mich haben. Speck und Schinken und selbst gemachten Liptauer, eine Flasche vom ganz selten gewordenen Riesling. Man sieht die Rückseite der Häuserzeile und viel, viel Himmel. Hamster sausen herum, der Herbst macht sie hektisch, man muss Vorräte anlegen, um den Winter zu überstehen. Eva klagt über die vielen Löcher in den Rebzeilen. Als Kinder hätten sie für jeden Hamsterschwanz zwei Schillinge bekommen, erzählt sie. Ich könnte mir nie vorstellen, eines dieser putzigen Pelztiere umzubringen. Aber ich bin eben nicht damit aufgewachsen. Und ich gebe zu, es ist mir ziemlich egal, wenn sie fünfzig oder achtzig Kilo Getreide in ihrem Bau horten.

Die Getreidefelder sind, deutlich später als sonst, abgeerntet. Die meisten Sonnenblumen stehen noch ausgedörrt da, der gelbe Kukuruz ebenso, und die Rübenernte, die Rübenkampagne heißt, wie ich gelernt habe, findet ohnehin erst im Oktober und November statt.

Ich sehe Oskar den Weingarten heraufkommen, mit langsamen, regelmäßigen Schritten. Er ist kein Sportler, aber er ist ausdauernd. Ich sehe ihn lächeln. »Großvater Berthold hat mir gesagt, dass ich dich hier finde. Was für eine Idylle!«

Ich stehe auf, wir küssen uns lange und ausgiebig, zwischendurch blinzle ich, spähe herum, ob irgendwer in der Nähe ist, der unsere innige Umarmung beobachten könnte. Aber wir sind alleine.

Erst als wir die Flasche Riesling fast leer getrunken haben, kommt Oskar mit seinem Vorschlag. Er räuspert sich, sieht lange in der Gegend herum, ich werde nervös.

»Mit deiner Wohnung gibt es Probleme. Und wer weiß, ob sie je wieder so wird, wie du sie gemocht hast. Ich habe mich erkundigt. Ich könnte meine Dachbodenwohnung immer noch kaufen und eine kleine dazu, man könnte die Wand durchbrechen, das gäbe ein Extraarbeitszimmer für dich. Und wenn die Wohnung mir gehört, ist auch Gismo kein Problem mehr.«

Ich höre einfach zu, versuche, nicht zu viel zu denken, konzentriere mich auf den Rebstock vor uns: sattgrüne Weinblätter, die Trauben noch nicht reif, aber schon groß und viel versprechend.

»Oder … Nachdem es dir ja auf dem Land so gut gefällt und Gismo sich auch schon ans Leben in der Natur gewöhnt hat … Ein Mandant von mir will dringend sein Haus verkaufen, eine Scheidungssache. Es ist ein schönes Haus, südlich von Wien.«

Ich sage immer noch nichts. Spätsommer, Sonne, Wein. Wenn man die zarteren Weinblätter kurz blanchiert, müsste man sie, genau so wie die griechischen, als Hülle für Füllungen verwenden können.

Oskar greift nach meiner Hand. »Wir müssen ja nicht heiraten, ich meine nur … ich würde eben gerne mit dir leben, solange du mich willst.«

Es ist ein sehr schöner Antrag. Ich will ihn nicht kränken, schon gar nicht verlieren. Ich hätte ihn schon einmal beinahe verloren, als ich ihn alleine nach Frankfurt gehen ließ. Ich mag den Süden von Wien nicht, alles zugebaut, Wiener, die so tun, als würden sie auf dem Land leben. Haus an Haus, kaum Luftraum über dem Garten, zu wenig Platz, um frei zu atmen. Ich streichle seine Hand.

»Das Haus ist geräumig, es steht allein am Rand einer Siedlung, überdachter Swimmingpool, zweitausend Quadratmeter Grund.«

Es klingt, als wäre er Immobilienmakler. Wenn der Grund so groß ist: Wer kümmert sich darum? Mira, sei ehrlich: Du willst nicht. Du willst zurück in deine Wohnung. Und wenn es nicht geht? Wenn das monatelange Streitereien mit der Hausverwaltung bedeutet?

Da gefiele es mir hier im Weinviertel schon besser, Wien ist so nah, dass man es sehen kann – zumindest bei halbwegs gutem Wetter. Doch eigentlich bin ich ein Stadtmensch. Für immer … ich weiß nicht, zumindest das Leben auf einem Weinbauernhof ist auf Dauer nichts für mich. Man muss seine Faulheit ständig tarnen.

»Du brauchst dich nicht sofort zu entscheiden«, sagt Oskar nach einer langen Pause.

Ich lächle ihn an. »Das klingt alles ... wunderbar.«

»Ist es aber nicht für dich, oder?«

»Du bist wunderbar.« Ich küsse ihn und meine es ernst.

Es ist mir gelungen, das Thema zu wechseln. Ich erzähle ihm genauer als am Telefon, was sich in den letzten Tagen abgespielt hat und was wir über Kaiser erfahren haben.

»Eva Berthold wird sicher auch das eine oder andere an der Steuer vorbei verkaufen«, meint Oskar, »das ist ganz normal.«

»Bei ihren Schulden zahlt sie sowieso keine Steuern, sagt sie. Und es ist nicht normal, Wein falsch zu deklarieren. Und ihn mit Chips aufzubessern, statt die teuren Barriquefässer zu zahlen. Es ist unfair den anderen gegenüber.«

Oskar lacht etwas amüsiert. »So ist das Geschäftsleben.«

»Gut fürs Image wäre es jedenfalls nicht, wenn es herauskommt. Stimmt es, dass der Betrieb auch finanziell schlecht dasteht, dann wackelt dort einiges mehr als bei Eva. Ihr Sekt ist nicht mehr schick, die Massenweine produzieren andere noch billiger, ins Qualitätssegment hat man es nie ganz geschafft.«

»Jetzt offenbar doch, zumindest in Deutschland. Übrigens: Hast du nicht gesagt, dass es auch um einen Vertrag mit der Kauf-Gruppe geht? Ich treffe Generaldirektor van der Fluh übermorgen wegen einer Immobiliensache.«

Ich kenne den Generaldirektor, vor einigen Jahren sind wir uns über den Weg gelaufen, aber er erinnert sich sicher nicht gerne an mich. Es ging um Fleischmanipulation in einigen Mega-Kauf-Filialen. Besser, ich lasse keine Grüße ausrichten. Aber: »Horch ihn aus, was den Abnahmevertrag angeht, du bist ein Fan der Berthold-Weine, das kannst du ja ruhig zugeben. Und Eva hat dich – informell – in einigen Angelegenheiten um Rat gefragt, erzähle ihm irgend so etwas. Eva hat seit Monaten nichts mehr von dem Kooperationsvertrag gehört, ich glaube, in der momentanen Situation traut sie sich auch gar nicht nachzufragen.«

»Ich kann dir nichts versprechen, aber ich werde es versuchen.«

Guter, lieber Oskar. Vielleicht sollte man hier in der Gegend einen Keller pachten?

Am Montagmorgen steht Simon in der Tür.

»Martina ist nicht da«, sage ich etwas unwirsch. »Sie ist seit Stunden unterwegs. Lass sie in Ruhe.«

»Seit Stunden? Und ich dachte ... Ich bin extra früh aufgestanden, um sie zu treffen.«

»Haben dir die Fotos noch nicht gereicht?«

»Ich ... ich hab mich wie ein Idiot benommen.«

»Wie war die Megabeachparty?«

»Total öd. Ohne Martina.«

»Wäre sonst vielleicht auch öd gewesen.«

»Nee. Martina ... die ist einfach anders, aber das hab ich zuerst nicht gecheckt. Ich meine, sie schaut wirklich super aus, das war das, was ich mir am Anfang gedacht habe, aber jetzt ... geht's mir nicht mehr darum. Und mit meinen alten Kumpels ist es auch nicht mehr so wie früher. Wir haben uns in den letzten Jahren, in denen ich im Internat war, kaum gesehen. Sie haben sich ... irgendwie verändert.«

»Du dich wohl auch.«

»Klar. Aber anders. Oder zumindest jetzt, seit ich Martina kenne. Ich finde es schon sehr cool, dass sie genau weiß, was sie will. Und Winzerin, das ist eigentlich total okay.«

Der Großvater hat einen Teil unseres Gesprächs gehört, er hört nur dann nicht besonders gut, wenn er nichts hören will, kommt jetzt näher und schlägt Simon auf die Schulter. »Ich nehme dich auf dem Traktor mit, ich glaub, ich weiß, wo sie ist.«

Simon strahlt auf. »Echt? Ist Traktorfahren eigentlich schwierig? Und stimmt es, dass Sie alle unter den Tisch trinken können?«

»Klar«, sagt der Großvater, und ich seufze.

»Gesoffen wird hier nicht«, erkläre ich. Die beiden sehen mich an und sind sich nicht sicher, wen von ihnen ich gemeint habe. Sieht so aus, als hätte Simon einen neuen Verbündeten.

Zu Mittag kommen sie zu dritt heim, Martina redet beinahe ununterbrochen auf Simon ein, erklärt ihm, was jetzt noch im Weingarten getan werden muss, wie viel im Keller vorzubereiten ist, damit dann, wenn die Trauben so weit sind, gelesen werden kann. Ihre Augen leuchten, und Simon hört zu, als würde es ihn wirklich interessieren. »Ich hab gar nicht gewusst, wie anstrengend das ist«, sagt er und schüttelt seine langen Arme. Martina hat mit ihm, dem Großvater und Josef Netze gegen die Stare gespannt.

Eva klagt, dass die Lesekisten noch immer nicht geliefert worden seien, trotz einiger Anrufe und Mails tue sich nichts. Die Firma ist nur zwanzig Kilometer von Treberndorf entfernt, ich schlage vor, dass ich hinfahre und nachfrage.

»Die Qualitätssorten wollen wir ab heuer ausschließlich in Kisten lesen«, doziert Martina ihrem neuen ergebenen Schüler, »so wird das Traubenmaterial weniger verletzt. In den letzten Jahrzehnten hat es geheißen, je größer der Lesewagen, desto besser, aber: Da entsteht Druck, Saft tritt aus, wenn nicht sofort gepresst wird, dann kann der Most oxydativ werden.«

Der Großvater kann nicht anders, er muss auch Simon die alte Geschichte vom ersten Wort, das Martina gesprochen hat, erzählen: Lesewagen.

Ich lasse mir den Weg beschreiben, durchquere idyllische Weinviertler Dörfer, verirre mich prompt, bin beinahe im Kreis gefahren. Dass es Wegweiser gibt, scheint sich bis hierher noch nicht herumgesprochen zu haben, lande wieder auf der Brünnerstraße. Eine Wolke von Staren zieht vor mir her, es müssen mehrere hundert, vielleicht sogar tausende sein, die Wolke wechselt die Form, wird lang, dann wieder beinahe rund. Ich habe mich ablenken lassen und kann gerade in letzter Sekunde noch verreißen, wäre fast in einen tschechischen Kleinlaster geknallt.

»Kann sie zahlen?«, fragt der Weinbaubedarfhändler.
»Natürlich.«
»Ich habe da anderes gehört.«
»Sie liefern endlich die Kisten, und Sie bekommen Ihr Geld.«
»Ich hätte es gern im Vorhinein.«
»Dann kaufen wir woanders.«
»Jetzt? Sie werden kaum mehr wo was bekommen.«

»Wenn Sie das Geschäft nicht machen wollen.«
»Ich will mein Geld sehen.«
»Wer hat Ihnen erzählt, Frau Berthold könne nicht zahlen?«
»Niemand, man hört es so.«
»Also: Wann bekommen wir die Kisten?«
Er kratzt sich am runden Kopf. »Sie kann sicher zahlen?«
»Die Bertholds haben bei Ihnen schon viel gekauft, richtig?«
»Jaaaa«, kommt es lang gedehnt.
»Sie haben immer gezahlt, richtig?«
»Ja, schon.«
»Sie werden auch jetzt zahlen.«
Er verspricht, nächste Woche zu liefern, und ich bin richtig stolz auf mich. Hoffentlich zahlt Eva wirklich so prompt, wie ich es versprochen habe.

Simon zeigt tatsächlich so etwas wie Durchhaltevermögen. Er wohnt im Keller seines Vaters, versucht ebenso früh wie die Bertholds aufzustehen, will beweisen, dass er arbeiten kann. Am Abend schläft er einige Male in der Küche ein. Wenn Martina ihn dann zu seiner improvisierten Wohnung in der Kellergasse begleitet, hat niemand etwas dagegen. Zumindest wird es nicht laut ausgesprochen. »Sie wird erwachsen«, seufzt der Großvater.

Ab und zu, vor allem, wenn ich nicht zum »Magazin« muss, reiße ich mich zusammen und stehe ebenso früh auf. Der Verein der Kinder der Natur soll heute in den Weingärten am Waldrand unterwegs sein und helfen Netze zu spannen. Ich will sie beim Weinstockumarmen fotografieren, keine Ahnung, ob ich die Bilder je brauchen kann oder verwenden darf, aber mir ist danach, auf der Lauer zu liegen und abzudrücken. Wie eine Jägerin, nur mit der Kamera eben. Ich verzichte auf das Frühstück, arbeite mich schon bei Sonnenaufgang mit meinem kleinen Fiat auf dem Feldweg entlang, milchiges Orange am Horizont, kaltes Hellblau, passiere den Hochstand, an dem es damals geschehen ist, parke mein Auto, gehe den Hügel hinauf. Inzwischen kenne ich mich hier deutlich besser aus. Was, wenn Hans Berthold nicht einfach beim Joggen erschossen worden ist, sondern sich mit jemandem getroffen hat? Dagegen spricht, dass man vom Hochstand herunter auf ihn gezielt hat. Aber: Demnach, was ich über Hans gehört habe, war er bereit, sich jeder Konfrontation zu stellen. Er hat als harter Verhandler gegolten, als einer, der sich von unten heraufgearbeitet hat und der um seinen Betrieb gekämpft hat. Was, wenn schon damals jemand versucht hätte, ihn wegen des riskanten Kredits in die Enge zu treiben? Vielleicht hat es schon einmal ein Übernahmeangebot gegeben? Aber dann hätte wohl eher Hans Berthold denjenigen erschossen als umgekehrt. Und was, wenn er jemandem gedroht hat? Man trifft sich im Morgengrauen, Hans ist nicht bereit zurückzuziehen, er will gehen, der andere klettert auf den Hochstand …

Ich bin auf der Hügelkuppe angekommen, sehe die Kinder der Natur mit zum Himmel gestreckten Armen, sie stoßen seltsame Laute aus, die mich an brünftige Hirsche erinnern, vielleicht auch an Wildschweine, denen sehr übel ist.

Clarissa Goldmann gibt ihnen irgendeinen Befehl, den ich nicht verstehe, und sie gehen wie in Trance auf die Rebstöcke zu, streicheln sie tatsächlich. Ich stelle mein Teleobjektiv ein, fotografiere eine Frau ganz in Lila, wie sie ein Weinblatt küsst. Dieses Foto glaubt mir keiner. Die flach stehende Sonne zaubert Muster auf die Erde zwischen den Rebzeilen, ich drücke noch einmal ab, nehme einen ins Visier, der am Boden kniet und offenbar mit den Wurzeln spricht. Ich schleiche mich noch etwas näher heran. Die Naturkinder sind derart versunken, dass sie mich nicht so schnell bemerken. Nur auf Clarissa Goldmann muss ich aufpassen, die scheint mir gar nicht in Trance, sieht auf die Uhr. Vielleicht ist sie bloß eine geschickt getarnte Geschäftsfrau. Immerhin zahlen ihre Schützlinge gar nicht wenig und verpflichten sich auch noch, an der Renovierung des alten Gutshofes mitzuwirken. »Eigener Hände Arbeit«, oder wie das heißt, davon haben die meisten der Kinder der Natur noch nicht viel erfahren. Ich auch nicht, gebe ich zu. Trotzdem falle ich auf solche Schmähs nicht herein. Einer kniet vor einem Rebstock, umarmt ihn innig, er wendet mir den Rücken zu, ich drücke ab, Sonnenreflexe auf seinem braunen Haar, dahinter am Waldrand steht tatsächlich ein

Reh. Ich bleibe dran, vielleicht ändert er seine Position, vielleicht zeigt er mir sein Gesicht. Und wirklich, er rutscht um den Rebstock herum, küsst die Rinde, ich drücke wieder ab, und da erkenne ich, wen ich gerade aufgenommen habe: meinen Chefredakteur. Ich muss ein Geräusch gemacht haben. Wie ein erschrockenes Wild fährt er hoch, starrt mich an und galoppiert in Richtung Wald davon. Jetzt wenden sich mir auch einige andere zu, es gelingt mir, die Kamera in meiner Windjacke zu verstecken, ich gehe wie zufällig in ihre Richtung. »Guten Morgen«, rufe ich dem aufgestörten Rudel zu, »Eva Berthold und ihre Arbeiter kommen gleich!«

Und so ist es dann auch.

Am Nachmittag werde ich ins »Magazin« bestellt. Der Chefredakteur wirft mir vor, ich hätte ihm aufgelauert. Habe ich nicht, zumindest nicht ihm persönlich. Die Fotos, so erkläre ich, seien für mein Privatarchiv.

Er verlangt die Negative, und ich mache ihm klar, dass ich längst digital fotografiere. Ich müsse alles löschen. Und ich dürfe niemandem gegenüber ein Wort verlieren. Fast tut er, als hätte ich ihn bei einem Verbrechen, zumindest aber bei einer schlimmen Perversion ertappt. Mir gefällt die Situation. »Sie haben ja keine schmutzigen Damenhöschen geklaut«, versuche ich ihn zu beruhigen. »Warum sollte man nicht versuchen, der Natur ein bisschen näher zu kommen?«

»Es war nicht meine Idee«, murmelt er, »es war die Idee meiner Frau. Sie will mich spirituell öffnen oder so. Ich hatte etwas gutzumachen. Außerdem sind die Kurse vom Managementboard for Advanced Studies ausdrücklich empfohlen.«

Ich sollte nachschauen, wen ich noch abgeschossen habe. Vielleicht ist ein Banker dabei. Oder ein prominenter Manager. »Dann gibt es doch kein Problem, oder?«

»Wenn die Fotos in der Redaktion kursieren ...«

Ich muss grinsen. »Ich verspreche, das werden sie nicht. Dafür habe ich eine Bitte: Wenn ich es für richtig halte, darf ich einen Artikel – es muss ja keine große Reportage sein – über den Kampf zwischen den

Weingütern Kaiser und Berthold schreiben. Oder auch nur über die Bertholds.«

»Tut sich etwas? Weiß man, wer ihn erschossen hat?«

»Nein. Aber ich habe immer mehr das Gefühl, es hat nichts mit seinen Seitensprüngen zu tun.«

Das scheint den Chefredakteur zu beruhigen, die Vorstellung wegen eines Panscherls erschossen zu werden, behagt ihm sicher nicht.

Ich arbeite noch zwei, drei Stunden in der Redaktion, bereite eine Reportage über das Image von Wien aus der Sicht der Wiener und aus der seiner Besucher vor. Vesna ruft an, sie will mich dringend sprechen. Ihre Vorladung beim Magistrat. Ich sehe auf den Kalender. Sie war heute.

Wir treffen uns beim Chinesen, das Lokal liegt im selben Block wie meine Wohnung.

Vesna ist vor mir da, ich gehe auf den Tisch im winzigen Schanigarten zu, sie macht ein ernstes Gesicht.

»Was ist los?«

»Ich lade dich ein, Mira Valensky, vielleicht zum letzten Mal ladet dich Bosnierin Vesna Krajner ein.«

»Sie können dich nicht ausweisen. So einfach geht das nicht, wenn du so lang im Land bist, wir werden ...«

Sie beginnt zu lächeln, zu strahlen. »Ich werde Österreicherin. Man gibt mir Staatsbürgerschaft.«

Wir essen uns quer durch die Karte, loben die neuen Dim Sum, werden mit jeder Menge heißem Pflaumenwein verwöhnt. »Vielleicht werde ich wirklich noch Detektiv«, meint Vesna. »Ich muss erzählen: Ich wollte Beweise von Kaiser. War zweimal dort. Aber sie haben jetzt Arbeiter von weiter her, Rumänen vor allem, da habe ich keinen Zugang, niemand mehr von Franjos Freunden ist da, haben bessere Arbeit gefunden. Und einmal bin ich Frankenfeld, dem Kellermeister, fast in die Hände gelaufen. Da streitet jeder mit jedem. Frankenfeld hat mit dem älteren Kaiser gestritten. Kaiser hat ihn angeschrien. Er soll daran denken, dass er nichts hat und nur durch Kaiser leben kann.«

Ich habe schon bald Gelegenheit, Frankenfeld selbst nach dem Streit und allem anderen zu fragen. Am Abend taucht er überraschend auf.

Nach den Begrüßungsfloskeln meint er zu Eva in seinem makellosen aristoktatischen Deutsch: »Ich dachte, ich rufe erst gar nicht an, sondern komme selbst. Mir ist bewusst, dass Sie keine allzu freundliche Einstellung gegenüber dem Weingut Kaiser haben.«

Schon wieder ein Übernahmeangebot? Eva scheint Ähnliches zu vermuten. »Wir gehen in mein Büro«, sagt sie kurz und zu mir gewandt: »Wenn es dir nichts ausmacht: Kommst du mit?« Offenbar will sie eine Zeugin. Gute Idee.

Sie sitzt auf ihrem Schreibtischsessel, Frankenfeld auf dem Besucherstuhl, er muss seine langen Beine anziehen, um nicht die von Eva zu berühren, ich lehne an einem Regal.

»Wir verkaufen nicht«, sagt Eva, um das Gespräch abzukürzen.

»Darum geht es nicht«, entgegnet Frankenfeld, »ganz und gar nicht. Es ist vielmehr so, dass ich Ihnen ein Angebot zu machen habe.«

Also doch. Vielleicht sind es die Kaisers, die versuchen, dem Weingut Berthold ihre besten Pachtgründe abspenstig zu machen. Wir haben nicht herausfinden können, welchen Weingarten sie zur Zeit besitzen, von dem aus man über Wien sehen könnte.

»Sie brauchen einen Kellermeister«, sagt Frankenfeld.

Eva schüttelt den Kopf.

»Sie brauchen einen, der sich auskennt, der nach dem Rechten sieht, der die Leute einteilt und antreibt, der etwas vom Winemaking« – er sagt tatsächlich »Winemaking« und nicht Weinmachen – »versteht.«

»Ich kenne mich aus«, erwidert Eva.

Wen will er ihr da ins Nest setzen?

»Ich würde gerne bei Ihnen arbeiten«, fügt er hinzu und sieht Eva an. »Meine Qualifikationen sind gut, ich habe in einigen großen Weingütern gearbeitet, in Frankreich, Italien, den USA. Ich habe die Qualitätslinie des Weinguts Kaiser entwickelt.«

»Warum wollen Sie weg?«, kommt Eva auf den Punkt.

»Ich ... ich glaube, bei Ihnen gibt es die interessantere Perspektive. Ich muss an die Zukunft denken.«

»Sie haben den Auftrag vom Weingroßhandel Gerold an Land gezogen, mit welchen Methoden auch immer«, mische ich mich ein.

Dazu schweigt er. »Es ist ein gutes Angebot. Ich arbeite im ersten Jahr als Konsulent mit einem Fixum von zweitausend Euro pro Monat – in den USA habe ich ein Vielfaches verdient, obwohl ich damals jünger war, glauben Sie mir – sowie einer Gewinnbeteiligung von zwanzig Prozent.«

»Ich kann mir das nicht leisten. Und: Was glauben Sie, dass Sie bei Gewinnbeteiligung bekommen würden?«, fragt Eva herausfordernd.

»Mehr, wenn ich mein Wissen einbringen kann.«

»Und wenn es keinen Gewinn gibt?«

»Dann war ich eben nicht gut genug und habe bloß mein Fixum.«

Eva steht auf. »Ich weiß nicht, wie das bei Kaiser war. Hier bin ich die Chefin. Ich habe mich nicht durch die letzten Monate gekämpft, um Ihnen nun den Betrieb zu überlassen.«

»Ich bin bloß Konsulent.«

»Mit Gewinnbeteiligung?«, frage ich misstrauisch. »Sieht mir mehr nach einer Teilhaberschaft aus.«

Frankenfeld schüttelt den Kopf. »Sehen Sie: Es gibt im Weinviertel nur zwei für mich interessante Betriebe, von dem einen will ich weg, dem anderen gebe ich mittelfristig ohnehin die besseren Chancen. Fragen Sie mich nicht, warum, auch Sie wünschen sich sicher loyale Mitarbeiter.«

»Loyal?«, meint Eva. »Dem Kaiser so kurz vor der Lese abzuhauen? Wenn es stimmt, was man hört, haben Sie den gesamten Betrieb gemanagt.«

»Da ist schon etwas dran. Aber vielleicht ist es das Loyalste, das ich noch machen kann, still zu gehen.«

Er soll ja nicht so tun, als hätten die dort Dreck am Stecken und er habe das alles nicht gewollt. Wir wissen von Franjo, dass er die Sache mit den Chips durchgezogen hat, er wird es wohl in den USA gelernt haben. Und natürlich war er an der Falschdeklaration von Wein beteiligt. Warum ist er da? Immer mehr habe ich das Gefühl, als wären Aichingers Aktionen harmlos im Verhältnis zu dem, was die vom Weingut Kaiser aushecken.

»Ich muss mir das erst überlegen«, murmelt Eva und steht auf, »vielleicht auf Probe ...«

Sie sollte daran denken, dass Frankenfeld überall herumerzählt hat, sie wolle verkaufen. Wahrscheinlich ist das nur ein Versuch, sich das Weingut unter den Nagel zu reißen.

»Das Angebot gibt es nur einmal«, sagt Frankenfeld selbstbewusst und erhebt sich auch. »Auf Probe, das geht nicht. Ich kann nicht riskieren, auf der Straße zu stehen.«

»Wenn Sie so gut sind«, sage ich etwas spöttisch, »werden die Weinbaubetriebe doch Schlange stehen.«

»Die meisten glauben, dass nur sie selbst wissen, wo es langgeht. Und außerdem: Eine gewisse Betriebsgröße muss auch sein.«

»In Ordnung«, sagt Eva unvermittelt. »Sie können morgen anfangen. Aber eines ist klar: Die Chefin bin ich.« Zu mir gewandt meint sie: »Weißt du, ob Dr. Moser da ist? Wir brauchen einen Vertrag.«

»Er ist im Ausland, hat Simon erzählt.«

»Kannst du Oskar anrufen?«

»Es ist halb zehn.« Ich will nicht, dass sie Frankenfeld nimmt. Ich wittere eine Falle, versuche zu kombinieren, was ich in den letzten Monaten erfahren habe, finde kein klares Muster, aber am wahrscheinlichsten ist: Er will Evas Betrieb ausspionieren. Warum? Hat Kaiser nicht schon gewonnen? Spielt er nicht angeblich in einer völlig anderen Liga?

»Sie nehmen einen Ligaabstieg in Kauf?«, frage ich Frankenfeld.

»Wie meinen Sie das?«

»Sie haben mir einmal gesagt, Kaiser und Berthold – das wären doch ganz verschiedene Ligen.«

Er starrt mich an. »Jetzt weiß ich, warum Sie mir so bekannt vorkommen, ich dachte, es seien die Fotos im ›Magazin‹, ich weiß, dass Sie für das ›Magazin‹ schreiben. Sie waren mit einer slowenischen Journalistin bei uns, ich meine ... bei Kaiser.«

Ich lächle ihn möglichst unverschämt an. »Die slowenische Weinjournalistin ist meine Freundin und Putzfrau. Wir wollten nachsehen, wer die Mitbewerber der Bertholds sind. Zumal man versucht hat, Eva Berthold bei der Bank schlechtzumachen.«

Das hat gesessen.

»Wir waren auf verschiedenen Seiten«, mischt sich Eva ein. »Wenn Sie wollen, machen wir den Vertrag.«

Frankenfeld lächelt. »Ich warte ihn ab und informiere danach Familie Kaiser. Ich habe mir vorsorglich drei Tage Urlaub genommen.«

»Ich möchte kurz mit dir alleine reden«, zische ich Eva zu.

Frankenfeld geht zur Tür. »Soll ich warten?«

Eva lächelt. »Wir sollten unsere Kooperation bei einer guten Flasche Wein feiern.«

»Ich will mit dir reden«, beharre ich. Ich verstehe sie nicht. Vielleicht war es ja sogar jemand von den Kaisers, der mit Hans einen lästigen Konkurrenten aus dem Weg geräumt hat, und weil das nicht viel genutzt hat und die Nachfolgeaktionen auch nicht, versuchen sie es jetzt auf andere Weise.

Eva seufzt. »Ich bringe Sie für einige Minuten ins Wohnzimmer.«

Wenigstens klug von ihr, ihn nicht im Büro allein zu lassen.

»Komm mit«, sagt sie knapp zu mir und geht in die Küche.

Ich warne sie, versuche ihr noch einmal klarzumachen, dass Frankenfeld hinter all den Machenschaften steckt: Er hat Wein illegal mit Chips versetzt, er hat herumerzählt, sie wolle verkaufen, er hat Eva bei der Bank angeschwärzt, er hat vielleicht ... »Man sollte ihn nach seinem Alibi fragen.«

»Nach welchem Alibi ...? So ein Unsinn. Ganz abgesehen davon, dass sich niemand mehr genau daran erinnern kann, was er vor Monaten gemacht hat. Und bei der Bank war es Christoph Kaiser, der gegen mich Stimmung gemacht hat.«

»Ich finde es gar nicht übel, dass so ein Adeliger für uns arbeitet«, mischt sich der Großvater ein, »in den früheren Jahrhunderten haben wir für sie geschuftet. Die Welt wird doch besser.«

»Und außerdem«, ergänzt Eva, »geschieht es Kaiser recht, dass er gerade jetzt im Herbst seinen Kellermeister verliert.«

Rache, das ist es also. Aber ob es klug ist? Ich werde genau Acht geben, was dieser Frankenfeld wirklich vorhat.

»Ich möchte als Erstes die Großkunden kennen lernen«, meint Evas neuer Kellermeister. Wir sitzen gemeinsam in der Küche, und ich habe fest vor, mich nicht von seinem Enthusiasmus blenden zu lassen. Natürlich möchte er die großen Kunden kennen lernen, damit das Weingut Kaiser sie Eva abjagen kann. »Man muss wissen, für wen man produziert«, fährt er fort.

»Wir machen guten Wein, und die Leute bestellen und kaufen ihn«, erwidert Eva, »so haben wir das bislang gehalten.«

»Sicher, natürlich. Aber ... man sollte auch marktorientiert denken: Was wollen die Käufer? Nur wenn wir ihre Erwartungshaltung treffen, werden sie das Maximum einkaufen – und maximal zufrieden sein.«

»Wenn wir uns immer an ihrer Erwartungshaltung orientieren, dann können wir ihre Erwartungen nie übertreffen. Wir können sie nie überraschen.«

Frankenfeld lächelt. »Vielleicht bin ich schon etwas verbildet, muss erst wieder den Spaß am Weinmachen entdecken, Sie haben schon Recht, Wein ist etwas anderes als Seife oder sonst ein Produkt auf dem Markt, und so soll es bleiben.«

»Wir veranstalten einmal im Jahr einen Tag der offenen Kellertür für Kunden und Freunde, da könnten Sie alle kennen lernen. Aber ob das vor der Lese noch klappt?«

»Wie wäre es zur Lese? Am Beginn der Lesezeit?«, überlegt Frankenfeld. »Die Kunden könnten einen Tag Weinlese miterleben, mithelfen, und danach wird im Keller gefeiert. Das stärkt die Bindung.«

»Wie man das halt täglich bei den Weinbauern so hat, erst wird fröhlich gelesen, danach fröhlich gefeiert, alles ist ein großes Fest«, werfe ich bissig ein.

Sie beachten mich gar nicht.

»Weinlesen mit Kunden ist zwar mühsam, ich habe es schon gemacht, aber beim Müller Thurgau können sie nicht viel anstellen. Ja, das könnten wir überlegen«, meint Eva.

»Und wir werden Bestelllisten vorbereiten.«

»Unser Wein ist so gut wie aus, von einigen Prädikatsweinen und den Reserve-Rotweinen abgesehen.«

»Umso besser. Sie können für den neuen Jahrgang subskribieren, sich anmelden. So haben wir gleich die ersten Festabnehmer.«

»Ich weiß ja noch gar nicht, wie der Wein wird.«

»Das ist eben dann nicht nur unser, sondern auch das Risiko der Käufer. Viele werden Ihnen vertrauen, und die Kunden haben den Vorteil, dass sie sich frühzeitig ein Kontingent sichern können.«

»Mir kommt das irgendwie ... wie Aktienhandel vor.«

»Viele Ihrer Kunden haben Aktien, Derartiges ist ihnen vertraut.«

Schade, dass der Großvater schon schlafen gegangen ist. Er hat gerade in den letzten Tagen Aktienbesitzer als »Raubritter des einundzwanzigsten Jahrhunderts« bezeichnet. »Geld ohne Arbeit«, hat er sich geärgert, »Luftgeschäfte.«

Am nächsten Vormittag schon mailt uns Oskar einen Vertrag. Er geht über ein Jahr, sieht aber vor, dass Eva ihn bei jedweder illoyalen Handlung sofort kündigen kann. Frankenfeld scheint damit kein Problem zu haben, er unterschreibt, ohne zu zögern.

»Ich glaube, er spielt mehr als die zweitausend Euro im Monat ein, die er kostet«, meint Eva. Momentan ist mit ihr nicht vernünftig zu reden. »Ob wir Gerold mitteilen sollen, dass Kaiser seinen Kellermeister verloren hat? Einfach ein kurzes Schreiben, in dem wir unseren neuen Kellermeister samt bisherigem Werdegang vorstellen?«

»Hat Frankenfeld es den Kaisers schon gesagt?«, will ich wissen.

»Keine Ahnung. Das ist sein Problem – und ihres.« Sie grinst. Wenn du dich nur nicht zu früh freust, Eva.

Am Nachmittag kommt Franjo aus seiner Heimat zurück. Er konnte einige Lesehelfer auftreiben, und einen Mann, der sofort anfangen kann, bringt er gleich mit. »Er ist Koch«, erzählt Franjo, »hat in Bratislava gearbeitet, aber geht auch in Weingarten.«

»Eine Frau wäre mir lieber gewesen«, meint Eva.

»Habe ich nicht gefunden, aber Miroslav sagt, ihm macht nix, putzen und waschen.«

Miroslav ist ein übergewichtiger Fünfzigjähriger mit einem gemütlichen Gesicht samt Doppelkinn, für mich sieht er aus, als könnte er tatsächlich kochen, aber jedenfalls ist klar, dass er gerne isst. Wie brauchbar er allerdings im Weingarten sein wird ...

»Gut Hausmann«, strahlt Miroslav, als Eva ihn fragt, ob er sich einen ganzen Haushalt zutraut.

»Ein Mann. Warum auch nicht?«, meint Eva. »Selbst wenn es einigen im Ort nicht gefallen wird, dass wir eine männliche Haushälterin haben.«

Eva führt Miroslav durch den Hof, erklärt ihm, was zu tun ist. Franjo übersetzt. Frankenfeld kommt in Begleitung von Martina und dem unvermeidlichen Simon zum Tor herein. Er starrt Franjo an. Franjo starrt zurück.

»Ich muss noch einmal weg«, sagt Frankenfeld und verschwindet wieder durchs Tor. Frankenfeld hat Franjo erkannt. Franjo hat voriges Jahr bei Kaiser gearbeitet. Und Frankenfeld überlegt nun wohl, wie viel uns Franjo erzählt hat. Ich sollte dringend mit Franjo über Frankenfeld reden.

Doch dann tauchen überraschend einige der besten Privatkunden auf, sie waren auf der Durchreise und haben sich gedacht, man könnte doch einen Abstecher nach Treberndorf machen, vielleicht irgendwo eine Kleinigkeit essen und ausgiebig Wein kaufen. Vor dem Hof stehen zwei Porsche, ein großer BMW und ein Luxus-Citroën.

Miroslav kann sofort zeigen, ob er etwas vom Kochen versteht. Denn das Gasthaus hat Ruhetag, und Eva weiß, was ihre Kunden wollen. Da braucht sie keinen Frankenfeld dazu. Sie lädt ihre Gäste zu einer Kellerbesichtigung mit anschließendem Abendessen plus Weinverkostung ein.

»Der Lange mit den weißen Haaren an den Schläfen, der ist Chefeinkäufer einer Hotelkette«, flüstert sie mir zu, »der kauft nicht nur privat. Und der mit der roten Jacke, der ist Geschäftsführer einer großen Pharmafirma, die suchen ununterbrochen nach passenden Geschenken für Ärzte.«

Sie zieht mit der Truppe ab.

Wir sichten die Lebensmittelbestände: Natürlich gibt es Schinken und Speck, selbst geräuchert, dazu ein sehr gutes Schmalz vom Freilandschwein, der Liptauer müsste auch noch reichen. Hätte ich es rechtzeitig gewusst, ich hätte noch einmal ein Veltliner-Schwein versucht ...

»In der Tiefkühltruhe ist noch Reh«, meint Martina, »das mag bei uns niemand besonders.«

»Das wird nicht so schnell auftauen.«

»Es sind, glaube ich, auch dünnere Stücke dabei.«

Rehragout, keine schlechte Idee. Ich sehe nach und stelle fest, dass es sich um zwei ausgelöste Rehrücken handelt. Ob wir die so ohne weiteres nehmen können?

»Sicher«, sagt Martina, »Mutter ist froh, wenn sie weg sind.«

»Ich finde Reh super«, sagt Simon.

Ich schicke die beiden los, um den Tisch im Freien zu decken. Es ist ein warmer Septembertag, trotzdem: Sie sollen versuchen, die Hofüberdachung zu schließen. Am Abend wird es schon kühl.

Ich lege die vakuumverpackten Rehrücken in einen Kübel mit kaltem Wasser, so taut Fleisch am schnellsten auf.

Miroslav frage ich, ob er irgendwelche Knödel machen kann. Er kann kaum Deutsch, aber als Koch scheint er nicht übel zu sein. Er sucht nach Kartoffeln, stellt sie zu, seine Bewegungen machen mir klar, dass er tatsächlich jahrelang in der Küche gearbeitet hat.

Als Vorspeise kommen Platten mit Schinken, Speck, frischen roten und gelben Kirschtomaten aus dem Garten auf den Tisch. Dazu Liptauer und das Schweineschmalz, das ich schnell mit viel angeröstetem Zwiebel und etwas Sojasauce verfeinere, salze, pfeffere. Als ich eine süßscharfe Chilisauce entdecke, kommt die auch noch hinein. Es muss ja nicht alles original rustikal sein.

»Das Dach ist zu, seit der Reparatur funktioniert es zum Glück«, meldet Martina, »der Tisch ist gedeckt, die Weine sind durchgesehen und eingekühlt.« Ich schicke sie in den Supermarkt um Brot.

Das Fleisch ist inzwischen aufgetaut, ich nehme es aus der Verpackung, wasche es ab, tupfe es mit Küchenpapier trocken. Es soll nur kurz rosa gebraten werden, etwas vom Wildgewürz, das ich vor einiger Zeit gemischt habe, finde ich noch, ich streiche es über das dunkle Fleisch, ergänze es mit klein geschnittenem frischem Rosmarin. Rohr auf siebzig Grad vorheizen, Fleisch in einer Pfanne auf dem Herd auf beiden Seiten scharf anbraten.

Miroslav sieht mir aus dem Augenwinkel zu, ohne deshalb seine Arbeit zu unterbrechen. Er schält die kochend heißen Kartoffeln, als ob sie lauwarm wären.

Ich lege die angebratenen Rehrücken in eine große mit Öl ausgepinselte Form, salze, lege pro Person einen entkernten Apfel dazu, gebe die zugedeckte Form ins vorgeheizte Rohr, das Reh soll langsam gar ziehen und dabei die schöne rosa Farbe behalten, die Äpfel geben ein zusätzliches Aroma und sind eine duftende Beilage. Den Rückstand vom Anbraten gieße ich mit reichlich Rotwein auf, lasse ihn einreduzieren, stelle die Pfanne zur Seite. Kurz vor dem Servieren werde ich die Sauce mit dem Saft, der sich im Ofen abgesetzt hat, ergänzen und mit in etwas Rotwein aufgelöster Stärke und reichlich Butter binden.

Miroslavs Knödel werden flaumig und leicht, er hat etwas Mehl, etwas Grieß, ein paar Eier zu den zerdrückten Kartoffeln gegeben und mit reichlich frisch geriebener Muskatnuss gewürzt. Auf Mengenangaben will er sich nicht festlegen.

»Kollege, du auch Koch, Superkoch«, sagt er zu mir und klopft mir auf die Schulter. Ich freue mich über das Kompliment und schüttle den Kopf: »Ich habe das nicht gelernt, aber ich koche gerne, und ein paar Monate lang habe ich tatsächlich in einem Lokal gekocht.«

»Kollege, Chef«, wiederholt er.

Der Abend wird ein rauschender Erfolg. Ich muss zugeben, Frankenfeld macht seine Sache hervorragend, er erzählt Anekdötchen aus seiner Weinbaulehrzeit in internationalen Spitzenbetrieben, lässt gerade so viel von seiner Adelsabstammung durchklingen, dass es interessant ist – vor allem die Freundin des Pharma-Geschäftsführers sieht ihn mit großen Kuhaugen an, wahrscheinlich liest sie diese Schundheftromane – und bescheiden wirkt.

Reblaus liegt unter dem Tisch, er liebt es, wenn viele Menschen da sind, da fällt auch für ihn einiges ab. Ich habe gesehen, wie die Frau des Hoteleinkäufers ihm ein halbes Schmalzbrot zugesteckt hat, ein Schnapp und es war weg. Von den vielen Speck- und Schinkenstücken, die für ihn abfallen, gar nicht zu reden. Gismo hockt auf dem Marillenbaum und beobachtet uns.

Evas Gäste kaufen viel, bestellen noch viel mehr und wollen überhaupt nicht akzeptieren, dass sie für das köstliche Essen nicht zahlen dürfen. Vielleicht noch ein Verdauungsschnaps vor dem Aufbruch, schlägt der Pharma-Geschäftsführer vor, aber den werde man mit Sicherheit zahlen.

Eva weist das heftig zurück, zögert aber mit dem Schnaps. In diesem Fall ist es wohl nicht ihre Sparsamkeit, doch die Gäste haben genug getrunken, und sie wollen noch bis Wien. Aber sie hat nicht mit dem Großvater gerechnet. Er holt seinen Lieblingstrebernschnaps, früher habe er gemeinsam mit einem Freund gebrannt, aber leider gehe es dem Freund nicht mehr so gut, vielleicht schaffe man es heuer wieder. Er habe Simon versprochen, ihm zu zeigen, wie man richtig brennt. Besser, man hält den Knaben vom Feuerwasser fern, denke ich mir.

Der Großvater schenkt großzügig aus, es wird viel und laut gelacht. Plötzlich eine Polizeisirene. Wir lauschen, was kann in Treberndorf noch los sein? Die Sirene wird lauter, stoppt vor dem Haus der Bertholds. Zwei uniformierte Beamte stehen im Hof. Die Aktion ist ihnen sichtlich unangenehm. Der dünnere der beiden kann maximal Anfang zwanzig sein, er steigt von einem Bein aufs andere, die Pistole im Hüfthalfter schlägt jedes Mal gegen seinen Oberschenkel.

»Es hat eine anonyme Anzeige wegen illegalen Ausschanks und Buschenschankbetriebs gegeben.«

»Nicht schon wieder«, seufzt Eva. »Dabei haben wir sogar das Dach zugemacht.«

»Es geht diesmal nicht um Lärmbelästigung«, ergänzt der junge Polizist.

»Ich habe Kunden von mir zu einem Abendessen samt Weinverkostung eingeladen, das ist keine öffentliche Ausschank.«

»Man hat angeblich gesehen, dass das Tor offen war und dass auch welche aus dem Dorf gekommen sind.«

»Das Tor ist bei uns oft offen. Welche aus dem Dorf? Du liebe Güte, Josef Zauner, der Obmann des Weinladens, war da, er hat Einladungen vorbeigebracht. Und er hat tatsächlich ein Achtel mit uns getrunken.«

»Wir müssen nachfragen«, meint der Ältere der beiden, »sonst haben wir keine Ruhe.« Er deutet in Richtung Aichinger.

Eva nickt.

»Also dann ...«

»Wollen Sie einen dünnen Gespritzten oder ein Glas Wasser?«

»Wir sind im Dienst. Vielen Dank. Und nichts für ungut.«

Eva erzählt von den Auseinandersetzungen mit dem Nachbarn, sie versucht es so unernst wie möglich zu machen, entsprechend wird darüber gelacht. Eigentlich ist die ganze Sache ja auch lächerlich.

Bevor die Partie abfährt, schiebt der Pharma-Geschäftsführer Martina einen Hunderter zu, das Kind hätte doch sicher gern hin und wieder etwas Schickes zum Anziehen, so seien Mädels nun einmal.

»Cool«, sagt Simon, als sie weg sind, »dass damit auch noch Geld zu verdienen ist.« Martina hat versprochen, ihm das Traktorfahren beizubringen. Ich bin gespannt, wie lange seine Begeisterung für den Weinbau anhalten wird.

»Verdammt noch mal, wo ist Franjo? Wozu hat er ein Handy von mir, wenn er nicht abhebt?«, ärgert sich Eva. »Es ist schon halb zehn.«

Ich habe selbst schon versucht, ihn zu erreichen. Will wissen, ob er mir nicht mehr über Frankenfeld erzählen kann.

»Ich brauche ihn im Keller, er müsste längst mit dem Kontrollieren der Netze fertig sein. Er war am Wald unterwegs, wer weiß, was er jetzt tut.«

»Ich fahre ihn suchen«, schlage ich vor. Dann kann ich gleich mit ihm reden.

Inzwischen haben sich mein Fiat und ich an die Feldwege gewöhnt, ich weiß, wie tief die Spurrillen der Traktoren sein dürfen, ohne dass ich aufsitze. Es riecht nach Herbst, nach reifenden Trauben und satten Böden. Ich suche alle Weingärten am Waldrand ab. Kein Franjo zu sehen. Ich probiere es noch einmal am Mobiltelefon. Keine Antwort. Wenn er woanders hingefahren ist ... Alle Lagen der Berthold'schen Weingärten finde ich immer noch nicht, da gibt es welche in Richtung Wien, andere Richtung Großhofing und über Großhofing hinaus, ich könnte es höchstens noch im Ried Hüttn und in den Rieden daneben versuchen. Oder ich könnte zu dem einen abgelegenen Weingarten fahren, einer steilen, steinigen Südlage, an drei Seiten durch Wald geschützt, in der Hans Berthold vor einigen Jahren Cabernet ausgesetzt hat. Ich irre umher, halte zwischendurch immer wieder Ausschau nach Franjo, einmal glaube ich ihn schon gefunden zu haben, doch wie ich näher komme, sehe ich, das ist nicht der Traktor, mit dem Franjo unterwegs ist. Er liebt den alten Steyrer-Traktor ohne Verdeck; der, der sich da durch die Rebzeilen bewegt, ist ein neueres Modell, den Mann im Führerhäuschen kenne ich nicht.

Ich will schon wieder zurückfahren, denke mir, wahrscheinlich ist einfach sein Akku leer und er ist inzwischen längst wieder auf dem Hof, als ich den Cabernet-Weingarten finde. Aber auch hier: kein Franjo. Nur ganz unten, in einem Graben mit Sandsteinbrocken, sehe ich etwas Blaues, zum Großteil verdeckt durch Büsche. Mit einem Traktor kann man einfach die Rebzeilen hinunterfahren, mit einem Auto nicht. Also suche ich mir einen Weg, um nach unten, näher zum Graben zu kommen. Der Feldweg geht in einen kaum benutzten Pfad über. In einem Hohlweg, der offenbar zum Graben führt, muss ich das Auto stehen lassen, gehe zu Fuß weiter.

Nur etwa zehn Meter vor mir liegt der Traktor. Er ist umgekippt. Ich renne hin, reiße mir an einer Dornenranke den Arm auf. Eine Hand schaut unter der Motorhaube heraus. Sie ist bleich und blutleer, hat nichts mehr von der Kraft Franjos, ich muss gar nicht noch näher hinsehen, ich weiß, er ist tot, schaue den steilen Weingarten hinauf. Der Traktor muss weggerutscht sein, einige Steher, die die Drähte der Rebzeile halten, sind umgerissen. Man hätte einen eigenen Weinbergtraktor für diese Lage gebraucht, Eva hat es schon zwei-, dreimal gesagt, aber er ist teuer, eine Zusatzausgabe, die man aufgeschoben hat. Mir ist, als wäre die ganze Welt verstummt. Der Herbst ist nicht mehr voller Versprechungen, er kündigt bloß den Winter an.

Ich atme flach, überwinde mich und umfasse Franjos Handgelenk. Was, wenn meine Phantasie mit mir durchgegangen ist, wenn er doch noch lebt? Die Hand ist kalt, er muss schon einige Stunden hier liegen. Kein Puls zu spüren.

Ich weiß nicht, warum ich nicht anrufe, ich gehe zurück zum Auto, fahre zu den Bertholds. Irgendwann auf der Strecke setzt mein Verstand wieder ein. Frankenfeld kommt, will sich bei Eva einschleichen, entdeckt, dass Franjo auf dem Hof arbeitet, starrt ihn an. Einen Tag später hat Franjo einen Unfall.

Zuckerbrots Nummer habe ich eingespeichert, er geht sofort dran.

»Franjo, einer der Arbeiter der Bertholds, hatte einen tödlichen Unfall. Ich hab ihn gesucht und gefunden.«

»Für Unfälle bin ich nicht zuständig.«

»Für seltsame Zufälle aber schon, oder?«

»Erzählen Sie.«

Ich erzähle alles, auch, was wir inzwischen über das Weingut Kaiser und über Frankenfeld wissen. Zuckerbrot verspricht, sofort zu kommen. Besser, man trifft sich bei den Bertholds, denn dass ich ihm den Weg zum Graben beschreiben kann, bezweifle ich.

Eva will es einfach nicht glauben. Ich erzähle es ein zweites Mal, sie hält an dem Gedanken fest, dass er vielleicht nur eingeklemmt und ohnmächtig geworden sein könnte.

Eingeklemmt hinter den Barriquefässern war er schon einmal. Vielleicht hat der Anschlag damals auch nicht den Bertholds und ihren Kunden, sondern ihm gegolten? Aber wenn, kann er wohl nur von Kaiser oder von Frankenfeld oder von beiden verübt worden sein. Wie hätten die aber vom stillgelegten Kellergang hinter den Barriquefässern wissen können? Aichinger weiß davon viel eher.

Vesna kommt gleichzeitig mit Zuckerbrot, Hach und Steininger. Ein Polizeiauto vor dem Haus der Bertholds, das wird sich in einer halben Stunde herumgesprochen haben. Ich bin wütend auf Zuckerbrot, kann er nicht etwas umsichtiger vorgehen? Ein ziviler Wagen wäre besser gewesen.

Als Vesna erfährt, was mit Franjo geschehen ist, schreit sie auf. »Das ist Mord!«, ruft sie dann. Es folgt ein wütender Wortschwall auf Bosnisch, ihr rinnen Tränen über die Wangen. Sie hat Franjo gut leiden können – oder war da etwa mehr? Ich nehme sie in den Arm, frage gleichzeitig: »Weißt du etwas? Warum Mord?«

Sie schiebt mich weg, schaut trotzig in die Runde: »Franjo war gut, er stürzt nicht ab. Aber er hat zu viel gewusst. Wo ist dieser Frankenfeld?«

»Er ist im Keller«, erwidert Eva.

»Seit wann?«

»Seit heut in der Früh.«

»Man muss Alibi kontrollieren.«

»Dafür sind wir da«, meint Zuckerbrot und bittet Eva, ihn zum Graben unter dem Cabernet-Weingarten zu begleiten.

»Ich muss mit«, sagt Vesna.

»Dort gibt es nicht viel zu sehen«, versuche ich sie zu beruhigen. Ich würde selbst jemanden brauchen, der mich beruhigt. Der bleiche Arm. Wie viel wiegt ein Traktor? Jedenfalls genug, damit ein Mensch keine Chance mehr hat, wenn er auf ihn drauffällt. Wie inszeniert man so einen Unfall? Man muss sich selbst mit Traktoren auskennen. Wenn es danach geht, kann es fast jeder aus Treberndorf gewesen sein. Oder aus Großhofing. Ich schleiche mich davon, während die anderen noch aufgeregt debattieren.

Frankenfeld ist tatsächlich im Keller. Er kontrolliert leere Tanks auf Sauberkeit, ich höre, dass auch die automatische Füllanlage läuft. Er hat mich nicht gesehen, ich gehe zurück zur Füllanlage, frage Jirji, wie lange Frankenfeld schon da sei, seit wann sie gemeinsam im Keller seien. Er braucht zwei, drei Anläufe, dann versteht er mich. Ich weiß inzwischen auch, dass das, was er an den Abenden liest, ein Deutschlehrbuch ist.

So ab sieben in der Früh habe man im Keller gearbeitet, man sei zusammen gekommen, um den Wein einiger Barriquefässer umzuziehen.

Kann gut sein, dass Franjo schon früher das Haus verlassen hat. Er hat sich fast immer schon gleich nach Tagesanbruch auf den Weg gemacht. Ich atme durch. Ich habe ihn sehr gern gemocht. Die Arbeit im Freien hat ihm gefallen. Wie viel weiß ich über ihn? Er war gelernter Fußballtrainer. Was für ein Beruf. Und er hatte eine Freundin, die in einer Bank arbeitet. Man muss sie verständigen. Ich bringe es nicht fertig,

Jirji vom Tod seines Freundes zu erzählen, sie stammen aus demselben Dorf, auch das weiß ich – und stutze. Vaclav, Ana und Tomek kommen aus dem Nachbardorf. Wäre es möglich, dass Vaclav Rache geübt hat, weil er sich ihm nicht unterworfen hat, weil er da geblieben ist?

Unwahrscheinlich. In den Dörfern hinter der Grenze geht es wohl weder wilder noch zivilisierter zu als hier. Das Motiv wäre einfach zu schwach.

Frankenfeld dreht sich zu mir um, er scheint nicht gerade froh, mich zu sehen.

»Franjo ist tot«, sage ich zu ihm ohne lange Einleitung, »oder wissen Sie das schon?«

Er sieht mich ungläubig an. Aber es gibt bekanntlich auch gute Schauspieler. Selbst wenn er wie heute am Kragen und am Ärmel seines Hemdes schwarze Schlieren hat, wirkt er immer gepflegt und gut gekleidet, so als wäre der Schmutz nur ein schickes Accessoire zu seinem Kellermeister-Outfit. »Was ist geschehen?«

»Wo waren Sie heute zeitig in der Früh?«

»Sie sind wohl verrückt«, fährt er mich an, »ich habe Ihre Verdächtigungen satt. Was ist mit ihm geschehen?«

»Er ist unter dem Traktor zu liegen gekommen.«

»Also ein Unfall.«

»Es sollte zumindest so aussehen.«

»Ich muss zu Frau Berthold.«

»Sie bleiben hier. Franjo hat im vergangenen Jahr auf dem Weingut Kaiser gearbeitet. Sie haben ihn wiedererkannt. Ich habe Ihren Blick gesehen. Franjo wusste viel über die illegalen Dinge, die dort laufen. Aber es war zu spät, ihn deshalb zu ermorden. Er hatte uns bereits davon erzählt.« Ich lasse alles heraus, was wir wissen. Frankenfeld hört mir zu.

»Vollkommener Unsinn«, sagt er, »vielleicht wollte er Ihnen eine Freude machen mit diesen Märchen? Es hat Unregelmäßigkeiten bei der Bezahlung gegeben. Dafür wollte er sich offenbar rächen.«

»Sie streiten ab, mithilfe von Chips teuren Barriquewein imitiert zu haben?«

»Selbstverständlich bestreite ich das. Das war nicht so. Und wir haben auch nicht Billigwein als Qualitätswein verkauft. Franjo war kein Experte. Vielleicht hat er ein paar Dinge verwechselt. Natürlich bekamen wir auch Weinlieferungen in Tanks aus dem Ausland, aber die ...«

»Wir? Sehr interessant!«

»Ich habe fünf Jahre bei Kaiser gearbeitet.«

»Und bei den Betrügereien mitgemacht. Oder haben Sie sie sogar eingefädelt?«

»Nein«, sagt Frankenfeld, »da hat es nichts gegeben.«

»Und jetzt sind Sie dabei, Evas Betrieb auszuspionieren.«

»Sie haben eine blühende Phantasie, aber Sie lesen die falschen Bücher.«

»Warum sonst haben Sie plötzlich hier angeheuert?«

»Ich habe die Familie und ihre ewigen Streitereien nicht mehr ausgehalten, reicht das?«

»Vielleicht sind Sie auch bewusst auf die Suche nach einem geschickt worden, der geplaudert hat. Immerhin: Der Reporter vom ›Weinviertler Boten‹, Gerold, die Bankmenschen – sie wissen bereits von den Praktiken im Weingut Kaiser. Auch wenn sie alle so tun, als wäre es egal.«

»Das ist doch erlogen!«

»Wie praktisch für Sie, dass der Zeuge tot ist, nicht wahr?«

Ich muss zu laut gewesen sein, Jirji und Josef kommen her.

»Tot?«, fragt Jirji.

»Franjo ...«, antworte ich leise, »Franjo ist unter den Traktor gekommen.«

Wir sind alle erschüttert. Aber Vesna scheint Franjos Tod am meisten mitzunehmen.

»Wir müssen trotzdem den Veltliner abfüllen«, sagt Eva am Nachmittag. Es ist wohl besser, sich abzulenken, weiterzumachen. Sie hat Zuckerbrot und später auch das Team der Spurensicherung zum Graben gebracht.

»Ich halte nicht aus«, ruft Vesna und rennt davon.

Ich hinter ihr drein, finde sie am Tisch beim Schuppen, an dem sie an den lauen Sommerabenden oft mit Franjo und den anderen gesessen ist.

»Komm mit«, sage ich.

Sie steht auf, wir gehen aus dem Hof in die Kellergasse. Heute ist hier mehr Betrieb als üblich, vor einem der Keller steht ein Maischewagen, man kann es riechen: Der erste Wein wird gepresst. Auch Evas Kunden haben bereits nach Sturm, dem gärenden jungen Wein, gefragt. Aber sie will lieber zuwarten. Vesna geht schnell, ich kann ihr kaum folgen.

»Du hast Franjo sehr gemocht, nicht wahr?«

»Gemocht ja, aber sonst war nix.«

Es klingt beinahe bedauernd. »Weißt du etwas, das du uns, das du mir nicht erzählt hast?«

»Nichts, das es ist. Habe dauernd Ahnung, muss etwas sein, aber ist nichts, das kommt.« Wenn Vesna aufgeregt ist, verschieben sich bei ihr Worte und Grammatik. »Ich überlege ganze Zeit«, fährt sie fort. »Was ist mit Unfall im Keller mit Barrique? War das erstes Mal, man wollte ihn töten?«

»Dann kann es aber kaum jemand von den Kaisers gewesen sein, woher sollten die den Gang kennen?«

»Klingt nach Aichinger. Der will auch Hof. Aber: Woher hat er Geld? Mira Valensky, wir haben uns ruhig machen gelassen, haben nicht mehr nachgesehen. Das war der Fehler. Franjo kann noch leben, wenn wir hätten genau geschaut.«

Ich schüttle den Kopf, aber da ist schon etwas dran.

»Es war Eva, die gesagt hat, basta, will ich nicht wissen«, fährt Vesna fast wie im Selbstgespräch fort. »Sie hat uns schlafen gemacht. Mit Arbeit und immer weitermachen, tun.«

Ich schüttle den Kopf. Jedenfalls hat Eva nichts davon, wenn Franjo tot ist. Ganz im Gegenteil. Vielleicht war das heute ja doch ein Unfall.

Vesna schüttelt energisch den Kopf und klopft auf ihre Brust. »Da drinnen ich spüre es: Das war nicht Unfall. Vielleicht hat es bei Mord an Hans Berthold einen Zeugen gegeben. Sind viele Weingärten herum, Franjo hat es gesehen oder hat später erst gemerkt, was er hat gesehen.«

Kann ich mir nicht vorstellen. Aber eines stimmt: Wir haben uns ablenken lassen.

Vesna fährt fort: »Ich werde zu Kaiser gehen, Lesehelferin, haben sie viele Helfer, ich lasse mir Haare färben, und keiner kennt mich wieder. Und vorher: Ich werde herausfinden, woher Nachbar Geld hat, mit dem er Hof nehmen will.«

»Aichinger hat dich einige Male gesehen.«

»Wer sonst soll es machen? Du? Dich kennt er besser. Polizei? Warum soll er erzählen, wenn Geheimnis dabei ist.«

»Zuckerbrot ist ein guter Beamter.«

»Er hat anderes zu tun. Ich will wissen, was passiert ist.«

Das will ich auch. Wir sind am Ende der Kellergasse angelangt, am Platz, auf dem die Traktoren umkehren können, dahinter beginnen die Rebzeilen.

Vesna sieht grauenvoll aus, ich hätte sie beinahe nicht wiedererkannt. Sie hat sich im Nachbarort die Haare blondieren und eine Dauerwelle machen lassen. Die Schminke stammt aus dem Fundus von Eva, die Anleitungen hat sie von Martina bekommen.

Anstelle der drahtigen, schlanken Frau mit den dichten dunklen Haaren begegnet mir ein aufgetakeltes blondes Monstrum in einem weinroten Kostüm.

»Bin ich slawische Paradepuppe«, sagt sie und wackelt keck mit den Hüften. Ich bin froh, dass sie das mit dem Slawisch selbst gesagt hat.

Jedenfalls ist ausgeschlossen, dass Aichinger sie so erkennt. Eva ist zur Einvernahme nach Mistelbach gebeten worden, sie muss auch alles mögliche Bürokratische abwickeln, das in Verbindung mit einem plötzlichen Todesfall steht. Sie weiß nichts von unserem Vorhaben. Es ist auch zweifelhaft, ob die ganze Aktion etwas bringt, aber wenn es Vesna beruhigt ... Außerdem halte ich es auch nicht aus, einfach still dazusitzen und zu warten.

Die ersten Ermittlungsergebnisse weisen eher auf einen Unfall hin: Der Traktor ist in der Mitte des steilen Hanges ins Schlingern gekommen, hat drei Steher gerammt, ist dann gekippt, hat sich überschlagen.

Franjo ist aus dem Sitz geschleudert worden, der Traktor ist auf ihn gefallen.

Wir wissen, dass heute der Tag ist, an dem Aichinger gerne im Gasthaus sitzt. Seine Frau besucht jeden Mittwoch ihre Mutter, der Sohn arbeitet halbtags bei der Post, er ist allein, und es gibt niemanden, der ihm ein Mittagessen richtet.

Vesna will sich als kroatische Weineinkäuferin einer Hotelkette ausgeben. Sie hat sogar einige Hotelprospekte aufgetrieben, kein Problem, so etwas im kleinen Reisebüro in Wolkersdorf zu bekommen. Hungrig von der Fahrt durch das Weinviertel will sie rein zufällig im Gasthof Herbst mittagessen und, wenn es gelingt, mit Aichinger ins Gespräch kommen – ob dann auch noch alles andere gelingt, steht in den Sternen. Ich jedenfalls soll mit einem Aufnahmegerät beim Barriquekeller warten.

Aber nach Warten ist mir nicht. Eine halbe Stunde nach Vesna – ich habe ihr sogar, damit alles so echt wie möglich aussieht, Oskars großen Audi besorgt – mache auch ich mich auf den Weg. Warum sollte ich nicht beim Herbst reinschauen oder zumindest an seinem Fenster vorbeigehen?

Es scheint, als hätte Teil eins des Planes funktioniert: Ich sehe die beiden mit einem Glas Wein anstoßen, sie sitzen am letzten Tisch im Schankraum. Wenn ich den Weg durch den Hintereingang nehme, könnte ich mich an den ersten Tisch im Speiseraum setzen und versuchen mitzuhören, was sie reden. Eine Zeugin ist sicher nicht schlecht. Die Toiletten befinden sich in der anderen Richtung, Aichinger hat also keinerlei Grund, in den Speiseraum zu kommen.

Ich schleiche mich durch den Hintereingang, setze mich an den Tisch gleich neben der offenen Tür zum Schankraum.

»Einen weißen Gespritzten«, bestelle ich leise bei der Kellnerin. Sie scheint sich keinerlei Gedanken über mich zu machen, gut so.

»Ihr Wein – köstlich, man sagt so, oder?«, sagt Vesna mit einem deutlich stärkeren Akzent, als sie ihn eigentlich hat.

»Ist auch voriges Jahr in den Salon österreichischer Weine genommen worden, das ist hohe Auszeichnung.«

Aichinger bemüht sich im Gegenzug, Hochdeutsch zu sprechen.

»Ich habe gehört von Ihre Wein. Was für Glück, es gibt ihn hier in Restaurant. Ich wollte kommen zu Ihnen. Man sollte nehmen noch ein Glas.«

Vesna, lege es nicht darauf an, ihn betrunken zu machen, das schaffst du nie.

»Sie sehen Prospekte von einige der Hotels, ich betreue?«

Gemurmel. »Sehr elegant«, sagt Aichinger dann.

»Prost«, erwidert Vesna, »und ich habe gedacht, muss ich arme Frau alleine essen.«

Aichinger räuspert sich. »Sie wollten zu mir?«

»Ja, habe ich getrunken Ihre hervorragende Wein irgendwo.«

»Und Sie wollten nur zu mir?«

So dumm ist Aichinger nicht.

»Ja, jetzt schon«, sagt Vesna, »war ich bei anderem, bei Berthold, aber ich weiß nicht ... Ich habe gute Kontakte über Bank, habe gehört ... geht nicht so gut, man soll sich zusammenschließen? Prost.« Offenbar hat sie ihm schon wieder nachgeschenkt.

»Zusammenschließen? Sicher nicht. Ich werde das Weingut kaufen.«

»Da Sie müssen mit Ihre Wein viel Geld verdienen, vielleicht Sie sind zu teuer für arme kroatische Einkäuferin?«, sagt sie kokett.

»Wir werden uns schon einigen über den Preis, als Geschäftsmann hat man heute strategische Partner.«

Offenbar hat sie ihn wirklich schon ganz schön besoffen gemacht.

»Ja, natürlich«, antwortet Vesna, als hätte sie ihr Leben lang nur mit strategischen Partnern zu tun gehabt, »nehme ich an, Bank.«

»Wissen Sie, den Banken vertraue ich nicht so sehr. Es sind ... stille Teilhaber, allgemein bekannte Unternehmer, die wollen auch nicht dreinreden. Die Bertholds, die haben es mit der Bank gemacht. Man sieht, was dabei herauskommt.«

»Mord«, erwidert Vesna, »weiß ich, war auch bei uns in Zeitung. Aber stille Partner sind nicht immer still.«

Aichinger lacht. »Die sind sogar so still, dass sie nicht einmal mir gesagt haben, dass einer von ihnen bei den Bertholds angeheuert hat, um den Betrieb zu prüfen, ob er es überhaupt noch wert ist. Aber ich bringe ihn schon wieder in die Höhe.«

»Prost«, sagt Vesna wieder. »Seltsame Sache, wo Sie sagen. Man hat mich bei Berthold herumgeführt durch Keller. Habe ich etwas auf eigene Faust geschaut, mache ich immer, geht es drunter und drüber dort, wenn man so sagt. In Barriquekeller bin ich auf etwas gestoßen ...«

»Auf was?«, fragt Aichinger rasch.

»Mein Deutsch zu schlecht, es war Unfall, hat man gesagt, aber ... ich habe da etwas gesehen, vielleicht sollte man mit Polizei – weil kann ich nicht noch einmal hinein.«

»Was haben Sie gesehen?«

Offenbar schüttelt Vesna bloß stumm den Kopf. »Täte aber sehr gerne wissen ... Prost!«

»Es gibt einen Weg, wenn ich Ihnen helfen kann, tue ich es gerne – für eine künftige Geschäftspartnerin.«

Die beiden stoßen an.

»Man kommt über einen anderen Keller in den Barriquekeller. Ich kenne die Bertholds gut, sie sind ja Nachbarn.«

»Aber ... hinten schleichen, ich weiß nicht ...«

»Es kann uns niemand sehen«, erwidert Aichinger hastig. »Was haben Sie gesehen?«

»Man muss vor Ort ansehen, vielleicht war Unfall in Keller doch kein Unfall.«

Höchste Zeit für mich, zu zahlen und in den Keller zu verschwinden. Zum Glück habe ich schon heute früh einen Reserveschlüssel eingesteckt, in den letzten Wochen hat Eva darauf geachtet, dass alles versperrt ist und auch keine Schlüssel in irgendwelchen Kellernischen zurückgelassen werden. Aber jetzt soll der Schlüssel zur Kellerküche wie jahrelang zuvor wieder in einer Ausnehmung an der Schmalseite der Wand liegen. Ich lege das Geld für den Gespritzten einfach auf den Tisch und mache mich davon. Einen gewissen Vorsprung müsste ich haben. Alles passt immer besser zusammen. Kaiser ist also der »strategische Partner«, Frankenfeld, wie gedacht, ausgesandt, um bei Bertholds herumzuspionieren. Schade um ihn, er ist mit Sicherheit ein guter Kellermeister.

In der Kellergasse begegnet mir nur ein Lesewagen, außerdem: Ich wohne bei den Bertholds, warum sollte ich nicht in den Schaukeller? Ich sperre auf, hinter mir wieder zu, drehe das Licht an, fürchte dann, man könnte es von draußen sehen, suche im Halbdunkel nach einer Kerze, finde stattdessen hinter der Schank etwas viel Besseres, eine Taschenlampe. Hinunter die steilen Stiegen, durch den Fasskeller, den Verkostungskeller, durch die Türe in den Barriquekeller. Ich habe ein leistungsstarkes Aufnahmegerät eingepackt, aber keine Ahnung wie die Akustik ist, wenn die beiden hinter den Barriquefässern reden. Ich kann nur hoffen und hinter der angelehnten Tür mitlauschen. Kühl ist es hier unten, ich habe vergessen, mir eine Jacke mitzunehmen. Draußen hat es noch immer über zwanzig Grad. Ich sehe auf die Uhr, eine Viertelstunde vergeht, eine halbe Stunde. Hat es sich Aichinger anders überlegt? Er schien ziemlich erpicht darauf, das zu sehen, was Vesna angeblich entdeckt hat. Hat doch er mit den rollenden Fässern zu tun? Oder hofft er einfach auf eine weitere Möglichkeit, den Bertholds eins auszuwischen?

Ich lausche angestrengter, sie kommen, zumindest kommt irgendjemand. Ich verstecke mich hinter der angelehnten Tür, schalte das Aufnahmegerät ein.

Die Akustik ist zum Glück hervorragend.

»Ist das, was ich habe gefunden«, sagt Vesna.

»Was? Eine Latte?«

»Sie erinnern an Latte?«

»So ein Unsinn, was soll das?«, kommt es misstrauisch zurück.

»Okay«, sagt Vesna mit ihrer üblichen Stimme, alles Süßliche und auch der übertriebene Akzent sind verschwunden, »habe ich gleich gedacht, dass der Täter zum Tatort zurückgeht, hat er etwas vergessen: diese Latte nämlich.«

»Das ist doch Unsinn! Lassen Sie mich vorbei! Wer sind Sie?«

Ich höre Gerangel, weiß nicht, ob ich Vesna zu Hilfe kommen soll, aber wenn ich mich an den Barriquefässern vorbeiquetsche, kommen sie vielleicht noch einmal ins Rollen.

»Draußen steht Polizei, täte ich nicht tun«, sagt Vesna scharf.

»Man kann mir nichts beweisen!«

»Gibt es Fingerabdrücke auf der Latte!«

»Unsinn. Wer sind Sie?«

»Bin ich Putzfrau, nicht mehr.«

»Was wird da eigentlich gespielt?«

»Hat es sich ausgespielt. Besser, Sie erzählen, weil sonst: Polizei. Und nicht vergessen: Gibt es schon zwei Tote.«

»Der Arbeiter ...«

»Traktorunfall geht schnell, wenn man nachhilft.«

»Ich hab damit nichts zu tun!«, schreit Aichinger.

»Sage ich nicht. Aber mit sonst einer Menge, mit Fässer, Beweis habe ich in Hand!«

In Wahrheit haben wir die Latte zu den Barriquefässern gelegt, mit so einer oder einer ähnlichen müssen die Fässer ausgehebelt worden sein, das steht fest.

»Ich habe die Latte weg ...«

»Ist zurückgekommen. Wir kommen Sache schon näher, wir haben gesucht, gefunden, untersucht. Also. Oder soll ich Polizei schreien?«

»Das war ja nur ... ein Streich«, murmelt Aichinger. »Kann ich wissen, dass sich dabei wer verletzt?«

»Wie Sie sind auf die Idee gekommen?«

»Das war nicht ich, das war das Weingut Kaiser, man hat gemeint, wir müssen zusammenarbeiten, und Eva, die will sich einen Großauftrag erschleichen mit ihren üblichen Methoden.«

»Was ist ›übliche Methoden‹?«

»Na, wie die Bertholds eben sind, mit Tricks und allem. Wie, glauben Sie, wären die denn sonst so groß geworden?«

»Was ist ›zusammenarbeiten‹? Strategische Partner samt bösen Aktionen, was?«

»Das Weingut Kaiser will mir helfen, dass ich den Betrieb übernehmen kann, und das ist nur in Ordnung so. Wer hat mir den besten Weingarten abgejagt? Und eines ist auch klar, das Ried Hüttn, das hat meinem Großvater gehört, sie haben es uns gestohlen, so waren sie immer schon. Was will die Eva auch mit dem Betrieb? Eine Frau allein?«

»Kaiser hat gesagt, wann du Barriquefässer sollst rollen lassen?«

»Ja. Wenn der Großhändler im Keller ist. Aber das ist harmlos gegen das, was uns die Bertholds schon alles angetan haben!«

»Das mit Computerkabel war auch Idee von Kaiser?«

»Unsinn, ich wollte sehen, ob er auch ohne Computer Wein machen kann.«

»Das ist aufgeflogen, hat sich herumgesprochen, danach Kaiser hat gewusst, Sie sind sein Mann, und mit Ihnen geredet. So war es?«

»Quatsch. Man ist gekommen und hat mir Zusammenarbeit angeboten, eine strategische Partnerschaft eben.«

»Mit Dreckarbeit für Sie. Man sollte Polizei ...«

Wieder ein kurzes Gerangel, ein, zwei dumpfe Schläge. »Geben Sie mir die Latte«, keucht Aichinger.

»Können Sie haben, Idiot.«

Schritte, die sich eilig entfernen, ich bleibe noch stehen, lausche.

»Mira? Du bist da?«, höre ich dann von hinter den Fässern.

»Klar. Es hat funktioniert.«

»Alles aufgenommen?«

Ich gehe zu meinem Rekorder, spule ein Stückchen zurück: »Unsinn, ich wollte sehen, ob er auch ohne Computer Wein ...« – Aichingers Stimme klingt durch den Keller, als ob sie nicht vom Band käme. Alles im Kasten. Mir ist klar, dass man das Band nicht als Beweis vor Gericht verwenden kann, aber darum geht es nicht. Wir wissen, dass Kaiser eine Menge unternommen hat, um Evas Geschäft mit dem deutschen Großhändler zu sabotieren. Und wir wissen jetzt auch, wer die Fässer ins Rollen gebracht hat.

»War es Kaiser, oder war es Frankenfeld?«, fragt Vesna. Wir sitzen in meinem Zimmer und haben das Band noch einmal abgehört. »Habe ich Fehler gemacht, hätte ich genau fragen müssen.«

»Frankenfeld hat er nie erwähnt. Andererseits: Was immer im Weingut Kaiser geschieht, scheint von ihm auszugehen. Bis hin zu den Kontakten in der Sponsoring-Sache. Das wäre nun wirklich nicht die Angelegenheit eines Kellermeisters.«

»Attentate auch nicht«, ergänzt Vesna.

Wir beschließen, Eva im Moment noch nichts von unseren neuen Erkenntnissen zu erzählen. Wenn es um Frankenfeld geht, ist sie nach wie vor keinem noch so guten Argument zugänglich. Zu sehr macht ihr die Idee Spaß, den Kaisers ihren Kellermeister ausgespannt zu haben.

Ich will gerade nach Wien fahren, als Jirji zu mir kommt. »Wo Vesna?«
»Ich glaube, sie hilft beim Weinverpacken.«
»Muss reden. Vesna übersetzen.«
Wir finden sie in einem der Wirtschaftsräume, um die schaurigen Haare hat sie ein buntes Tuch gebunden, den Knoten nicht unter dem Kinn, sondern am Hinterkopf, sie sieht aus wie eine Piratin.
Jirji redet auf Slowakisch auf Vesna ein, sie scheint nicht alles zu verstehen, fragt ein paarmal nach.
»Jirji meint, würde dich interessieren: Polizei ist in Weingarten unterwegs.«
»Vielleicht noch einmal die Spurensicherung.« Noch gibt es weder ein Ergebnis der Obduktion noch der Spurenauswertung, zumindest hat Zuckerbrot das mir gegenüber behauptet. »Im Cabernet-Weingarten?«, frage ich.
Das hat Jirji auch ohne Übersetzung verstanden. Er schüttelt den Kopf. »Nein, in einem der Weingärten beim Wald«, übersetzt Vesna. Und zu Jirji: »Du bist sicher, das ist Polizei?«
Ja, er habe das Team von der Spurensicherung beim Graben gesehen, er habe sie damals zurückbegleitet, übersetzt Vesna wieder.
»Zeig mir, wo sie sind«, bitte ich ihn. Er nickt, und ich hetze hinter ihm her.

Zuckerbrot kniet zwischen Waldrand und erster Rebzeile. Er sieht ungehalten auf, als ich neben ihm stehe. »Es gibt etwas Neues, nicht wahr?«, sage ich.
»Sie werden rechtzeitig davon erfahren«, antwortet der Chef der Mordkommission.
Die anderen drei sehen interessiert von ihrer Arbeit auf.
»Was machen Sie hier?«

»Bodenproben, ist das schwer zu erkennen?«

»Und seit wann rutschen Sie selbst mit einem Team der Spurensicherung auf dem Boden herum?«

»Seitdem sie mich aufs Land verschleppt haben.«

»Was wollen Sie hier finden?«

»Von wollen ist keine Rede.«

»Was ist bei der Autopsie von Franjo herausgekommen? Hat es damit zu tun?«

Zuckerbrot seufzt, richtet sich auf, kommt zu mir herüber. »Ich werde Sie ohnehin nicht los. Also: Bei der Autopsie hat es deutliche Anzeichen gegeben, dass er möglicherweise vor seinem Tod bewusstlos geschlagen worden ist. Und man hat an seinem Körper Erd- und Moosspuren gefunden, die nicht zum Tatort passen. Sie könnten von einem Gebiet am Waldrand stammen. Eva Berthold hat uns erzählt, dass Franjo den Auftrag hatte, hier die Netze zu kontrollieren. Die Ermittler vor Ort sind gar nicht so übel, wie Sie denken.«

»Denke ich gar nicht. Wahrscheinlich haben sie genug Fernsehserien über forensische Medizin gesehen.«

»Nur dass die Fälle in der Realität nicht so spektakulär sind. Ein ermordeter Landarbeiter … Jetzt brauchen wir nur noch den Beweis in Form von Bodenproben. Dass wir den exakten Ort finden, an dem sich die Sache abgespielt hat, ist allerdings unwahrscheinlich. Wir haben Traktorspuren entdeckt, aber davon gibt es zu viele. Sie haben ihn gut gekannt, oder?«

»Gut? Ich weiß nicht.«

»Wer könnte ein Interesse an seinem Tod gehabt haben?«

»Ich habe es Ihnen schon erzählt: Franjo wusste von illegalen Machenschaften im Weingut Kaiser. Zwei Tage, bevor er … ermordet wurde, ist Frankenfeld, der Kellermeister von Kaiser, bei den Bertholds aufgetaucht, hat so getan, als hätte er die Familie Kaiser satt, und wollte zu den Bertholds überwechseln. Ist ihm ja auch gelungen. Als er Franjo gesehen hat, ist er beinahe erstarrt. Haben Sie ihn nach seinem Alibi gefragt?«

»Er war auf dem Weg von seiner Wolkersdorfer Wohnung zu den Bertholds.«

»Kein besonders starkes Alibi.«

»Aber plausibel, wir versuchen Leute zu finden, die jeden Tag um dieselbe Zeit auf der Brünnerstraße stadtauswärts unterwegs sind und ihn eventuell gesehen haben.«

»Und was ist mit dem Alibi der drei Kaisers?«

»Wir waren bei ihnen, Stefan Kaisers Alibi soll seine derzeitige Freundin sein, er sagt, er habe bei ihr in Wien übernachtet. Sein Auto jedenfalls hat man am frühen Morgen in der Gasse stehen sehen. Christoph Kaiser war in den Weingärten unterwegs, das klingt auch einleuchtend. Und Nicole Kaiser ist auf Gran Canaria.«

»Haben Sie den Betrieb kontrolliert?«

Zuckerbrot seufzt. »So schnell bekomme ich keinen Durchsuchungsbefehl, schon gar nicht für das alteingesessene Weingut Kaiser. Aber Kaiser hat uns freiwillig das gesamte Firmengelände gezeigt, samt Zisternen.«

»Wie gut kennen Sie sich im Weinbau aus?«

»Ich hatte Hach dabei, der ist Nebenerwerbswinzer.«

»Na super.«

»Kaiser hat mir angeboten, wir könnten jederzeit den Kellereiinspektor hinzuziehen, der Betrieb stehe uns offen. Das mit den Zisternen hat er erklärt: Hier werde Sektgrundwein und Massenwein verschnitten und zwischengelagert, das ist alles andere als illegal. Und von Chips haben wir nichts gesehen, er meint, solche Verdächtigungen gebe es von Neidern immer wieder, er lasse die Weine nur sehr kurz in den Barriquefässern, daher komme die hohe Literanzahl, das sei alles.«

»Und eine noch höhere, wenn man die Verkäufe, die an der Steuer vorbeigehen, dazurechnet.«

»Lassen Sie es gut sein, Sie haben sich da in diverse Privatfehden hineinziehen lassen.«

»So?«, erwidere ich und erzähle ihm, was wir aus Aichinger herausgebracht haben.

»Sie und Ihre Putzfrau ...«, sagt Zuckerbrot am Ende bloß. Aber es klingt, als wolle er der Sache nachgehen.

»Man hat ihn also zuerst woanders bewusstlos geschlagen, dann zu dem gefährlichen Cabernet-Weingarten gebracht, auf den Traktor gesetzt und den gestartet«, fasse ich zusammen.

»Muss Experte gewesen sein und einer, der die Weingärten kennt«, fügt Vesna hinzu.

Auf Frankenfeld würde beides zutreffen. Er war dabei, als wir mit Eva beim Cabernet-Weingarten waren und sie gemeint hat, man benötige endlich einen sicheren Traktor für diese steile Lage.

Wir müssen Eva sagen, was uns Aichinger erzählt hat. Er hat vom »Weingut Kaiser« geredet, das mit ihm zusammenarbeiten wolle, das ihm den Auftrag gegeben habe, die Barriquefässer ins Rollen zu bringen. Wer repräsentiert das Weingut? Frankenfeld. Und ich muss ihr erzählen, was ich von Zuckerbrot weiß. Zu dumm, dass ich ihm versprechen musste, noch nicht darüber zu schreiben. Dafür soll ich die Erste sein, die die Ermittlungsergebnisse offiziell erhält.

»Frankenfeld bleibt«, befindet Eva. Wir stehen auf dem Weg zwischen Hof und Kellergasse, hier sind wir ungestört. »Wenn er es war, können wir ihm nur auf die Schliche kommen, indem wir quasi sein Spiel mitspielen. Aber was sollte er für ein Interesse haben? Deckt er das Weingut Kaiser, weil er selbst mit drin steckt? Oder hat es ihm gereicht, und er ist tatsächlich ausgestiegen? Dass er sie nicht verrät, ist klar: Erstens ist er loyal, und zweitens war er ja zumindest bei einigen illegalen Aktionen dabei.«

»Nachbar sagt, Frankenfeld ist da, um zu spionieren«, erinnert Vesna.

»Auf dem Band ist nie von ihm die Rede. Und: Im Gasthaus hat Aichinger gesagt, dass er nichts davon gewusst habe, dass Frankenfeld zu uns kommen wolle. Er hat einfach Schlussfolgerungen gezogen, die können auch falsch sein. Oder er führt uns überhaupt an der Nase herum und redet sich bloß auf die Kaisers hinaus«, halte ich dagegen.

Ich zupfe ein paar Weinbeeren von einem Stock, sie sind schon saftig und süß, aber Eva meint, um daraus guten Wein zu machen, müssen sie noch an Zuckergraden gewinnen. Ich überlege weiter: »Ist der alte Aichinger dafür raffiniert genug? Ich kann mir sogar gut vorstellen, dass die

Kaisers ihn ausbremsen wollten. Er ist wegen der alten Fehde als Mitstreiter geeignet, aber ich glaube nicht, dass sie ihm tatsächlich als stille Teilhaber helfen wollten, an dein Weingut heranzukommen. Vielleicht war das als Frankenfelds Prämie gedacht, dafür, dass er mitspielt: Er schaltet euch als Konkurrenten aus, rettet so das Weingut Kaiser, bekommt dafür das kleinere Weingut Berthold. Aichinger wird über die Bank ausgetrickst, er selbst kann nämlich die Kreditraten sicher nicht übernehmen. Und wenn er nicht willig ist, kann man ihm drohen, zum Beispiel damit, dass man über die Aktion im Barriquekeller reden würde.«

Frankenfeld benimmt sich, als wollte er tatsächlich das Beste für das Weingut Berthold, wäre ja auch kein Wunder, falls die Theorie mit der Prämie stimmen sollte. Die Lese der Frühsorten beginnt. Müller Thurgau, Frühroter Veltliner. Vesna hat ihre Ankündigung wahr gemacht und bei Kaiser als Erntehelferin angeheuert. In diesem Fall ist ein bosnischer Pass unverdächtiger als ein österreichischer. Sie erzählt Schauergeschichten über die Arbeitsbedingungen: Die Lesetrupps von weiter her haben zwei Möglichkeiten: Entweder übernachten sie in ihrem Auto, oder sie mieten sich auf eigene Kosten in einer Fremdenpension ein. Davon gibt es in der Umgebung allerdings wenige, und nicht alle nehmen Lesehelfer aus dem Ausland auf. Auf dem Gelände des Weinguts gibt es zwar Duschen für die Arbeiter, aber die werden von den ständigen Mitarbeitern »verwaltet«: Wer duschen will, zahlt. Vesna hat es zum Glück besser. Sie verlässt an den meisten Abenden das Gelände, macht sich mit dem Auto, das sie sich bei einem weitläufigen bosnischen Verwandten – eine bosnische Nummerntafel macht sich in dem Fall gut – für ein paar Tage ausgeliehen hat, auf zu den Bertholds oder nach Wien. Wer muss wissen, dass sie nicht direkt aus Bosnien gekommen ist? Von Chips und falsch deklariertem Wein bekommt sie in der ersten Woche nichts mit, aber momentan ist wohl der gesamte Betrieb auf die Lese konzentriert.

Eva teilt die inzwischen rund zwanzig Lesehelferinnen und Lesehelfer ein, schickt sie gemeinsam mit jemandem von der Familie los. Die meisten der Helfer kommen aus der näheren Umgebung, aber auch einige

Polen und Slowaken, unter ihnen die, die Franjo aufgetrieben hat, sind angereist. Viele kennt Eva schon aus den vergangenen Jahren, man rückt im Arbeiterquartier zusammen, in einem Wirtschaftsraum werden vier zusätzliche Betten aufgestellt.

Frankenfeld konzentriert sich auf die Arbeit im Keller. Zu organisieren hat er zweifellos gelernt. Die riesige pneumatische Weinpresse muss gewaschen sein, die Tanks vorbereitet. Es muss alles reibungslos und ohne Verzögerungen laufen, die weißen Trauben sollen so rasch wie möglich nach der Lese gepresst werden und in die Tanks kommen. Überall herrscht lebhafte Betriebsamkeit, aber mir kommt vor, weniger Hektik als in den letzten Monaten. Liegt es an der Freude, dass nun der Lohn für die Arbeit vieler Monate eingefahren wird? An der klaren, sonnigen Herbstluft? Oder daran, dass Frankenfeld das, was er tut, wirklich gut kann?

Müller-Thurgau ist eine Sorte, die die Bertholds nur als Cuvéepartner für andere Weißweine verwenden, sortenrein gefüllt wird er schon lange nicht mehr. Er neigt zu einem eher wuchtigen, vordergründigen Bouquet, lässt sich momentan nicht gut und schon gar nicht zu einem gehobenen Preis verkaufen. Anders ist es beim Frühroten Veltliner: Er ist inzwischen selten im Weinviertel, und seit der Veltliner-Renaissance werden auch alle verwandten Sorten wieder interessant. Eva versucht, beim Lesen, so oft es geht, selbst mit dabei zu sein. Es macht ihr Freude. Der Großvater ist meist mit dem Lieferwagen unterwegs, wir haben ihn zum Verpflegungsmeister ernannt, aber natürlich kann er es auch nicht lassen, selbst Trauben zu schneiden. Martina und Simon sind jeden Tag in den Weingärten, meist begleitet von Reblaus. Inzwischen hat es sich eingebürgert, dass Simon in Martinas Zimmer übernachtet. Er entpuppt sich als verlässlich und ist zudem immer gut gelaunt. Es ist rührend, den beiden zuzusehen, sie sind sichtbar ineinander verliebt.

Solange das Wetter schön ist, finde auch ich Weinlesen eine wunderbare Sache – zumindest einige Stunden lang. Danach tun mir Arme und Schultern weh, zweimal habe ich mich mit der tückischen Rebschere schon in den Finger gezwickt. Außerdem klebt man von oben bis unten vom Zucker der Trauben.

Ich lerne Evas Eltern kennen. Sie helfen in erster Linie ihrem Sohn beim Nebenerwerbsweinbau, aber wenn sie Zeit haben, kommen sie nun auch nach Treberndorf. Der Vater hat ein Problem mit der Hüfte, ist schon zweimal operiert worden, will aber trotzdem nicht Ruhe halten. Evas Mutter ist eine, die nicht viel sagt, ihr größter Stolz ist, wie viel sie immer noch arbeiten kann.

Gismo wirkt, als würde sie von jeher zum Hof gehören. Sie tut, als wäre sie die Chefin hier. Reblaus hat sie es jedenfalls ein für alle Mal bewiesen.

Wir lesen den Frühroten Veltliner in die rechtzeitig gelieferten Kisten, nicht alle im Ort können damit etwas anfangen. Im Gasthaus höre ich, wie darüber gespottet wird: Da haben sie große Lesewagen, und was tun sie? Sie nehmen kleine Kisten! Der ganze Keller duftet nach Trauben und Maische. Ein intensiver Geruch, süßlich-pikant, er nimmt einem fast den Atem, es ist, mir ist, als könnte ich den Alkohol durch die Nase aufnehmen, ich fühle mich trunken, dabei beginnt die Vergärung erst. Der Traktoranhänger wird direkt in die obere Etage der Kellerhalle geschoben, von dort werden die Trauben mithilfe des Hubstaplers sofort in den Rebler, danach in die Presse und der Most von dort durch die eigene Schwerkraft in die vorbereiteten Tanks geleitet. Perfekte Kellertechnik.

Oskar sieht fasziniert zu. Dabei hält er sich sonst von allem, was mit Technik zu tun hat, so fern wie möglich. Aber vielleicht will er auch bloß seine Ruhepause verlängern, bevor es wieder in den Weingarten geht. Sein Gespräch mit dem Direktor der Kauf-Gruppe ist leider wenig erfreulich ausgefallen. Man hat die Entscheidung über die Einführung einer eigenen Qualitätsweinserie aufgeschoben. Was er allerdings herausgefunden hat: Auch bei der Kauf-Gruppe hat das Weingut Kaiser versucht, seine Mitbewerber schlechtzumachen. In diesem Fall hat sich Nicole Kaiser hinter den Werbechef des Lebensmittelkonzerns gesteckt, sie kennt ihn offenbar von diversen Society-Events. Bin ich froh, dass ich in dieser Szene nicht mehr unterwegs sein muss – oder nur mehr, wenn es mir Spaß macht. Momentan bekomme ich schon Zustände, wenn ich das Wort »Event« nur höre. Als Frankenfeld vorgeschlagen hat, den Berthold'schen Tag der offenen Kellertür in Wine-Making-Event umzubenennen oder ihm zumindest diesen Untertitel zu geben, habe allerdings nicht nur ich protestiert.

Es hat auch ohne diese aufgeblasene Worthülse genug Kunden gegeben, die der Einladung heute nachgekommen sind: Ein Teil von ihnen ist momentan unter der Führung der Winzerin im Weingarten unterwegs und versucht sich im Weinlesen, ein anderer, der größere Teil will erst gegen Abend kommen, dann, wenn gefeiert wird.

Man merkt den Unterschied zu den anderen Tagen. Üblicherweise wird zu Mittag im Weingarten gegessen, es gibt Brot und Aufstriche, Wurst und Speck, der Großvater oder einer der Arbeiter liefern aus. Ich gebe zu: Das ist für mich der schönste Teil der Leserei, man lehnt am Wagen, rundum die Weingärten, der Duft der Trauben, die Heckklappe ist offen, auf zwei, drei Schneidbrettern ist angerichtet, und jeder nimmt sich, was er mag. In Kühltaschen gibt es Wasser und Wein und Fruchtsäfte.

Heute aber ist im Hof gedeckt. Lesearbeit macht hungrig, auch wenn der Kundentrupp erst um zehn damit begonnen hat. Ich sehe zwei Männer, die wirken, als wären sie überglücklich, endlich wieder einmal Jeans tragen zu dürfen. Ein anderer macht auf rustikal: Er ist in einer Kniebundhose erschienen, wo gibt es so etwas heute überhaupt noch? Zwei der Frauen lachen und reden über den gemeinsamen Segeltörn vom Sommer.

»Phantastisch, was Eva Berthold geschafft hat«, sagt eine mit einem roten Parka. Sie ist laut Martina Chefärztin.

Am Abend sollen dann sogar zwei der Japaner kommen, die im Frühling bei den Bertholds bestellt haben. Damals hat Hans noch gelebt. Auch die Partie, die vor gar nicht langer Zeit da war, um Wein zu kaufen, hat sich angesagt. Das Abendbüffet soll für siebzig, achtzig Leute reichen.

»Es läuft hervorragend«, flüstere ich Eva zwischendurch zu.

»Ich bin trotzdem froh, wenn wir morgen wieder normal weiterarbeiten können«, kommt es zurück.

Gegen acht am Abend zähle ich nicht achtzig, sondern über hundert

Menschen, Eva hat natürlich auch einige aus Treberndorf eingeladen, fast alle sind gekommen. Wir stellen im Schaukeller und im ehemaligen Presshaus zusätzliche Tische auf, leider ist der Abend zu kühl, als dass man im Freien sitzen könnte.

Einige halten Frankenfeld für Evas Mann oder wohl auch für ihren Geliebten, je nachdem, wie viel sie über die Familie und die letzten Monate wissen. Frankenfeld führt sich für meinen Geschmack tatsächlich zu sehr als Hausherr auf. Aber man muss sagen, seine Idee geht auf: Die meisten der Kunden optieren bereits für Weine, die noch gar nicht gelesen, geschweige denn im Fass sind. So gut wie alle bestellen auch vom Cuvée Primeur, dem Wein, an dessen Lese sie beteiligt waren. Es stimmt schon, ein gutes Produkt wird mit einer guten Geschichte noch besser.

Ein Teil der Kunden bleibt bis vier Uhr in der Früh, sie übernachten im Gasthaus Herbst. Wenn die Stadtleute beim Lesen genauso viel Energie hätten wie beim Feiern ... Ich ertappe mich dabei, wie ich mich nicht mehr zu den Wienern, sondern zu den Weinbauleuten und ihren Helfern zähle.

Morgen Vormittag werde ich mich allerdings selbst in die Großstadt aufmachen. Meine Reportage über den schwulen Fußballtrainer ist so gut wie fertig – endlich wieder eine gute Story. Mir war zugetragen worden, dass er sich schon lange »outen« wolle, mir hat er vertraut und seine bislang geheime Beziehung zu einem Schlagerstar offen gelegt. Es ist eine Geschichte von Liebe und Angst und Diskriminierung, sogar mit einem politischen Teil: Es soll ein neuer Anlauf unternommen werden, dass gleichgeschlechtliche Paare dieselben Rechte bekommen wie heterosexuelle. Vor allem aber werde ich morgen Nicole Kaiser treffen. Endlich ist sie aus Gran Canaria zurück.

Wir sitzen in der Sky-Bar in einem neuen Hochhaus, Wolkenkratzer zu sagen, wäre doch vermessen. Nicole Kaiser ist heute ganz in Weiß, ich muss zugeben, sie hat eine phantastische Farbe, konnte sich in den letzten Wochen aber wohl auch darauf konzentrieren, braun zu werden. Ich habe ihr am Telefon gesagt, dass ich eine Reportage über den Konkurrenzkampf zwischen den beiden Weingütern Kaiser und Berthold vorbereite. Ich will sie herausfordern. Auch wenn ich nicht sicher bin, wie viel sie überhaupt weiß.

»Das mit diesem Arbeiter tut mir leid«, meint sie, »Mord ... ich weiß nicht, vielleicht ist er zuvor auf einer Waldlichtung gesessen, und die Spuren kommen von daher. Jedenfalls haben die Bertholds nicht den richtigen Traktor für den steilen Weingarten gehabt, oder?«

»Und bewusstlos hat er sich wohl auch selbst geschlagen? Der Mordverdacht ist seit letzter Woche offiziell und amtlich.«

»Ich habe Ihren Bericht gelesen.«

»Ich dachte, Sie seien erst vorgestern aus Gran Canaria zurückgekommen?«

»Man hat mir Unterlagen zusammengestellt, das gehört zur Arbeit einer Presseabteilung.«

Sieh mal einer an, da brauche ich wenigstens nicht allzu unbeteiligt zu tun, sie wird wissen, dass ich mit Eva Berthold befreundet bin.

»Es gibt keinen Konkurrenzkampf«, sagt sie und spielt mit ihrem breiten mattgoldenen Armreifen, »und es hat ihn auch nie gegeben. Die Bertholds haben sich übernommen. Wer wären wir, wenn wir die Kleinen nicht leben ließen? Wir sind doch froh, dass sich endlich etwas tut im Weinviertel.«

Ich lächle freundlich. »Wahrscheinlich haben Sie deswegen versucht, der Kauf-Gruppe einzureden, Eva Berthold stehe kurz vor dem Konkurs.«

»Das habe ich nicht. Ich kenne den Werbechef seit Jahren, man redet eben über das, was los ist.«

»Bloß dass zum Glück van der Fluh, der Generaldirektor der Kauf-Gruppe, solche Aktionen nicht besonders schätzt.«

»Der Zuschlag ist noch nicht erteilt, oder?« Das kommt sehr schnell, fast erschrocken.

»Noch nicht«, antworte ich, als könnte es jeden Tag so weit sein. »Franjo, der ermordete Arbeiter, er hat letztes Jahr für Ihr Weingut gearbeitet und uns ein paar wenig erfreuliche Geschichten erzählt.«

»Das war Verleumdung, wir wollten ihn nicht länger, er war nicht gut genug, also hat er uns verleumdet. Die Behörden waren übrigens da und haben alles kontrolliert. Nichts von dem, was der arme Slowake erzählt hat, stimmt.« Es klingt wie eingelernt.

Ich sehe sie an: »Es könnte sein, dass ich einen anderen Zeugen gefunden habe.«

Nicole Kaiser funkelt mich an: »Das ist nichts als ein taktisches Manöver. Ich sage es nicht gerne, aber wir müssen Sie verklagen, wenn Sie falsche Behauptungen aufstellen.«

»Ich recherchiere, und wenn ich Zeugen habe, dann werde ich darüber berichten.«

»Was finden Sie so toll am Weingut Berthold? Jetzt, wo sogar Hans Berthold tot ist.«

»Wie meinen Sie das?«

»Na, ich meine, der hat doch relativ viele um den Finger gewickelt.«

»Und Sie waren für seinen Charme unempfänglich?«

»Er war mir zu … bäuerlich, wenn Sie verstehen, was ich meine.«

»Er hat kein Interesse an Ihnen gehabt, könnte es das sein?«

»Unsinn, das hätte ihm doch gut in den Kram gepasst, sich bei uns anzubiedern. Das ist ihm nicht gelungen, so hat er es bei Birgit gemacht, aber die habe ich immer schon für naiv gehalten.«

»Birgit?«

»Ja, man könnte sogar sagen, er hat sie Christoph ausgespannt. Eine Geologin, die an einem Forschungsprojekt übet Böden im Weinviertel und all so etwas gearbeitet hat.«

»Wann war das?«

»Im letzten Jahr, ist doch nicht mehr interessant. Die wollte sich bei Christoph ohnehin nur ins gemachte Nest setzen, war geradezu ein Glück, dass Hans dazwischengekommen ist.«

»Wo finde ich sie?«

»Vergessen Sie es, ich weiß zufällig, dass sie im Ausland ist. Irgendwo auf Kap Verde, sie betreut da ein anderes Boden-Projekt, wie ich gehört habe. Christoph wollte ihr irgendetwas nachschicken, ich habe das über die dortige österreichische Geschäftsträgerin organisiert, in solchen Ländern weiß man sonst nie, ob etwas ankommt.«

»Tut es Ihnen leid, dass Frankenfeld gegangen ist?«

Sie sieht mich spöttisch an. »Was wollen Sie hören? Das Weingut Kaiser gibt es seit mehr als hundert Jahren. Wir brauchen keinen Frankenfeld.«

»Wie heißt die Geologin mit Nachnamen?«

Nicole Kaiser ärgert sich offenbar, dass sie davon angefangen hat. »Ich kann mich nicht mehr erinnern. Jedenfalls hat die Geschichte wieder einmal gezeigt, wie man Hans Berthold einzuschätzen hatte. Fragen Sie doch Ihre Eva, vielleicht weiß sie es.«

Eva schüttelt den Kopf. »Ich hatte schon den Verdacht, dass da etwas lief, aber sicher war ich mir nicht. Ihr Name ... irgendwo im Büro müsste ich ihn finden, sie hat Bodenproben genommen. Es ging um die wissenschaftliche Bewertung der Böden, das Terroir spielt eine immer größere Rolle im Weinbau. Auf Lös gedeihen andere Sorten als auf Tegel oder Lehm, und dann gibt es noch eine ganze Menge Feinabstufungen. Also hat er mit ihr auch ...«

»Wenn Nicole Kaiser die Wahrheit sagt«, murmle ich.

»Warum sollte sie in diesem Fall lügen?«

»Um ihn in ein schlechtes Licht zu rücken.«

»Nein, da wird schon etwas gewesen sein. Ich habe eine Idee: Christian weiß ganz sicher, wie sie heißt, er war einige Male mit ihr unterwegs, Biologie ist quasi ein verwandtes Fach, er hat ihr geholfen Proben zu nehmen, auch wenn sein Arbeitsgebiet ein ganz anderes ist.«

Die Antwort auf unser Mail ist binnen drei Minuten da: »Sie heißt Birgit Zauner. Geht es euch allen gut? Wie läuft die Weinlese? Ich rieche die Trauben fast, bin hier in meinem kleinen Büro eingesperrt und muss Zahlenreihen eingeben. Gehört auch zur faszinierenden Forschung dazu.«

Ich tippe zurück: »Hast du eine Ahnung, ob Birgit Zauner ein Verhältnis mit Christoph Kaiser gehabt hat? Mira Valensky.«

Antwort: »Bist du allein?«

Ich sehe Eva an, sie nickt.

»Ja.«

Antwort: »Ja, hat sie. Christoph Kaiser war total verknallt in sie, es war schon fast peinlich, ich habe es einmal miterlebt. Angeblich wollten sie sich sogar verloben. Aber dann hat sie sich in Vater verschaut. Mehr will ich nicht sagen, besser, man ist diskret.«

Eva seufzt. »Mir war nicht klar, dass er Bescheid weiß. Von wie vielen hat er wohl gewusst?«

Ich tippe unterdessen: »Sie hat Christoph Kaiser sitzen lassen?«

Und meine dann zu Eva: »Er scheint es jedenfalls gut überstanden zu haben, oder?«

»Was weiß man. Er ist fast zu zurückhaltend Frauen gegenüber.«

»Wie hättest du es denn gerne«, sage ich darauf.

Antwort: »Ja, hat sie. Von heute auf morgen. Dabei hat ihr Vater sicher nichts versprochen, das hat sie mir gegenüber auch einmal so halb zugegeben. Christoph Kaiser war ihr einfach zu langweilig, und gerade weil alles so ernst wurde, hat sie wohl nach einem Absprung gesucht.«

Ich telefoniere mich durchs Außenministerium, bekomme schließlich Nummer und E-Mail-Adresse der österreichischen Geschäftsträgerin auf Kap Verde. Doch die telefonische Verbindung mit der afrikanischen Insel ist gestört, und das Mail wird zumindest bis zum späten Abend nicht beantwortet.

Dafür bekomme ich eine SMS von Vesna: »Glaube, ich bin verdächtig, habe zu viel herumgeschaut. Muss bei anderen bleiben, kann heute nicht kommen, schlafe in Auto.«

Ich will mit ihr reden, ihr von Birgit Zauner erzählen.

»Wir treffen uns auf Hügel am Wald, dort, wo unten auf Treberndorf-Seite Hochstand ist. In halbe Stunde. Kein Licht bitte.«

Ich bereue die Verabredung schon, wir hätten auch morgen oder übermorgen in Ruhe über die Sache reden können. Es ist beinahe Vollmond, ich schalte die Scheinwerfer meines kleinen Fiats ab, taste mich auf dem Feldweg vorwärts, komme zum Hochstand. Mir schaudert. Schwarze Schatten. Der Hochstand steht finster und bedrohlich da, wer weiß, wer hinter dem Schießschlitz lauert? Das Gras glitzert wie verwunschen. Ich atme durch, parke den Wagen so weit wie möglich von dem Platz ent-

fernt, an dem Hans Berthold erschossen worden ist, gehe mit klopfendem Herzen die Rebzeile hinauf, erreiche den Hügelrücken. Aus dem Wald löst sich ein Schatten, ich halte einen Schrei zurück. Es ist Vesna, sie winkt. Ich gehe zu ihr, wir bleiben hinter den ersten Bäumen stehen.
»Habe getan, als will ich noch spazieren gehen«, erklärt Vesna, »vielleicht werde ich nicht beobachtet, aber der eine Rumäne schaut immer seltsam, vielleicht gefalle ich ihm auch mit diesen schrecklichen Haaren.« Sie verzieht das Gesicht. »Aber besser, man ist vorsichtig.«

Ich erzähle ihr, was ich von Nicole Kaiser und Christian erfahren habe.

»Sehr interessant«, nickt Vesna, »man muss mit dieser Birgit reden. Vielleicht hat sie von Machenschaften bei Kaiser gewusst und Hans erzählt.«

Eben.

»Beweise habe ich nicht gefunden«, fährt Vesna fort, »dabei war ich sogar in Büro. Es geht drunter und drüber hier, sicher auch weil Kellermeister fehlt, aber ... ist irgendwie abgewirtschaftet. In Büro habe ich gesehen, dass sie in Tschechien viel Weingärten gekauft haben, jetzt scheint nicht gut zu gehen, böse Briefe an einen Verwalter oder so. Ich glaube, Illegales haben sie rechtzeitig weggeräumt. Polizei war noch einmal da, sogar Zuckerbrot selbst. Ich bin schon erschrocken, er erkennt mich, aber hat mich nicht erkannt. Wer schaut schon auf Lesehelferin mit schreckliche Frisur? Zum Glück.«

Wir waren zu sehr in unser Gespräch vertieft – als die Scheinwerfer über die Hügelkuppe leuchten, können wir nicht mehr fliehen. Wir ducken uns hinter den Büschen. Sucht man Vesna? Was ist das bei Kaiser? Ein Straflager? Der Wagen parkt nur einige Meter von uns entfernt. Ein zweites Auto, es kommt aus der anderen Richtung.

»In den Wald«, zische ich Vesna zu. Sie schüttelt wild den Kopf. »Nicht bewegen, sonst sieht er uns.«

Das zweite Auto hält, ein schlanker Mann steigt aus. Die Tür des ersten Autos geht auf. Im Mondlicht kann ich die beiden sehen. Sie treten ohne Gruß aufeinander zu. Christoph Kaiser und Frankenfeld.

»Du hängst mit drinnen, ist dir das klar?«, sagt Kaiser.

»Ich mache nicht mehr mit«, erwidert Frankenfeld.

»Glaubst du, dass die nicht schon lange alles durchschaut haben? Die spielen nur mit dir.«

»Du kannst sagen, was du willst. Ich werde auspacken, ich weiß, dass diese Valensky eine Story plant.«

»Das weiß ich schon lange. Aber ohne uns bist du gar nichts.«

»Ihr seid nichts ohne mich.«

Ich rutsche ab, ein Ast knackt, Vesna umklammert meinen Arm, hindert mich so daran, davonzulaufen.

Scheinwerfer, direkt auf uns gerichtet, ich sehe nichts mehr, bin geblendet.

»Da hast du es!«, schreit Kaiser.

Vesna hüpft plötzlich aus dem Gebüsch auf die Lichtung, »Hab nix gesehen, gar nix, Frau wollte abwerben, wollte böse Geschichte gegen Geld, hab nix gesehen!«

Ich nehme all meinen Mut zusammen, trete so selbstsicher wie möglich aus den Büschen, herrsche Vesna an: »Sei ruhig, es war ein Fehler, sich mit dir zu treffen, du kannst gehen.« Vesna rennt Richtung Großhofing davon.

Zu den beiden Männer gewandt sage ich: »Aber Ihr Gespräch war interessant. Sehr aufschlussreich.« Dann gehe ich den Hügel hinunter, Richtung Auto. Bei jedem Schritt habe ich das Gefühl, jetzt kommt der Knall, die Kugel. Doch ich drehe mich nicht um. Obwohl es kaum mehr als zehn Grad hat, bin ich schweißgebadet, als ich beim Auto ankomme. Ich steige ein, wende, fahre los, diesmal ist es mir egal, wenn ich mit der Bodenplatte über irgendwelche Steine schürfe, nur weg von diesen Bäumen und Blättern und Reben, dieser unbeeindruckt vor sich hin atmenden Natur. Ein Ortsschild, eine Straßenlaterne, Menschen. Ich höre, dass ich eine SMS bekommen habe, fahre trotzdem weiter bis zum Ortsanfang von Treberndorf. Niemand scheint mich verfolgt zu haben. Dann sehe ich nach. Die SMS ist von Vesna. »Bin in Auto, haben mich verfolgt, habe abgehängt, mach Tor auf bitte.«

Ich parke wie immer auf der Straße, öffne das Tor von innen. Es dauert keine drei Minuten, und Vesna ist da, sie fährt in den Hof, parkt ihren Wagen unter den Büschen beim Schuppen. »Jetzt kann ich wieder da helfen, ist mir viel lieber«, sagt sie.

Was haben die beiden gemeint? Ging es um die Betrügereien oder um mehr?

Vesna ist keine, die üblicherweise viel Alkohol trinkt. Aber jetzt kippt sie den doppelten Trebernschnaps, den ich ihr eingeschenkt habe, in einem Zug.

# [ oktober ]

Das Wetter soll umschlagen. Seit drei Tagen wird mit allen Kräften gelesen, der leichte Veltliner muss in den Tank, wie jedes Jahr wollen die Bertholds auch einen Veltliner keltern, der weniger als zwölf Prozent Alkohol hat, einen Sommerwein. Gleichzeitig bangt man um den Riesling, die Trauben sind prall und voll, Frankenfeld hat gestern am Refraktometer schon neunzehn Zuckergrade gemessen. Wenn es jetzt regnet, können die Trauben platzen, faulen. Auch die leichteren Rotweine gehören ins Fass.

Vesna und ich sind uns einig: Es ist sinnlos, Zuckerbrot von unserer nächtlichen Begegnung am Waldrand zu erzählen, inhaltlich gibt es nichts Neues. Frankenfeld ist mir zwei Tage lang beständig ausgewichen, jetzt endlich habe ich ihn: Er steht in der Speisekammer, will Essiggurken holen. Die meisten der Leser sitzen an den Heurigentischen im Hof und essen, Miroslav ist den ganzen Tag damit beschäftigt, für sie zu kochen. Nach einem Lesetag gibt es etwas Warmes, so ist es Brauch. Frankenfeld setzt sich selten hin, er hat meist bis spät am Abend im Keller zu tun, aber diesmal dürfte ihn der Hunger überwältigt haben. Ich schließe die Tür der Speisekammer hinter uns, wenn er mich nicht umstößt, kann er an mir nicht vorbei. Umgeben von Regalen mit Marmeladegläsern, Mehlpackungen, eingelegten Pfefferoni, getrockneten Nudeln, Dosen und unter drei Seiten Speck, die von der Decke baumeln, habe ich ihn endlich gestellt: »Sie wollen also aussteigen – was heißt das?«

Er weiß sofort, wovon ich rede. »Ich bin ausgestiegen«, betont er, »sonst wäre ich nicht hier. Ich habe genug von der Familie, das habe ich Ihnen schon einmal gesagt.«

»Es war also doch etwas faul bei Kaiser.«

»Lassen Sie mich in Ruhe, ich habe zu tun, ich kümmere mich um den Wein des nächsten Jahres und nicht um die Vergangenheit.«

»Sie haben zu Kaiser gesagt, Sie wollen bei mir auspacken – warum haben Sie es sich anders überlegt? Hat er Sie unter Druck gesetzt? Ich bin da, packen Sie aus!«

Er seufzt. »Lassen Sie mich bitte vorbei, das ist lächerlich.«

»Sie machen mit ihm nach wie vor gemeinsame Sache. Ihr Anteil ist das Weingut Berthold. Aichinger wird es übernehmen, dann plötzlich wird es dem Weingut Kaiser gehören und dann Ihnen. War das der Plan?«

»Sie scheinen doch ohnehin alles zu wissen.« Er drängt sich an mir vorbei, ich kann gerade noch eine Flasche mit Hollerblütensaft auffangen.

Ich gehe ins Büro, mir ist nicht nach Gesellschaft. Außerdem will ich wieder einmal nachsehen, ob sich die österreichische Geschäftsträgerin in Kap Verde gemeldet hat. Nichts. Ich probiere es am Telefon, rechne mit demselben Ergebnis, ich bin in den letzten Tagen nie weiter als bis zu einer spanischsprachigen Ansage gekommen, die mir mitgeteilt hat, dass die Nummer momentan nicht erreichbar sei.

Diesmal: Freizeichen. Ich warte gespannt. Jemand hebt ab, spricht spanisch. Ich verlange die österreichische Geschäftsträgerin, die Stimme wechselt ins Deutsche. Es tue ihr sehr leid, aber die sei im Landesinneren unterwegs. Ob sie eine Telefonnummer von Birgit Zauner, der Geologin, habe?

»Ich sehe nach, einen Moment.«

Ich sitze auf Nadeln, ich habe vom Festnetz aus gewählt, keine Ahnung, was die Minute nach Kap Verde kostet.

Ich bekomme die Nummer, lege auf, wähle.

»Birgit Zauner.«

Es klingt, als säße sie im Nebenraum oder höchstens in Wien.

»Es tut mir sehr leid, das mit Hans«, sagt sie. »Auch wenn wir schon länger nichts mehr miteinander zu tun hatten.«

»Hat er Sie ... im Stich gelassen – wenn ich so sagen darf?«

Sie lacht leise. »Nein, mir hat es gereicht. Er war sehr attraktiv, aber ... ich hatte keine Lust mehr, immer bloß zu warten, bis er mich für ein Stündchen einschieben konnte, immer bereit zu sein, hierhin oder dorthin zu fahren, wo es gerade sicher war und wann es ihm gerade passte. Letztlich hat er seine Frau geliebt und ich … mir war klar, dass es vor mir auch andere gegeben hatte. Also wir … seine Freundinnen waren wohl so etwas wie eine zusätzliche angenehme Seite seines Lebens, etwas Zuckerguss, aber auf den kann man, wenn's sein muss, auch verzichten.«

»Sie haben Christoph Kaiser wegen ihm verlassen?«

»So kann man das nicht sagen. Mit dem ist mir alles zu eng geworden. Ich habe ihn eine Zeit lang sehr gern gemocht, seine Ernsthaftigkeit, sein Bemühen, trotz der schrecklichen Geschwister den Betrieb am Laufen zu halten, er hat dafür seine Karriere, seine Träume aufgegeben, er war für mich beinahe so etwas wie ein … tragisch-romantischer Held. Zumindest am Anfang. Dazu noch das wunderschöne Weingut. Ich komme aus kleinen Verhältnissen. Und ich habe sehr viel Phantasie – wahrscheinlich gar nicht gut für eine Naturwissenschaftlerin. Aber zu dem Zeitpunkt, als ich Hans kennen gelernt habe, war schon klar, dass ich mich von Christoph verabschieden würde. Er ist in gewisser Hinsicht eher seltsam … neurotisch, würde ich sagen. Es war bei einer Weinverkostung, es hat zwischen Hans und mir sofort gefunkt.«

»Haben Sie von … nicht ganz legalen Praktiken im Weingut Kaiser gewusst?«

»Hm. Ich bin keine Expertin, mir ist erst bewusst geworden, dass da manches am Gesetz vorbeiging, als mich Hans danach gefragt hat.«

»Er hat Sie ausgehorcht?«

»Das ist ein zu hässliches Wort, er hat das Weingut Kaiser als Konkurrenz gesehen. Er wollte nach oben, es war ein bisschen so wie David gegen Goliath, also habe ich David unterstützt.«

»Und ihm erzählt, was Sie gesehen haben … Wie hat er reagiert?«

»Er hat einmal irgendwas gesagt wie: ›Jetzt habe ich ihn. Das können sie sich nach dem Weinskandal nicht leisten.‹«

»Kann es um einen Großauftrag gegangen sein, hinter dem beide her waren?«

»Tut mir leid, das weiß ich nicht, von seinen Geschäften habe ich wenig mitgekriegt, außerdem kenne ich mich besser mit den Böden aus, auf denen die Reben wachsen, als mit dem Weinbau. Und: Unsere Beziehung bestand in erster Linie aus einem Schäferstündchen hie und da.«

»Sowie der Weitergabe von Informationen.«

»Es war nur das, was ich, ohne es darauf angelegt zu haben, gesehen habe. Ich habe nicht spioniert, wenn Sie das meinen.«

»Nein, ist schon gut. Welche Rolle hat Frankenfeld gespielt? Wie viel konnte er entscheiden?«

»Was den Keller anging, alles. Es hatte für mich oft den Anschein, als sei er der eigentliche Besitzer, so hat er sich mit dem Betrieb identifiziert. Aber vielleicht hatte das auch mit seiner adeligen Abstammung zu tun, einem ausgeprägten Verantwortungsbewusstsein. Ich dachte mir immer, dass er hervorragend auf das Weingut gepasst hat. Und er war sehr fleißig. Warum ist das alles so wichtig?«

»Vielleicht hat das Weingut Kaiser mit dem Tod von Hans zu tun. Und mit dem Tod eines Arbeiters. – Kann ich das schreiben, was Sie mir erzählt haben? Und würden Sie es auch einem Polizeibeamten gegenüber wiederholen?«

»Ja, das können Sie, warum nicht. Aber ich möchte den Text zuerst sehen, ich möchte nicht als Spionin dastehen. Und mit der Polizei kann ich auch reden, wenn Sie meinen, dass es weiterhilft. Nur, ich warne Sie: Die Telefonverbindungen hier sind unberechenbar.«

Das habe ich schon gemerkt.


Ich setze mich sofort an den Computer und schreibe aus dem Gedächtnis mein Interview mit Birgit Zauner. Warum habe ich nicht daran gedacht, unser Gespräch mitzuschneiden? Aber es geht auch so. Dazu ein Artikel, in dem ich meine Schlussfolgerungen unterbringen kann. Heute ist Redaktionsschluss. Aber der Chefredakteur ist mir noch etwas schuldig, und er wird sich gegen die Story im letzten Moment nicht sperren, erstens ist sie gut, und zweitens habe ich da so gewisse Bilder … Wie schnell man eigentlich zur Erpresserin werden kann. Ich sehe Hans beim Joggen auf der Waldlichtung. Er spricht mit jemandem. Frankenfeld? Kaiser? Droht, wenn sich Kaiser nicht von den Aufträgen zurückziehe, dann mache er publik, was er von Birgit Zauner erfahren habe. Das mit dem umdeklarierten Wein, mit den vielen Tankzügen mit Billigwein, das mit den Chips, vielleicht auch die Sache mit der unregelmäßigen Bezahlung der Arbeiter. Aber er wurde vom Hochstand aus erschossen. Vielleicht hat dieses Gespräch schon vorher stattgefunden? Man wusste, dass er joggen ging. Auch Aichinger wusste davon. Wer weiß, wann ihn die Kaisers versucht haben auf ihre Seite zu ziehen. Und könnte es nicht auch sein, dass er die Fehde zwischen Berthold und den Kaisers genützt hat, um den ewigen Konkurrenten Hans ums Eck zu bringen? Ich schüttle den Kopf. Zu viel Phantasie, Mira. Oder zu wenig. In meiner Reportage halte ich mich mehr an die Fakten. Es gelingt mir tatsächlich, Birgit Zauner noch einmal zu erreichen, ich lese ihr den Text vor, sie gibt ihr Einverständnis zur Veröffentlichung.

Sowie ich sicher bin, dass die Story schon morgen bei uns im »Magazin« stehen wird, rufe ich auch Zuckerbrot an. Es scheint ihm nicht ganz recht zu sein, dass ich es war, die diese frühere Freundin von Hans Berthold gefunden hat. »Zufall«, sage ich großzügig. Er will sie sofort anrufen. Ob es mit der Verbindung ein drittes Mal klappt?

Ich suche Vesna, finde weder sie noch Eva. Frankenfeld dürfte zurück in den Keller gegangen sein. Vielleicht sind die beiden bei ihm. Ich will schnell sein, nehme für die paar hundert Meter das Auto. Jirji und Josef säubern vor der Kellerhalle die Lesekisten, sie sind so in ihre Arbeit vertieft, dass sie mich gar nicht bemerken. Ich gehe durch das geöffnete Tor der oberen Etage, betäubender Geruch nach süßen Trauben, Gärung. Aber die Zeit der Gärgasunfälle ist vorbei, heute ist jeder Raum automatisch belüftet, die Gärungskurven computergesteuert.

Frankenfeld steht sichtlich nervös neben der hydraulischen Presse. Ich könnte die Chance nützen und ihn nach Brigit Zauner fragen, Er kommt mir zuvor: »Ausgerechnet jetzt sind Kunden gekommen, Frau Berthold zeigt ihnen den Schaukeller, ich müsste Jirji und Josef vom Putzen abziehen oder selbst den bestellten Wein fertig machen. Übrigens: Ich erzähle Ihnen, was ich weiß. Ich habe es mir überlegt, Sie haben Recht.«

Mir bleibt der Mund offen. »Woher der Sinneswandel?«

»Mir ist manches klar geworden. Könnten Sie vielleicht die hydraulische Presse putzen? Ich weiß nicht mehr, wo ich zuerst hinsoll. Vielleicht können wir noch heute Abend reden. Ja, es ist in jedem Fall besser so.«

Ich nicke. »Wie geht das mit dem Putzen?«

»Sie stellen sich einfach in die Presse und sprühen sie mit dem Schlauch sorgfältig ab, sie muss ganz sauber sein. Ich bin bald wieder zurück.«

»Und wir reden?«

»Ja.«

»Wo?«

»Keine Ahnung, werden wir sehen.«

»Okay.«

»Nehmen Sie die Gummistiefel, die da stehen. Sie könnten etwas nass werden.«

»Das halte ich aus.«

Ich höre, wie Frankenfeld davoneilt, drehe den Wasserhahn bis zum Anschlag auf. Die Öffnung der riesigen Presse ist nach unten gekehrt, ich brauche bloß in ihren Bauch zu klettern, stehe in der Trommel. Die Rundung verstärkt das Geräusch des Wassers, als gäbe es einen Wolkenbruch, ich versuche im Halbdunkel auszumachen, wo sich noch Reste von Weintrauben angelagert haben, feuchter Nebel mit Traubengeschmack, es gibt Schlimmeres. Frankenfeld will mit mir reden, sieh an. Ich muss Zeit finden, mein Aufnahmegerät zu holen. Für alle Fälle. Vielleicht hat er mein Gespräch mit Birgit Zauner belauscht? Aber was würde das ändern?

Ich drehe mich vorsichtig um, mache mich gerade daran, die andere Bauchhälfte der Presse zu säubern, als ich plötzlich einen Ruck spüre. Ich versuche mich festzuhalten, rolle auf die Seite, jemand hat die Presse in Bewegung gesetzt. Die beiden offenen Flügel der Maschine werden geschlossen, ich rolle in dem Zylinder herum, versuche zu schreien. Man hat dich in eine Falle gelockt, Mira. Noch bewegt sich die Presse nicht schnell, immer wieder kann ich mich aufrappeln, laufe gegen die

Drehrichtung wie der Hamster in seinem Rad. Die Löcher, durch die der Traubensaft austritt, sind einmal oben, einmal unten, winzige Lichtpunkte, hier drinnen aber, in diesem metallenen Bauch, ist es finster. Finster und nass. Glitschiges Plastik – die Plane, die ich abgespritzt habe –, ich rutsche, ich schreie wieder. Niemand hört mich.

Jetzt sind die Löcher wieder unter mir, ich knie, versuche zu ertasten, ob sich die Presse irgendwie von innen öffnen lässt, die Flügel müssen sich aufdrücken lassen, wieder werde ich ausgehoben, taumle, eine Umdrehung, dann versuche ich es wieder.

Und auf einmal steht die Presse still. Ich lausche. Hat mich doch jemand gehört? Ich rufe. Keine Antwort. Egal. Ich fingere wieder dort herum, wo die Öffnung sein muss. Ein neuer Ton. Nicht laut, aber bedrohlich, so, als ob ein Tier Luft holen würde. Und ich bin in seinem Bauch. Ich sehe nach oben, versuche in fast völliger Dunkelheit etwas auszumachen. Es muss eine Sinnestäuschung sein, mir ist, als käme die Decke näher. Ich kann schreien, wie viel ich will, pneumatische Presse, denk nach, Mira. Wie funktioniert so etwas? Martina hat es dir erklärt, du hast nicht aufgepasst, nicht aufgepasst, jetzt kann ich kaum mehr stehen, ich knie mich hin, muss mich hinlegen, mich so flach wie möglich machen. Pneumatik. Luft wird in die Plane gepumpt, sie wird aufgeblasen wie ein Luftballon, langsam, die Trauben werden vorsichtig gequetscht, hat Martina gesagt, dann noch mehr Luft, sodass auch der letzte wertvolle Saft herausfließt, durch die Löcher, weiter in den Tank. Mein Saft, mein Blut, sie wird nicht aufhören Luft einzupumpen, bis der Saft draußen ist. Meine Finger krallen sich in die Löcher, ich liege auf dem Bauch, das Geräusch wird lauter, scheint mir, hungriger. Ich spüre, wie mich die Plane von oben berührt. Ich bin gefangen, bekomme keine Luft mehr, auch wenn mich die Plane noch nicht quetscht, sie legt sich an, wird zudrücken, ganz sanft, mein Schrei erstickt, mir scheint, als sei die Presse noch lauter geworden, oder ist es das Blut, das in meinem Kopf tobt, das nicht herausgequetscht werden will? Es ist sinnlos, zu schreien, mach dich dünn, Mira, Was soll das bringen? Die Presse arbeitet mitleidslos, eine der besten, die auf dem Markt sind, Präzisionsmaschine, und dann: ein Zischen. Der letzte Angriff, es ist, als würde sie noch einmal Luft holen, automatisch ziehe auch ich die Luft ein.

»Um Gottes willen«, höre ich Frankenfeld rufen, der Druck lässt nach, Luft wird abgepumpt, die Presse wird geöffnet, ich taumle, ich falle, er zieht mich hoch.

»Mira«, schreit Eva, stürzt auf mich zu.

»Frankenfeld«, will ich schreien, es wird nur ein Gurgeln daraus, ich sehe ihn davonrennen, man muss Zuckerbrot anrufen, ich muss ... Ich taste nach dem Telefon, seltsamerweise ist es noch immer in meiner Jackentasche, Eva schreit unterdessen nach den Arbeitern, Vesna kommt gerannt: »Was ist?«

»Frankenfeld«, keuche ich, »er ist dort hinaus, er hat mich in der Presse ...«

Vesna hetzt hinter ihm her. Mein Wagen. Um Zeit zu sparen, bin ich zur Kellerhalle gefahren, er steht vor der Türe, ich renne, stolpere, wähle, Zuckerbrot, er soll sofort kommen. »Ja«, sagt er bloß. Frankenfeld kann nur die Rebzeile hinaufgefahren sein, ich erinnere mich, ich habe seinen Landrover gehört. Mein Auto muss es schaffen. Wie gut so eine Begrünung ist, sie macht den Boden fester, wer hat mir das einmal erklärt? Keine Zeit, hinter Frankenfeld her, ich bin auf der Hügelkuppe, sehe ihn, er ist nicht viel weiter, sein Auto war beim Vordereingang der Halle geparkt, ich darf ihn nicht aus den Augen verlieren, er darf nicht entkommen. Den Feldweg entlang, ich kenne ihn gut, es ist der Weg Richtung Ried Hüttn, dort unten liegt schon Großhofing, irgendetwas ist hinter mir, das kann nicht schon Zuckerbrot sein. Vesna. Vesna auf ihrer Mischmaschine, sie hat wie fast immer ein Tuch um den Kopf gebunden, sie fährt tief geduckt, als könnte sie dadurch noch einmal Zeit gewinnen. Sie überholt mich, ich deute aufgeregt auf den Landrover, zu spät, um ihn einzuholen. Es ist dämmrig, aber ist da nicht noch ein Wagen vor Frankenfeld? Frankenfeld wendet, er fährt nicht mehr in Richtung Großhofing. Da ist tatsächlich noch ein Geländewagen, Frankenfeld scheint ihn zu verfolgen. Vesna achtet nicht auf Wege, sie lässt sich mit ihrem unglaublichen Gefährt einfach die Rebzeilen hinunter, kommt ins Schlingern, fängt sich wieder, kommt fast unmittelbar vor dem anderen Geländewagen zu stehen, stellt sich quer, will ihn aufhalten. Ich hetze, so gut es geht, in ihre Richtung, der Wagen versucht Vesna zu überfahren, Vesna springt ab. Aber über ein Motorrad kommt man nicht so einfach drüber, nicht auf so einem Weg. Da ist Frankenfeld, er zerrt jemanden aus dem Auto, auch Vesna ist wieder zu sehen, mein Wagen sitzt auf, er ist für so etwas einfach nicht gemacht, keine Chance, weiterzukommen. Ich steige aus, renne den Hügel hinunter, kann jetzt auf dem Geländewagen »Weingut Kaiser« lesen. Vesna kämpft mit Frankenfeld, nein, sie kämpfen beide gegen einen anderen, ich stolpere, falle, raffe mich wieder auf, weiter, komme bei ihnen an, als Vesna und Frankenfeld den Dritten gerade niedergerungen haben. Christoph Kaiser.

Frankenfeld atmet heftig.

Kaiser sieht mich, starrt mich an, keucht: »Jetzt will er auch mich umbringen.«

»Wir waren Idioten«, sagt Vesna, sie sitzt auf den Beinen von Kaiser, Frankenfeld hat seine Arme fixiert.

»Wenn ich gewusst hätte …«, stöhnt Frankenfeld. »Ich habe es nicht wahrhaben wollen, meine Güte, ich dachte, es geht nur um ein bisschen Wettbewerb, da sind ja die meisten nicht zimperlich.« Er drückt Kaisers Arme noch fester zu Boden. »Sie haben ihn ermordet. Natürlich. Und als ich Idiot erzählt habe, dass Franjo jetzt bei den Bertholds arbeitet, hat er auch dran glauben müssen.« Er dreht sich halb zu mir um: »Nur bei mir hat er gemeint, ich würde schon dicht halten. Nach dem Motto: Adel verpflichtet, oder: mitgehangen, mitgefangen, was weiß ich. Wenn ich nicht so lange weggeschaut hätte …«

»Gelogen, alles, was er sagt, ist gelogen«, keucht Kaiser.

»Wir haben die beiden großen Aufträge gebraucht«, fährt Frankenfeld fort, »sie waren die letzte Chance. Während einer Weinverkostung sind wir auf den ewigen Streit zwischen Berthold und Aichinger gekommen, wir haben ihn geschürt, viel hat es dazu ja nicht gebraucht, haben Aichinger auf unsere Seite gezogen. Hans Berthold hat uns gedroht, er hat von der Sache mit den Chips und Ähnlichem gewusst. Wenn wir unsere Angebote nicht zurückziehen würden, würde er an die Öffentlichkeit gehen, hat er gesagt. Meine Güte! Ich konnte mir nicht vorstellen, dass er ihn ermordet hat. Es war ... ein Unfall zur richtigen Zeit. Ich wollte das Weingut wieder in die Höhe bringen, zu dem machen, was es vor Jahrzehnten einmal war, nur mit besserem Wein. Mein Ehrgeiz ...«

Kaiser nützt einen günstigen Moment, versucht, Frankenfeld abzuschütteln, fast gelingt es ihm, aber er hat nicht mit Vesna gerechnet. Sie hat gelernt zu kämpfen, auch Frankenfeld packt wieder zu, bevor sich Kaiser aufrappeln kann. Der wirkt auch hier im hohen Gras seltsam farblos, eher wie ein Zombie als wie ein Macher, schon gar nicht wie ein Mörder.

»Was hätte ich denn tun sollen?«, heult er plötzlich auf. »Ich hätte doch nicht zusehen können, wie alles den Bach runtergeht.«

»Und ich wusste schon zu viel«, sage ich in seine Richtung.

»Er ist zum Keller gekommen, um mir zu drohen«, keucht Frankenfeld.

»Er hängt mit drin, was ist er ohne uns?«, kreischt Kaiser.

»Sie haben gewartet und haben mich in der Presse gesehen«, sage ich so trocken wie möglich.

»Er war es«, schreit Kaiser so laut, dass wir alle drei zusammenzucken. Scheinwerfer über dem Hügel. Suchend. »Schalten Sie das Licht ein«, sagt Frankenfeld. Ich gehe zu seinem Auto, drehe die Scheinwerfer an. Inzwischen ist es beinahe dunkel geworden, feuchte Luft zieht über die Hügel.

»Dort sind sie«, höre ich Martina schreien. Sie kommen mit Traktoren und zwei Polizeiwagen, Weinblätter blinken blau, da ist Zuckerbrot und sagt zu Kaiser: »Das war's.«

Kaiser rappelt sich auf, lässt sich widerstandslos Handschellen anlegen.

»Ich dachte immer, das heißt: ›Sie sind verhaftet‹«, flüstert mir Martina zu. »Warst du wirklich in der Presse eingesperrt?«

Frankenfeld sitzt am Wegrand, zusammengesunken.

[ November ]

Der Cuvée heißt in diesem Jahr zu meinen Ehren nicht wie sonst »Primeur«, sondern »Mira«, wir sitzen im Weinkeller und feiern den ersten Jungwein des Jahrgangs. Eine duftige Komposition aus Müller Thurgau, Veltliner und etwas Sauvignon Blanc. Morgen ist die offizielle Präsentation, über hundert Leute haben sich angekündigt, erzählt Eva. Dabei geht die Arbeit übergangslos weiter: Trauben für Prädikatsweine werden gelesen, der vergorene Traubenmost muss entschleimt, chemisch analysiert, vom Lager umgezogen werden. Fünf große neue Tanks sind aufgestellt worden, immerhin hat Eva Berthold den Vertrag mit der Kauf-Gruppe unter Dach und Fach. In der nächsten Nummer des »Wine Spectators« wird ein großer Artikel über die tapfere Witwe, die großartige Winzerin und über einen Kriminalfall erscheinen, der so ganz nach dem Geschmack der Amerikaner sein dürfte.

Mir schmeckt der Cuvée, ich bin stolz, dass er meinen Namen trägt. Dabei wäre die Reportage vom Oktober schon Lohn genug gewesen, die Verkaufszahlen des »Magazins« sind in die Höhe geschnellt, der Chefredakteur hat mir sogar eine Prämie ausbezahlt. Seit ich ihn als »Kind der Natur« entlarvt habe, ist er überhaupt handzahm. Er hat wohl Angst, dass ich doch nicht alle Fotos vernichtet habe. Ich gebe zu, hin und wieder, nur zu meinem Privatvergnügen oder wenn ich gerade eine besondere Wut auf das »Magazin« im Allgemeinen oder ihn im Besonderen habe, sehe ich mir an, wie er bei Sonnenaufgang den Rebstock umarmt.

Frankenfeld ist auf das Weingut Kaiser zurückgekehrt. Der Betrieb ist in Konkurs, die Banken haben ihn mit der Fortführung der Geschäfte beauftragt. Er hat unter einer Bedingung angenommen: Stefan und Nicole Kaiser sollen mit dem Weingut nichts mehr zu tun haben.

»Mir ist es recht so«, sagt Eva, »besser, man hat allein das Sagen.« Der

Großvater grummelt etwas Unverständliches, aber es hört sich wohlwollend an. Eva will mit Frankenfeld zusammenarbeiten, vor allem wenn es um größere Exportgeschäfte geht. Da sind die Kapazitäten des Weinguts Kaiser um einiges höher. Gerold hat sich übrigens bei Eva und mir entschuldigt, er will sehen, ob das Weingut Kaiser den vereinbarten Vertrag einhalten kann, aber er will auch mit dem Weingut Berthold einen Vertrag machen. Allein die Medienberichte seien Gold wert, hat sein Marketingchef gemeint, als sie die Bertholds vor zwei Wochen besucht haben.

Simon ist auf Drängen seines Vaters offiziell nach Wien gezogen und hat sein Studium aufgenommen, dennoch: Wann immer ich in Treberndorf bin, sehe ich ihn. Inzwischen wirft er mit Ausdrücken wie »oxydativ«, »biologischer Säureabbau« und »Malolaktik« um sich, als hätte ihn nie etwas anderes interessiert. Man wird sehen, was daraus wird.

Vor einigen Wochen bin ich in meine Wohnung zurückgekehrt, sie riecht zwar noch immer, gelinde gesagt, wie eine feuchte Pappschachtel mit Schimmelkäse, aber ich bin zuversichtlich: Jetzt muss geheizt werden, die trockene Luft wird helfen.

Nur Gismo führt sich immer noch auf, als wäre sie ein Freiluftraubtier. Manchmal ärgere ich mich über ihre terroristischen Aktionen, dann wieder, wenn ich sie am Fenster sitzen und nach draußen starren sehe, tut sie mir leid. Niemandem sollte man die Freiheit nehmen. Das hat offenbar auch Oskar eingesehen. In den letzten Wochen hat er über gemeinsame Haus- und Wohnungspläne kein Wort mehr verloren.

Er rückt auf der Kellerbank ganz eng zu mir, ich drücke mich an ihn, proste ihm zu. Leise flüstert Oskar: »Wie wäre es eigentlich, wenn wir uns im Weinviertel ein Haus kaufen würden? Wenn du möchtest, auch bloß fürs Wochenende. Ich habe da zufällig einen Mandanten …«

Ich schließe einfach die Augen und genieße den Wein, der Mira heißt.

# [ danke ]

An Gerda und Joschi Döllinger, die mir über Jahre hindurch erklärt, gezeigt und vorgelebt haben, was alles zu einem Weinbaubetrieb gehört. Ohne sie hätte ich dieses Buch nie schreiben können – ganz abgesehen davon, dass ihre Weine für mich eine ständige Freude (und Inspiration) sind ... Ich wollte noch so viel über sie schreiben, stattdessen einfach ihre homepage: www.doellinger.at

An Else Zuschmann und Peter Schöffmann, ein junges Winzerpaar, mit dem man beruhigt in die Wein-Zukunft schauen kann. Der Herr Weinakademiker und die Frau Weinbauingenieurin (und frühere Winzerkönigin) haben das Manuskript gründlich gelesen und Ungeneuigkeiten geradegebogen. – Wer übrigens einmal einen ganz besonderen Wein und einen ebensolchen Heurigen erleben will, sollte sie in Martinsdorf besuchen. www.zuschmann.at

An Manfred Buchinger, seine Frau Renske und das ganze Team von Buchingers Gasthaus »Zur Alten Schule«, in dem ich (seit den Recherchen zu »Ausgekocht«) mit Begeisterung mitkoche. Er ist DER Vorreiter in Sachen Weinviertler Wein, wie man sich auch auf seiner Weinkarte überzeugen kann – und Treffpunkt für viele, viele WinzerInnen: Zur späten Nachtstunde, dann, wenn die Küche geschlossen ist, sitzen wir mit ihnen und verkosten ... Das Leben kann sehr schön sein!

An Hannes Zweytick und seine Familie. Bei ihm in Ratsch in der Südsteiermark habe ich das Weintrinken und auch sonst eine Menge über Wein gelernt. Auch wenn ich jetzt nur mehr sehr selten bei den Zweyticks sein kann, ich werde mich dort immer wohl und zu Hause fühlen (und das bei weitem nicht nur wegen der ausgezeichneten Weine).

An das Gasthaus Sommer, wo man nicht nur gut essen, sondern auch eine ganze Menge an Weinviertel erleben kann.

An den Weinbaupräsidenten Pleil (der natürlich nur wenig mit dem Weinbaupräsidenten im Roman zu tun hat, aber alles lässt sich doch nicht erfinden …) und die vielen Weinviertler WinzerInnen für köstliche Weine und aufschlussreiche Gespräche: von Pfaffl bis Amon, dann Hofer, Kaiser, Höcher, Schuckert, Regner, »Musl« (Krexner), Dürnberg, Schwarzmann, Stich, Faber-Köchl, Pratsch, Woditschka, Mauser, Schwarz und all die anderen. Danke auch an Waltraud Reisner-Igler aus dem Burgenland, die ich um Verzeihung bitte, wenn ich in einem meiner Krimis etwas nicht so Freundliches über mittelburgenländische Weine geschrieben habe – klarerweise hatte das nie und nimmer etwas mit den großartigen Hans-Igler-Weinen zu tun.

An meine Schwester, an Romana und Maria dafür, dass es sie gibt (und für vieles mehr)!

An das Team des Folio Verlags, im Speziellen an meine Lektorin Eva-Maria Widmair; es ist schön, mit Profis zu arbeiten, und noch schöner, wenn diese Profis auch FreundInnen sind!

Wie immer – last but not least – an Ernest, meinen Mann, Begleiter durch jetzt schon mehr als ein Jahrzehnt und Erstleser, mit dem ich unter anderem auch voller Freude viele, viele gute Flaschen Wein getrunken habe.

*Jede Küche ist voll von potenziellen Mordwerkzeugen ...*

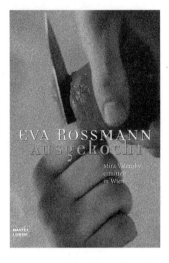

Eva Rossmann
AUSGEKOCHT
Roman
304 Seiten
ISBN 978-3-404-15447-0

Für Mira Valensky, Lifestylejournalistin und Freizeitdetektivin, wird der Traum vieler Hobbyköchinnen wahr: Sie darf in einem Gourmetrestaurant beim Kochen mithelfen. Es gilt nämlich herauszufinden, was in der Küche von Billy Winter, der neuen Chefin vom »Apfelbaum«, los ist. Salz und Pfeffer werden vermischt, eine Wassermelone wird durchs Fenster geworfen, sechsundvierzig Bürgermeister erleiden eine Pilzvergiftung – und der tschechische Koch verschwindet spurlos. Es herrscht weiterhin Hochbetrieb in dem Restaurant, doch Billy Winter bangt, im »Fine-Food«-Führer einen Stern zu verlieren – trägt doch das Küchenmesser, das in der Brust des Gastronomiekritikers steckt, ihr Monogramm ...

Bastei Lübbe Taschenbuch

*Mira Valensky ermittelt unter der mörderischen Sonne der Karibik*

Eva Rossmann
MÖRDERISCHES IDYLL
Ein Mira-Valensky-Krimi
Krimi
256 Seiten
ISBN 978-3-404-15621-4

Mira Valensky, Lifestylejournalistin und Freizeitdetektivin, träumt von einem idyllischen Urlaub unter Palmen. Stattdessen erwartet sie in der Karibik ein neuer Fall: Zwei Hotelbesitzer streiten um den Platz an der Sonne. Korruption, Drogengeschäfte, Öko-Aktivismus und nicht zuletzt zwei Morde bringen die engagierte Wiener Journalistin ins Schwitzen.
Im Anhang: Mira Valenskys liebste Kochrezepte aus der Karibik.

Bastei Lübbe Taschenbuch

*»Dieser Thriller ist eine Offenbarung
der schwedischen Literatur.«*
HALLANDSPOSTEN

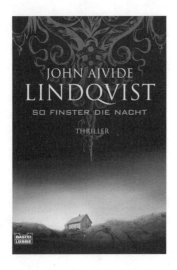

John Ajvide Lindqvist
SO FINSTER DIE NACHT
Roman
640 Seiten
ISBN 978-3-404-15755-6

In dem Stockholmer Vorort Blackeberg wird die Leiche eines Jungen gefunden. Sein Körper enthält keinen Tropfen Blut mehr. Alles deutet auf einen Ritualmörder hin. Noch ahnt niemand, was tatsächlich geschehen ist. Auch der zwölfjährige Oskar verfolgt fasziniert die Nachrichten. Wer könnte der Mörder sein? Und warum sind in der Nachbarwohnung die Fenster stets verhangen …
Eine fesselnde Geschichte über Liebe, Rache – und das Grauen.

»Ein sehr beeindruckender Roman, der den internationalen Vergleich mit den besten seines Genres nicht scheuen muss.«
*Dagens Nyheter*

Bastei Lübbe Taschenbuch